MW00513887

Advance Praise for

(S')ÉCRIRE DANS L'ENTRE-DEUX

"Le livre de Mariana Ionescu, *(S')Écrire dans l'entre-deux. Récits de femmes d'ici et d'ailleurs*, est à la fois intéressant et captivant. Les nombreux récits illustrant le concept de l'entre-deux, appartenant à des auteures d'origines différentes, sont d'une grande richesse thématique, socioculturelle, politique, historique et formelle.

L'approche analytique, la rigueur dans la recherche, les arguments personnels appuyés par ceux d'autres chercheurs dans des domaines variés (Bachelard, Barthes, Deleuze, Foucault, Genette, Glissant, Ricœur, Sibony) font de l'étude de Mariana Ionescu un outil de référence important dans l'enseignement de la littérature féminine/féministe francophone mondiale.

J'invite les lecteurs qui s'intéressent à ce domaine à s'aventurer dans ce livre, car ils y trouveront des récits intéressants à découvrir ou redécouvrir, écrits par des auteures connues ou moins connues, telles que Annie Ernaux, Marie Darrieussecq, Assia Djebar, Maryse Condé, Calixthe Beyala, Mariama Bâ, Nina Bouraoui, Antonine Maillet, Kim Thuy, Gisèle Pineau, Félicia Mihali, Liliana Lazar, Martine Delvaux et bien d'autres. C'est le monde entier qui s'y déploie, car ces écrivaines sont des citoyennes du monde de par leurs origines, mais aussi du fait que la plupart d'entre elles sont transnationales. C'est dans leurs transnationalité et multiculturalisme que l'étude de « (s')écrire dans l'entre-deux » plonge ses racines. Le *deux* de « l'entre-deux » est plus que binaire — il est multiple et multidimensionnel.

Le choix des romans du corpus, leur ancrage dans un thème d'actualité et les approches critiques utilisées pour leur étude font du livre de Mariana Ionescu « a must read » pour tout le monde ! Que l'on soit littéraire ou pas, on y trouvera matière à réflexion et on n'y sera pas perdu.e car, quoique bien soignée et académique, son écriture est claire et limpide."

—Judith Sinanga-Ohlmann, Associate Professor of French, Department of Languages, Literature and Cultures, University of Windsor, Canada

"Comment comprendre l'entre-deux à partir des littératures francophones contemporaines au féminin, chez Maryse Condé, Assia Djebar, Nina Bouraoui, Annie Ernaux, Antonine Maillet, Felicia Mihali ou Kim Thúy ? Quelles en sont les déclinaisons formelles, discursives et thématiques ? L'ouvrage de Mariana

Ionescu se situe au carrefour des théories sur l'entre-deux – notion explorée d'emblée dans la philosophie (Merleau-Ponty, Sibony, Cornu) – et de l'écriture de la mémoire et de l'histoire culturelle dans les pas de Ricœur et Deleuze. Au croisement de ces deux axes théoriques, Ionescu examine un corpus de textes de langue française parus après 1980. Dans ces romans, autobiographies et autofictions, l'écriture de l'entre-deux (entre-deux générique, spatio-temporel, culinaire, scriptural) et la mémoire personnelle et historique jouent un rôle de premier plan dans l'expression du rapport au lieu/temps et au processus d'écriture. Cette étude témoigne de la richesse et du caractère novateur de ces explorations par une quinzaine d'écrivaines d'aires variées de la francophonie internationale, *d'ici et d'ailleurs*. La question n'est pas de saisir des catégories d'entre-deux, mais de décrypter des expériences de vie et leur mise en discours dans un contexte d'hybridité/métissage. Des analyses et une lecture stimulantes, destinées aux chercheuses et chercheurs ainsi qu'au grand public."

—Adina Balint, professeure titulaire, University of Winnipeg, Canada

(S')Écrire dans l'entre-deux

Francophone Cultures & Literatures

Michael G. Paulson & Tamara Alvarez-Detrell

General Editors

Vol. 69

Mariana Ionescu

(S')Écrire dans l'entre-deux

Récits de femmes d'ici et d'ailleurs

PETER LANG

Lausanne • Berlin • Bruxelles • Chennai • New York • Oxford

Library of Congress Cataloging-in-Publication Data

Names: Ionescu, Mariana Carmen, author.
Title: (S')écrire dans l'entre-deux : récits de femmes d'ici et d'ailleurs
/ Mariana Carmen Ionescu.
Other titles: S'écrire dans l'entre-deux
Description: New York : Peter Lang, 2023. | Series: Francophone cultures
and literatures ; vol. 69 | Includes bibliographical references.
Identifiers: LCCN 2023015934 (print) | LCCN 2023015935 (ebook) | ISBN
9781433198519 (hardback ; alk. paper) | ISBN 9781433198526 (ebook) |
ISBN 9781433198533 (epub)
Subjects: LCSH: French literature–Women authors–History and criticism. |
French-Canadian literature–Women authors–History and criticism. |
Liminality in literature. | Biography as a literary form. | LCGFT:
Literary criticism.
Classification: LCC PQ149 .I56 2023 (print) | LCC PQ149 (ebook) | DDC
840.9/9287–dc23/eng/20230711
LC record available at https://lccn.loc.gov/2023015934
LC ebook record available at https://lccn.loc.gov/2023015935
DOI 10.3726/b19964

Bibliographic information published by the Deutsche Nationalbibliothek.
The German National Library lists this publication in the German
National Bibliography; detailed bibliographic data is available
on the Internet at http://dnb.d-nb.de.

Cover design by Peter Lang Group AG

ISBN 9781433198519 (hardback)
ISBN 9781433198526 (ebook)
ISBN 9781433198533 (epub)
DOI 10.3726/b19964

The paper in this book meets the guidelines for permanence and durability
of the Committee on Production Guidelines for Book Longevity
of the Council of Library Resources.

© 2023 Peter Lang Group AG, Lausanne
Published by Peter Lang Publishing Inc., New York, USA
info@peterlang.com - www.peterlang.com

All rights reserved.
All parts of this publication are protected by copyright.
Any utilization outside the strict limits of the copyright law, without the permission
of the publisher, is forbidden and liable to prosecution.
This applies in particular to reproductions, translations, microfilming, and storage
and processing in electronic retrieval systems.

This publication has been peer reviewed.

À ma famille et à mes amis d'ici et d'ailleurs!

Remerciements

La gestation de ce livre a été longue mais enrichissante tant sur le plan professionnel que personnel. Le cours sur l'entre-deux dans les romans de plusieurs écrivaines ayant le français en partage a constitué le catalyseur de mes recherches sur cette thématique amorcées quelques années auparavant. Je remercie donc mes étudiantes de 2e et 3e cycles de Western University pour leur enthousiasme et leur contribution à la publication du numéro inaugural de la revue *Les Cahiers du GRELCEF* consacré à « L'entre-deux dans les littératures d'expression française » (2010). Les nombreuses conférences données par la suite m'ont offert l'occasion de valider la capacité de cet opérateur épistémologique à révéler la complexité et l'hétérogénéité de l'écriture d'auteurs d'origines diverses ayant traversé une pluralité d'entre-deux.

Tous mes remerciements à Huron at Western pour les fonds de recherche et de conférences qui m'ont permis d'approfondir la problématique développée dans cette étude. Je tiens à exprimer aussi ma gratitude envers ma fille Carmen, qui m'a aidée à sortir de certains dilemmes concernant l'organisation de ce livre, ainsi qu'à dompter mon ordinateur lorsqu'il refusait de m'obéir. Je remercie également mon fils Mihai et mon mari Mircea, qui m'ont constamment encouragée à continuer ce projet, tout en sachant qu'ils risquaient de passer moins de temps avec moi. Enfin, mon éternelle reconnaissance à mes parents prématurément disparus, qui m'ont insufflé la passion pour la lecture et l'écriture, et qui n'ont rien épargné pour que leur fille poursuive ses études en littérature en Roumanie et au Canada.

TABLE DES MATIÈRES

Abréviations des titres des textes étudiés

Mariama Bâ, *Une si longue lettre* (LL)
Muriel Barbery, *Une gourmandise* (G)
Calixthe Beyala, *Amours sauvages* (AS)
Calixthe Beyala, *Comment cuisiner son mari à l'africaine* (CCMA)
Nina Bouraoui, *Garçon manqué* (GM)
Maryse Condé, *Histoire de la femme cannibale* (HFC)
Maryse Condé, *Victoire, les saveurs et les mots* (V)
Maryse Condé, *Les belles ténébreuses* (BT)
Maryse Condé, *Mets et merveilles* (MM)
Marie Darrieussecq, *Le Pays* (LP)
Martine Delvaux, *Thelma, Louise et moi* (TLM)
Assia Djebar, *La femme sans sépulture* (FSS)
Annie Ernaux, *Les armoires vides* (AV)
Annie Ernaux, *Ce qu'ils disent ou rien* (CDR)
Annie Ernaux, *La Place* (P)
Annie Ernaux, *La Honte* (H)
Annie Ernaux, *Une femme* (F)
Annie Ernaux, *Passion simple* (PS)

Annie Ernaux, *Se perdre* (*SP*)

Annie Ernaux, *Journal du dehors* (*JD*)

Annie Ernaux, *La vie extérieure* (*VE*)

Liliana Lazar, *Terre des affranchis* (*TA*)

Antonine Maillet, *Par-derrière chez mon père* (*PDP*)

Antonine Maillet, *Pélagie-la-Charrette* (*PLC*)

Antonine Maillet, *Cent ans dans les bois* (*CAB*)

Antonine Maillet, *Le Huitième Jour* (*HJ*)

Antonine Maillet, *Madame Perfecta* (*MP*)

Felicia Mihali, *Le pays du fromage* (*PF*)

Felicia Mihali, *La reine et le soldat* (*RS*)

Felicia Mihali, *Sweet, Sweet China* (*SSC*)

Felicia Mihali, *Dina* (*D*)

Felicia Mihali, *Confessions pour un ordinateur* (*CPO*)

Felicia Mihali, *Le tarot de Cheffersville* (*TC*)

Gisèle Pineau, *Un Papillon dans la cité* (*PDC*)

Gisèle Pineau, *Chair Piment* (*CP*)

Gisèle Pineau, *L'Exil selon Julia* (*ESJ*)

Gisèle Pineau, *Mes quatre femmes* (*MQF*)

Gisèle Pineau, *Folie, aller simple* (*FAS*)

Kim Thúy, *Mãn* (*M*)

Myriam Warner-Vieyra, *Juletane* (*J*)

Introduction

Pris au pied de la lettre,[1] l'entre-deux figure parmi les concepts privilégiés par la critique littéraire des vingt dernières années.[2] De façon

---

[1] « Caractère de ce qui ne peut être défini dans l'opposition des contraires ou des différences ». (*Dictionnaire International des Termes Littéraires*)

[2] Plusieurs articles ont été publiés à ce sujet, mais, à ma connaissance, seulement quatre volumes portent uniquement sur la problématique de l'entre-deux. Le premier, *Annie Ernaux : une œuvre de l'entre-deux* (Artois Presses Université, 2004), est un recueil d'articles paru sous la direction de Fabrice Thumerel deux ans après le congrès tenu à l'Université d'Artois en présence de l'auteure. Ce volume organise ses sections en fonction des approches adoptées afin de cerner différentes représentations de l'entre-deux dans les romans et les récits d'Ernaux. Qu'il s'agisse d'approches textuelle, philosophique, psychologique ou sociologique, les textes ernausiens basculent entre l'écrit et la vie, culture populaire et culture savante, littérature et ethnologie, intime et social, subjectif et objectif etc. Le deuxième volume, *L'Entre-deux imaginaire. Corps et créations interculturels* (Mercedes Montoro Araque et Carmen Alberdi Urquizu [éd.], Peter Lang, 2015), réunit des articles portant sur le lien entre créativité et imaginaire à la lumière des deux concepts proposés par François Jullien, à savoir « l'écart » et « l'entre ». Les articles du troisième ouvrage, *L'écriture « entre deux mondes » de Marie Darrieussecq* (Karine Germoni, Sophie Milcent-Lawson et Cécile Narjoux [éd.], Éditions Universitaires de Dijon, 2019), traitent de plusieurs aspects liés à l'entre-deux représenté dans sept romans de Darrieussecq. Enfin, *La problématique de « l'entre-deux » dans les littératures des « intrangèr-es »* (Paris, L'Harmattan, 2019) de Ioana Marcu est « une réflexion sous l'angle de l'extratextuel », mettant

générale, on s'accorde sur le fait que ce concept a le potentiel de mieux traduire la diversité du monde contemporain et la complexité des nouvelles pratiques culturelles. Associé à l'instabilité et à l'insaisissable, aux liens et contacts multiples, il engendre un nouveau mode de pensée, plus ouvert à l'hybridité et au métissage. Il n'est donc pas étonnant que l'entre-deux fasse l'objet de nombreuses réflexions philosophiques sur l'origine et la relation que l'être humain entretient avec le monde au cours de son devenir. Dans *La Phénoménologie de la perception*,[3] ouvrage datant de 1945, Merleau-Ponty concevait déjà l'existence du monde à l'intérieur d'un entre-deux relationnel en raison de la naissance du sens à la croisée des expériences du sujet avec celles d'autrui.

Dans les années 1990, deux autres philosophes ont placé l'entre-deux au centre de leurs systèmes d'idées. Michel Cornu le considère comme un élément constitutif du développement ontologique, essentiellement tragique à cause du tiraillement entre le Bien et le Mal. Dans son livre *Une pensée de l'entre-deux*,[4] il décrit l'interstice créé entre l'origine et la fin, la parole inaugurale et le silence final comme étant l'espace de notre devenir, du choix d'écouter l'Autre ou de l'ignorer, de partager ou non nos expériences, d'accepter de nous situer dans l'incertain ou d'attendre la fin en solitude. Quant à Daniel Sibony, auteur de l'essai *Entre-Deux. L'origine en partage* (1991), il lie ce concept à un espace de mémoire et de sensations extrêmement riches, espace capable d'englober la différence tout en la dépassant. Mis en relation avec l'origine, ce concept aide à mieux cerner l'identité hybride, le plurilinguisme, ainsi que le sens de nos déplacements. Une dizaine d'années plus tard, Sibony voit l'entre-deux plutôt comme un opérateur de pensée,[5] une forme de coupure-lien, que ce soit entre deux personnes, deux espaces, deux langues ou deux cultures, autrement dit entre deux termes qui, au lieu de s'opposer catégoriquement, s'ouvrent l'un à l'autre afin de mieux accueillir leurs différences.

en lumière « les questionnements soulevés par la littérature issue de l'immigration maghrébine » (la 4e de couverture).

3   Merleau-Ponty, Maurice. *La Phénoménologie de la perception*. Paris : Gallimard, 1945.
4   Michel Cornu, *Une pensée de l'entre-deux*, Lausanne, Éditions L'ÂGE D'HOMME, 1994.
5   Voir la préface qu'il a écrite à l'ouvrage *Entre-deux-morts*, Juliette Vion-Dury (dir.), Limoges, Pulim, 2000, p. 3–5.

J'ai également fait appel à des concepts fournis par la pensée sur l'histoire et la mémoire culturelle de Paul Ricœur, l'ontologie de Gilles Deleuze, la pensée sur la folie et son rapport au langage de Michel Foucault, la philosophie du quotidien de Bruce Bégout et la sémiologie de Roland Barthes.

Ce livre propose d'explorer la problématique de l'entre-deux dans plusieurs romans d'écrivaines françaises et francophones, avec une insistance sur les textes (auto)biographiques. Bien que je me sois servie de concepts empruntés à plusieurs philosophes et critiques littéraires, l'entre-deux tel que défini par Daniel Sibony y occupe une place de choix dans l'analyse de ces textes. Tout d'abord, parce que ce concept se lie intimement à la philosophie de l'être, plus particulièrement à son origine, que Sibony envisage dans un perpétuel dynamisme :

> ... l'entre-deux est la pulsion identitaire à l'état vivant. C'est justement cette pulsion qui empêche de s'identifier complètement à l'un ou l'autre des deux termes ; elle renouvelle l'épreuve du passage et du déplacement sans toujours en faire une errance. De ce point de vue, le problème de l'entre-deux est un problème ontologique ... (1991, 341–2)

En deuxième lieu, cet opérateur est privilégié parce qu'il fait mieux ressortir l'association de la mémoire et du corporel avec l'origine, ce qui permet aux tensions de toutes sortes de circuler librement dans tous les sens. Dans «l'immense étendue d'un entre-deux», précise Sibony, «ce qui opère n'est pas le *trait* de la différence [...], mais la mise en espace des mémoires et des corps, la traversée par certains gestes [...] de lieux physiques de la mémoire et de l'origine.» (*Ibid.* 10–11)

En ce qui concerne le choix exclusif d'auteurs féminins contemporains, il répond à deux objectifs spécifiques : (1) montrer que les écrits des femmes puisent davantage dans une pluralité d'entre-deux constituant une source inépuisable de créativité, en même temps qu'un catalyseur de leur écriture ; (2) faire valoir le lien établi entre la narration assumée par un sujet d'énonciation féminin et sa venue (parfois tardive) à l'écriture, le plus souvent une écriture transgressive et hétérogène.

Le cadre limité de ce livre ne m'a permis de retenir qu'un nombre assez restreint d'auteures et de récits qui feront l'objet d'une analyse plus approfondie. Il s'agit d'écrivaines d'origines diverses : acadienne

(Antonine Maillet), africaine (Mariama Bâ, Calixthe Beyala), antillaise (Maryse Condé, Gisèle Pineau, Myriam Warner-Vieyra), algérienne (Assia Djebar) ou franco-algérienne (Nina Bouraoui), françaises (Muriel Barbery, Marie Darrieussecq, Annie Ernaux), québécoise (Martine Delvaux), roumaine (Felicia Mihali, Liliana Lazar) et vietnamienne (Kim Thúy). Cependant, étant donné la richesse des représentations de l'entre-deux dans la littérature contemporaine, références seront faites à d'autres auteures dont les écrits témoignent de l'importance de cette problématique dans leur écriture.

Ces femmes « d'ici et d'ailleurs » ont toutes le français en partage, mais plusieurs d'entre elles ont migré de leur espace d'origine vers un autre, qui leur a facilité la venue à l'écriture. C'est le cas de Kim Thúy et de Felicia Mihali,[6] établies au Québec, de Calixthe Beyala et Liliana Lazar, immigrées en France, où elles ont commencé leur carrière d'écrivaines. Il n'est donc pas sans intérêt de s'interroger sur la question de la façon dont leurs expériences sont représentées dans leurs écrits qui s'alimentent aux sources d'une pluralité d'entre-deux. Force est de constater « une *surconscience linguistique* » (Gauvin, 2020, 8) chez les écrivains francophones :

> L'écrivain francophone doit [...] composer avec la proximité d'autres langues [...] ou encore une première déterritorialisation constituée par le passage de l'oral à l'écrit, et une autre, plus insidieuse, créée par des publics immédiats ou éloignés : autant de faits qui l'obligent à mettre au point ce que Glissant nomme des « stratégies de détour ». (*Ibid.*)

Au cours de cette étude, plusieurs questions s'imposent : (1) à quoi s'identifie ces entre-deux dont la traversée est souvent douloureuse, mais toujours enrichissante grâce aux échanges et aux rencontres réelles ou imaginaires qui s'y produisent ? (2) où se place l'énonciation culturelle[7]

---

6   Felicia Mihali avait déjà publié trois romans en Roumanie avant d'immigrer au Québec, où elle a commencé à écrire en français, ensuite en anglais.

7   Dans l'ouvrage *The Location of Culture* (Routledge, 1994), ainsi que dans d'autres essais et articles portant sur la culture postmoderne, Homi Bhabha avance l'hypothèse selon laquelle il y aurait un troisième espace à partir duquel se produit l'énonciation culturelle, espace qui ne coïncide ni avec la culture d'origine d'un auteur ni avec sa langue d'écriture. On ne devrait pas confondre cet espace de la différence culturelle avec celui de la diversité culturelle.

dans les récits des auteurs francophones qui vivent dans l'entre-deux ? (3) quelle manière d'habiter le monde illustrent les nombreux clivages qui se retrouvent dans leurs récits témoignant du transitoire, source de renouveau identitaire ? (4) par quels moyens se réalise la reconstruction de la grande Histoire dans des romans contenant plusieurs histoires qui demandent à sortir de l'oubli ?

Chacun des cinq chapitres de ce livre porte sur un type particulier d'entre-deux illustré par des récits écrits par les romancières susmentionnées. (1) *L'entre-deux générique* figure en premier, car, à peu d'exception près, tous les romans choisis sont difficiles à classer dans un genre particulier. L'hésitation entre le biographique, l'historique et le fictionnel, entre le fantastique et le réalisme donne naissance à une écriture hybride, qui se laisse parcourir dans tous les sens, sans jamais les épuiser. Plusieurs de ces écrits se présentent souvent sous forme de collages de textes fragmentés qui brouillent les frontières entre fiction et réalité. La question du « pays »[8] réel ou imaginaire sera abordée dans le chapitre consacré à (2) *l'entre-deux spatio-temporel*. Qu'il s'agisse d'un pays de l'entre-deux, de l'entre lieux ou de nulle part, ce *topos* se construit au croisement du souvenir et de l'imaginaire, marquant très souvent la coupure-lien entre le lieu d'exil et la terre d'origine. L'émergence textuelle du « pays » dans un entre-deux spatio-temporel est indissociable du travail mémoriel. Aussi « le pays de l'entre-dire » s'esquisse-t-il au croisement de l'Histoire et des histoires grâce aux échanges de paroles qui tissent un riche (3) *entre-deux mémoriel* où mémoire individuelle et mémoire collective s'enchevêtrent. En comblant les trous de l'Histoire, on accomplit un « devoir de mémoire »[9] envers ceux qui risquent de sombrer dans l'oubli. Les entre-deux spatio-temporel et mémoriel s'enrichissent souvent au contact avec un (4) *entre-deux gastronomique*, révélateur des saveurs d'un pays, mais aussi des savoirs acquis au cours de l'acte de cuisiner. Ainsi cet entre-deux devient-il un espace

---

8 Dans cette étude, le « pays » ne renvoie pas toujours à un État particulier, mais à un espace réel ou fictionnel de dimensions variables, associé le plus souvent avec le lieu d'origine.

9 Cette notion sera utilisée avec le sens que lui a donné Paul Ricœur : « Le devoir de mémoire est le devoir de rendre justice, par le souvenir, à un autre que soi. » (2000, 108)

d'émancipation et de créativité, car, dans les romans choisis pour cette étude, l'art culinaire s'associe souvent à l'acte d'écrire. Ce dernier se trouve au cœur du chapitre final, qui porte justement sur (5) *l'entre-deux scriptural* où s'inscrivent les mots porteurs des maux subis par des personnages ayant eu une difficile construction identitaire. L'urgence du témoignage entraîne l'émergence d'un «je» d'énonciation féminin qui décide de sortir du silence imposé encore par les sociétés patriarcales. L'articulation écriture/lecture ainsi que les rapports texte/métatexte, corps féminin/corps textuel apportent des éclaircissements supplémentaires au sujet de la question de l'écriture des femmes ayant traversé des entre-deux problématiques.

D'entrée de jeu, il importe de préciser qu'aucun des textes étudiés dans cet ouvrage ne se limite à la représentation d'un seul type d'entredeux, car cet espace transitoire est par excellence hétérogène. Parmi les tensions qui le traversent constamment, celles de l'identité et de l'altérité y sont toujours présentes.[10] En effet, dans la plupart des romans retenus pour ce livre on constate que la tentative d'amorcer un repositionnement identitaire, qu'elle soit réussie ou non, se manifeste à travers la mise en récit de l'expérience de la perception du monde, doublée de celle de la réflexion sur cette expérience. C'est la raison pour laquelle je n'ai pas consacré de chapitre spécial à l'entre-deux identitaire, auquel je toucherai tout au long de cette étude.

C'est le cas également de l'entre-deux culturel créé par l'écart entre des réalités sociales et culturelles apparemment irréconciliables, qui attirent l'attention sur un espace hybride, inachevé, riche en nouvelles possibilités d'expression. Personnages réels ou fictifs s'y confrontent à de nouveaux signes identitaires à la suite de rencontres de valeurs culturelles multiples, ayant le potentiel de produire de nouveaux symboles, plus appropriés aux nouveaux changements du monde contemporain. Prenons l'exemple de Sultana, le personnage féminin du roman

---

10 L'identité et l'altérité font l'objet de plusieurs études, parmi lesquelles celles de Mireille Rosello, *Littératures et identités créoles aux Antilles*, 1992, de Françoise Lionnet, *Postcolonial representations : women, literature, identity*, 1995, de Kathleen Gyssels, *Filles de Solitude : essai sur l'identité antillaise dans les (auto)biographies fictives de Simone et André Schwarz-Bart*, Paris, 1996 et d'Anne Malena, *The negotiated self : the dynamics of identity in francophone Caribbean narrative*, 1999.

autobiographique *L'interdite*[11] de Malika Mokeddem. Accusée d'être revenue en Algérie après avoir vécu trop longtemps en France, elle exprime le tiraillement entre la culture de son pays d'origine et celle du pays d'accueil. L'entre-deux culturel auquel elle se confronte se lie intimement aux entre-deux spatio-temporel et identitaire :

> — Une femme d'excès ? Le sentiment du néant serait-il un excès ? Je suis plutôt dans l'entre-deux, sur une ligne de fracture, dans toutes les ruptures. Entre la modestie et le dédain qui lamine mes rébellions. Entre la tension du refus et la dispersion que procurent les libertés. Entre l'aliénation de l'angoisse et l'évasion par le rêve et l'imagination. Dans un entre-deux qui cherche ses jonctions entre le Sud et le Nord, ses repères dans deux cultures. (47)

Une deuxième précision s'impose. Bien que le concept d'entre-deux s'avère très opérant dans l'analyse d'un nombre considérable de récits écrits par des écrivains issus du monde francophone, il se révèle tout aussi opérant dans le cas de certains auteurs français. Leurs œuvres dévoilent des types particuliers d'espaces transitoires qui ont façonné leur construction identitaire. Dans les récits sélectionnés pour cette étude, on constatera que ce concept renvoie à une hybridité constitutive au sujet qui cesse de prendre comme repères deux points fixes dans l'espace ou le temps.[12] Le processus d'hybridité spatiale, culturelle, identitaire ou autre engendre toujours quelque chose de nouveau qui perturbe la pensée binaire et les idées figées. Aussi l'écriture utilisée pour la représentation de l'hybridation des histoires s'ouvre-t-elle à des sens ambivalents, dédoublés ou ambigus, qui subvertissent les canons génériques.

La plupart des analyses consacrées aux récits des écrivains que certains critiques ont nommés migrants[13] montrent que leur positionnement

---

11 Malika Mokkedem, *L'interdite*, Paris, Grasset, 1993.
12 Certains critiques, parmi lesquels Michel Laronde (1993), ont privilégié les rapports d'opposition et de complémentarité dans la construction identitaire.
13 Le concept d'écriture migrante s'est imposé premièrement au Québec entre les années 1980 et 1990. Dans son livre *L'Écologie du réel. Mort et naissance de la littérature québécoise contemporaine* (Montréal, Boréal, 1988), Pierre Nepveu développe la question de l'hybridité culturelle avec une insistance sur « le mouvement, la dérive, les croisements multiples que suscite l'expérience de l'exil » (p. 187). Cependant, l'étiquette d'écrivain migrant n'a jamais fait l'unanimité.

dans un entre-deux pluriel leur donne l'occasion de mieux exprimer leur vécu en situation d'exil géographique et/ou linguistique. De plus, on constate assez souvent qu'il n'est pas exclu d'y devenir « étranger à soi-même »[14] à cause de l'incapacité de sortir de l'ex-centrisme social, culturel ou langagier. Et pourtant, la quête identitaire, compliquée dans certains cas par le déracinement et la difficulté ou le refus d'un nouvel enracinement, se poursuit dans un espace métissé qui favorise l'émergence d'un « je » écrivant ou tout simplement témoin d'expériences douloureuses.

La traversée du monde et du soi illustrée par le potentiel des interstices de devenir des intervalles de sens grâce aux échanges qui s'y produisent renforce la conscience d'une appartenance multiple, exigeant d'être mise en récit. Cette écriture qui interroge et s'interroge est à la recherche de nouvelles significations émergeant de formes narratives hybrides, porteuses de thèmes récurrents. Chez la plupart des romancières d'ici et d'ailleurs retenues pour ce livre, le dialogisme intra ou intertextuel met davantage en évidence la capacité de l'entre-deux de stimuler leur désir de convertir le regard sur la complexité du monde en paroles chargées de nouveaux sens. Ces paroles s'éloignent souvent des pistes balisées, empruntant des chemins de traverse. Chez plusieurs de ces écrivaines, la conscience du féminin se manifeste dans un entre-deux scriptural d'où émerge une écriture portant les traces des désirs interdits du sujet écrivant. Ce sujet s'inscrit entre le corps et l'écriture de ce corps, créant une tension entre le poétique et le politique, inaccessibles aux femmes jusqu'assez récemment.

---

14 Julia Kristeva, *Étrangers à nous-mêmes*, Paris, Fayard, 1988.

Chapitre I.

L'entre-deux générique

L'éclatement des genres dans la littérature contemporaine n'est plus à démontrer. Dans un article portant sur l'évolution des genres,[1] Jean-Marie Schaeffer remarque la complexité de la relation entre leur état à l'époque actuelle et celui du passé qui, à son avis, réside surtout dans la diversité des pratiques littéraires et les spécificités culturelles qui influencent ces pratiques.

> Ce qui se dégage (de cette relation) c'est plutôt une multiplicité de stratégies différentes, non seulement dans leurs procédures d'écart par rapport aux genres qui leur servent de termes de référence, mais sans doute aussi quant à leurs buts et à leur signification pour l'évolution des pratiques littéraires. (Schaeffer 2001, 12)

Schaeffer observe également que l'élément le plus marquant dans l'hétérogénéité générique actuelle est la façon dont on fait « le partage traditionnel entre le fictionnel et le factuel ». (16) Ce qui en résulte, ce sont

---

1   Jean-Marie Schaeffer, « Les genres littéraires, d'hier à aujourd'hui », *L'éclatement des genres au XXe siècle*, Paris, Presses de la Sorbonne Nouvelle, 2001, p. 11–20.

des « récits indécidables »,[2] oscillant entre deux ou plusieurs genres, qui se placent, selon Dominique Viart, dans la catégorie des textes qui « procèdent par évocation plus que par effectives reconstitutions, font place à la rêverie narrative de l'auteur, affichent leurs incertitudes et leurs hypothèses, laissent libre cours au commentaire et à la fiction. » (Viart 2001, 331)

De nombreuses réflexions portant sur la présence du fictionnel dans l'espace de l'écriture de soi attestent l'importance grandissante de la posture auctoriale dans les récits français et francophones contemporains, ainsi que le souci de (re)définir ce genre qui n'en est plus un. Plusieurs critiques ont souligné cette tendance. Dans son livre sur la biographie et le roman, Daniel Madelénat discute un aspect des écrits postmodernes, à savoir leur éclectisme de plus en plus marqué, manifesté, entre autres, par « le désir romanesque de la biographie et le désir biographique du roman ».[3] Le roman, constate-t-il, « comble des lacunes documentaires (la vie intime, familiale, sentimentale …). *Patchwork*, la biographie "standard" mêle morceaux autorisés (directement gagés sur des témoignages) et fictions dérivées d'hypothèses plus ou moins plausibles … ».[4] La coexistence de paradigmes multiples et de perspectives souvent contradictoires sur un événement unique autorise Deborah Hess à parler d'une « poétique de renversement » repérable dans les récits de plusieurs écrivains africains et antillais, parmi lesquels Maryse Condé.[5] Quant à Iain Chambers, il montre comment se construisent les identités migrantes à la croisée du biographique et du fictionnel, dans un troisième espace qui décolonise la culture hégémonique et permet la mise en écrit d'histoires autrement inénarrables.[6]

Il n'est donc pas étonnant que la problématique des rapports entre vécu et imaginaire, fiction et réflexion, occupe une place centrale dans le débat sur le statut générique de ces récits hybrides, ainsi que sur les

---

2   Bruno Blanckeman, *Les récits indécidables : Jean Echenoz, Hervé Guibert, Pascal Quignard*, Villeneuve d'Ascq, Presses universitaires du Septentrion, 2000.

3   Daniel Madelénat, « Biographie et roman : je t'aime, je te hais », *Revue des Sciences Humaines* 224, Le biographique, 1991, p. 237.

4   *Ibid.*, p. 239.

5   Deborah Hess, *Poétique de renversement*, Paris, L'Harmattan, 2006.

6   Ian Chambers, *Migrancy, Culture, Identity*, New York, Routledge, 1994.

motivations parfois contradictoires fournies par leurs auteurs. Comme le remarquent Lise Gauvin et Florian Alix dans l'avant-propos à *Penser le roman francophone contemporain*, « [e]st [...] à l'œuvre dans les poétiques du roman francophone contemporain, une dynamique du mélange et du croisement qui en rend la définition particulièrement complexe, tout comme il est difficile de lui attribuer un domaine. » (2020,13)

Dans cet espace aux contours mouvants, le biographique, genre de plus en plus protéiforme, occupe une place de choix dans la littérature contemporaine. Qu'il s'agisse du récit de la vie d'une personne par une autre (biographie) ou de celle d'un auteur par lui-même (autobiographie), ce genre répond à l'horizon d'attente d'un lectorat de plus en plus nombreux, tout en offrant aux écrivains « un espace d'expression, de revendication, de résistance ou de (re)négociation identitaire de soi et de leur groupe par le truchement de l'écriture ».[7] Avec l'émergence d'une littérature autofictionnelle à partir des années 1980, on revient sur la question du sujet écrivant, mais aussi sur sa fictionnalisation à l'intérieur d'un récit plus ou moins biographique.

La tendance vers la dérive textuelle et le brouillage des genres n'a pas échappé à l'écrivain et théoricien martiniquais Édouard Glissant, fin observateur de la richesse littéraire des Antilles : « Les lecteurs, constate-t-il, aiment de plus en plus ces mélanges de genres, les romans qui sont des traités d'histoire, les biographies qui, sans cesser d'être exactes et minutieuses, s'apparentent à des romans. » (*Traité du tout-monde*, 174) Cette littérature, telle que pratiquée par Maryse Condé, Patrick Chamoiseau, Raphaël Confiant ou Gisèle Pineau, pour n'en citer que les noms les plus connus, remet en question les divisions génériques, préférant les accumulations de récits parfois irréconciliables qui rendent poreuses les frontières entre fiction et réalité.

À titre d'exemple, le volume *Récits de vie de l'Afrique et des Antilles* (1998), témoignant de l'intérêt de la critique contemporaine pour les textes (auto)biographiques et (auto)fictionnels. Les trois axes thématiques de ce volume, « Exil », « Errance » et « Enracinement » renvoient à la problématique identitaire des récits de vie, intimement liée à l'espace postcolonial éclaté, voire pluriel.

7   Annie Ollivier, *Le Biographique*, Paris, Hatier, 2002, p. 126.

L'analyse de quatre récits de Maryse Condé mettra en évidence plusieurs facettes de l'écriture (auto)biographique de cette écrivaine emblématique de la littérature-monde. Le premier, *Histoire de la femme cannibale* (2003a), oscille entre autobiographie et autofiction, pendant que *Victoire, les saveurs et les mots* (2006) est une biographie fictionnelle de la grand-mère maternelle de Condé. Dans *La vie sans fards* (2012), on constate que, dans un premier temps, l'écrivaine rejette toute tentative d'embellir son récit de vie. Trois ans plus tard, dans *Mets et merveilles* (2015), elle adoucit cette position, mariant les éléments autobiographiques avec des expériences culinaires aussi diverses que les voyages qui ont nourri son écriture.

La préférence de certains écrivains pour la représentation fidèle d'un quotidien sur la toile duquel ils projettent leurs récits de vie contribue également à l'éclatement du genre autobiographique. Ainsi Annie Ernaux poursuit-elle simultanément l'exploration de l'intime et du social par le biais d'une «écriture objective» (2011, 33), dénuée de tout ornement stylistique, afin de «simplement montrer, comme si le réel se dévoilait de lui-même.» (2003, 82) Une notation de *L'Atelier noir* en dit long à ce sujet : «Il me paraît évident qu'une vie en narration romanesque est une imposture. Plus je pense à mon "histoire" plus elle est en "choses".» (2011, 191)

À la différence d'Annie Ernaux, qui emprunte le ton de l'écriture journalistique pour sonder les profondeurs de son moi, d'autres écrivaines sont tentées par la fiction lorsqu'elles décident d'aborder l'écriture autobiographique. C'est le cas d'Assia Djebar qui, dans son roman autobiographique *Nulle part dans la maison de mon père*,[8] se demande si ce qu'elle est en train d'écrire est uniquement le produit de ses souvenirs :

> Est-ce vraiment ma mémoire qui reconstruit ? Est-ce que, si longtemps après, je construis malgré moi une fiction, et celle-ci ne serait-elle pas le récit de la première tentation ? Je reconnais que, s'il y eut vraiment tentation, je ne savais pas encore vers quoi elle me tirait ... (2007, 247)

---

8   Assia Djebar, *Nulle part dans la maison de mon père*, Librairie Arthème Fayard, 2007.

On pourrait également mentionner *Les rives identitaires*[9] de Leïla Houari, récit nomade qui est décrit comme suit dans la préface signée par Lola Miesseroff :

> Nomade aussi le récit lui-même, zigzaguant entre mémoires et contes, réalité et rêve, sans schéma narratif à proprement parler mais fait d'histoires multiples tricotées ensemble autour d'un fil très fin : 3 brins/3 personnages tressés plus ou moins serrés au centre d'une toile arachnéenne peu délimitée où gravitent tous les autres personnages et les récits connexes. (11)

Enfin, certains romans qui laissent entrevoir le substrat autobiographique, tels ceux de Marie Darrieussecq ou Liliana Lazar, se situent à la croisée du réel et du surnaturel. Le roman de début de cette dernière, *Terre des affranchis* (2009), s'est fait remarquer par la maîtrise du genre fantastique. Grâce à cette maîtrise, elle a réussi à donner un sens à l'enchaînement de plusieurs faits de mystère insérés dans un récit dénonçant les injustices de l'Histoire. Quant à sa compatriote Felicia Mihali, Québécoise d'adoption, elle transgresse davantage les conventions génériques dans *Sweet, Sweet China* (2007) et *Le tarot de Cheffersville* (2019). Récit de voyage, récit autobiographique, conte merveilleux et photos se tissent dans l'espace hybride de ces deux docu-romans puisant dans une pluralité d'entre-deux. Le rôle épistémologique de ce concept y est indéniable, car grâce à lui on éclaire de nombreux espaces de transition et de jonction saisis par le biais d'une écriture hybride, révélatrice de sens multiples.

Entre biographique et fictionnel : le cas de Maryse Condé

Maryse Condé, écrivaine guadeloupéenne de renommée internationale, illustre à merveille ce genre d'écriture hybride qui accorde une place grandissante au biographique. Bien connue pour son refus d'adhérer à une idéologie identitaire particulière, elle confirme avec chacun des récits publiés ces dernières années non seulement son statut

---

9 Leïla Houari, *Les rives identitaires*, L'Harmattan, 2011.

de «nomade inconvenante» (Cottenet-Hage et Moudileno 2002), mais aussi sa détermination de transgresser constamment les frontières du biographique et du fictionnel. *Victoire, les saveurs et les mots* (2006) en est un parfait exemple. Dans ce récit, Condé mélange éléments biographiques et historiques, véridiques et fictionnels, afin de remonter à la source mi-réelle mi-imaginaire de sa créativité liée, dit-elle, au talent culinaire de son énigmatique grand-mère maternelle.

En effet, de nombreux commentaires métatextuels appartenant à une narratrice-écrivaine facilement identifiable à l'auteure soulignent l'urgence du biographe de restaurer une filiation menacée de disparition. Mais, si dans un premier temps Condé semble se proposer de légitimer sa filiation, par la suite, elle a vu dans cette biofiction[10] une façon de mieux comprendre le rapport ambigu qu'elle avait toujours entretenu avec sa mère, tout en découvrant au cours de son entreprise biographique des facettes méconnues de sa propre personnalité créatrice. Dans *Mets et merveilles*, elle affirme que c'est «un peu par jeu» (53) qu'elle avait lié son talent d'écrivaine à la créativité culinaire de sa grand-mère. Par ailleurs, l'auteure s'était déjà exprimée au sujet des motivations qui l'auraient poussée à entreprendre ce projet biofictionnel.[11]

Suite à ces affirmations contradictoires, on se pose à juste titre la question suivante : quel sens donner aux assertions d'un auteur qui veut orienter la lecture d'un récit de soi au risque d'entrer en conflit avec l'image d'un sujet écrivant qu'on ne peut plus juger à l'aune de son histoire familiale, en dépit des éléments biographiques vérifiables? Plusieurs récits de Maryse Condé confirment la présence d'un entre-deux générique chez cette auteure qui rejette le genre autofictionnel, tout en ayant du mal à gérer sa propre image dans des textes incontestablement

10 Concept que j'emprunte à Alain Buisine et qui désigne une biographie «productrice de fictions» («Biofictions», *Revue des Sciences Humaines* 224, Le biographique, 1991, p. 7–13.)
11 Dans un entretien avec Bénédicte Boisseron, Condé précise que le livre sur sa grand-mère était en réalité un «roman de recherche de soi» et que «Victoire est un élément qui [lui] permet d'arriver à la vérité sur [s]a mère et par conséquent sur [elle]-même». («Intimité : entretien avec Maryse Condé», *International Journal of Francophone Studies*, Vol. 13.1, 2010, p. 121–43.) Une affirmation similaire se retrouve dans *La vie sans fards*, autobiographie publiée en 2012.

autobiographiques. Les récits en question sont les suivants : *Histoire de la femme cannibale*, roman autofictionnel publié en 2003, *Victoire, les saveurs et les mots*, fiction biographique parue en 2006, *La vie sans fards* (2012), récit de vie impitoyable de la jeune Condé, et *Mets et merveille*, autobiographie culinaire portant sur le périple de l'écrivaine à travers plusieurs continents.

Histoire de la femme cannibale : « C'est moi, mais [...] ce n'est pas moi »[12]

Dans *Histoire de la femme cannibale*, Maryse Condé adopte la formule du roman-collage,[13] composé d'une multitude de morceaux de textes variés, de séquences textuelles récurrentes, ainsi que de nombreuses réflexions métatextuelles insérées dans une trame narrative éclatée. Comme je l'ai déjà mentionné, cette tendance vers la dérive textuelle et le brouillage des genres était déjà signalée par l'écrivain et théoricien martiniquais Édouard Glissant (1997), qui avance de nombreux arguments en faveur de la dimension postmoderne de la littérature de l'espace caribéen. Aussi ce roman de Maryse Condé portant des traces de ses expériences nous invite-t-il à réfléchir sur l'identité culturelle métissée de l'écrivain post/colonisé, fatalement nourri d'un certain nombre de valeurs occidentales.

Le périple de la protagoniste Rosélie Thibaudin, peintre d'origine guadeloupéenne mariée à l'universitaire britannique Stephen Stewart, commence et finit au Cap. Cette ville de l'Afrique du Sud, décrite dans toute la complexité de sa vie postapartheid, elle finira par la faire sienne, sans pour autant nier son origine.

Le roman débute par le meurtre à la fois mystérieux et inattendu de Stephen. S'ensuit une enquête, mais le lecteur se rend vite compte que le roman policier ne représente qu'une des pistes de lecture suggérées par

---

12 Maryse Condé, 2003b.
13 Cet aspect du roman de Condé a été développé dans mon article « *Histoire de la femme cannibale* : Du collage à l'autofiction », paru dans *Nouvelles Études Francophones* 22, no.1, printemps 2007, p. 155–69. Une partie de cet article concernant la question de l'autofiction a été reprise dans ce chapitre.

l'auteure.[14] En effet, l'enquête menée par l'inspecteur Lewis Sithole est doublée de l'enquête personnelle de Rosélie. Au cours de cette enquête, essentiellement mémorielle, elle constate avec étonnement l'inimitié de la plupart de ceux qu'elle avait pris pour les amis ou les admirateurs de son mari. Plusieurs récits d'enfance alternent, d'un côté, avec ceux des vingt dernières années de vie commune avec Stephen, et de l'autre côté, avec les récits reliés à l'énigme du crime à élucider. Tous ces souvenirs rapportés donnent au lecteur l'occasion de suivre le parcours sinueux de Rosélie à travers le monde. Qu'il s'agisse de l'Amérique du Nord ou de l'Afrique, elle se heurte constamment aux préjugés et à l'intolérance vis-à-vis du couple mixte et de la femme qui ose aspirer à une profession incompatible avec la couleur de sa peau.

Mais le foisonnement d'histoires n'est pas le seul argument qui nous autorise à considérer ce texte comme un roman-collage. Dans ces récits, spécialement celui de Rosélie, s'insèrent de nombreux fragments d'autres textes, parmi lesquels des bribes de chansons de sa mère Rose. Ces chansons d'amour en plusieurs langues, aussi envoûtantes que la voix de sa mère, semblent ponctuer le destin de toute femme aimée et abandonnée, vouée à l'exil et à la solitude. Des vers de Keats et de Shakespeare ainsi que des extraits des Psaumes et des Écritures saintes, dont certains en latin, alternent avec plusieurs fiches cliniques des patients de Rosélie, obligée de se servir de ses pouvoirs de médium afin de gagner sa vie après la mort de son mari.[15] Les faits divers de *La Tribune du Cap*, que Dido, la fidèle amie de Rosélie, lui lit régulièrement le matin, accentuent la référentialité réaliste du roman de Condé.

C'est au cours d'une de ces séances de lecture que Rosélie prend connaissance de l'histoire de Fiéla, « la femme cannibale » du Cap, dont le procès fera la une des journaux pendant une dizaine de jours.[16] Le

---

14 Kathryn Lachman identifie dans ce texte « indigeste » des éléments appartenant au genre policier, au *bildungsroman* et au genre dramatique ("Le Cannibalisme au Féminin : a Case of Radical Indigestion", in Vera Broichhagen, Kathryn Lachman, Nicole Smek [éd.], *Feasting on Words. Maryse Condé, Cannibalism, and the Caribbean Text*, Edited by PLAS, Princeton University, 2006, p. 71–83.)

15 On y trouve même une recette d'aubergines farcies (24), un courriel d'une amie de Rosélie (135) et un début de conte des *Mille et une Nuits*. (145)

16 Ce fait divers explosif sera remplacé par celui relatant le meurtre de Stephen et l'étonnante découverte de son homosexualité.

portrait de cette femme d'une cinquantaine d'années, qui aurait tué son mari et que le beau-fils accuse d'anthropophagie, ressemble étrangement à celui de Rosélie : « Elle a mon âge. Elle n'est pas belle. Elle pourrait être moi », lit-on à la page 88, où la voix narrative cède la parole à la protagoniste, instantanément fascinée par cette femme inconnue. Quelques pages plus loin, on peut lire la fiche clinique de Fiéla, patiente potentielle de Rosélie, à qui l'inspecteur fait appel pour sortir l'accusée de son mutisme obstiné.[17] « Peut-on guérir ceux qu'on ne comprend pas ? » (96), murmure Rosélie qui, à partir de ce moment, s'adressera régulièrement à Fiéla comme à un autre soi-même.

Il n'est pas sans intérêt de noter que ces apostrophes imaginaires se constituent en un récit fragmenté, le seul récit à la première personne, ponctuant non seulement les étapes du procès de Fiéla, mais aussi les découvertes successives que Rosélie fait au sujet de Stephen et d'elle-même. L'histoire de la Sud-Africaine Fiéla, mise en abyme du parcours identitaire de la Guadeloupéenne Rosélie, offre l'occasion de repenser la question de l'altérité dans un monde où les gens « se dévorent » pour se détruire, et non pas pour s'enrichir des valeurs des autres.

À la fin du roman, le lecteur est à la fois surpris et content de constater qu'en dépit de l'identification progressive de Rosélie avec Fiéla, qu'elle voit comme « sa sœur jumelle » (237) dans un de ses rêves, la protagoniste ne choisit pas la mort, mais la vie. Après avoir « cannibalisé » le récit de Fiéla, Rosélie arrive à l'immortaliser sur sa toile, trouvant finalement sa voix/voie de femme et d'artiste. La question finale qu'elle adresse à Fiéla au-delà de la mort — « Fiéla, est-ce toi ? Est-ce moi ? Nos deux figures se confondent » (317) — invite le lecteur à réfléchir plus profondément sur l'identité relationnelle et le processus de création, ainsi que sur le rapport fiction/réalité.

En effet, tout au long de ce roman, deux positions s'expriment au sujet de ce rapport. De l'avis de Stephen, spécialiste en littérature, « les seules créations valables sont celles de l'imaginaire ». (57) De son côté, Rosélie considère que « les histoires qu'on écrit n'arrivent jamais à la

---

17 Une situation similaire se retrouve dans le roman *Le livre d'Emma* de Marie-Célie Agnant (Montréal, Éd. du remue-ménage, 2001), où le médecin psychiatre fait appel à une compatriote d'Emma afin de la faire parler du meurtre de son enfant.

cheville de la réalité. Les romanciers ont peur d'inventer l'invraisem-
blable, c'est-à-dire le réel». (26) Quant à l'écrivaine Condé, elle oscille
entre ces deux positions : «J'ai voulu mêler directement mes souvenirs
et mes expériences au cheminement de cette héroïne qui est un peu
moi, mais n'est pas moi» (Condé 2003b), affirmait-elle peu de temps
après la publication de ce livre.

Si l'on s'en tient aux nombreuses références géographiques et
sociohistoriques insérées dans ce roman, il est indéniable que les souvenirs que l'auteure a gardés des endroits où elle a vécu ou qu'elle a
parcourus servent de modèles aux énoncés de fiction. La «duplicité
de référence» dont parle Gérard Genette dans *Fiction et diction* (1991,
59) permet à tout écrivain de donner un statut fictionnel à des référents réels. Quelques-uns de ces référents, même s'ils se transforment
en assertions feintes suite à leur insertion dans une fiction, continuent
à véhiculer des messages que l'auteur veut transmettre à son lecteur.

Si certains énoncés de fiction passent plus facilement le test de
vérité, qu'en est-il de la fictionnalisation des énoncés de type autobiographique qui figurent dans un roman où tout n'est pas réel et tout n'est
pas fiction? Comment peut-on parler de soi à travers une héroïne qui,
bien qu'elle suive un itinéraire similaire à celui de l'écrivaine Condé, vit
des aventures tout à fait nouvelles?

C'est justement ce genre de fiction qui est problématique, selon
Genette, car il correspondrait à la description suivante : «Moi, auteur, je
vais vous raconter une histoire dont je suis le héros, mais qui ne m'est
jamais arrivée.» (1991, 86) Il attire l'attention sur le «pacte délibérément
contradictoire» (*Ibid.*) de l'autobiographie à la première personne qui
suppose la dissociation du personnage entre «une personnalité authentique» et «un destin fictionnel». (*Ibid.*) Mais Genette ne sépare pas
clairement le biographique du fictionnel. Cette opération s'avère d'autant plus difficile, dit-il, dans le cas des autobiographies à la troisième
personne, qui se rapprochent plutôt de la fiction que du récit factuel,
comme dans le cas de ce roman de Condé.

Pour un lecteur qui ignore les grandes lignes de la biographie de
l'auteure, *Histoire de la femme cannibale* se présente comme un roman
fragmenté, touffu, se déroulant dans un espace pluriel, renvoyant à des
réalités et des événements plus ou moins familiers. Par contre, le lecteur

initié aux récits de Condé n'est pas dupe du fait que l'auteure partage des traits communs non seulement avec la protagoniste Rosélie, mais aussi avec l'instance énonciative. La question qui se pose est de savoir comment se fait le partage entre biographique et fictionnel.

Considérons un court passage du roman, qui nous permet d'avancer l'hypothèse de l'identité entre l'auteure et la voix narrative. À un certain moment, on rapporte une dispute entre Rosélie et son mari au sujet de la race. Dans le discours indirect libre utilisé dans ce passage, on mentionne un incident arrivé à la Martinique, où les gens auraient mutilé la statue de Joséphine, jugée coupable de la décision de Napoléon de rétablir l'esclavage : « Statue cou-coupé. Soleil cou-coupé. Célanire cou-coupé. » (82) Ces références intertextuelles n'échapperont pas à un lecteur familier des poèmes d'Apollinaire et de Césaire, et du roman fantastique *Célanire cou-coupé*,[18] publié par Condé en 2000. L'ambiguïté propre au discours indirect libre, où les paroles rapportées peuvent avoir comme source soit le narrateur, soit le personnage, ne joue pas dans ce cas. Maryse Condé y donne la parole à une instance narrative qui est au courant de son autre roman, car Rosélie, qui « ne lisait pas, on le lui avait toujours reproché » (26), n'aurait probablement lu ni « Zone » d'Appolinaire, ni « Soleil cou-coupé » de Césaire, ni *Célanire cou-coupé* de Condé. D'ailleurs, cette instance narrative mentionne à plusieurs reprises la connaissance très limitée que Rosélie avait de la littérature en général, et de la littérature des Antilles en particulier : « Rosélie, qui ne connaissait de la littérature antillaise que *Pluie et vent sur Télumée Miracle*, lu par hasard une saison d'hivernage trop pluvieux, ignorait ces débats. » (155)

Mais en dépit du décalage évident entre le savoir de l'instance narrative et celui de l'héroïne, celle-ci renvoie par bien de ses traits à l'auteure de ce roman. Les deux sont originaires de la Guadeloupe, les deux ont poursuivi des études à Paris, ont suivi un homme en Afrique, où elles n'ont pas nécessairement retrouvé leurs racines, ont fait l'expérience du couple mixte en Amérique et ailleurs. La quête de soi pour les deux femmes se place donc sous le signe de l'errance, source évidente de leur créativité. Ce qui les distingue dès le départ, c'est leur profession.

---

18 Maryse Condé, *Célanire cou-coupé*, Paris, Robert Laffont, 2000.

Cependant, Maryse Condé fait une affirmation apparemment para-doxale au sujet du choix de la profession de Rosélie : « Mais je la voyais plutôt écrire. La peinture, ici, est pour moi une manière de parler de l'écriture. Je voyais là un moyen de dire : "C'est moi, mais, en même temps, ce n'est pas moi". » (Condé 2003b) Quant à la reconnaissance tar-dive de la qualité de la peinture de Rosélie, l'auteure précise qu'elle en a fait la même expérience : « Elle me ressemble, là aussi. […] J'écris depuis très longtemps, mais ce n'est que depuis récemment, quelques années en fait, qu'on m'accorde une réelle crédibilité. Mes débuts littéraires ont été lents, et je n'ai pris confiance que peu à peu. » (*Ibid.*)

Force est de constater que le paratexte nous fournit des éclaircis-sements qui, ajoutés aux expériences du personnage, nous permettent de conclure sur la quasi-ressemblance auteure ≈ personnage au niveau de leur parcours de vie. Bien que leurs expériences ne soient pas iden-tiques, elles renvoient toutes à l'errance au cours de laquelle se pour-suit leur quête identitaire, à la peur doublée du désir de retourner à l'île natale, au risque d'être exclues ou invisibles dans un couple mixte, et surtout à la difficulté d'une femme de couleur de s'affirmer en tant qu'artiste dans un monde encore patriarcal. En même temps, cette quasi-ressemblance donne à Condé la possibilité de laisser son héroïne vivre des aventures différentes des siennes (« Mais les événements aux-quels elle est mêlée sont de la pure fiction », 2003b), de refaire autrement son apprentissage douloureux de femme et d'artiste dans un monde « en voie de métissage ». (*HFC*, 71)

En ce qui concerne les passages où l'auteure s'identifie au narrateur, ceux-ci permettent à l'écrivaine de mettre sur le compte de l'instance narrative les nombreux commentaires métalinguistiques et idéolo-giques trahissant ses positions sur plusieurs sujets d'actualité, tels la littérature francophone, le français et le créole comme langues d'écri-ture, les faiblesses de la démocratie américaine, l'impact de Césaire et de Fanon sur la littérature postcoloniale, ou le racisme encore présent sur le continent africain et ailleurs.

En revenant à la question de l'autobiographie à la troisième per-sonne, que Genette considérait la plus problématique, je me permets de proposer une formule qui se lirait de la façon suivante : « Moi, auteur, je vais vous raconter une histoire dont le héros/l'héroïne me ressemble et qui ne reflète que partiellement mes expériences ». Un tel récit, genre hybride par excellence, établit une relation d'approximation entre auteur et personnage, ce qui facilite la fictionnalisation d'un certain nombre d'expériences personnelles. Lorsque cette relation d'approximation s'établit également avec son narrateur, l'auteur peut faire connaître ses positions sur des sujets qui lui tiennent à cœur, mais sur lesquels le personnage, qui ne lui ressemble que partiellement, ne pourrait s'exprimer.

En guise de conclusion sur ce roman, je voudrais revenir à la figure de la femme cannibale vers laquelle convergent plusieurs directions épistémologiques, capables d'engendrer une réflexion sur la condition de l'artiste contemporain à travers deux problématiques majeures : le nomadisme ou l'errance comme source de créativité[19] et le métissage culturel comme nécessité pour la redéfinition de l'identité. Chez Maryse Condé, l'esthétique cannibale[20] devient un véritable manifeste de l'écrivain de l'époque postcoloniale qui, à son avis, devrait dépasser le stade de dénonciation du dualisme colonisateur/colonisé en surmontant la peur de l'assimilation. Elle l'invite à se sentir libre de *cannibaliser* la langue choisie pour son écriture, de l'infuser de la langue de son ethnicité, dont l'usage ne devrait jamais devenir une contrainte. Réaffirmation de son refus d'adhérer aux exigences des Créolistes, certes, mais aussi adhésion non avouée aux idées de Glissant qui, dans ses textes théoriques et romanesques, défendait et illustrait la poétique du divers et du tout-monde. Qu'on le veuille ou non, constatait-il, « le monde se créolise ». (Glissant 1996, 15)

Histoire de la femme cannibale, roman publié dix ans après *Tout-monde* de Glissant, illustre par de nombreux traits le type de roman qui « peut partir dans toutes les directions : il parcourt le monde » (Glissant 1996, 129). Maryse Condé va jusqu'à parler d'une « esthétique de la migration

---

19 « [...] c'est l'errance qui amène la créativité [...] Il faut absolument être errant, multiple, au-dehors et au-dedans. Nomade », affirme Condé dans un des entretiens accordés à Françoise Pfaff (*Entretiens avec Maryse Condé*, Paris, Carthala, 1993, p. 46.)
20 Cette esthétique n'était pas étrangère à certains Antillais des années 1940, qui lui attribuaient la capacité de mettre fin à l'imitation servile des modèles canoniques français. C'est le cas de Suzanne Césaire qui, critiquant le doudouisme, voire l'exotisme littéraire, affirmait : « La poésie martiniquaise sera cannibale ou ne sera pas » (*Tropiques* n° 4, 1942, p. 50.) Une année plus tard, dans la même revue, René Ménil envisageait un roman antillais cannibale.

assumée» (Cottenet-Hage et Moudileno 2002, 51), cultivée par les artistes qui placent leur quête identitaire sous le signe de l'errance dans laquelle ils découvrent la source de leur créativité grâce au contact avec les communautés migrantes. Il suffit de mentionner les titres de deux romans publiés par Condé dans les années 1990, à savoir *La colonie du nouveau monde*[21] et *La migration des cœurs*[22] pour nous rendre compte de l'importance que joue pour cette auteure la culture pluraliste de l'avenir qui, à son avis, devrait mieux valoriser le métissage et les identités hybrides. Il ne s'agit plus d'un nouveau regard exotique ou touristique, qu'elle prend d'ailleurs en dérision dans *Histoire de la femme cannibale*, mais d'une véritable ouverture vers l'autre, avec qui on entre en relation non pas pour le changer, mais, comme le dit Glissant, pour «changer en changeant». (1996, 42)

Victoire, les saveurs et les mots : biographie fictionnelle

De l'aveu de Maryse Condé, le récit de Victoire a attendu bien des années avant d'être partagé avec ses lecteurs. C'est un texte hétérogène, situé à la croisée de la biographie et de la fiction, contenant aussi de nombreux éléments autobiographiques. Il témoigne de la volonté de l'auteure de fouiller la mémoire familiale et insulaire afin de reconstituer l'histoire «vraie» de sa grand-mère blanche et illettrée, morte quelques années avant sa naissance. Devant l'insuffisance des traces matérielles et des souvenirs précis, l'écrivaine porte secours au biographe, complétant cette histoire lacunaire de mots de sa propre invention, tout comme sa grand-mère inventait des mets nouveaux à partir d'aliments familiers de sa Guadeloupe natale.

Avant d'amorcer l'histoire de Victoire, l'auteure avertit son lecteur : « Tel qu'il est, je livre le portrait que je suis parvenue à tracer, dont je ne garantis certainement pas l'impartialité, ni même l'exactitude. » (17) Effectuant un incessant va-et-vient entre biographique et fictionnel, Maryse Condé déconstruit le récit de vie antillais typique afin de construire son récit de filiation et d'élucider une fois pour toutes,

---

21 Maryse Condé, *La colonie du nouveau monde,* Paris, Robert Laffont, 1993.
22 Maryse Condé, *La migration des cœurs*, Paris, Robert Laffont, 1995.

dit-elle, la source de sa créativité. Cette biographie postmoderne trans-gresse donc les conventions du genre biographique. En effet, tout en se pliant à l'exactitude référentielle exigée par la biographie, l'écrivaine fait appel au romanesque pour mieux saisir le portrait à la fois multiple et unique de sa grand-mère. De plus, les nombreux commentaires méta-linguistiques et autoréflexifs qui émaillent le tissu textuel de *Victoire* trahissent la tentation constante éprouvée par l'auteure de brouiller les présupposés formels du genre biographique.[23]

Commençons par l'exergue choisi par Condé à son récit : « Il devient indifférent que je me souvienne ou que j'invente, que j'emprunte ou que j'imagine. » Cette citation tirée de Bernard Pingaud nous place d'emblée sur une piste de lecture similaire à la trace antillaise qui dévoile tout en obscurcissant la voie à suivre. Déstabilisant les frontières entre souvenir et invention, entre histoires et la grande Histoire, Maryse Condé s'aven-ture sur le terrain glissant de la biofiction. À la différence de Rosélie, héroïne fictive dont le parcours de vie ressemble partiellement à celui de l'auteure, Victoire est un personnage réel dont la trace à peine visible s'inscrit à mi-chemin entre biographie et fiction. Ne disposant que d'un nombre limité de « biographèmes »,[24] Condé ne peut qu'imaginer la vie de cette grand-mère mystérieuse à partir de plusieurs détails, dont sa fascination pour la musique classique.[25]

Dès le prologue, on constate qu'un lourd silence pèse sur la vie de cette aïeule dont personne ne parlait dans la maison familiale de Pointe-à-Pitre. Le récit minimal que lui en avait fait sa mère institutrice a attisé

---

23 Selon Derek O'Reagan, Maryse Condé pratique ce dialogue dans plusieurs de ses derniers romans, dans le but de décoloniser ses textes et de subvertir les conventions génériques (*Postcolonial Echoes and Evocations: The Intertextual Appeal of Maryse Condé*, New York, Peter Lang, 2006.)

24 Terme utilisé par Roland Barthes pour parler d'une biographie basée sur « quelques détails », « quelques goûts », « quelques inflexions » (*Sade, Fourier, Loyola*, 1971, p. 14.)

25 L'aire de *Carmen*, symptomatique de la fascination de Victoire pour la musique, revient à plusieurs reprises au cours du récit. Cette passion inexplicable chez une personne de la condition de Victoire serait à l'origine de son amitié avec Thérèse Jovial et Anne-Marie Walberg, musiciennes de talent toutes les deux. À ce sujet, l'auteure avoue son incompréhension de la place que la musique a jouée dans la vie de sa grand-mère : « J'ignore ce qu'elle ressentait en écoutant les concerts munici-paux en plein air, car, à la différence de la cuisine, je n'ai jamais pu imaginer ce que signifiait exactement pour elle, la musique. » (*V*, 216)

davantage la curiosité de l'enfant qui, une soixantaine d'années plus tard, se mettra à remplir les trous de cette histoire indicible ayant comme toile de fond la Guadeloupe de la fin du XIXe siècle et du début du siècle suivant. Toujours dans le prologue, Maryse Condé nous dévoile l'origine de son désir d'écrire sur cette grand-mère marginalisée et entourée de mystère. Il s'agit d'une photo posée sur le piano de la maison de ses parents, représentant une femme aux « yeux pâles à la Rimbaud » (13), devant laquelle sa curiosité d'enfant n'a jamais été assouvie, et dont la double étrangeté n'a jamais cessé de l'interpeller tout au long de sa vie adulte. De peau très claire et de condition modeste, Victoire Quidal a pris au cours des années d'errance de sa petite-fille les dimensions d'une figure tutélaire vers laquelle Condé a finalement jeté un pont bâti sur son imaginaire plus que sur la mémoire familiale : « Pour nous tous, cette grand-mère à l'étrange couleur fut à moitié imaginaire. Un esprit. Un fantôme. Couchée dans la nuit du temps longtemps. Tout au plus une photo énigmatique posée sur le dessus d'un meuble. » (209) À cette photo réelle fait pendant une photo absente, animée par le don créatif de la romancière : « Une photo qui n'existe plus aujourd'hui ou qui n'a peut-être jamais existé, mais que je peux reconstituer. »[26] (26)

Entre ces deux photos, jalons du biographique et du fictionnel, Condé tisse un récit qui, pense-t-elle, éclaire davantage son héritage familial et culturel. Mais le biographe parti à la recherche des pièces nécessaires à la reconstitution du puzzle de la vie de Victoire avoue l'échec partiel de son entreprise d'archiviste, se plaçant d'emblée dans un espace d'écriture interstitiel, dans un entre-deux mémoriel façonné par l'imaginaire. Ainsi ne tarde-t-elle pas de dévoiler au lecteur le but de son projet biographique, projet pour le moins paradoxal : « Ce que je veux, c'est revendiquer l'héritage de cette femme qui apparemment n'en laissa pas. » (85) Projet ambitieux aussi, car elle ne possède que les lettres et les objets peu nombreux gardés par sa mère, auxquels s'ajoutent quelques témoignages, dont certains assez douteux, ainsi que

---

26 Cette photo imaginaire représentant la jeune Victoire entourée de la famille fait penser à la photo absente de la jeune narratrice de *L'Amant* de Marguerite Duras, prise au moment de la traversée du Mékong.

plusieurs notes journalistiques contenant, entre autres, les menus de quelques dîners mémorables préparés par Victoire.

Et pourtant, la vie sans traces de cette femme discrète et silencieuse, avec qui Maryse Condé imagine partager la passion dévorante de la création, sera finalement retracée dans son livre. Devant le vide mémoriel et documentaire, il ne lui reste qu'une solution pour narrer l'histoire lacunaire et indicible de Victoire : « Je ne peux donc qu'imaginer » (56), dira la narratrice, déterminée à combler les manques par le recours au fictionnel. Aussi l'espace biographique s'ouvre-t-il au romanesque, à l'invention, permettant à l'auteure de mettre en question la fiabilité de la mémoire et de présenter *sa* version des faits, qui entre souvent en contradiction avec d'autres perspectives énoncées au sujet de certains événements de la vie de Victoire. Tel est le cas des circonstances de la conception de sa mère : « Ce ne fut pas un viol, cela j'en suis sûre » (*Ibid.*), affirme-t-elle en guise d'introduction à cette histoire incertaine d'amour et de séduction, qui se terminera par la fuite du séducteur de sa grand-mère et la naissance de sa mère Jeanne.

Par le biais du dialogue entamé avec son personnage à la fois réel et imaginaire, Condé interroge les vieilles mentalités de l'époque de sa grand-mère, tout en remettant en question certaines représentations truffées de clichés présents dans les récits de ses compatriotes.[27] À ce sujet, Mireille Rosello note que le rejet des clichés chez Condé témoigne d'un changement important survenu dans la littérature antillaise, préoccupée de travailler sur l'énoncé plus que sur l'énonciation, ce qui la sort de l'inexistence à laquelle elle avait été condamnée par le discours hégémonique. (1992, 29)

---

27 L'affection de Boniface Walberg pour la petite Jeanne aurait été un bon prétexte pour illustrer l'abus que beaucoup de Blancs pays faisaient subir à leurs domestiques : « Que j'aimerais insérer ici une affaire de pédophilie ! Le salaud blanc pays abusant de la petite négresse, fille de sa servante. Hélas ! Boniface Walberg était un homme simple et droit. » (105) Pendant la fuite de Victoire avec le jeune Martiniquais Alexandre Arconte, les Walberg redoublent d'affection pour Jeanne, trop jeune pour comprendre les raisons de l'absence de sa mère : « Voilà encore que je rate mon récit croustillant. Dans les poitrines d'Anne-Marie et de Boniface, sous leurs peaux blanches, battaient des cœurs d'hommes et de femmes normaux. » (127) Plus tard, les avances de Boniface Jr, attiré par la beauté de Jeanne, ne mènent pas au viol si présent dans d'autres récits antillais : « Quel dommage pour mon récit qu'il ne l'ait pas prise de force ! » (147)

Notons que ce n'est pas la première fois que Maryse Condé remet en question le rapport du biographique et du fictionnel. Si l'on s'en tient à une affirmation de Dominique Viart, « les récits de mémoire contemporains dérivent tous d'un même postulat, à savoir que la connaissance de soi nécessite le détour par l'altérité, et d'abord par l'autre le plus proche. » (2008, 166) Dans le cas de l'auteure de *Victoire*, le questionnement sur soi à l'intérieur d'un espace scriptural propice à ses réflexions de femme et d'écrivaine antillaise est facilité par la biographie lacunaire de sa grand-mère maternelle. Faisant de cette inconnue le support de son récit de filiation, elle réfléchit sur l'impact que cette figure tutélaire aurait eu sur son imaginaire. Rien qu'un exemple. Intriguée par le refus de sa mère de parler de La Treille et de Grand-Bourg, lieux associés à l'enfance et à l'adolescence de Victoire, la narratrice-écrivaine dont l'identité ne laisse aucun doute se pose la question suivante : « Est-ce pour cela que Marie-Galante fonctionna dans mon imaginaire comme une terre mythique, un paradis à reconquérir ? » (79) À la différence de sa mère qui, après la mort de Victoire, a exagéré ses qualités, refusant de comprendre la vraie personnalité de cette femme effacée, mais sensible à la beauté des sons et à la délicatesse des saveurs, Maryse Condé apprécie à sa juste valeur l'héritage reçu de cette grand-mère « secrète, énigmatique, architecte inconvenante d'une libération dont sa descendance a su, quant à elle, pleinement jouir ». (255)

De l'autobiographie « sans fards » à l'autobiographie culinaire

Le premier recueil contenant quelques souvenirs d'enfance de Maryse Condé, intitulé *Le cœur à rire et à pleurer*,[28] se place d'emblée entre fiction et réalité, fait suggéré par le sous-titre oxymorique « Contes vrais de mon enfance » et renforcé par l'épigraphe tirée de *Contre Sainte-Beuve* de Marcel Proust : « Ce que l'intelligence nous rend sous le nom de passé n'est pas lui. » Dans l'avant-propos de *La vie sans fards*, récit publié une dizaine d'années plus tard, l'instance énonciatrice, parlant du sens de sa quête en terre africaine, se reconnaît, paradoxalement, dans le narrateur désabusé d'*Un amour de Swann*, qui évaluait son entreprise

---

28 Maryse Condé, *Le cœur à rire et à pleurer*, Paris, Robert Laffont, 1999.

biographique de la façon suivante : « Dire que j'ai gâché des années de ma vie, que j'ai voulu mourir, que j'ai eu mon plus grand amour pour une femme qui ne me plaisait pas, qui n'était pas mon genre. »[29] À l'instar du scripteur proustien, le « je » narrant de *La vie sans fards*, réfléchissant sur le sens des expériences du « je » narré, constate le fossé créé entre la perception du vécu et le récit rétrospectif qu'on en fait. L'expérience mise à l'épreuve du temps et de l'écriture aurait-elle donc fait migrer l'événement du réel vers l'imaginaire ? Autrement dit, l'énoncé qui essaie de capter la « vérité » d'un événement vécu peut-il saisir l'essence de la perception de cet événement survenu dans un temps différent de celui de son énonciation ?

Pour marquer la distance qui sépare le sujet empirique du sujet discursif de ce récit, Maryse Condé se sert cette fois-ci d'une épigraphe qu'elle attribue à Sartre, sans en indiquer précisément la source : « Vivre ou écrire, il faut choisir ». Ce dilemme existentiel, formulé d'une façon légèrement différente dans *La Nausée* (« il faut choisir, vivre ou raconter »[30]), dilemme fondamental chez de nombreux écrivains et philosophes, invite de nouveau à réfléchir à la complexité de la relation que la littérature, en l'occurrence le récit de vie, entretient avec la réalité du vécu.

Le questionnement de la sincérité de l'écriture de soi apparaît dès l'incipit de *La vie sans fards* :

> Pourquoi faut-il que les autobiographies et les mémoires deviennent trop souvent des édifices de fantaisie d'où l'expression de la simple vérité s'estompe, puis disparaît ? Pourquoi l'être humain est-il tellement désireux de se peindre une existence aussi différente de celle qu'il a vécue ? (11)

Le désir de parler vrai anime également la narratrice de *Mets et merveilles*, véritable autobiographie culinaire parue en 2015, construite autour du thème du voyage. Dans cet ouvrage, le « je » autobiographique choisit de décrire ses nombreux déplacements au cours desquels art littéraire et art culinaire s'avèrent indissociables.

---

29 Marcel Proust, *Un amour de Swan*, 1913, p. 16.
30 Jean-Paul Sartre, *La Nausée*, Paris, Folio [Gallimard 1938], 1997, p. 62.

Les deux autobiographies en question confirment aussi la méfiance de Condé de retourner « au pays natal » dont elle n'a appris la vraie histoire qu'après avoir quitté son île. Mais les raisons de son « détour » par l'Afrique, précise-t-elle dans *La vie sans fards,* ne sont pas celles fournies par quelques critiques soucieux de faire entrer son parcours de vie dans le cadre parfois contraignant de la perspective postcoloniale. C'est pourquoi l'auteure tient à révéler dans ce récit autobiographique les vrais motifs de son long séjour sur le continent africain.

La narratrice de ce récit ne cache pas son enthousiasme initial de découvrir les racines de ses ancêtres, mais le détour par l'Afrique était, de toute façon, la seule option qui s'imposait à la jeune Boucolon, devenue Condé, mère d'un enfant illégitime et enceinte d'un deuxième. Elle se rappelle tout d'abord qu'avant d'arriver en Côte d'Ivoire à la fin des années 1950, elle a fait escale à Dakar, ville pour laquelle elle avoue n'avoir eu « aucun coup de foudre » (42), tant elle lui semblait à mille lieues des représentations poétiques de Senghor. En dépit du bilan plutôt positif qu'elle dresse à la fin du chapitre consacré à son séjour en Côte d'Ivoire, pays mystérieux et fascinant qui lui a inspiré quelques pages mémorables du roman fantastique *Célanire cou-coupé,* la narratrice ne peut passer sous silence le sentiment inexplicable d'exclusion qu'elle y a éprouvé. Malgré son désir de participer aux efforts de l'Afrique de se frayer un nouveau chemin dans l'histoire, elle a dû se contenter d'y assister seulement. Tout comme les protagonistes féminins de plusieurs de ses romans inspirés par l'Afrique (*Heremakhonon, Célanire cou-coupé, Histoire de la femme cannibale, Les belles ténébreuses*), la jeune Antillaise marginalisée constate que la couleur de la peau ne suffit pas pour être accepté par ses « frères » africains. En témoigne la présence de nombreux compatriotes qui « ne vivaient qu'entre eux » (49), élargissant le « fossé [qui] les séparait des Africains ». (*Ibid.*) Mais à la différence de la diaspora antillaise, assez nombreuse à cette époque-là, elle éprouve le désir d'explorer le pays, sans pour autant faire trop d'effort pour s'y intégrer.

Après la naissance de sa première fille, Condé vivra quelques années en Guinée, le pays qu'elle a chéri le plus, avoue-t-elle, même si elle avait dû y faire face à une altérité encore plus menaçante. À Conakry, le régime de Sékou Touré lui révèle un visage insoupçonné de l'Afrique au tournant des Indépendances : pauvreté, pénuries, émeutes rapidement « réprimées dans le sang » (105) d'un côté, corruption, soif de pouvoir, richesses et discours mensongers de l'autre. Jeune professeure de français, mère de trois enfants qu'elle élève presque seule, Condé continue à s'opposer à la fausse intégration dans une société qu'elle s'efforce pourtant de comprendre. En témoignent les nombreuses lectures politiques suggérées ou imposées par ses amis militants qui lui conseillent, en fonction des circonstances, soit de travailler sur sa vie de couple afin d'offrir un père légitime à ses enfants, soit de retourner avec eux en Guadeloupe. Ainsi, les stratégies de survie deviennent l'occupation majeure de cette femme plongée régulièrement dans la déprime. Comme elle est souvent sans travail, elle commence à s'initier au marxisme, aux ouvrages de Franz Fanon et à la littérature francophone, sans pour autant penser à l'écriture. Au bout du récit de son séjour en Guinée, le « je » écrivant fait de nouveau le bilan de ses expériences passées, avouant l'incapacité du « je » narré de comprendre l'Afrique :

> Trop d'images contradictoires se superposaient, note-t-elle : celle complexe et sans rides des ethnologues. Celle spiritualisée à outrance de la Négritude. Celle de mes amis révolutionnaires, souffrante et opprimée. Celle de Sékou Touré et de sa clique, proie juteuse à dépecer. (144–5)

Cette dernière représentation de l'Afrique-victime est liée particulièrement au Ghana, où elle-même se trouvera en position de « proie [...], seule, jeune, vulnérable ». (181) Les réfugiés politiques y préparaient fiévreusement une révolution qu'ils espéraient salvatrice pour le peuple, tandis que la jeune Antillaise se demandait ce que ce pays signifiait pour les diasporas africaines qui s'y côtoyaient sans vraiment se comprendre. Dans cette Afrique anglophone d'une diversité étonnante, « la Négritude n'était qu'un grand beau rêve. La couleur ne signifie rien » (190), conclut-elle, profondément déçue de ses nombreux échecs. Malgré le bilan plutôt décevant de son séjour au Ghana, il n'est pas sans intérêt de noter que c'est ici que la jeune Condé a éprouvé pour la première fois le désir d'écrire, désir qui s'est transformé en réalité à Dakar, et qui ne l'a plus jamais quittée.

Que reste-t-il de l'Afrique où elle espérait trouver des réponses à ses nombreuses questions personnelles et existentielles ? Une cinquantaine d'années après avoir quitté ce continent, le récit de vie « sans fards » réussit-il à donner un sens aux événements composant la vie réelle d'un sujet devenu scripteur ? La version racontée de ces événements soumis à un long processus de réflexion peut-elle restituer le vrai passé ? Enfin, comment peut-on revivre le passé à travers l'écriture sans le modifier constamment, comme le dit Proust, suite à l'éclairage subjectif qui n'est jamais le même ? Les deux dernières phrases de *La vie sans fards,* placées juste après le court récit de la rencontre de son futur mari au Sénégal en disent long à ce sujet : « L'Afrique enfin domptée se métamorphoserait et se coulerait, soumise, dans les replis de mon imaginaire. Elle ne serait plus que la matière de nombreuses fictions. » (334) La narratrice adulte se place donc au-delà de l'aspect expérientiel du sujet de l'énoncé afin de mieux juger de la place que l'Afrique allait occuper dans son imaginaire.

Et en effet, plusieurs écrits de Maryse Condé seront inspirés de l'histoire africaine précoloniale, ainsi que de son vécu tissé d'une façon parfois imperceptible dans la trame du vécu des autres. Ces représentations puisant dans les lectures, la mémoire et l'imaginaire de l'auteure diffèrent d'un écrit à l'autre, souvent d'une façon radicale, comme on peut le constater dans *Mets et merveilles.* L'un des exemples les plus frappants se trouve dans un court chapitre de ce dernier récit autobiographique. Condé y revient sur son parcours africain mais, à la différence de *La vie sans fards*, ce récit semble se nourrir d'un vécu d'où sont bannies toutes les souffrances et les frustrations narrées dans le récit antérieur. D'ailleurs, la narratrice avertit son lecteur dès le début du chapitre consacré à l'Afrique qu'elle ne reviendra pas « aux années de plomb » (*MM*, 39) qu'elle y avait passées. Le « je » autobiographique, arrivé à un certain âge, choisit de décrire avec un certain détachement ses nombreux déplacements, révélant une autre facette de l'écriture de soi. La narration, construite autour de plusieurs événements alimentant la force du discours culinaire, révèle une écrivaine passionnée de nouvelles cuisines, mais aussi de nouvelles rencontres.

Comme annoncé dans la Préface, le sujet de ce livre est « [l]e récit de [s]on long crime de lèse-majesté » (*MM*, 15) consistant à mettre sur un pied d'égalité deux grandes passions, la cuisine et la littérature. Le passage des mets aux mots, des saveurs aux savoirs se fait sur un ton anecdotique, non troublé par l'angoisse évoquée dans son récit précédent, ni par les désillusions éprouvées au contact du tourbillon politique et social dont elle avait été témoin lors de son premier séjour africain.

Ses réflexions de femme et d'écrivaine sur ses deux passions qu'elle refuse de hiérarchiser lui donnent aussi l'occasion de remettre en question les règles de l'écriture autobiographique qui, à son avis, devraient devenir plus flexibles, compte tenu des changements identitaires qui n'arrêtent pas de la surprendre. Le fait que la vérité d'un même élément du vécu soit présentée de façon différente en raison de la vérité du moment de sa remémoration par le «je» autobiographique ouvre le récit à des possibilités de combinaisons multiples.

Les deux récits de soi de Maryse Condé ne font que confirmer l'illusion d'une autobiographie où la majorité des faits soient vérifiables, tout comme celle d'un plat qui soit associé à une pratique culinaire unique. Si dans la biographie de *Victoire* l'auteure fait plus de place au fictionnel faute d'informations suffisantes sur la vie de sa grand-mère, dans ses deux autobiographies le souci de référentialité est plus évident, en dépit de certaines inadvertances déjà mentionnées, qui s'expliquent par la distance qui sépare les événements narrés du temps de l'écriture. Jean-Marie Shaffer avance même l'hypothèse d'une «crise de la notion même de vérité». (2001, 16) Chez Condé, cette crise est moins évidente car l'information (auto)biographique est toujours accompagnée de réflexions sur l'écriture et l'art culinaire.

Entre récit de soi et fait divers chez Annie Ernaux

Les faits divers, incidents banals ou événements surmédiatisés, dont certains ne doivent leur retentissement qu'à leur caractère anormal ou monstrueux, attirent depuis longtemps l'attention des écrivains grâce à leur potentialité romanesque. Pour des écrivains comme Balzac, Flaubert ou Zola, les faits divers jouent le rôle d'embrayeurs, permettant au discours romanesque de mieux s'ancrer dans la réalité extralinguistique. Pour d'autres, la banalité et la sécheresse lexicale de la mise en forme journalistique contribuent, à des degrés différents, à la mise en place d'une nouvelle pensée de la représentation du réel. Annie Ernaux, bien connue pour sa fascination avec les faits divers, appartient à cette deuxième catégorie. Même si elle ne s'inspire pas directement de faits divers réels, plusieurs de ses récits en subissent l'effet au niveau de l'écriture, suggérant aussi un pacte de lecture similaire à celui proposé par ce genre journalistique.

L'écriture du quotidien

À la lecture des récits d'Annie Ernaux, auteure soucieuse de saisir le réel dans ce qu'il a de plus authentique, on constate l'effet que la structure et le langage des faits divers exercent sur l'écriture du quotidien. Précisons que le concept de « quotidien » sera utilisé dans le sens que lui a donné le philosophe Bruce Bégout dans son ouvrage *La Découverte du quotidien* (2005). Il le définit, *grosso modo*, comme un espace en voie de constitution résidant dans un entre-deux où l'être humain, dans son désir inconscient d'apaiser son inquiétude originaire, commence à prendre en charge son rapport au monde en raison de la prise de conscience progressive du conflit entre le familier et l'étranger. Selon Bégout, ce serait une erreur de confondre « le quotidien » et « l'ordinaire » ; ce dernier, précise-t-il, est dépourvu de toute tension ontologique, ce qui le rend incapable de s'ouvrir vers l'inconnu, comme dans le cas du quotidien qui élargit ses frontières au fur et à mesure que l'étrangeté se transforme en familier.

Cette approche phénoménologique du quotidien me permet d'avancer l'hypothèse que l'ancrage des récits ernausiens dans l'ordinaire et le marginal n'est qu'apparent, car l'enjeu de ses textes se joue sur le terrain d'un quotidien dynamique et pluriel, où l'anormal et le déviant ne font que renforcer une normalité socialement marquée. Dans ce qui suit, une attention particulière sera attachée au conflit entre les forces du familier et de l'étranger, tel que perçu par les narratrices des récits d'Ernaux au cours de l'évocation du quotidien de leur enfance. Lorsque la relation entre ces deux éléments constitutifs de la *quotidianisation* devient trop tendue, on constate que les différents porte-parole de l'écrivaine se réfugient dans des espaces d'invention (lecture, écriture, musique, amour) afin de se protéger contre les rituels d'un quotidien qui ne peut plus les garder dans l'illusion des certitudes. C'est à partir de cet entre-deux que les protagonistes d'Ernaux négocient constamment leur difficile rapport à un monde polarisé dont elles ne prennent conscience qu'au moment où elles s'en distancient et le mettent en récit. Que peut donc l'écriture ? se demandent les porte-parole de l'auteure à chaque étape de leur vie. Quels mots pour l'écriture du réel ? Quel sens donner aux événements traumatisants du quotidien qui, dès qu'on les raconte, se transforment en événements banals, tout comme les éphémères faits divers ? Quel lien entre la lecture d'un fait divers dont les traces du réel s'effacent au profit de l'événement et celle d'un récit qui tente de rendre ces traces ineffaçables ?

Ces questions se posent dès le premier roman d'Annie Ernaux, *Les armoires vides* (1974), où la narratrice Denise Lesur raconte l'expérience traumatisante d'un avortement qu'elle a eu à vingt ans. Dans l'attente de cet «événement» (titre du récit éponyme publié vingt-six ans plus tard), la jeune femme se remémore l'enfance et l'adolescence passées au café-épicerie de ses parents : «Voir clair, raconter tout entre deux contractions. Voir où commence le cafouillage.» (17)

Dans son deuxième roman, *Ce qu'ils disent ou rien* (1977), Anne, une adolescente de quinze ans, vit sa première expérience amoureuse qui déclenche en elle le désir d'écrire. À la difficulté de mettre sur papier les gestes et les émotions éprouvées, s'ajoute le constat amer du fossé qui s'agrandit entre sa langue à elle, façonnée à l'école, et la langue des siens, dont elle commence à se détacher : «Tout est désordre en moi, ça colle pas avec ce qu'ils disent» (146), conclut la jeune narratrice profondément marquée par cette expérience amoureuse.

Où commence donc «le cafouillage» dans la vie de ces deux narratrices dont le parcours est identifiable, à bien des égards, à celui de l'auteure ? Comme on l'a déjà mentionné, Ernaux soulève la question de l'adéquation du langage aux expériences racontées dès son premier roman. Le choix des mots devient source d'inquiétude et de réflexions culpabilisantes à mesure que la narratrice constate l'écart entre le langage de ses parents et celui recommandé par l'école catholique. «Deux mondes, constate Denise. Les comparaisons à quel moment c'est venu. Pas encore, pas dans les premières années.» (*AV*, 56–7) Le «bel équilibre » (73) qu'elle avait maintenu pendant ses premières années de scolarité, les « deux mondes côte à côte sans trop se gêner » (*Ibid.*) se transforment vite en terrain de combat quotidien. « Pourquoi ne sont-ils [les parents] pas comme tout le monde ? » (113), se demande la jeune fille qui n'est à l'aise que « devant un devoir, une composition, un livre ... » (91) Ce qui semblait familier et rassurant à l'enfant insouciante d'Yvetot devient peu à peu incompréhensible à l'adolescente qui commence à avoir honte de son milieu, et surtout des gestes vulgaires de ses parents commerçants. Son glissement progressif vers un milieu social diffé-rent des siens lui révèle la position marginale qu'ils occupent au sein d'une société où l'on est jugé non seulement en fonction du capital éco-nomique, mais aussi, comme affirme Pierre Bourdieu, selon le capital culturel[31] dont dispose un individu. C'est ce que suggère la narratrice de *La Place* (1984) au moment où elle termine le récit consacré à son père : « J'ai fini de mettre au jour l'héritage que j'ai dû déposer au seuil du monde bourgeois et cultivé quand j'y suis entrée. » (111)

De quel héritage s'agit-il ? Denise, la protagoniste des *Armoires vides*, étudiante en lettres, se souvient des conversations à voix basse que sa mère entretenait avec ses clientes au sujet des petites « vicieuse[s] » (30) qui osaient transgresser les normes de la moralité farouchement sur-veillée par les mères de famille. Son père n'ouvre le journal local que pour lire « la page des crimes, il adore aussi les accidents ». (159) Anne, la narratrice de *Ce qu'ils disent ou rien,* constate elle aussi que ses parents « commentaient les affaires des journaux, pas les faits politiques, que les accidents, les crimes. » (66) Comment ne pas penser aux observa-tions de Roland Barthes, qui ouvre son essai « Structures du fait divers » par les mots suivants : « Voici un assassinat : s'il est politique, c'est une information, s'il ne l'est pas, c'est un fait divers. » (1981, 188) Ajoutons les remarques de Bourdieu au sujet du peu d'importance des faits divers qui, affirme ce sociologue si cher à Ernaux, n'auraient qu'une fonction de diversion, constituant une sorte de « denrée alimentaire, rudimentaire », « du rien ou du presque rien »,[32] qui prend la place de l'information utile

---

31 Pierre Bourdieu, « Les trois états du capital culturel », *Actes de la recherche en sciences sociales* 30, novembre 1979, p. 3–6.
32 Pierre Bourdieu, *Sur la télévision,* Liber éditions/Raisons d'agir, 1996, p. 18.

pour l'éducation civique. Quant à Foucault, il constate que les discours véhiculés par les faits divers sont symptomatiques des affrontements inhérents aux rapports de pouvoir.[33]

« L'effet de fait divers »

Revenant aux écrits d'Ernaux, une première question s'impose : quel lien peut-on établir entre la lecture des faits divers par les parents des jeunes narratrices de ses récits et la description de leur milieu familial ? D'abord, les faits divers, tout comme les familles commerçantes décrites dans ces récits, se situent dans la marge, celle du journal quotidien ou celle de la Normandie des années 1950 et 1960. Les deux appartiennent à des catégories dévalorisées, que ce soit le genre journalistique s'adressant à des lecteurs moins éduqués, ou les lecteurs de cette rubrique « des chiens écrasés » qui ne s'intéressent, paraît-il, qu'au factuel. On pourrait avancer l'idée que la lecture quotidienne des faits divers par les parents des protagonistes d'Ernaux représente un des éléments qui révèlent leur appartenance à une catégorie sociale dépourvue de capital culturel, catégorie dont on ne peut sortir que par l'éducation et le mariage. La préférence pour ce genre de lecture donne naissance à un phénomène de communication que le sociologue Michel Maffesoli appelle « agrégation tribale ».[34] Denise Lesur, par exemple, se rappelle comment les clientes de sa mère épicière « venaient l'après-midi, quelquefois, raconter leurs trucs horribles [...] Elles dévident interminablement leurs histoires atroces, sans espoir. » (AV, 106) Son quotidien cesse d'être rassurant, car il lui révèle la fissure survenue dans le monde familier de l'enfance.

Un deuxième élément qui se retrouve dans ce genre journalistique marginal et marginalisé, aussi bien que dans l'écriture d'Annie Ernaux, est l'idée de l'écart. L'écart par rapport à la norme, présent dans la plupart des rumeurs et des faits divers commentés dans les milieux populaires, n'est pas seulement un élément de récit ; il sera réellement vécu

---

33 Michel Foucault, *Moi, Pierre Rivière, ayant égorgé ma mère, ma sœur et mon frère : un cas de parricide au XIXe siècle*, Paris, Gallimard, 1973.
34 Michel Mafffesoli, *Le rythme de la vie* 2004, cité par Viart et Vercier 2008, p. 294.

par les jeunes narratrices d'Ernaux qui essaient de donner un sens à leur rapport au monde, au risque de s'éloigner des normes sociales et morales prêchées dans leurs familles. Elles mettront constamment en question l'écart linguistique et culturel à partir du moment où survient le conflit entre les forces de l'espace familier et celles de l'école et de l'université. L'effort de familiarisation avec ces territoires du hors quotidien, révélateurs d'une nouvelle géographie culturelle, conduit à la prise de conscience du mensonge du quotidien de l'enfance qui leur faisait croire qu'il était réellement ce qu'il paraissait. Aussi les protagonistes d'Ernaux finissent-elles par se rendre compte de l'impossibilité de garder les mêmes relations d'échange à l'intérieur de cet espace où le familier n'était que de l'étranger refoulé.

La vision manichéenne des faits divers commentés dans leur milieu social se retrouve très souvent dans leurs réflexions. Denise Lesur, par exemple, aspire vers «le monde limpide, bruissant et léger de l'école, monde pur, où [elle] joue à être pure, monde pour s'envoler loin des caves, du soûlot qui dégobille sur le seuil, en marée rouge ...» (*AV*, 75) Cependant, ce monde idéal restera un mirage pour une jeune fille de sa condition sociale : «Le pire, dira-t-elle, c'était que la classe, les filles, ce n'était pas non plus le vrai lieu. Pourtant, j'y aspirais de toutes mes forces.» (119) La dissolution progressive du familier et la découverte d'autres espaces qui ne se laissent pas facilement «quotidianiser» sont à l'origine de l'apparition d'un sens que les illusoires certitudes du «chez-soi» ne préfiguraient pas.

Le récit autobiographique *La Honte* (1997) saisit d'une façon exemplaire le conflit entre ces deux mondes, conflit qu'on pourrait lire comme un fait divers régi par «une causalité troublée» (Barthes 1981, 189). Dans ce texte, une narratrice adulte ayant du mal à s'identifier sur les photos de famille trompeuses n'arrive à se débarrasser du sentiment de honte qu'elle vit depuis l'âge de douze ans qu'à travers l'écriture de la scène de violence familiale qui l'a déclenchée : «... depuis que j'ai réussi à faire ce récit, j'ai l'impression qu'il s'agit d'un événement banal, plus fréquent dans les familles que je ne l'avais imaginé. Peut-être que le récit, tout récit, rend normal n'importe quel acte, y compris le plus dramatique.» (*H*, 17)

L'incipit du récit résume cet incident : «Mon père a voulu tuer ma mère un dimanche de juin, au début de l'après-midi.» (13) Après la description de cet épisode familial que la narratrice a évité de raconter dans un livre, de peur de transgresser un interdit qui l'aurait privée de la capacité d'écrire, elle constate que la mise en mots de cette scène irreprésentable l'a transformée en «une scène pour les autres». (17) Une scène de violence familiale comme celles décrites dans les nombreux faits divers dont raffolaient ses parents. Avant le 15 juin 1952, se souvient-elle, «il n'y a qu'un glissement de jours et de dates inscrites au tableau et dans les cahiers.» (15)

Le quotidien de son enfance était perçu comme un monde familier, dépouillé de toute étrangeté, puisque le retour du Même lui cachait le caractère équivoque et tendu de cet espace trompeur. Le temps des occupations de tous les jours n'avait pas encore fait place à des événements inquiétants comme celui qui s'était déroulé sous ses yeux. Le surgissement de cet incident effrayant qui avait brutalement déchiré le familier rassurant de l'enfant a mis en marche une autre temporalité, marquée par la honte et la peur de la répétition de cette scène indicible. Dorénavant, elle vivra dans un entre-deux dominé par la peur et la méfiance. Lorsque, bien des années plus tard, elle a osé raconter cette scène à quelques amants, elle a été surprise de constater que ceux-ci n'avaient eu aucune réaction. Pourtant, elle se souvient comment, pendant des mois, la jeune fille de douze ans avait guetté chaque geste de ses parents. C'est à cette époque-là qu'elle s'était mise à comparer son quotidien avec celui de l'école privée fréquentée par des filles issues de familles bourgeoises.

Au moment où elle décide d'écrire cette «chose de folie et de mort» (*H*, 30), elle ne choisit pas de la raconter sur le mode romanesque : «Naturellement pas de récit, qui produirait une réalité au lieu de la chercher.» (38) Quant aux souvenirs, elle se propose de les traiter «comme des documents» (*Ibid.*), comme le ferait un ethnologue, mais, précise-t-elle, «un ethnologue de [s]oi-même». (*Ibid.*) Aussi commence-t-elle par présenter minutieusement la topographie de la ville natale, suivie de la description du quartier où se trouvait la modeste maison familiale. Après tout, l'espace est une des structures fondamentales du quotidien dont l'enfant d'autrefois ne percevait que l'aspect familier, le

« chez-soi » mensonger, partagé entre l'espace public du café-épicerie et l'espace privé, difficile à garder à l'abri des regards curieux des clients. Par la suite, la narratrice passe en revue « les gestes quotidiens qui distinguent les femmes et les hommes » (56), la routine du quotidien, les valeurs de ses proches et leurs conversations qui ignoraient le bon français parlé au centre-ville. Autrement dit, elle se propose de saisir sa réalité et celle de son milieu, ainsi que le passage à travers cette réalité qu'elle essaie de rendre telle qu'elle l'a perçue à chaque étape de sa vie.

Afin de mieux rendre le sens de la scène de ce dimanche de juin qui a produit une rupture dans le quotidien de son enfance, la narratrice se propose de consulter tous les numéros de *Paris-Normandie* de l'année 1952. À cette occasion, elle constate que la plupart des événements importants de cette année-là lui sont connus, mais qu'ils n'ont rien à faire avec la scène qu'elle veut mettre sur papier. Par contre, une fois arrivée à la rubrique « des faits divers atroces » (*H*, 34), elle se rend compte que « [c]était ce que [elle] avai[t] le plus envie de lire » (*Ibid*.). Du numéro « du samedi 14 — dimanche 15 juin » (35), elle ne retient pour son récit qu'un fait divers informant les lecteurs du journal qu'on avait retrouvé le corps d'une petite fille disparue dix jours auparavant. Par ailleurs, dans la description de la scène de violence de ce dimanche de juin, la narratrice insère, sans aucun commentaire, un autre fait divers survenu deux mois plus tard, dans lequel on relatait l'assassinat d'une famille d'Anglais qui faisait du camping au sud de la France. Et la narratrice de conclure : « Je m'imaginais morte avec mes parents au bord d'une route. » (21)

La similarité thématique entre l'événement révélé dans *La Honte* et le récit du monde, raconté dans un fait divers inscrit dans une dimension spatio-temporelle assez proche de celle où s'est produit cet événement, pose la question du choix de la langue. La réalité de ce temps-là, conclut la narratrice de *La Honte*, ne pouvait être atteinte que dans « cette langue matérielle d'alors » (69–70) qui ignorait, dit-elle, « l'enchantement des métaphores, la jubilation du style ». (70) C'est la langue dépouillée du fait divers qui vise à informer sur l'essentiel d'un événement rapporté sur un ton neutre, mais dont la causalité parfois aberrante provoque une réception affective chez les lecteurs.

Notons à ce sujet que la question du style et du langage le plus approprié pour un récit qui se veut fidèle aux expériences racontées se pose
également dans d'autres récits d'Ernaux. Dans *Ce qu'ils disent ou rien*
(1977), Anne prend comme modèle *L'Étranger* de Camus, une histoire
qu'elle trouve «facile à raconter et que tout le monde puisse le savoir»
(33), même si le crime reste inexplicable, comme tant de crimes relatés dans les faits divers. Dans *La Place* (1984), roman publié quinze ans
après la mort de son père, Annie Ernaux aborde de nouveau la question
troublante du langage : «Tout ce qui touche au langage est dans mon
souvenir motif de rancœur et de chicanes douloureuses ...» (64) Dès le
début du texte, la narratrice s'interroge au sujet de la façon de faire la
biographie de son père sans tomber dans le «piège de l'individuel» (*P*,
45) et du sentimentalisme du roman bourgeois. Parallèlement au récit
de la vie et de la mort du père, la narratrice entame le récit de l'écriture
biographique, abandonnée et reprise plusieurs fois justement à cause de
son indécision sur la façon d'écrire :

> Depuis peu, je sais que le roman est impossible. Pour rendre compte d'une vie
> soumise à la nécessité, je n'ai pas le droit de prendre d'abord le parti de l'art
> ni de chercher à faire quelque chose de «passionnant» ou d'émouvant. (23–4)

S'interdire de «prendre le parti de l'art» devient le moyen par lequel
la narratrice de *La Place* croit rester fidèle au milieu social de son père,
où «l'on n'y prenait jamais un mot pour un autre» (46), tout comme
dans la lecture des faits divers. Rejeter «le parti de l'art» suggère également le refus des conventions romanesques et d'un langage imposé par
une longue tradition littéraire. «L'écriture plate, note la narratrice, me
vient naturellement, celle-là même que j'utilisais en écrivant autrefois à
mes parents pour leur dire les nouvelles essentielles.» (*P*, 24) «Dire les
nouvelles essentielles», adopter «le ton du constat» (90) utilisé dans la
correspondance de sa mère n'est-ce pas renouer avec *L'Étranger*, et peut-
être avec le genre journalistique préféré de son père?

Des réflexions similaires se retrouvent dans *Une femme* (1987), livre
paru une année après la mort de sa mère. «Mon projet est de nature
littéraire, précise la narratrice, puisqu'il s'agit de chercher une vérité
sur ma mère qui ne peut être atteinte que par des mots [...] Mais je

souhaite rester, d'une certaine façon, au-dessous de la littérature. »
(23) Ce commentaire prolonge, sans doute, la réflexion sur le refus de
prendre « le parti de l'art », réflexion contenue dans le récit antérieur.
Rester « en dessous de la littérature », c'était rester fidèle non seulement
à sa mère, mais aussi à toute une classe sociale défavorisée, exclue du
domaine de la culture. Toute fiction serait donc trahison du réel. C'est
un entre-deux langagier indécidable, un espace autoréflexif d'où émer-
gent de nombreuses questions au sujet d'une écriture qui n'est ni romanesque ni tout à fait autobiographique. L'appartenance de l'auteure à
deux cultures, source incontestable de sa déchirure identitaire, lui a
finalement imposé sa mission : rechercher la vérité sur son identité à
elle et sur celle de ses parents à l'aide d'une écriture neutre, factuelle,
apparemment froide dans sa brièveté et sa précision, mais qui s'accorde
mieux avec les personnages décrits.

Le refus d'une certaine conception de l'art va encore plus loin dans
Journal du dehors (1993), *La vie extérieure* (2000) et *Regarde les lumières mon
amour* (2014). Plongée dans la foule, que ce soit dans le train ou dans le
métro, au supermarché ou au centre commercial de la Ville Nouvelle
où elle habite, la narratrice-écrivaine réfléchit au sujet de l'impact des
faits réels sur son existence et consigne ses réflexions dans son journal. Déterminée à ne pas s'éloigner de la vérité objective, Annie Ernaux
dépouille au maximum son écriture afin de saisir le réel dans ce qu'il a
de plus authentique : « Aucune description, aucun récit non plus. Juste
des instants, des rencontres. De l'ethnotexte », écrit-elle dans son *Journal
du dehors* (65). Mais le lecteur peut constater à quel point elle est partagée entre sa volonté d'écrire un récit cohérent et son désir de transcrire
telles quelles des scènes réelles auxquelles elle assiste quotidiennement.

Au début de son deuxième journal, *La vie extérieure*, on peut lire
l'observation suivante : « Le récit est un besoin d'exister. » (11) Et pour le
prouver, l'auteure du journal y insert plusieurs faits divers qui ont une
fonction critique beaucoup plus prononcée que ceux insérés dans ses
récits (auto)biographiques, où leur présence était dictée par la logique
de proximité qui permettait au lecteur de les rapprocher plus facilement des pratiques quotidiennes du groupe social décrit dans ces récits.
Par contre, les faits divers consignés dans le deuxième journal extime
d'Ernaux ignorent cette logique. Les sources de leur médiatisation sont

variées, tout comme les lieux où les événements relatés se sont déroulés. Cependant, ils signalent tous une actualité plutôt inquiétante : des sans-abris morts de froid dans différentes régions de la France (*VE*, 39, 123), des ouvriers au chômage réfugiés avec leur chiot dans les vécés d'un cimetière (124), des Turcs asphyxiés à cause d'un poêle à bois. (38–9) Ce journal d'Ernaux privilégie, comme les deux autres, la saisie immédiate du réel, traversé par de multiples tensions dont certaines se manifestent également dans les faits divers. La diariste n'a pas besoin de les commenter, car ils signalent d'une façon succincte les fissures produites dans l'ordre d'un quotidien qui, à la surface, se veut rassurant.

L'écriture dépouillée d'Annie Ernaux invite non seulement à une relecture du réel, mais aussi à une interrogation du pouvoir de l'écriture de changer l'échelle des valeurs d'une société de consommation où l'excès et le manque, le normal et l'anormal, l'ordinaire et l'extra-ordinaire se côtoient dans un entre-deux qui exige d'être traversé afin de trouver de nouvelles significations aux actes du quotidien. Écriture engagée, précise-t-elle juste après l'attribution du prix Nobel de littérature 2022, qu'elle considère non seulement comme « un très grand honneur », mais aussi comme « une grande responsabilité [...] C'est-à-dire de témoigner (...) d'une forme de justesse, de justice, par rapport au monde. »[35]

Entre réel et fantastique : *Terre des affranchis* de Liliana Lazar

L'écrivaine Liliana Lazar, originaire de Roumanie, vit en France depuis 1996. Elle y a écrit son premier roman, *Terre des affranchis*, qu'elle avait mûri pendant de longues années avant de le faire publier en 2009 chez Gaïa Éditions. Ce roman difficile à classer dans un genre particulier a fait une entrée remarquable dans l'arène des lettres, ce qui lui a valu une dizaine de prix littéraires, dont le prestigieux Prix des Cinq

---

[35] « Le prix Nobel de littérature attribué à Annie Ernaux, qui veut témoigner pour la "justesse et la justice" », *Le Parisien* du 6 octobre 2022. https://www.leparisien.fr/culture-loisirs/livres/le-prix-nobel-de-litterature-attribue-a-annie-ernaux-06-10-2022-EV6 DRK6FZJCBTEPNBID3BJYUSY.php. (Page consultée le 7 octobre 2022)

continents 2010. Selon le jury de ce prix, la jeune écrivaine a réussi à capter le difficile passage d'un régime à l'autre dans « un conte cruel, politique et métaphysique où, dans la lutte entre le bien et le mal, devant la brutalité des faits, il n'y a pas de rédemption. »

Il n'est pas sans intérêt de mentionner une observation de Le Clézio au sujet de ce roman : « Quelle audace faut-il pour écrire aujourd'hui un roman fantastique. Quelle audace ou quelle science ».[36] En effet, ce genre romanesque se fait plutôt rare, mais l'écriture de Liliana Lazar réussit à créer une atmosphère envoûtante grâce au brouillage des frontières entre réel et imaginaire, qui facilite l'affrontement entre le bien et le mal, l'amour et la haine, la folie et la raison. De plus, le mystère présent tout au long de ce roman est renforcé par une enquête policière qui contribue davantage au brouillage générique.

Inspiré d'un fait divers d'Ukraine,[37] l'action se déroule à Slobozia, le village natal de l'auteure, village qui a préservé de nombreuses légendes et traditions locales. Dans cet univers clos, la famille Luca, venue d'ailleurs, choisit de vivre dans l'espace liminal séparant le monde civilisé et christianisé représenté par le village, du monde sauvage et païen symbolisé par la forêt et le lac. Le fils, Victor Luca, semble protégé par les forces de ce lac mystérieux, connu sous le nom de *La Fosse aux Lions* qui, miraculeusement, effacera les traces du meurtre qu'il a commis, celui de son père ivrogne et tyrannique. Cinq ans plus tard, un autre crime. Cette fois-ci, Victor tue une belle fille dont il était amoureux, et qui l'appelait « Bœuf muet ». De nouveau, le lac le protège des chiens qui l'auraient déchiré, comme Dieu avait protégé autrefois le prophète Daniel des griffes des lions affamés. « Je n'ai pas voulu lui faire mal … » (38), se confesse Victor à sa mère. Celle-ci, aidée par sa fille Eugenia, n'hésite pas à le soustraire à la justice humaine. Seul Ilie Mitran, le curé du

---

36 Le Clézio, « *Terre des affranchis*, le coup de cœur de Le Clézio », *Le Point*, le 2 septembre 2010. https://www.lepoint.fr/culture/terre-des-affranchis-le-coup-de-coeur-de-le-clezio-02-09-2010-1231617_3.php. (Page consultée le 15 nov. 2016)

37 Un homme est resté caché dans sa maison pendant plus de cinquante ans pour ne pas aller à la Deuxième Guerre mondiale. Selon le témoignage de l'auteure, elle aurait voulu savoir ce qu'il ferait une fois sorti de sa longue réclusion. *Le Télégramme*, 21 mars 2010. https://www.letelegramme.fr/ig/dossiers/prix_lecteurs_2010/liliana-lazar-terre-des-affranchis-21-03-2010-808318.php. (Page consultée le 28 août 2019)

village, est au courant de la réclusion du jeune meurtrier. Il en profite pour lui donner à copier des livres interdits par le régime totalitaire de Ceauşescu. Pendant vingt ans, le «Bœuf muet» s'applique à ce travail dans l'espoir d'obtenir la rédemption. Entre-temps, le prêtre résistant est remplacé par un agent de la Securitate (la police secrète roumaine), le régime communiste tombe soudainement, sans que le village de Slobozia en ressente trop les secousses.

Trois autres personnes seront assassinées dans ces lieux difficiles d'accès juste après l'arrivée d'un étranger qui choisit d'y vivre en ermite. Il se fait appeler Daniel et, comme le personnage biblique mentionné dans le *Prologue* du roman, compte lui aussi obtenir le pardon de Dieu. La confession de Victor indique à Daniel la voie du salut : changer son identité avec celle du criminel qu'il convainc d'accepter son journal. En lui donnant symboliquement la vie, Daniel accueille la mort, ce qui lui garantirait le salut divin. Grâce à la transcription des réflexions de l'ermite, publiées sous le titre *La Rédemption de Victor Luca*, le protagoniste échappe de nouveau à la justice. Il acquiert même une certaine notoriété, mais l'écriture de l'autre ne peut le protéger pour longtemps. La rédemption est-elle possible dans un monde soumis au mal métaphysique? Victor aura-t-il la force de résister à ses impulsions physiques après son retrait au monastère du village?

Liliana Lazar évite de répondre aux questions existentielles qui tourmentent ses personnages placés aux confins de l'Histoire. Elle s'intéresse principalement à la question de la résistance[38] de son peuple contre les assauts des vagues successives d'envahisseurs. Tel est le cas des trois Principautés roumaines qui, pendant cinq cents ans, ont dû constamment les repousser. Aussi le premier chapitre du roman s'ouvre-t-il sur la description du monastère de Slobozia, dont les grosses murailles et «l'immense tour» (23) veillent encore sur cette «terre des affranchis». On y apprend que «[ce] sanctuaire avait vaillamment résisté aux assauts des Turcs musulmans, fièrement tenu bon face aux

---

38 Pour plus de renseignements à ce sujet, voir mon article «L'écriture de Kim Thúy et Liliana Lazar : résilience ou résistance?», @*nalyse*, Vol. 9.3, Automne 2014, p. 95–111. https://uottawa.scholarsportal.info/ojs/index.php/revue-analyses/article/view/1182/1040

catholiques polonais,[39] et longtemps supporté les outrages des communistes athées.» (*Ibid.*) Ces références historiques servent principalement à créer le cadre réaliste de ce récit qui baigne dans le fantastique suite à l'intrusion des légendes locales et des superstitions païennes qui subsistent dans cette ancienne civilisation rurale. Selon une de ces légendes, dans le lac *La Fosse aux Lions*, appelé autrefois *La Fosse aux Turcs*, des envahisseurs du XVIe siècle auraient trouvé la mort au cours de leur retraite, poussés par les soldats du brave prince moldave Étienne le Grand (12). Avec le passage du temps, ce lac serait devenu maléfique et les habitants de Slobozia évitent de s'en approcher, de peur de ne pas être hantés par les esprits des «morts vivants», connus sous le nom de *moroï*. (*Ibid.*)

L'entre-deux générique commence à se tisser dès le *Prologue* du roman qui a comme épigraphe un passage tiré du *Livre de Daniel*, relatant l'histoire de ce prophète miraculeusement épargné par les lions. Plusieurs allusions à ce personnage biblique se retrouvent au cours du récit, contribuant au tissage d'une riche intertextualité qui, elle aussi, accentue le mystère de certains événements difficiles à expliquer d'une façon rationnelle.

Le *Prologue* débute par une description réaliste du cadre naturel du village de Slobozia, avec une insistance particulière sur la forêt et le lac *La Fosse aux Lions*. Références bibliques et historiques s'y entremêlent, soulignant le lien intime entre l'histoire tourmentée de la région moldave et la religion orthodoxe dont le substrat païen reste encore vivant. Bien que l'événement qui a donné le nom du lac de Slobozia remonte loin dans le passé, la transgression du commandement biblique de ne pas tuer mènera au changement de son nom, afin «d'effacer le souvenir terrible de *La Fosse aux Turcs*». (12) Cependant, la persistance des superstitions liées aux morts-vivants augmente le mystère de ce lac maléfique, endroit à la fois «maudit» et «magique» (13), fréquenté surtout la nuit

---

39 Pour se protéger de ces envahisseurs, «les paysans creusaient à même le sol un grand fossé qu'ils isolaient avec des briques de terre argileuse et recouvraient d'une charpente plate enduite de terre battue. Après quelques mois, ce toit de fortune était gagné par une végétation rase qui cachait complètement le *bordeï*. [...] Au temps des grandes invasions ottomanes, les paysans moldaves ne durent leur salut qu'à ce stratagème.» (*TA*, 63–4)

par des couples d'amoureux. L'incident relaté dans le court *Prologue* du roman, survenu au cours de l'été 1989, quelques mois avant la chute du régime communiste, plonge le lecteur dans l'atmosphère de peur et d'inquiétude spécifique au genre fantastique.

La première partie du roman nous ramène en arrière, dans les années 1960, période qui marque le début d'une série de faits mystérieux qui bouleversent la vie des habitants de Slobozia. Comme dans tout récit fantastique, le village décrit par l'auteure, bien qu'il existe réellement, semble se soustraire au temps historique. La topographie de ce village dominé par le monastère du Saint-Esprit et traversé par la Source sainte se remarque par la présence de deux espaces distincts, la vallée et la colline, associés symboliquement au profane et, respectivement, au sacré. Même à l'intérieur des maisons modestes des villageois, on constate la présence du sacré. Voici un fragment de la description du foyer des Luca :

> Telle une église consacrée, le foyer familial échappait au profane et s'ouvrait déjà sur une dimension céleste. À Slobozia, le passage de l'espace privé à l'espace sacré du sanctuaire se faisait dans un même mouvement où l'un prolongeait naturellement l'autre. (52–3)

La vie des villageois est ordonnée par des rites religieux ancestraux, et rares sont les événements qui la perturbent. La mort du président Gheorghiu-Dej en 1965 ne la trouble pas plus que celle de Tudor Luca, l'étranger qui vivait dans une maison située sur la colline, à la lisière de la forêt, et qui exerçait son pouvoir tyrannique sur sa femme et ses deux enfants.

Dans ce cadre réaliste, plusieurs événements entourés de mystère troublent la vie routinière des villageois de Slobozia. Ces événements constituent les maillons d'une histoire soigneusement structurée qui contient, comme le remarque Jacques Finné dans *La littérature fantastique* (1980), « un vecteur de *tension*, qui se centre sur les mystères et qui a pour effet de crisper le lecteur [et] un vecteur de *détente*, qui annihile la tension » (36). Et entre les deux, précise Finné, apparaît l'explication rationnelle ou surnaturelle que le lecteur peut accepter ou refuser. (1980, 49)

Rappelons également l'observation faite par Pierre-Georges Castex dans son essai sur le conte fantastique, dont la caractéristique principale serait « une intrusion brutale du mystère dans le cadre de la vie réelle ».[40] Tzvetan Todorov relève à son tour un autre élément commun aux récits fantastiques, à savoir « l'hésitation éprouvée par un être qui ne connaît que les lois naturelles, face à un événement en apparence surnaturel ».[41] Selon Finné, Castex et Todorov, la peur et l'angoisse sont présentes dans tous les récits fantastiques, entraînant le lecteur dans le tourbillon créé par l'intrusion du mystère dans un cadre qui lui semblait familier.

Le cas de *Terre des affranchis* est des plus intéressants, car son auteure y a inséré également une enquête policière qui rend le récit encore plus énigmatique. Cependant, il est à noter que le mystère de l'assassin de Slobozia reste une énigme uniquement pour l'enquêteur et les villageois, qui n'apprendront son identité que bien des années plus tard, pendant que le lecteur en est au courant dès le premier meurtre. Par contre, le souffle fantastique alimenté par les forces maléfiques du lac se prolonge au-delà de l'*Épilogue*, car le souhait de Victor de ne rencontrer personne « au fond des bois » (198) suggère qu'il pourrait commettre d'autres crimes si l'occasion se présentait.

L'élément d'irrationnel qui, de l'avis de Finné, doit faire partie intégrante d'un texte afin de confirmer la présence constante du souffle fantastique (1980, 79) est lié, dans le roman de Lazar, à *La Fosse aux Lions*. L'atmosphère fantastique se fait sentir dès le début du deuxième chapitre, qui décrit la relation étrange installée entre le jeune Victor et le lac tellement craint par les villageois. Non seulement que cet enfant terrorisé par son père ne ressentait aucune peur près du lac, mais c'était le seul endroit qui lui insufflait du courage, car on apprend que « *La Fosse aux Lions* le protégeait. » (28) À l'approche de l'ivrogne Tudor Luca, ce lac semble sortir « d'une longue torpeur » (*Ibid.*) et commence à se préparer à venir en aide à Victor. Brusquement, la forêt se met à frissonner,

---

40 Pierre-Georges Castex, *Le conte fantastique en France, de Nodier à Maupassant*, Paris, Librairie José Corti, 1951, p. 8.
41 Tzvetan Todorov, *Introduction à la littérature fantastique*, Paris, Éditions du Seuil, 1970, p. 29.

l'eau s'assombrit, la végétation s'agite «dans un ballet inquiétant», les poissons montent à la surface «[t]els des monstres aquatiques», pendant que «[l]es bois s'illuminèrent d'un brasier rouge qui enveloppa les bosquets d'un manteau de feu.» (*Ibid.*)

«Une étrange complicité s'était instaurée entre eux», précise le narrateur, qui ajoute que *La Fosse*, plus que l'enfant, «savait déjà qu'elle pouvait compter sur Victor pour lui donner ce qu'elle attendait». (*Ibid.*) Et en effet, lorsque le garçon décide de mettre fin à la vie du père, acte cautionné, selon lui, par les nombreux «sacrifices familiaux» (29) mentionnés dans la Bible, le lac «entra en action». (*Ibid.*) D'une manière inexplicable, il fit monter brusquement le niveau de ses eaux afin de faciliter la chute de Tudor, que les coups de bâton de son fils n'avaient pas réussi à assommer. Et de nouveau, *La Fosse* semble avoir une certaine vie, exhibant d'autres manifestations étranges : «un bouillonnement inexpliqué agita la surface du lac, comme un gargouillis de satisfaction.» (30–1) Après la noyade du père, «le lieu avait retrouvé sa quiétude ordinaire, comme si rien ne s'était passé.» (31) Cependant, Victor acquiert la certitude que «près de *La Fosse*, rien de grave ne pouvait lui arriver.» (*Ibid.*)

Il s'ensuit que l'étrange, condition essentielle du fantastique, s'infiltre dès le premier fait de mystère dans un décor familier devenu inquiétant, ce qui empêche le lecteur de trouver une explication rationnelle aux phénomènes décrits. Un peu plus tard, dans le même cadre de la forêt moldave, un deuxième incident reste inexplicable : le meurtre de la jeune Anita Vulpescu. Victor se réfugie près du lac. Poursuivi par un groupe de soldats et une meute de chiens, le jeune homme ne voit aucun moyen de se sauver. Tout ce qui lui reste est de demander l'aide de Dieu. Et de nouveau, le lac se met en action : «Les animaux semblaient pétrifiés. Quelque chose les empêchait d'avancer plus loin. Les chiens grognaient tout en reculant. Le lac les repoussait. D'une manière irrésistible, *La Fosse aux Lions* protégeait Victor de ses poursuivants.» (47) La référence explicite à l'intertexte biblique renforce davantage le mystère de cette situation : «Pareil au prophète Daniel qui, plongé dans *La Fosse*, fut miraculeusement sauvé des lions par la grâce de Dieu, le criminel Victor Luca fut, lui aussi, miraculeusement sauvé par l'intercession du lac mystérieux». (47–8)

Les crimes s'arrêtent pendant une vingtaine d'années, période qui coïncide avec la réclusion de Victor dans la maison familiale, où il copie des livres interdits que le prêtre résistant Ilie Mitroi distribue dans la région. « L'obscurité était devenue son alliée », précise le narrateur. « Le temps semblait déjà figé dans l'éternité » (53). Pendant ce long « vecteur de détente » (Finné 1980, 36), l'attention du lecteur se dirige vers la problématique de la résistance par le biais de l'écriture. Mais « [l]e lac attendait quelque chose. Comme le calme avant la tempête, son repos se faisait inquiétant. » (83) La noyade de Vasile, le fou du village, mentionnée dans le *Prologue* et mise sur le compte des *moroï*, précède de peu la révolution de décembre 1989. Peu de temps après, le lac semble se réveiller de nouveau lorsque Victor y jette le corps de sa nouvelle victime, l'institutrice Maria Tene :

> Des éclairs colorés illuminèrent le fond du lac, donnant l'impression que l'endroit s'était chargé d'électricité. Comme une foudre venue des profondeurs, des flashes de lumière remontèrent jusqu'à la surface, mettant l'eau en ébullition [...] Après quelques minutes d'agitation, le lac retrouva son aspect habituel. (125–6)

Et de nouveau, le narrateur constate que Victor n'a pas peur. « Il savait que *La Fosse* ne lui ferait aucun mal, car elle avait besoin de lui, tout comme lui pouvait compter sur elle pour effacer ses erreurs. » (126)

Plus tard, lorsque le protagoniste se remémore la scène du meurtre des deux adolescents qui faisaient l'amour dans une voiture stationnée près de la tombe de sa mère, l'image du lac dans lequel il avait jeté leurs corps lui revient à l'esprit : « Tel un brasier incandescent, *La Fosse aux Lions* irradiait d'une énergie magique qui donnait à l'endroit son magnétisme. Les forces obscures de la nature semblaient se regrouper en ce lieu. » (149–50) Le pacte entre le criminel et cette entité maléfique ne fait aucun doute. Le mystère du lac devenu incandescent à chaque fois qu'on le « nourrit » du corps d'une nouvelle victime maintient la dimension fantastique du roman de Liliana Lazar. Par ailleurs, il n'est pas difficile de remarquer le symbolisme des couleurs, particulièrement celui du rouge qui permet d'associer le fond du lac à l'Enfer.

Le récit des circonstances de la mort du brigadier Simion illustre clairement ce symbolisme religieux. Lorsque Victor propose au brigadier de lui montrer les corps de ses victimes jetés dans le lac, celui-ci accepte sans pressentir que la mort est proche. Une fois dans la barque, Simion

> fut surpris de constater que, si la surface [du lac] était lisse et sombre, les profondeurs se teintaient d'une couleur de sang, comme si un brasier brûlait dans les entrailles de *La Fosse*. Une forte odeur de soufre remonta à ses narines, provoquant chez lui un mouvement de vertige. (190)

Pendant ce temps, Victor «distingua une forme qui se déplaçait dans le fond. Un éclair monta des profondeurs, jaillissant à la surface dans un halo luminescent.» (*Ibid.*) Toute la forêt semble se métamorphoser en une immense «fournaise». (*Ibid.*) Au moment où Victor entend «les douze coups de minuit», «[l]'heure fatidique où les *moroï* sortent de leurs tombes pour venir hanter les rêves des vivants» (192), mais aussi «l'heure du Jugement» (*Ibid.*), il est prêt à accueillir la mort bien méritée. Cependant, c'est le brigadier qui tombe de la barque, «comme si le lac l'empoignait par le veston» (*Ibid.*), malgré la tentative de Victor de le sauver.

Si le meurtre du père peut être mis sur le compte de la violence physique qu'il exerçait sur sa famille, l'assassinat de la jeune fille qui avait repoussé les avances de Victor et les trois autres qui allaient suivre vingt ans plus tard semblent liés à des désirs sexuels inavouables. Ces désirs éveillent dans le protagoniste des pulsions meurtrières difficiles à maîtriser, d'autant plus qu'elles lui sont incompréhensibles. Au cours de la confession qu'il fait à l'ermite Daniel, il devient clair que «le lac avait joué un rôle déterminant dans cette descente en Enfer». (159) Son incapacité de contrôler ses actes, ainsi que le pouvoir inexplicable du lac d'effacer les traces des crimes facilitent l'introduction de la problématique du Mal, omniprésente dans la littérature fantastique. Il s'agit particulièrement de la question du mal moral, étroitement liée à celles de la souffrance, de la culpabilité et de la rédemption. Ces questions se posent sur fond de religion orthodoxe et de superstitions qui font partie du quotidien de la vie paysanne. D'ailleurs, Jacques Finné mentionne le lien du fantastique avec le folklore et le rôle «des archétypes d'épouvante» (1980, 51) qui alimentent les récits de ce genre. Dans *Terre des affranchis* il s'agit plus spécifiquement des superstitions concernant les morts-vivants (les *moroï*) et de la sorcellerie, associée traditionnellement aux Tziganes.

Il n'est donc pas étonnant que la figure d'Ismaïl le Tzigane soit entourée de mystère du début à la fin du roman. Sa physionomie fait peur à ceux qui le croisent :

> ... bras noueux [...] recouverts de griffures et de profondes cicatrices [...] ; teint mat [...] ; yeux sombres et [...] joues taillées comme des couteaux [...] ; longs cheveux noirs plaqués en arrière ; avec sa pelisse et son couvre-chef, il ressemblait davantage à un *moroï* qu'à un humain. (64)

Bien qu'il ait « la réputation d'être un sorcier » (*Ibid.*), tout le monde n'est pas convaincu que cet être énigmatique communique avec le Diable ni qu'il vive dans leur village depuis des générations. Mais une chose est certaine : tous le craignent et le respectent, ne serait-ce que pour ses remèdes dont ils pourraient avoir besoin. De plus, on sait qu'il est le détenteur des « mystères que chacun voulait cacher ». (65) Inexplicablement, il se trouve toujours présent à l'endroit où quelque chose de mal se passe. Il savait, par exemple, que le prêtre résistant, surveillé par la Securitate, s'était rendu en cachette chez les Luca. Il avait également vu le meurtre de l'institutrice Maria Tene et sa voix avait même suggéré à Victor comment désorienter les chiens qui allaient chercher les habits de la jeune femme. (133–4) Notons que lorsque le brigadier Simion a finalement découvert l'imposture du criminel Victor, le protagoniste « songea à ce maudit Tzigane qui s'était rendu complice de ses crimes en lui sauvant la mise à chaque fois qu'il risquait d'être pris [...] Victor se dit que le sorcier devait être le Diable en personne, toujours là où on ne l'attend pas pour accomplir le Mal. » (191)

En dépit de son statut de sorcier, qui le rend intouchable, car ni l'Église ni les communistes n'osent le condamner (65), les villageois font appel à son aide lorsqu'il s'agit de « guérir » un mal qui fait honte, comme l'impotence du nouveau prêtre Ion Fatu, ou bien de trouver « l'âme sœur » (120), comme dans le cas de l'institutrice Maria Tene. Il n'est pas sans intérêt de remarquer que dans les deux cas les rituels performés par le Tzigane Ismaïl se déroulent dans la forêt, près du lac maudit. On n'apprend pas si la morsure du serpent a redonné la virilité au prêtre communiste, mais la mandragore, «*plante d'amour*» (121) mystérieuse aux vertus aphrodisiaques, semble être à l'origine de la mort de l'institutrice : «les effluves sensuels qu'elle générait chez les femmes» auraient déclenché «[u]ne violente pulsion sexuelle chez Victor». (*Ibid.*) Le narrateur décrit celui-ci comme «un fauve affamé» qui se met à poursuivre la jeune femme tombée finalement entre ses «griffes». (124) Le combat violent entre les deux se termine par un acte nécrophile, suivi du «râle de satisfaction» (*Ibid.*) du meurtrier. Le lien entre le fantastique et le désir est d'ailleurs présent dans les littératures française et francophone, tout comme la figure du mort-vivant.[42]

Parmi les lieux communs figurant dans les récits fantastiques, le cimetière occupe une place de choix. Dans le roman *Terre des affranchis*, il est perçu comme un lieu de transition entre «le monde civilisé» représenté par Slobozia, «espace ordonné et christianisé», et la forêt, «lieu du sauvage, de l'animalité et des forces païennes». (116) Il s'agit donc d'un lieu qui se trouve entre «le raisonnable et l'instinctif, le sacré et le magique, la vie et la mort». (*Ibid.*) Vu la proximité de ces deux espaces fortement symbolisés, on comprend pourquoi les croyances religieuses n'excluent pas les superstitions païennes dans cette région reculée qui semble figée dans le temps, en dépit de la chute du régime communiste. Parmi ces superstitions, celle concernant les *moroï*, mentionnée dès le *Prologue* du roman, permet au souffle fantastique d'atteindre l'apogée. Tel est le cas de la scène de l'ouverture du cercueil d'Ana Luca, performée par le Tzigane en pleine nuit, quarante jours après l'enterrement de la femme. Faute de preuves matérielles qui confirment les circonstances du meurtre de l'institutrice, les villageois le mettent sur le compte d'un *moroï*, en l'occurrence l'âme d'Ana Luca, revenue sur Terre sous forme de mort-vivant. La scène d'horreur qui s'ensuit, racontée par un des villageois qui avaient participé à ce rituel païen, décrit en détail la façon dont le sorcier Ismaïl avait retiré le cœur d'Ana, qui «semblait bien vivante» dans son cercueil d'où elle «fixait du regard» (138) ceux qui participaient à ce rituel. Pendant que le Tzigane brûlait le cœur de la

---

42 Voir à ce sujet le volume *Une étrange constance. Les motifs merveilleux dans la littérature d'expression française du Moyen Âge à nous jours*. Sous la direction de Francis Gingras. Québec, Les Presses de l'Université Laval, 2006.

femme dont l'âme se serait égarée dans son chemin vers le ciel, « [l]e cadavre essayait de sortir du tombeau », car « [l]e *moroï* poussait les planches du cercueil. » (139)

Si le rituel païen performé par Ismaïl s'explique par la superstition des *moroï*, selon laquelle certaines âmes auraient du mal à se détacher complètement du corps, la scène de la mort douce d'Eugenia introduit également un souffle fantastique fortement ressenti par le lecteur. Cette scène minutieusement préparée par la sœur de Victor lorsqu'elle se rend compte de l'abomination des actes de son frère représente un des faits mystérieux les plus étonnants de ce roman :

> Eugenia avait décidé de mourir. Elle ne voulait plus vivre, aussi avait-elle fixé le moment de sa mort à la troisième heure de l'après-midi. Ce n'était pas un suicide. Non, juste un passage. Elle n'aurait même pas à provoquer sa mort, car c'est elle qui viendrait la chercher. Eugenia n'aurait qu'à s'abandonner. Il lui suffirait de se laisser aller. Rien de plus […] En fidèle servante du Seigneur, Eugenia voulait se préparer à rencontrer son dieu. (155)

À l'heure convenue, la séparation de l'âme et du corps commence. Eugenia, étendue sur son lit « face aux icônes […] perdit le contact avec son corps. Absente à elle-même, elle ne percevait plus la pesanteur de sa chaire. » (156) Le souffle fantastique tire sa force de la tombée graduelle des limites entre matière et esprit, qui permet à celui-ci de prendre son envol vers la lumière céleste, afin que le Mal qui s'était emparé de Victor ne touche pas sa sœur. Mais avant d'amorcer cette ascension vers l'au-delà, la Mort fait entendre et sentir sa présence :

> D'étranges bruits agitaient la pièce, comme si un tremblement de terre faisait claquer portes et fenêtres. Des grognements sourds s'échappèrent du placard. Il paraît que c'est ainsi que la Mort s'annonce à ceux qui la cherchent, peut-être pour effrayer au dernier moment celui qui hésite encore. (156)

Une « inquiétante étrangeté »[43] s'empare du lecteur pendant qu'il lit cette scène de la sortie de l'âme du corps éphémère. La description n'est pas sans rappeler les récits de ceux qui auraient vécu une expérience

---

43 Sigmund Freud, « L'inquiétante étrangeté », in *Inquiétante étrangeté et autres essais*, Fernand Cambon (trad.), Paris, Gallimard [1985], 2000, p. 209–63.

de mort imminente. Eugenia voit son corps pendant que son âme vole dans la chambre. Elle y voit aussi un jeune homme qu'elle prend pour un ange avant que son âme ne quitte définitivement le corps resté dans l'obscurité et se dirige vers la lumière. Là, elle aperçoit le visage souriant du Christ. (157) Comme dans les récits de ceux qui auraient fait l'expérience d'une mort imminente, la vie d'Eugenia se déroule à une vitesse incroyable devant ses yeux, avant de «passer de l'autre côté». (*Ibid.*) Et le narrateur de conclure : «Enfin, elle allait rencontrer son Époux, pour l'éternité.» (*Ibid.*)

Placé à la croisée du réel et du fantastique, *Terre des affranchis* illustre la richesse d'une écriture puisant dans plusieurs genres. L'enchaînement d'une série de faits de mystère insérés dans un récit réaliste dans lequel s'emboîte un récit policier témoigne du rôle de l'entre-deux à générer de nouvelles significations à partir de motifs anciens. Le suspens assuré par le maintien d'un souffle fantastique prolongé même au-delà de l'*Épilogue* permet au surnaturel de s'installer dans cet entre-deux. Comme le remarque Francis Gingras dans l'introduction d'*Une étrange constance,* le surnaturel prend la forme d'une tension entre «l'immanence de l'*ici* et du *maintenant* chrétien […] et la transcendance d'un *ailleurs* et d'un *autrefois* païen et sauvage». (2006, 9) Les thèmes essentiellement fantastiques (les morts-vivants, le sorcier, le fou, les rituels païens, la suspension du temps, la sexualité exacerbée et incontrôlable, la rupture des limites entre matière et esprit, le pacte avec le Diable), associés avec des lieux symboliques comme le cimetière et la forêt, constituent autant d'éléments par lesquels se remarque ce roman génériquement indécidable.

Les docu-romans de Felicia Mihali

L'œuvre de Felicia Mihali, écrivaine québécoise originaire de Roumanie,[44] compte déjà sept romans publiés en français chez

---

44 Felicia Mihali a fait son début littéraire en Roumanie, où elle a publié en 1999 les romans *Ţara Brînzei* [*Le Pays du fromage*] et *Mica Istorie* [*La petite histoire*], suivis, en 2000, par *Eu, Luca şi Chinezul* [*Luc, le Chinois et moi*]. Bien que ces trois livres aient bénéficié d'un accueil critique élogieux et de l'appréciation des lecteurs, elle a décidé de s'établir au Canada où, depuis 2000, elle poursuit sa carrière d'écrivaine et de

XYZ,[45] dont les deux premiers ont été traduits par l'auteure à Montréal. Deux autres romans, écrits en anglais, ont paru chez Linda Leith Publishing. Le premier, *The Darling of Kandahar* (2012), sera autotraduit et publié par la même maison d'édition sous le titre *La bien-aimée de Kandahar* (2015), pendant que l'autotraduction du roman *A Second Chance* (2014) paraîtra en 2019 chez Hashtag, sous le titre *Une deuxième chance pour Adam*. La même année paraît aussi son docu-roman *Le tarot de Cheffersville*, suivi de *Pineapple Kisses in Iqaluit* (Guernica Editions, 2021), publié également en français sous le titre *Une nuit d'amour à Iqaluit* chez Hashtag (2021). Son dernier roman, *La bigame* (2022), vient de paraître chez le même éditeur.

Les romans de cette écrivaine, bien qu'ils possèdent un filon réaliste et autobiographique incontestable, sont difficiles à classer dans un genre particulier, étant donné leur hybridité étonnante : docu-romans (*Sweet, Sweet China, Le tarot de Cheffersville)*, autofictions (*Le pays du fromage, Luc, le Chinois et moi, Dina, Confession pour un ordinateur, La bigame*), roman baroque (*L'enlèvement de Sabina*). Certains de ces écrits contiennent des éléments de thriller ou de roman épistolaire. D'autres puisent dans les contes, les mythes et les légendes, mais aussi dans l'histoire antique et médiévale. Il n'est donc pas étonnant qu'ils se situent à la croisée du récit (auto)biographique et historique, du réel et du fictionnel, du texte et de l'image. Leur structure textuelle postmoderne témoigne d'un riche entre-deux générique. Tel est le cas des deux docu-romans, *Sweet, Sweet China* et *Le tarot de Cheffersville*, écrits après un séjour en Chine et, respectivement, dans le Grand Nord québécois.

L'écriture palimpseste dans *Sweet, Sweet China*

L'attraction de Felicia Mihali pour la Chine et sa culture fascinante remonte à l'époque de ses études universitaires, lorsqu'elle poursuivait

professeure. Pendant cinq ans, elle a été rédactrice en chef du webzine multiculturel *Terra Nova*, qu'elle a cofondé en 2004. Depuis 2018, Felicia Mihali est aussi fondatrice et directrice des Éditions Hashtag.

45 *Le pays du fromage* (2002), *Luc, le Chinois et moi* (2004), *La reine et le soldat* (2005), *Sweet, Sweet China* (2007), *Dina* (2008), *Confessions pour un ordinateur* (2009) et *L'enlèvement de Sabina* (2011).

des études de français, de chinois et de néerlandais à l'Université de Bucarest. Le roman *Eu, Luca si chinezul*, publié à Bucarest en 2000 paraîtra quatre ans plus tard à Montréal sous le titre *Luc, le Chinois et moi*. Le Chinois était un médecin que la narratrice avait connu lorsqu'il effectuait un stage en Roumanie. Le roman alterne le récit de l'histoire d'amour impossible vécue par la narratrice avec le récit de son pays balloté par l'Histoire. L'auteure effectue un va-et-vient incessant entre les notations réalistes inspirées par son expérience de jeune journaliste au grand quotidien bucarestois *L'Événement du jour* et les descriptions de scènes amoureuses chargées de sensualité. Le discours érotique glisse à deux reprises vers le rêve d'une union heureuse avec l'Autre. La rencontre de l'Orient et de l'Occident au niveau du couple, inacceptable dans aucun des pays des deux protagonistes, ne s'accomplira que dans un entre-deux géographique accessible uniquement au niveau de l'imaginaire. Il s'agit du Tibet, seul endroit où la jeune femme blanche entrevoit la possibilité d'échapper au regard sévère et intolérant des autres et de vivre son bonheur à côté de Yang, «le dieu de la médecine» (2004, 128), et de leurs beaux enfants métis.

Ce rêve d'un monde où les gens ne soient plus aveuglés par leurs différences et où les femmes puissent affirmer librement leur créativité constitue l'un des fils conducteurs de *Sweet, Sweet China* (2007), docu-roman d'une extrême richesse formelle et thématique, tirant sa sève de plusieurs entre-deux traversés par l'auteure au cours des dix mois passés à Beijing. Un premier entre-deux, de nature linguistique, est annoncé dès le titre anglais dont la fonction référentielle est évidente. Quant à la fonction poétique, elle est confirmée par l'illustration de la couverture représentant une jeune femme chinoise au sourire doux, élégamment habillée, dont la posture et le regard complice renforcent le croisement entre le linguistique et l'iconique. Cependant, le péritexte semble contredire les douces chinoiseries suggérées par la première de couverture. «Ce livre, lit-on sur la page de remerciements, fut écrit en tant que manuel de sauvetage pendant mon naufrage sur l'île de la Chine.» (325)

En effet, ce roman dédicacé aux immigrants consigne les difficultés du vécu d'Augusta, Québécoise d'origine roumaine qui enseigne le français à des Chinois désireux d'immigrer au Canada. Cet *alter ego* de l'auteure essaie non seulement de préparer ses étudiants en vue de l'entrevue avec les autorités canadiennes, mais aussi de leur donner les outils nécessaires à s'intégrer plus facilement dans une société différente de celle qu'ils ont hâte de quitter. L'isolement de la jeune femme dans le milieu urbain chinois où les étrangers ne sont pas toujours les bienvenus la motive encore plus à détruire le mythe d'un Québec entrevu par les Chinois comme un véritable Eldorado.

L'indication générique ainsi que l'absence du nom de l'auteure dans ce roman qui pourtant contient beaucoup d'indices autobiographiques nous empêchent de lui assigner le statut de récit de soi, d'autant plus que le roman est précédé par une «Note de la Déesse Sakiné» qui brouille dès le début la frontière entre réalité et fiction.[46] Dans cette note, la déesse du regard se présente comme la narratrice principale de l'histoire d'Augusta, mais à cause de sa relation proche avec sa protégée, elle est surveillée de près par Désirée, la déesse du goût. Quant à Flora, déesse de l'odorat, elle joue un rôle moins important dans ce récit qui débute à l'aéroport de Beijing.

La note de Sakiné est intéressante à plusieurs égards. Tout d'abord, bien qu'elle confirme, par le statut fictionnel de la narratrice, l'indication générique inscrite sur la page de titre, elle annonce aussi le caractère semi-autobiographique de ce roman. Sakiné fait référence à un entretien publié dans un volume au titre suggestif, *Femmes qui traversent les frontières*. Cet entretien de la protagoniste, «fictivement nommée Augusta» (12), résume la biographie de l'auteure du roman, ainsi que ses habitudes dans le pays d'accueil, réitérées par la suite dans plusieurs de ses prises de parole.

Cette note inaugurale annonce également les thèmes majeurs de ce roman, thèmes récurrents dans l'écriture de Felicia Mihali : la complexité de l'identité à une époque où l'altérité est perçue de plus en plus comme une menace ; la problématique des femmes migrantes qui «ont toujours transgressé des limites» (13) ; la place que l'origine et la langue

---

46 Dans un entretien avec Jade Bérubé, l'auteure confirme l'hybridité générique de ce roman : « J'ai voulu rendre la frontière entre la réalité et la fiction très floue […], si bien qu'on ne sait pas où sont les mensonges. » (Jade Bérubé, « Felicia Mihali: délicieuses chinoiseries », *La Presse*, le 3 février 2008.) http://www.feliciamihali.com/www/int erviews.html#presse. (Page consultée le 10 mai 2009)

maternelle jouent dans la vie des migrants qui veulent jouir pleinement de leur nouveau pays d'accueil, tout en opposant une certaine résistance à ses valeurs.

Enfin, la note de Sakiné contient la mise en abyme du roman *Luc, le Chinois et moi*, que la déesse Désirée mentionne afin de montrer que le vrai but du voyage d'Augusta est de renouer avec son ancien amant médecin. La déesse conclut que suivre Augusta en Chine n'apporterait rien de nouveau à ceux qui connaissent son passé, car les histoires d'amour sont d'habitude très prévisibles. Cette variante de l'histoire avancée par Désirée est pourtant infirmée par Sakiné, qui accepte la surveillance de Désirée en échange de la possibilité de raconter l'histoire de cette femme dont elle se sent très proche.

Les narrations de ces trois figures tutélaires alternent avec des passages du journal d'Augusta où elle soulève un coin du voile qui, pendant des centaines d'années, a gardé la Chine à l'abri du regard d'autrui. À travers ses observations auxquelles s'ajoutent celles des trois déesses, ce vaste pays miné de multiples contradictions se donne à voir, à entendre et à sentir dans toute sa réalité insaisissable, merveilleusement illustrée par un riche collage de photos, de lettres et d'autres documents qui attestent le vécu de cette enseignante de français en Chine. Les photos, dont certaines appartiennent à l'auteure, renforcent la complexité des techniques narratives mises à l'œuvre dans le roman, ainsi que l'hétérogénéité de l'écriture.[47]

En plus de se présenter comme un roman-photo et un récit de voyage, *Sweet, Sweet China* puise aussi dans l'univers merveilleux du conte, car l'histoire d'Augusta glisse par moments dans celle de Mei, une petite épouse de la Chine impériale, capable de se cacher à l'intérieur d'une estampe magique pour échapper à l'agression sexuelle de son mari, le général Wu. L'astucieuse narratrice Sakiné, métamorphosée en sachet de thé, regarde Augusta suivre avec un intérêt grandissant

---

47 « Je trouvais intéressant que la Chine soit découverte à travers les sens empiriques », précise l'auteure dans le même entretien accordé à Jade Bérubé. « En ce qui a trait aux photos, je ne voulais pas simplement souligner le propos. À l'aide d'une amie artiste en arts visuels, j'ai utilisé la technique du collage. Les photos sont donc un reflet de la technique narrative. L'aspect visuel reflète lui aussi une pensée cohérente, un discours. » (*Ibid.*)

chaque étape de l'aventure de Mei poursuivie par son mari. La série télévisée inspirée du roman classique *Le Rêve dans le pavillon rouge* de Cao Xueqin l'aide à mieux supporter son exil à Beijing. La déesse va jusqu'à s'aventurer elle-même dans cette histoire ancienne, ce qui crée une zone de contact entre deux niveaux fictionnels. De plus, au cours de ses rêves, il arrive à l'étrangère Augusta de devenir personnage dans la triste histoire de la jeune épouse chinoise. Cela permet à l'auteure d'aborder deux thèmes qui lui tiennent à cœur, à savoir la sexualité et l'écriture. Ce passage constant d'un niveau narratif à l'autre, du réel au fictionnel, du biographique au merveilleux, facilite également l'insertion d'un leitmotiv des romans de Mihali : le lien intime entre la condition de la femme et celle du pays, l'une comme l'autre ravagés suites aux guerres initiées par les hommes.

L'alternance entre la narration assumée par les déesses chinoises et les notations du journal de leur protagoniste entraîne également un changement constant de cadre spatio-temporel, ce qui facilite l'incursion dans une Chine en train de se métamorphoser sous l'impact d'une modernisation accélérée. Ce voyage dans l'espace et dans le temps, très fréquent dans les contes de fées, est rendu possible grâce à la capacité de certains personnages féminins de Mihali de s'évader de leur présent menaçant.[48] Tel est le cas de Mei, qui réussit à franchir le seuil de l'estampe qui la cachait aux yeux du général. Libérée de sa captivité conjugale, la jeune épouse mènera une vie d'errance et d'aventure qui nous donne l'occasion d'entrevoir la Chine des temps anciens. Engagée tour à

---

48 Dans un entretien que Felicia Mihali m'a accordé en 2014, elle a abordé la question de l'évasion dans l'imaginaire entreprise souvent par les femmes :
   L'évasion dans l'imaginaire, c'est l'arme secrète des femmes, le mystère de leur survivance. Bien des hommes, malheureusement, sont privés de ce grand privilège de vivre dans le rêve, les yeux ouverts [...] Je pense que cette capacité de se projeter dans un monde meilleur est à la fois notre force et notre faiblesse. Quand on ne peut pas prendre en charge la réalité, on se réfugie dans le rêve, qui est aussi une forme d'espoir. Les fantasmes qui traversent le quotidien de mes personnages sont une matérialisation de l'espoir. Et le réalisme me sert bien pour semer la confusion entre ces deux mondes, pour faire semblant que ce qu'on imagine est aussi vrai que ce qu'on vit. Ce n'est que dans notre culture occidentale qu'on met un mur solide entre rêve et réalité. Pour la culture orientale, le rêve n'est qu'une prolongation de la vie, la meilleure, peut-être. (« Felicia Mihali: La chance d'écrire en trois langues », *Dialogues Francophones* 19, 2014, p. 101.)

tour par une brodeuse, par l'épouse d'un marchand, par un couple d'aubergistes, par un écrivain, par la propriétaire d'une maison close et par un peintre, l'errance de Mei se transforme en un voyage initiatique au cours duquel la jeune femme fait l'apprentissage de plusieurs pratiques artistiques. Elle fait vite preuve de créativité, dépassant parfois celle de son maître, mais aussi de compassion et d'ouverture aux autres qu'elle essaie d'aider et de mieux connaître.

La traversée de l'entre-deux-mondes se produit souvent par le biais de l'onirisme, ce qui fait que les personnages vivent simultanément dans le temps du récit-cadre, focalisé sur la Chine moderne, et dans celui ressuscité par la fiction de la série télévisée. Le lecteur assiste au réveil de Mei dans le monde d'Augusta, qui elle aussi l'avait aperçue dans ses rêves. La première fois, la jeune épouse surgit dans une grande capitale qui ne ressemble pas à celle de son empire et doit se réfugier dans une chambre où tout lui est inconnu. À sa grande surprise, elle est capable de comprendre la langue du journal d'Augusta, qu'elle doit abandonner à la hâte lorsque celle-ci retourne à l'improviste. Et les déesses de conclure : «Sans dire un mot, nous décidons de créer Miréla[49]» (175), personnage qui contribuera à l'enrichissement de la diégèse du roman. Venue de Roumanie pour enseigner l'art dans une école internationale de Beijing, ce personnage secondaire qui se lie d'amitié avec Augusta n'est autre que l'illustratrice de la couverture du livre et celle qui a pris la photo de l'auteure figurant sur la quatrième de couverture. Comme on peut le constater, l'interférence entre réel et fictionnel se manifeste même au niveau du rapport que le texte entretient avec le péritexte.

À un autre moment, Mei se rappelle avoir été suivie par son mari dans «leur empire futur» (253), décrit comme un «vacarme meurtrier qui retraçait les frontières». (254) Mais elle n'est pas la seule à entreprendre ces voyages. Une autre jeune femme, Fleur de Jade, que Mei était censée servir dans la maison close de Dame Poisson, s'envole régulièrement pendant ses sommeils de plus en plus prolongés. Elle

---

49 Cette création miraculeuse est rendue possible grâce à l'aide de la nouvelle technologie que les déesses semblent bien maîtriser. Pour le reste, elles ne font que «tricoter» rapidement l'histoire de cette compatriote d'Augusta.

ne peut être ramenée dans son temps que par le saint taoïste Père Guo, avec qui elle atterrit un jour dans l'atelier où Augusta aide Miréla à préparer son exposition. Comme sa servante Mei, Fleur de Jade se retrouve aussi dans la chambre d'Augusta, où elle est fascinée surtout par les photos, «morceaux de temps» (226) qu'elle trouve dans les tiroirs de cette femme.

Cette traversée de failles spatio-temporelles se produit non seulement du passé vers l'avenir, mais aussi du présent de narration vers le passé narré par la déesse Sakiné. Celle-ci rend possible le croisement des pas de sa protégée avec des personnages du monde de Mei. Ainsi, lorsque Mei est au service du Maître Song en tant que copiste, et qu'elle commence à modifier les textes de l'écrivain qu'elle finit par rencontrer «sur la page écrite» (204), une femme renarde, personnage d'une histoire de Song, essaie de prendre possession du corps de l'écrivain. (207) À la regarder de plus près, Mei a l'impression d'avoir traversé les rêves de cette étrangère[50] affamée non seulement d'amour, mais aussi de connaissance. Les longues conversations de l'étrangère avec le maître sont riches en observations sur la vie et l'écriture, sur l'épuisement du corps et de la pensée. Pour cet écrivain, conclut la narratrice, «le cercle du monde et du texte, du non-écrit et de l'écriture, s'était fermé.» (209)

Après avoir lu les quelques pages d'écriture érotique de Maître Song, Mei s'enfuit vers son monde à elle. Le lecteur assiste à un autre passage d'un niveau narratif à l'autre, cette fois-ci à l'intérieur de la fiction contaminée par l'intrusion du personnage de l'étrangère, dont la ressemblance avec Augusta ne fait pas de doute. Profitant de l'évasion de Mei, Sakiné tranche sur la question du rapport entre vie et écriture : «La jeune épouse en fuite était contente de retrouver le monde du dehors, la vie qui n'était pas médiatisée par le texte et à qui aucune histoire ne saurait jamais donner la beauté.» (210) Plus tard, lorsque Mei se trouve dans la maison du peintre Tang Puo Hu, Sakiné effectue une autre plongée dans le temps : elle transporte ce peintre qui avait

---

50 On retrouvera la même étrangère dans la tente du général Wu, dans le corps duquel elle s'infiltre comme elle l'avait fait avec le corps de l'écrivain (305). Un renversement se produit dans le rapport entre l'homme et la femme : celui qui ne savait qu'assaillir les femmes qu'il désirait «avait cédé avec douceur le droit de décider et de prendre l'initiative de leurs ébats» (*Ibid.*). Peu de temps après, le général se donnera la mort.

du mal à représenter le corps des femmes « au temps mythique, à l'âge primordial de la Déesse mère ». (259) Une bonne occasion d'y insérer la légende de la Mère-terre et du Père-ciel illustrant la fin de la civilisation des femmes. (259–61)

Précisons que les récits emboîtés abondent dans ce roman, surtout dans la partie qui raconte le voyage de Mei et de la grand-mère du général Wu vers le sud de la Chine. Ce récit historique représente une incursion dans l'histoire sanglante de ce grand pays, où les impératrices et les concubines n'hésitaient pas à s'éliminer pour jouir des faveurs de l'empereur. Mais cette incursion est aussi un voyage à travers la culture chinoise. Une place particulière occupe Confucius, dont les préceptes, constate la grand-mère du général Wu, sont en total contraste avec la violence et la cruauté qui règnent dans les palais où elle s'arrête avec sa jeune compagne. À leur retour dans la Chine du Nord, les deux apprécient mieux la sécurité de leur « chez-soi ».

Ce récit de voyage s'appuie sur de nombreuses notes de bas de page qui renforcent la dimension documentaire et historique du roman. D'ailleurs, on constate que les entre-deux illustrés dans le récit de Sakiné et le journal d'Augusta sont présents aussi dans les notes. C'est le cas du riche entre-deux linguistique se prolongeant du texte vers les notes de bas de page, où l'on explique et/ou traduit des mots-clés chinois, indispensables à une bonne compréhension du contexte où ils apparaissent. D'autres notes relèvent de l'entre-deux culturel, par exemple celles qui donnent des renseignements sur des fêtes et traditions chinoises ou qui font des précisions sur des émissions télévisées ou des livres méconnus à un lectorat occidental.

En suivant les pas d'Augusta et ceux de Mei, personnage fictionnel qui correspond aux fantasmes de sa protégée, la narratrice Sakiné révèle une Chine de l'entre-deux inscrite sur des couches d'écriture dont certaines risquent d'être effacées par la vigilance de Désirée. En effet, celle-ci censure souvent les entrées du journal où la protagoniste adresse des critiques parfois virulentes à l'adresse de ce vaste pays plein de contradictions.[51] En tant que narratrice omnisciente, Sakiné exprime

---

51 *« Le paradoxe de la Chine réside dans le fait que les règlements écrits ont peu en commun avec les pratiques courantes. [...] La Chine est un système sans système, car presque rien de*

également les pensées de sa protégée, qui constate que cette «nouvelle Chine n'est pas faite pour des gens munis seulement d'un diplôme d'études collégiales, même honnêtes et travailleurs. La nouvelle Chine est subjuguée par le *glamour* américain et le mauvais anglais des voyageurs.» (319) Elle est aussi «le paradis de la falsification et de la vente illicite». (247) Mais ce qui attriste le plus Augusta, c'est le comportement des gens. «*Parfois, la Chine peut être terriblement dure à supporter. Les gens sont agressifs et impolis : ils montrent ouvertement leur haine des étrangers.*»[52] (233)

Cependant, elle admire l'endurance de ce peuple qui, à son avis, «*se nourrit encore au taoïsme, à l'expérience des ascètes qui développaient leur sagesse par la méditation et par une disette séculaire.*» (213) Après un voyage en train vers le site des soldats en terre cuite, voyage qu'elle n'aurait pu faire sans l'aide désintéressée de deux Chinois, Augusta note dans son journal :

> *L'histoire de ce monument vient en contradiction avec les gens simples qui savent être généreux et dévoués. Le malentendu provient peut-être encore du fait qu'il y a deux pays dans cet immense empire, et que la Chine profonde se trouve ailleurs que là où se produisent les actes héroïques et où se dressent les monuments fastueux. La contradiction vient du fait que plus l'empire est riche et sa gloire est grande, plus le petit peuple est pauvre et malheureux.* (270)

Nombreuses sont les questions que la protagoniste-diariste se pose au sujet de ce peuple qui vit dans un entre-deux qu'il a du mal à traverser. On apprend que si elle n'a pas eu de réponses satisfaisantes, c'est parce que les déesses s'étaient mises d'accord à la plonger dans une histoire fantasmatique, afin que la véritable histoire de la Chine lui reste quasiment inconnue :

> Notre protégée va plutôt traverser cet espace à l'époque des dynasties, elle va rêver de ce pays et de ses beautés. Elle ne connaîtra jamais la vérité sur ce

---

ce qui est écrit n'est respecté. Les règles sont contournées et la pratique de la corruption, des pourboires et du népotisme fait de nouveau surface. Le succès est presque toujours basé sur la transgression des lois et l'inefficacité du système.» (115)

52 Le texte du journal est en italique, ce qui renforce davantage l'hybridité de l'écriture de ce roman.

peuple, tout aussi réel que les histoires des concubines et des impératrices. Pour elle, cette espace restera à tout jamais sa douce Chine. (136)

Cependant, le monde imaginaire dans lequel se réfugie Augusta s'avère tout aussi insondable que la Chine moderne qui, à son avis, a encore un long chemin à parcourir pour s'ouvrir véritablement aux autres. Mais grâce à l'écriture palimpseste de ce docu-roman construit à la croisée du biographique et du fictionnel, Felicia Mihali nous fait découvrir sa version de la Chine, et avec elle, les enjeux de tout migrant qui doit apprendre à s'adapter à son nouveau milieu.

Le tarot de Cheffersville : entre récit autobiographique et conte merveilleux

Une dizaine d'années plus tard, on retrouve le personnage d'Augusta[53] dans une communauté autochtone du Grand Nord québécois où elle enseigne le français à des jeunes Innus. Si le premier docu-roman de Felicia Mihali puise dans l'entre-deux enrichissant créé entre la Chine ancienne et la Chine moderne, son deuxième tire sa sève d'un autre entre-deux, non moins enrichissant, qui permet le va-et-vient entre la forêt subarctique habitée depuis des temps immémoriaux par les peuples autochtones et la réserve où leurs descendants sont en train de perdre leurs traditions ancestrales. Cette fois-ci, l'auteure n'utilise plus de photos pour illustrer son roman, mais onze cartes majeures[54] du mystérieux jeu de Tarot,[55] qui jettent un pont entre le monde sacré du *illo tempore* et le monde profane dont témoigne son double narratif. Le fil conducteur qui lie les deux mondes est le même que celui de son

---

53 L'identité d'Augusta, « une figure familière pour certains » (22) est confirmée par une note de bas de page : « Le personnage principal du docu-roman *Sweet, Sweet China*, du même auteur, dont l'action se passe en Chine. » (*Ibid.*)

54 On les appelle aussi « arcanes majeurs » en raison de l'étymologie latine du mot « arcane » : *arcanum* signifie « secret », « mystère ».

55 Sur les 78 cartes (ou lames) du Tarot de Marseille, un jeu remontant loin dans le passé, 22 sont des arcanes majeurs, riches en couleurs, symboles et messages. Un tirage tarologique est censé jeter un pont entre la conscience du consultant qui est en quête de quelque chose et les archétypes représentés sur les cartes tirées. Comme ces cartes représentent des principes essentiels de la vie, elles sont souvent utilisées dans la pratique divinatoire.

premier roman : la quête identitaire d'Augusta, dont les nouvelles expériences l'obligent de nouveau à réfléchir sur le sens de son parcours. L'éclairage du présent de cette enseignante aux prises avec sa condition de femme mûre et d'immigrante alterne avec celui de son passé, d'où plusieurs fantômes surgissent comme par miracle dans le monde atemporel de la forêt boréale.

Ce roman « génériquement indécidable » (Viart 2001, 331) bascule entre récit autobiographique et conte merveilleux, dans lequel s'enchâssent de nombreuses histoires et légendes innues et roumaines. Il contient également une dimension ésotérique et onirique dont la fonction principale est de signaler les interférences des mondes réel et fictionnel. La complexité narrative de ce docu-roman invite le lecteur à découvrir les liens tressés entre les deux mondes qui, bien que très proches géographiquement, n'arrivent jamais à se croiser. Le lecteur aura donc un rôle important dans l'élaboration du sens des deux récits, opération facilitée par les réflexions et commentaires d'Augusta. La lecture des cartes de tarot, placées entre le récit atemporel tissé autour de l'ancêtre Tshakapesh et le récit réaliste ayant comme protagoniste l'enseignante de français de Cheffersville, transforme le lecteur en un véritable cartomancien appelé à lier les messages des cartes tirées aux faits racontés dans les deux récits.

Le roman s'ouvre par une quête poursuivie dans un temps mythique où tout est possible, même le mariage entre une femelle caribou et un humain qui s'était enfui avec tous les biens de sa belle-famille. Atik,[56] accompagné de Pneu, une perdrix bavarde, se donne comme mission de retrouver son gendre voleur. Dans le court dialogue entre les deux compagnons de route, parsemé de quelques expressions et mots anglais qui contribuent à l'humour de cette scène, on introduit déjà la thématique de la difficile intégration d'un étranger dans une société, toute multiculturelle soit-elle, comme celle du Québec.

Suit le récit de la naissance de Tshakapesh, « le grand héros mythique des Innus » (10), ressuscité par sa sœur après qu'un monstre avait dévoré leurs parents. Après une série d'épreuves qui montrent ses

---

56 Le mot innu pour caribou. Tous les mots d'animaux figurant dans ce roman sont en langue innue. Leur traduction apparaît dans les notes de bas de page.

qualités surnaturelles, il s'établit sur la Lune, d'où il descend chaque automne pour rechercher sa sœur et sa femme. Pendant un de ses séjours, l'ancêtre rencontre Cerise, une Tzigane roumaine transportée dans la forêt de Cheffersville par un traîneau tombé du ciel. Après un échange d'insultes en trois langues, ils s'abritent dans une tente que Cerise commence tout de suite à ranger, au grand déplaisir du vieux Tshakapesh.

D'autres rencontres, plus bizarres les unes que les autres, se produisent dans cet endroit oublié par le temps. L'immortel et Cerise accueillent tout d'abord Florica, la mère d'Augusta, ensuite un groupe de trois Tziganes, composé du voleur Pâris et de deux prostituées. Suivent le parrain juif d'Augusta et Dina,[57] son amie d'enfance. On est donc en présence de quatre Tziganes, d'une paysanne, d'un vieux Juif et d'une coiffeuse, tous des marginaux du pays d'origine d'Augusta. Ils feront de leur mieux pour cohabiter avec Tshakapesh, qui était au courant de leur arrivée, mais qui semble mécontent d'accueillir certains d'entre eux, surtout le voleur Pâris. Comme Cerise avait apporté avec elle ses cartes de tarot, chacun aura l'occasion d'en tirer une, sauf Tshakapesh, qui en tire trois.

L'automne amène aussi les nouveaux enseignants de l'école Kanata de Cheffersville, ancienne ville minière située non loin de l'endroit où s'établit le groupe formé autour de Tshakapesh.[58] Parmi eux se trouve Augusta, qui rencontre ses nouveaux collègues Antoine, Silvie, Colette et Ahmad, tous logés au Sunny, près de l'école. Ils constateront très vite qu'ils sont considérés comme des marginaux dans la petite communauté d'Innus qui, eux aussi, se sentent depuis longtemps marginalisés par rapport à la société québécoise. Pendant le long hiver subarctique, on suivra la façon dont chacun essaie de s'adapter à la rigueur du climat et surtout aux difficultés du milieu scolaire, auxquelles s'ajoutent celles de la vie quotidienne au Sunny et dans la communauté.

---

57 Dina est la protagoniste du roman éponyme de Mihali, publié en 2008.
58 Au cours de l'exploration de la forêt, note le narrateur anonyme, «Tshakapesh montre à Cerise les rues concentriques de la ville, aboutissant d'un côté au magasin *Northern*, à l'Hôtel Royal, et au restaurant *Bla-Bla*, et de l'autre à l'aéroport, à l'aréna, au Conseil de bande et à l'école Kanata.» (19)

Entre la prise de possession de la forêt par Tshakapesh et Cerise et l'exploration de son nouvel espace par Augusta, apparaît la première carte de tarot tirée par l'ancêtre. C'est *Le Fou*, la seule carte non numérotée de ce jeu, qui peut signifier la fin ou le début d'un cycle. Et en effet, les deux protagonistes de ce récit sont sur le point de commencer une nouvelle étape de leur vie, ce qui présuppose de nouveaux choix, une grande capacité d'adaptation et surtout l'abandon des préjugés. Le voyageur représenté sur cette carte très puissante dans le pont du Tarot peut être un nomade, comme les Tziganes transportés au milieu d'une forêt inconnue, ou un étranger, comme Augusta et Ahmad, désireux de s'intégrer dans leur pays d'accueil et de sortir de la condition de marginalité par un travail bien fait. Le chemin emprunté par *Le Fou* suggère également qu'on ne peut arriver à la sagesse qu'au bout d'une série d'épreuves inhérentes au voyage. Dans le cas de l'immortel Tshakapesh, on verra que malgré sa longue expérience de vie, il aura toujours quelque chose à apprendre au cours de ce séjour dans la forêt. Et cela, parce que toute rencontre s'avère enrichissante pour celui qui ne se limite pas à juger quelqu'un selon les apparences. C'est pendant les échanges avec les autres, si différents soient-ils, qu'on acquiert de nouveaux savoir-faire, ce qui sera évident surtout pendant les interactions de l'ancêtre avec Pâris, et celles d'Augusta avec ses élèves innus. Tshakapesh initie le jeune homme à la chasse, tout en lui apprenant les moyens de survie dans la forêt nordique, pendant qu'Augusta enseigne à ses élèves non seulement le français, mais aussi la broderie et le tricot.

« APRÈS LA PRISE DE POSSESSION de la forêt, c'est le temps des histoires » (35). C'est la phrase d'ouverture du deuxième chapitre du roman, intitulé « Tshakapesh raconte sa vie ». On y apprend que dans le monde légendaire du Grand Nord, peuplé d'animaux capables de parler, de monstres et de cannibales menaçants, la survie dépend de la capacité de partager et de s'entraider, mais aussi de celle de préserver les histoires et de transmettre le savoir-être ancestral aux descendants des habitants de la forêt. Dans le récit de vie de Tshakapesh, contenant de nombreux éléments de contes merveilleux, on remarque l'importance de se faire connaître par l'autre qu'on attend ou qu'on rencontre par hasard. L'auteure fait également un clin d'œil à *Candide* lorsque l'ancêtre raconte à Cerise son ennui « au pays de l'abondance » (42) où il était arrivé en suivant un écureuil qui grimpait sur une épinette.[59] La route vers l'aventure et l'inconnu lui manque, tout comme la chasse, l'occupation rituelle des Innus. Aussi ce récit fictionnel devient-il l'espace de tous les possibles, et le lecteur y plonge sans se soucier des invraisemblances, car il connaît bien les conventions propres à ce genre d'histoires.

Par contre, après chaque intermezzo constitué par la description des cartes de tarot, le lecteur aura d'autres attentes, surtout s'il est familier avec l'œuvre de Felicia Mihali. La note de la page 22 lui indique clairement que la protagoniste du docu-roman qu'il est en train de lire n'est autre que celle du roman *Sweet, Sweet China*, roman fortement autobiographique. Un pacte de lecture flottant lui est proposé de nouveau, car le sujet de l'énoncé n'est ni tout à fait autobiographique ni tout à fait fictif. Si un certain nombre d'éléments autobiographiques surgissent dans le récit réaliste tissé autour d'Augusta, il convient de remarquer qu'ils sont intégrés dans ses rêves, ce qui contribue davantage au brouillage des pistes de lecture. Ces lambeaux de souvenirs qui hantent son sommeil ont aussi un rôle prémonitoire, car ils deviennent le véhicule qui transporte le lecteur dans le monde fictionnel où sont amenées plusieurs personnes du village natal d'Augusta.[60]

Ainsi Cerise apparaît-elle rajeunie dans le premier rêve d'Augusta. Celle-ci la découvre dans la maison familiale et, à cette occasion, on apprend que sa mère n'avait pas de préjugés à l'égard des Tziganes.[61] Dans son deuxième rêve, raconté au chapitre III, Augusta essaie de convaincre sa mère de quitter la misère du village pour s'établir en ville. Elle se voit « entre[r] dans cette bulle de lumière pour extraire Florica »

---

59 Dans la pensée mythique amérindienne l'épinette, tout comme l'écureuil, a le rôle de relier la terre et le ciel, autrement dit le profane et le sacré.

60 Certains personnages transportés miraculeusement de son village dans la forêt de Cheffersville figurent également dans d'autres romans publiés antérieurement, pendant que d'autres y apparaissent pour la première fois.

61 On apprend dans un autre chapitre que chaque automne la famille d'Augusta permettait à une famille de Tziganes ferblantiers de monter leur tente dans leur jardin, où ils réparaient les casseroles des villageois. La petite Augusta se réjouissait de jouer avec leurs enfants. Une fois, elle avait même accompagné la caravane des Tziganes pendant quelques jours, très contente d'avoir échappé aux règles établies par sa famille. C'est au cours de ce voyage qu'elle a pris connaissance des différences anatomiques entre les deux sexes.

(77), mais celle-ci ne quittera son village que pour devenir personnage dans le récit de fiction repris au chapitre suivant. À la fin de ce chapitre, on mentionne Pâris, figurant dans un autre rêve qui fait connaître au lecteur l'ancienne cérémonie des Paparoudes,[62] performée par les Tziganes lors des périodes de sécheresse. Et après ce rêve, le jeune voleur et proxénète fait son apparition dans « une troïka bariolée [qui] descend en trombe du ciel, tirée par quatre chevaux noirs » (125), mais pas avant que l'on consacre un chapitre entier aux Tziganes. Enfin, dans le dernier rêve apparaît le parrain Lazar, professeur universitaire à Bucarest, chez qui Augusta passait toutes ses vacances d'été.

Il n'est pas sans intérêt de mentionner deux autres personnages qui surgissent littéralement dans le réseau intratextuel tissé par les références à deux romans publiés antérieurement par Felicia Mihali. À l'occasion d'une chasse miraculeuse qui ne peut avoir lieu que dans les contes, Tshakapesh demande à Pâris d'arrêter deux fois leur vol magique en motoneige. La première fois il aperçoit George, « l'ami d'enfance d'Augusta » (211), personnage qui figure dans *Le pays du fromage*. « Combien elle avait aimé George, et combien il l'avait aimée à son tour ! » (*Ibid.*), note le narrateur anonyme qui conclut avec tristesse que cet homme « attend le caribou au mauvais endroit » (*Ibid.*), suggérant que sa chasse sera aussi infructueuse que son désir d'autrefois de retenir la femme aimée. Au deuxième arrêt, les deux chasseurs se retrouvent devant un tireur isolé qui n'est autre que Dragan, le poursuivant de Dina dans le roman éponyme de l'auteure, résumé sur deux pages. C'est un cas intéressant d'intratextualité, car l'auteure, faute de savoir comment était mort l'agresseur de son amie d'enfance, trouve un moyen original de le faire tuer définitivement dans ce docu-roman.[63]

Étant donné que Felicia Mihali aime jouer la carte de l'ambiguïté générique, une question s'impose : les événements auxquels se réfère Augusta dans ce dernier roman sont-ils autobiographiques ou

---

62 « Dans la mythologie populaire roumaine, les Paparoudes étaient les déesses de la pluie ». (Note 35, p. 97)

63 C'est Pâris qui le tue lorsque Tshakapesh lui attire l'attention sur l'écharpe que Dragan avait nouée autour du cou. À ce moment-là, il a la révélation du fait que l'homme qui se trouvait devant lui était justement celui qui avait abusé verbalement et physiquement la femme qu'il aimait.

autofictionnels? L'étiquette générique «roman» ou «docu-roman» ne nous autorise pas à considérer ce récit comme étant essentiellement autobiographique, bien que la description du village, les références à la famille, à l'enfance et à l'adolescence, ainsi que le parcours de la protagoniste laissent peu de doute sur son identité. On l'a rencontrée pour la première fois dans *Le pays du fromage*, en pleine crise existentielle, on l'a écoutée raconter le drame de Dina lorsqu'elle était déjà établie à Montréal, on a lu ses *Confessions pour un ordinateur*, qui nous font mieux comprendre d'où elle vient et ce qui a façonné sa personnalité, et on l'a vue aussi travailler comme journaliste à Bucarest en même temps que vivre une histoire d'amour dans *Luc, le Chinois et moi*. Quoique le personnage féminin ne soit nommé dans aucun de ces romans, on comprend bien qu'Augusta, qui explore les deux Chines en même temps que les profondeurs de son âme, et qui plus tard décide d'explorer le Grand Nord de la province où elle vit, n'est autre que l'*alter ego* de l'auteure dont on pourrait dire, comme pour Maryse Condé, «c'est elle et ce n'est pas elle». Notons également que les retours en arrière et les nombreuses réflexions qui émaillent tous les romans de Mihali constituent autant de pièces d'un puzzle que le lecteur est invité à assembler afin de recréer le portrait de cette protagoniste dont la quête identitaire se poursuit à chaque étape de sa vie, dans des endroits géographiques différents. On pourrait dire, comme le fait le narrateur anonyme à l'occasion de la décision de Tshakapesh de raconter «l'histoire de sa métamorphose» (62), que «tôt ou tard, le passé de chacun se transforme en narration.» (63)

Si on accepte l'idée que tout individu se constitue dans une narration de soi sans cesse renouvelée, comme le soutient Paul Ricœur (1990), il y a une permanence de l'être que les personnages féminins révèlent dans tous les romans de Mihali, mais aussi un Moi saisi dans son devenir, autrement dit une ipséité qui complète la mêmeté. C'est ce noyau de l'identité narrative d'Augusta qui nous permet de l'identifier comme *alter ego* de l'auteure, sans pour autant trancher définitivement sur le statut générique des récits où elle évolue. Qui plus est, même l'identité de Tshakapesh, qui est censé rester inchangé du fait de symboliser la permanence du héros mythique, se construit entre le pôle de la mêmeté et celui de l'ipséité suite au croisement de ses narrations avec celles de ses colocataires venus d'ailleurs.

Dans cette perspective, il me semble intéressant de remarquer que le goût de l'aventure, la curiosité et le désir de connaissance, qualités qu'Augusta partage avec Tshakapesh, contribuent à l'assouplissement de leur identité narrative sans cesse renouvelée, particulièrement dans le cas d'Augusta. Son expérience d'enseignante à Cheffersville la transforme au fur et à mesure qu'elle prend connaissance de l'état matériel et moral de la petite communauté innue, qui continue à vivre tant bien que mal dans une ville quasiment déserte après la fermeture des exploitations minières. Elle est surtout affectée par le manque de considération pour l'éducation en général et pour les enseignants en particulier. Bien qu'elle comprenne la désillusion des élèves de voir défiler chaque année de nouveaux enseignants, dont certains partent avant la fin de l'année scolaire, Augusta est révoltée par l'incapacité des représentants locaux de prendre des mesures contre le trafic et la consommation inquiétante de drogues, de même que par la montée de la violence dans les familles de ses élèves qui ne voient pas l'utilité d'une éducation incompatible avec leur mode de vie traditionnel. Elle constate aussi avec tristesse la dissolution des mœurs des descendants des habitants de la forêt qui ne retournent qu'en été dans leurs cabanes. Quant à la transmission continuelle du savoir-faire ancestral, elle ne se fait que d'une façon ponctuelle et superficielle, comme c'est le cas de l'initiation à la chasse ou au dépeçage.

Dans cette partie du roman, l'écriture suit le regard d'ethnologue du personnage féminin qui consigne dans son journal ses observations sur les caractéristiques sociales et culturelles de cette communauté où elle vivra pendant une année scolaire. Elle réalise de véritables études de cas suite à l'observation du comportement de ses élèves, de leurs échecs et maigres progrès, de leurs interactions avec les autres. Leurs histoires lui révèlent les carences du système éducatif et les faiblesses du système social. À titre d'exemple, le récit d'un «événement historique» (50) auquel elle a assisté, en l'occurrence la rencontre entre les représentants du gouvernement fédéral et ceux du Québec et de Terre-Neuve-et-Labrador. Pendant les négociations menées entre ces deux parties en vue de la réouverture des mines, Augusta constate que la question des

Autochtones est toujours sensible et que l'on continue à se servir de la politique de tergiversation qui ne mène pas au vivre-ensemble dont parlent les uns et les autres. Augusta offre souvent des citations des livres qu'elle lit au sujet de l'histoire du Canada et de la situation passée et présente des populations autochtones.[64]

Elle documente également l'évolution des relations entre les enseignants habitant au Sunny, véritable *Maison de Dieu*, comme l'annonce la carte de tarot tirée par Cerise au chapitre III, intitulé « Tshakapesh et Cerise apprennent à vivre ensemble ». (55) Après une courte période d'essai de cohabiter en harmonie, les épreuves auxquelles sont soumis les enseignants montrent, comme c'est écrit sur la carte, que « *toutes les catastrophes sont possibles : la chute, la défaite, la souffrance. Quoi qu'on en fasse, on est impuissant devant les imprévus de la vie.* » (66) La carte suivante, *Le Diable*, annonce « *l'imminence de la chute* » (87). Et en effet, « [d]u lundi au vendredi, Augusta s'évertue à apprendre à vivre en situation de catastrophe ». (96) Si au début les enseignants se racontaient le soir les événements de la journée, après un certain temps ils s'isolent dans leurs appartements pour ruminer les humiliations subies à l'école ou dans la communauté.

Les étapes de la solitude dont Augusta prend connaissance dans le livre d'une Marocaine[65] semblent confirmer les prédictions de *La Roue de la Fortune*, carte illustrant le cercle éternel de la vie dont la dernière étape est l'échec. Cependant, lit-on sur la carte, « *chaque retour à l'origine peut devenir un recommencement* ». (137) Dans le cas d'Augusta, qui nourrissait l'idée de quitter son travail, une seule phrase suffit pour la faire monter de nouveau vers le sommet de la roue : « Tout ce que tu sais faire peut changer ta vie. » (141) À partir de ce moment, elle modifie son approche pédagogique afin de stimuler la curiosité de ses élèves.

---

64 En voici un exemple : « Ce qui a conduit les Indiens au désœuvrement chronique est la dépendance du gouvernement : la conquête institutionnalisée l'a traumatisé jusqu'aux tripes », écrit Jean Morisset dans son livre [*Les chiens s'entredévorent dans le Nord*]. Et ailleurs il dit : « Le bon Blanc issu de la tradition judéo-chrétienne va soulager ses préoccupations altruistes chez les bébés phoques. Il instaure mille lois internationales pour la protection des oiseaux migrateurs, tandis qu'il assassine en sourdine des entités nationales qu'il a créées, l'Indien-Premier-Occupant. » (54)
65 Il s'agit du livre de Fatima Marnissi, *Rêves de femmes : une enfance au harem* (1966), mentionné dans la note 56 du roman. (141)

D'ailleurs, sur la carte représentant *L'Impératrice*, c'est écrit que le tirage de cette carte « *marque le moment où l'on commence à produire ses propres idées* ». (181) La détermination d'Augusta de faire appel à sa créativité et à ses qualités de médiatrice commence à porter ses fruits. Elle se met à l'écoute des histoires de ses élèves et découvre les drames qui se cachent derrière leur comportement destructif. Après le tirage de la carte suivante, *La Force*, suggérant la volonté de « *dominer toute situation* » (197) et de « *vaincre tous les obstacles* » (198), Augusta se donne comme mission de faire réussir ses meilleurs élèves à l'examen de français du ministère. Le livre ouvert que *La Papesse* tient sur ses genoux suggère que la connaissance est possible à force de patience et de persévérance, ce qui est confirmé par le succès de quatre élèves d'Augusta à cet examen de fin d'année.

Si le groupe d'enseignants venant de milieux différents n'arrive pas à vivre ensemble, le groupe hétéroclite formé autour de Tshackapesh réussit graduellement à apprendre à s'accepter et même à s'apprécier tels qu'ils sont. À l'instar de la petite société organisée dans la métairie de Candide, où chacun exerce ses talents pour le bien-être de tous, ils bâtissent une cabane qui deviendra en peu de temps une habitation accueillante. La tolérance et l'abandon des préjugés contre les Tziganes, les Juifs, les voleurs et les prostituées facilitent le vivre-ensemble, car les talents de chacun trouvent le terrain propice pour se manifester. Initié par le vieil Innu, Pâris devient un très bon chasseur. Grâce à leur sens pratique, les femmes réussissant à créer un « chez-soi » de plus en plus agréable. Quant au vieux Juif, inséparable de ses livres qu'il lit à longueur de journée, il offre des idées qui, mises en pratique par les autres, améliorent la vie de tout le groupe.[66] Encore faut-il mentionner les fiançailles de Pâris avec Dina, racontées dans le dernier chapitre du roman, intitulé d'une manière suggestive « Les noces du ciel ». D'une certaine façon, Felicia Mihali semble suggérer que le vivre ensemble est quasiment impossible tant que les gens n'acceptent pas les différences, comme le font les personnages du monde fictionnel.

---

66 Arrivé à une impasse pendant la construction de leur maison d'écorce, le Juif fournit une solution salvatrice. À un autre moment, il apprend aux femmes comment préparer des cailles en sarcophages, transformant l'habituel menu de perdrix bouillies ou rôties en un véritable festin de Babette.

Il nous importe de mettre ici en lumière un certain nombre d'éléments qui signalent l'hybridité thématique et générique de ce docu-roman. Dans le monde fictionnel, Tshakapesh et Pâris reviennent d'une chasse miraculeuse. Après le dépeçage du caribou, on met la table de noces pour Pâris et Dina, dont on sait qu'elle avait toujours méprisé les Tziganes en général, et ce jeune homme en particulier. Comme invités, les animaux de la forêt, identifiés par leurs noms innus, et qui, lors du long discours savant prononcé par le Juif, ne cessent de faire des commentaires drôles contribuant au comique savoureux de cette scène. Après le dîner arrivent trois véhicules célestes qui emportent les noceurs. Cette scène est observée par Atik et Pneu, revenus de leur voyage infructueux, pendant que le vieux Tshakapesh lit la dernière carte de tarot remise par Cerise avant son départ. Il s'agit de *L'Arcane sans nom*, représentant un squelette muni d'une faux, symbole de la mort qui, selon les croyances ancestrales des Innus et des ancêtres d'Augusta, n'est qu'un passage vers un autre état, vers une vie spirituelle libérée de toute entrave terrestre.

La scène des noces du ciel contient un amalgame d'éléments thématiques présents dans la culture essentiellement orale des Innus, aussi bien que dans l'ancienne civilisation roumaine, riche en traditions transmises par voie orale. La mort, par exemple, est envisagée comme un événement de dimensions cosmiques qu'il faut accepter avec sérénité, car elle ne représente pas la fin d'un être vivant, mais seulement une étape nécessaire pour que son âme s'affranchisse de ses limites et continue son ascension vers le spirituel. Dans le folklore roumain, la mort est souvent représentée d'une façon allégorique, sous forme de noces joyeuses. Selon les croyances innues, l'âme immortelle peut même répandre des lueurs lorsqu'elle quitte le corps, ce qui fait que les noces de Pâris et de Dina ressemblent à de magnifiques aurores boréales.

La communion avec la nature et les animaux est présente dans la culture des tribus nomades des cueilleurs-chasseurs de la taïga boréale, ainsi que dans celle des agriculteurs sédentarisés dont est issue l'auteure de ce roman.[67] Dans l'imaginaire populaire des deux cultures,

---

67 Nombreuses sont les instances illustrant l'opposition entre le nomadisme de Tshakapesh et la tendance vers la sédentarité de Cerise, préoccupée de l'aménagement d'un chez-soi durable.

la forêt occupe une place privilégiée, car elle a toujours nourri les plus faibles tout en les protégeant des envahisseurs. Le cadre sylvestre est également présent dans les contes et légendes où se produisent des rencontres avec des personnages surnaturels et des animaux magiques. Il est aussi l'endroit associé avec le sacré, source des récits d'origine assurant la pérennité d'une culture, mais aussi avec les ténèbres de l'inconscient, largement exploité en littérature. Il en résulte que l'espace esquissé dans la première partie de chaque chapitre se prête bien au déroulement du récit fictif ayant comme protagonistes des personnages d'outre-tombe, dont certains apparaissent dans d'autres récits de Felicia Mihali. Au moment où ils montent dans les véhicules qui les ramèneront au ciel, on dévoile la cause de leur mort,[68] ce qui explique, entre autres, les vêtements sommaires qu'ils portaient à leur arrivée.

En revenant à la dernière carte que Tshakapesh lira après le départ des « noceurs », on apprend que « L'Arcane sans nom » est aussi « *la carte de la transformation* » (237) qui est à l'origine de toute évolution spirituelle. Pour qu'on ressente la libération nécessaire à cette évolution, « *il faut savoir se détacher totalement du passé pour se renouveler pleinement* ». (*Ibid.*) N'est-ce pas le sens du parcours d'Augusta qui, après une série d'épreuves décevantes dans un nouveau milieu qu'elle a appris à observer autrement vers la fin de son séjour, est devenue plus compréhensive, plus tolérante et plus créatrice ? Mais pour arriver à cet équilibre fragile, elle a eu besoin de moments de réflexion pendant lesquels elle a pu faire le bilan de ses expériences fondatrices afin de renouer avec son passé et d'amorcer une nouvelle étape de sa vie.

Ces moments de réflexion sont suggérés d'ailleurs par trois arcanes majeurs représentant des figures féminines puissantes. La première, « L'Impératrice », « *marque le moment où l'on commence à produire ses propres idées* » (181), annonçant que « *de bons résultats seront obtenus grâce à la volonté et à l'intelligence* ». (182) La deuxième, « La Force », symbolisant la puissance de l'esprit, « *nous apprend que grâce à une volonté bien dirigée,*

---

68 Cerise avait souffert d'une maladie de foie, Florica était morte suite à une hémorragie cérébrale, Dina s'était suicidée, Pâris avait été poignardé, les deux filles avaient été noyées, pendant que le Juif avait subi une attaque cardiaque.

on peut dominer toute situation». (197) Enfin, « La Papesse », représentée
en position d'observatrice, un livre ouvert sur les genoux, *«incarne la
supériorité de l'esprit sur la matière»* (216), exprimant *«la croissance intérieure»*. (217) Son message, *«la persévérance finit toujours par être récompensée»* (*Ibid.*), préfigure le mûrissement d'Augusta qui, après avoir été
plutôt observatrice de son nouveau milieu, finit par se rapprocher de
ses élèves et faire une différence dans la vie de quelques-uns.

Enfin, il ne faut pas oublier qu'en plus des défis qu'elle doit relever à
l'école et dans la communauté de Cheffersville, Augusta doit également
faire face aux inquiétudes causées par l'approche de l'âge mûr. Cela
entraîne une réflexion sur sa quête identitaire et le sens de son errance
au cours de laquelle elle est ballotée entre biographique et fictionnel :

> Son Nord à elle lui paraît beaucoup plus rassurant, une fiction construite sur
> d'autres fictions. Elle est occupée à projeter ses propres connaissances sur
> cet espace et à renouveler des liens avec ce qu'elle a été auparavant […] Ses
> fantômes peuplent le Nord. Ses souvenirs l'accablent, ses rêves s'animent au
> point de se confondre avec la réalité. (161)

Au fil de ce roman, la narratrice fait le bilan de son passé, avec une
insistance sur plusieurs expériences fondatrices de son enfance et son
adolescence. Ceux et celles qui ont laissé des traces ineffaçables sur sa
personnalité deviennent personnages dans le récit de fiction déclenché
par le retour cyclique de Tshakapesh dans la forêt de la région subarctique. L'exil volontaire d'Augusta dans un endroit juxtaposé à cette
forêt, son effort de s'adapter à un milieu éprouvant, la rencontre d'autres
personnes en train de se chercher, ainsi que la lecture et l'évasion onirique, constituent autant d'éléments qui composent le tissu hybride de
ce docu-roman.

Chapitre II.

L'entre-deux spatio-temporel

Gaston Bachelard associe le bonheur au «chez-soi», à la maison vue comme «espace vital»,[1] élément de contact entre l'être et le monde. Un espace où l'on crée son intimité et qui assure notre protection. La demeure, ajoute-t-il, est aussi «une des plus grandes puissances d'intégration pour les pensées, les souvenirs et les rêves de l'homme». (42) Même si, dans certains cas, le «chez-soi» peut être, paradoxalement, à la fois espace de refuge et lieu incapable de protéger contre les dangers, il participe toujours à notre construction identitaire.

On s'accorde sur le fait que grâce à l'espace habité, on assure une continuité du vécu, une certaine routine au cours de laquelle se créent des pratiques familiales et sociales. La maison et la terre de naissance constituent des espaces privilégiés où l'on est possible de devenir soi après les avoir appropriés selon ses besoins et son imagination. «Cette terre était à moi, c'était chez moi», écrit Marie Cardinal dans son livre-reportage *Au pays de mes racines*[2] vingt-cinq ans après son départ

1 Gaston Bachelard, *La Poétique de l'espace*, Paris, Les Presses universitaires de France [1957], 1961, p. 32.
2 Marie Cardinal, *Au pays de mes racines*, Éditions Grasset & Fasquelle, 1980, p. 13.

de son pays natal. «Depuis que je ne vis plus en Algérie [...] [i]l n'y a plus d'instants où, sans restriction, je suis en parfaite harmonie avec le monde.» (6)

Le «chez-soi» en tant que lieu signifiant devient graduellement le dépositaire de l'histoire de l'habitant, histoire rendue souvent silencieuse par la grande Histoire. Cela explique le fait que la problématique du pays occupe une place de choix dans les romans de nombreux écrivains francophones. C'est le cas de l'écrivaine guadeloupéenne Simone Schwarz-Bart, qui l'illustre dans *Pluie et vent sur Télumée Miracle*[3] et *Ti Jean L'Horizon*.[4] Dans les incipits de ces deux romans, un narrateur anonyme s'adresse à son lecteur fictif sur un ton à la fois familier et ironique, afin de souligner que l'exiguïté du pays n'a rien à voir avec l'attachement qu'on ressent envers lui.[5] Une homologie s'établit entre la topographie réelle et celle inscrite dans les récits mythiques présents dans la culture de cette petite île en train de subir l'impact parfois dévastateur de la civilisation moderne. Dans cet entre-deux spatio-temporel, des fils invisibles se tissent entre les lieux sacrés mentionnés dans les mythes ancestraux et les lieux profanes en train d'envahir ce «pays» minuscule, mais tellement riche en contes et légendes transmis de génération en génération.

C'est aussi le cas de Gisèle Pineau, qui superpose le corps de la Guadeloupe où elle a ses racines sur celui du corps textuel,[6] ce qui renvoie à un double lieu d'origine, celui de l'écrit et celui de ses parents.[7] Notons

---

3   Simone Schwarz-Bart, *Pluie et vent sur Télumée Miracle,* Paris, Seuil, 1972.

4   Simone Schwarz-Bart, *Ti Jean L'Horizon,* Paris, Seuil, 1979.

5   «Le pays dépend bien souvent du cœur de l'homme : il est minuscule si le cœur est petit, et immense si le cœur est grand. Je n'ai jamais souffert de l'exiguïté de mon pays, sans pour autant prétendre que j'aie un grand cœur.» (*Pluie et vents,* 11)

    «L'île où se déroule cette histoire n'est pas très connue. Elle flotte dans le golfe du Mexique, à la dérive, en quelque sorte, et seules quelques mappemondes particulièrement sévères la signalent. Si vous prenez un globe terrestre, vous aurez beau regarder, scruter et examiner, user la prunelle de vos yeux, il vous sera difficile de la percevoir sans l'aide d'une loupe. Elle a surgi tout récemment de la mer, à peine un ou deux petits millions d'années.» (*Ti Jean,* 9)

6   Voir l'article de Joëlle Vitiello, «Le corps de l'île dans les écrits de Gisèle Pineau», dans *Elles écrivent des Antilles,* Paris, L'Harmattan, 1997, p. 243–63.

7   Pour plus de détails, consulter l'article de Dominique Licops, «Origi/nation and Narration: Identity as Épanouissement in Gisèle Pineau's *Exil selon Julia*», *MaComère* 2, 1999, p. 80–95.

que plus tard, dans un entretien accordé à Thomas Spear, Pineau révèle son intention de «repositionner» son île-papillon qui ne cesse de l'interpeller, sans pour autant renoncer au projet d'«ouvrir [ses] ouvrages sur le reste de la Caraïbe»,[8] et surtout de les orienter vers l'espoir d'un monde meilleur.

Mentionnons à ce sujet la complexité de la relation entre l'espace et l'identité dans l'écriture antillaise. Les articles réunis par Mary Gallagher dans le volume *Ici-Là : Place and Displacement in Caribbean Writing in French* (2003) mettent en évidence les particularités de cette écriture marquée par la trace originelle du déplacement forcé à l'époque coloniale. Mais le vocable créole *ici-là* traduit également la déchirure subie par la diaspora antillaise au cours de son exil, ainsi que le désir du sujet itinérant de rapprocher, par le biais de l'écriture, les espaces traversés au cours de ses déplacements dans un monde de plus en plus globalisé.

Il arrive parfois qu'on se sente en danger sur sa terre natale, comme remarque Édouard Glissant au sujet de l'espace martiniquais perçu comme un anti-espace : «la collectivité qui ne maîtrise pas son espace, affirme-t-il, est une communauté menacée.» (1981, 276) À titre d'exemple, les romans *Ti Jean L'Horizon* (1979) de Simone Schwarz-Bart et *Morne Câpresse*[9] de Gisèle Pineau. Dans ces deux romans, une tension s'installe entre deux communautés guadeloupéennes occupant des espaces différents non seulement du point de vue géographique, mais aussi du point de vue de la façon d'envisager le monde. À Fond-Zombi, le hameau où Ti Jean commence son périple initiatique qui le mènera sur le continent d'origine, une rupture spatiale sépare «les gens d'En-haut», descendants des Nègres marrons, des «gens d'En-bas», qui ont oublié la terre de leurs ancêtres. Le narrateur anonyme de *Morne Câpresse* adopte la même vision manichéenne afin de représenter une Guadeloupe tiraillée entre une modernité destructive, représentée d'une façon réaliste par «le monde d'en bas», et le fantasme d'une organisation apparemment harmonieuse, associée au «monde d'en haut».

---

8 «5 Questions pour Île en île». Entretien réalisé par Thomas C. Spear, Paris, 2009, 33 minutes, https://www.youtube.com/watch?v=kJyUcTcL3Uo (Page consultée le 5 avril 2011)

9 Gisèle Pineau, *Morne Câpresse*, Paris, Mercure de France, 2008.

À l'origine de cet affrontement entre des communautés habitant des espaces qui mettent en scène l'opposition entre sacré et profane, tradition et modernité, se trouve une brisure d'ordre historique rappelant la persistance de la violence originelle. À ce sujet, les deux écrivaines suggèrent l'urgence d'assumer le passé, de traverser cet entre-deux douloureux si l'on veut vivre dans un présent tourné vers l'avenir.

Il n'est pas sans intérêt de noter que la sortie d'un territoire rassurant, ne serait-ce que dans l'imaginaire, peut provoquer un déséquilibre dans le rapport entre l'être et le monde. Comme le remarquent Deleuze et Guattari (1980), une « déterritorialisation » se produit, véritable traversée d'une pluralité d'entre-deux, suivie d'une tentative d'ancrage dans un nouveau territoire où l'on commence à ordonner le chaos autour d'un axe ou d'un centre. Des forces multiples s'y réunissent provisoirement à la recherche de formes plus stables, plus rassurantes. Dans ce milieu devenu habitable grâce à une activité de symbolisation, on commence à faire l'apprentissage de nouveaux codes sociaux, langagiers et culturels.

Parfois, l'organisation et la qualité du nouvel espace constituent une source de tristesse et d'aliénation pour ceux qui choisissent l'exil ou qui sont forcés de l'accepter. Dans certains cas, le pays d'origine et le pays d'accueil entrent dans une relation antagoniste, trahissant les désillusions provoquées par la découverte d'un endroit inhospitalier, rongé par ses propres problèmes sociopolitiques.

Les lieux où s'installent les protagonistes subissant les épreuves de la déterritorialisation sont intimement liés à la mémoire et à la parole qui les arrachent au discours purement historique dans le but de les (re) situer à la croisée de l'Histoire et des histoires. C'est le cas de l'Acadie d'Antonine Maillet et du Vietnam de Kim Thúy, qui feront l'objet du troisième chapitre.

Peut-on donc se reconstruire loin de son passé, dans un récit cohérent, capable d'assembler les morceaux d'une existence brisée et de lui donner un sens? C'est une question soulevée par de nombreux écrits autobiographiques et autofictionnels dont l'hybridité textuelle témoigne de l'attraction de leurs auteurs pour le fragmentaire et l'inachevé, plus appropriés, paraît-il, à la mise en mots de leurs expériences. Et ces expériences tournent souvent autour de la problématique du « chezsoi ». Tel est le cas de plusieurs personnages féminins des récits de

Gisèle Pineau, qui serviront à illustrer la nature hybride de l'entre-deux spatio-temporel.

Si les porte-parole de Pineau sont souvent déchirés entre le désir de retourner à l'île natale et l'espoir de se faire une meilleure vie ailleurs, ceux de Maryse Condé ne répondent pas à l'appel d'un Césaire ou d'un Glissant de s'enraciner dans l'espace antillais. Contrairement aux Créolistes, cet appel est resté sans écho chez cette écrivaine qui, dans ses derniers récits, propose le nomadisme comme formule idéale d'une vie enrichie des valeurs de l'Autre.

L'impossible retour au pays natal est également illustré par d'autres romancières, telles Leïla Houari, Ying Chen, Abla Farhoud ou Malika Mokeddem. Considérons de nouveau Sultana, le personnage féminin du roman *L'interdite* (1993) de Mokeddem, qui joue sur les mots afin de mieux traduire son état d'entre-deux : « À force de partir, vous vous déshabituez de vous-même, vous vous déshabitez. Vous n'êtes plus qu'un étranger partout. Impossible arrêt et encore plus impossible retour. » (105)

Dans ce chapitre, on attachera une attention particulière à la question du pays. Je commencerai par analyser trois romans de Felicia Mihali : *Le pays du fromage* (2002), *Dina* (2008) et *La reine et le soldat* (2005). Dans les deux premiers, le « pays » s'inscrit dans un entre-deux problématique à cause de l'impossibilité d'associer son origine à un « chez-soi » accueillant et protecteur. Dans le troisième, qui est un roman historique, l'écrivaine fait déplacer ses personnages à travers plusieurs espaces qui, par l'entremise d'Alexandre le Grand, renvoient au métissage du monde contemporain.

Du pays de l'entre lieux, tel que présenté dans *La reine et le soldat*, on passera au pays de nulle part, qui fait l'objet de deux romans de Maryse Condé, à savoir *Histoire de la femme cannibale* (2003a) et *Les belles ténébreuses* (2008). Dans ce dernier, le métis Kassem renonce à chercher en Afrique le lieu d'origine des ancêtres de son père et revient en France, dans l'espoir d'y fonder une famille avec son épouse sénégalaise. Quant à la Guadeloupéenne Rosélie, protagoniste du premier roman, la terre d'origine ne l'attire plus. Après avoir parcouru le monde en compagnie de son mari britannique, elle décide de rester au Cap, en Afrique du Sud, afin de poursuivre sa passion pour la peinture.

Suivra une courte analyse de l'entre-deux spatio-temporel tel qu'il apparaît dans le roman *Le Pays* (2005) de Marie Darrieussecq. Le questionnement sur la nécessité d'appartenir à un pays, d'en parler la langue, d'y prendre des racines afin d'éviter les troubles identitaires se fait dans l'interstice créé entre le pays du souvenir et le pays où retourne la narratrice, et auquel elle doit se réhabituer après une longue absence.

Enfin, à partir de plusieurs écrits de Gisèle Pineau, j'analyserai le rôle du concept de l'*ici-là* dans le rapprochement d'espaces à la fois coupés et liés dans l'imaginaire antillais. Entre un *ici-là* trompeur et un *là-bas* souvent idéalisé se tisse l'espace liminal de l'exil dont l'exploration ouvre un dialogue imaginaire avec des personnages réels ou fictionnels qui l'ont traversé à certains moments de leur vie.

Du « pays » de l'entre-deux au « pays » de l'entre lieux : le cas de Felicia Mihali

La structure textuelle postmoderne des romans de Felicia Mihali s'explique, entre autres, par l'interférence de plusieurs failles spatio-temporelles dont la traversée se présente comme un processus dynamique, aux conséquences souvent inattendues. Le passage d'un lieu à l'autre, d'une époque à l'autre, d'un espace vécu à un espace rêvé, met en évidence la capacité de l'entre-deux de déclencher des réflexions intéressantes au sujet de la malédiction de l'origine, de la précarité des efforts de sortir d'un milieu peu favorable à l'épanouissement personnel, mais aussi de l'importance de l'ouverture à l'Autre, source d'enrichissement personnel et collectif.

Le *topos* du « pays » de l'entre-deux est toujours présent dans l'écriture de cette écrivaine. Qu'il s'agisse d'une contrée roumaine oubliée ou écrasée par l'Histoire (*Le pays du fromage, Dina, L'enlèvement de Sabina*), de la Grèce mythique et la Perse conquise par Alexandre le Grand (*La Reine et le soldat*), de la Chine tiraillée entre la modernité et ses traditions en voie de disparitions (*Sweet, Sweet China*), du Grand Nord québécois flottant entre rêve et réalité (*Le tarot de Cheffersville*) ou entre l'Histoire et les histoires (*Une nuit d'amour à Iqaluit*), la récurrence d'un « pays » aux contours flous invite le lecteur à réfléchir aux multiples croisements de lieux et de cultures du monde moderne.

L'énonciation multiple que cette auteure semble favoriser dans tous ses romans entraîne un va-et-vient parfois déroutant du réel à l'imaginaire, du désir à la peur de l'Autre. De ce rapport instable émerge un sujet d'énonciation féminin qui se cherche constamment, et pour qui l'impossibilité ontologique du bonheur semble s'imposer comme une condition sans issue.

D'entrée de jeu, précisons que le « pays » dans les romans de Felicia Mihali ne renvoie pas toujours au territoire d'une nation particulière, mais au lieu d'origine tout court. La représentation de ce « pays » au niveau personnel et collectif se place à la jonction du souvenir et de l'imaginaire, des notations réalistes et des rêveries conteuses, dans un espace liminal prenant la forme, les odeurs et les couleurs des expériences réelles ou rêvées des personnages qui se cherchent à travers l'Autre, ou le fuient pour mieux le retrouver.

Parfois, le « pays » surgit d'un entre lieux dont la configuration n'a cessé de changer au cours de l'histoire. Ainsi le roman historique *La Reine et le soldat* prend-il comme point de départ les exploits du conquérant Alexandre, mais l'auteure précise dans la note finale adressée au lecteur que son récit s'inspire davantage « [d]es attentats terroristes du 11 septembre, [de] la guerre en Irak et [de] la migration des peuples ». (261) Dans *La bien-aimée de Kandahar*,[10] la Perse où avait combattu le soldat grec de l'armée d'Alexandre est devenue l'Afghanistan où un autre soldat d'origine grecque est parti du Québec pour combattre les talibans. Quant au roman *Dina*, le lecteur sera surpris de constater la mise en parallèle entre un petit pays soumis à la volonté du conquérant et le destin tragique d'une femme soumise à la volonté de son bourreau. Enfin, dans son deuxième docu-roman, *Le tarot de Cheffersville*, les légendes autochtones du Grand Nord québécois s'entrecroisent avec les récits de vie de plusieurs personnages transportés miraculeusement du pays d'origine de l'auteure dans son pays d'adoption. Dans tous ces romans, l'espace autobiographique s'ouvre au fictionnel, l'imaginaire et l'onirisme infusent le réel, ce qui permet aux protagonistes de Mihali

---

10 Felicia Mihali, *La bien-aimée de Kandahar*, Montréal, Linda Leith Publisher, 2016.

de mieux exprimer leur aspiration ontologique vers le bonheur et la tolérance.

La malédiction de l'origine dans *Le pays du fromage*

Ce roman autofictionnel qui a marqué le double début littéraire de Felicia Mihali se présente comme un journal tenu pendant dix-huit mois par une jeune narratrice meurtrie par l'infidélité de son mari. Réfugiée avec son fils de quatre ans dans la maison familiale tombée en ruines après la mort de ses parents, elle y essaie de renouer avec son «pays» d'origine dans l'espoir de traverser plus facilement cette période de détresse.

L'écriture réaliste de ce roman, enrichie par de nombreuses évasions dans l'imaginaire, met en marche une quête identitaire à la fois fascinante et dangereuse, ayant comme point d'origine son village natal et comme repère temporel l'époque trouble d'après la chute du régime communiste. Le désir de s'éloigner de ce «pays» qui ne dépasse pas les limites de son village pauvre remonte à l'époque de son enfance.[11] La narratrice avoue avoir toujours eu honte de partager ses souvenirs d'enfance, ce qui aurait contribué à sa fragmentation identitaire :

> Je ne reconnaissais jamais volontiers mon origine. Et surtout je ne parlais point à cœur ouvert de mon enfance, de mes parents [...] Je n'étais pas la seule qui regardait ses ancêtres avec ingratitude. Nous gardions tous à jamais le complexe de notre origine. (29)

À son arrivée dans le village quasi déserté par les jeunes partis pour chercher leur chance ailleurs, la narratrice décide d'y rester, ayant comme seule bouée de sauvetage *Robinson Crusoé* et *Vendredi ou les Limbes du Pacifique*, livres emblématiques pour sa crise existentielle. En dépit du délabrement des maisons de ses parents et de ses grands-parents, la jeune femme compte avoir suffisamment de force

---

11 Cette narratrice n'était pas la seule à avoir coupé délibérément les liens avec son origine. Dina, protagoniste du roman éponyme, s'éloigne également du même village devenu incapable de garder ses jeunes blessés par les coups de l'Histoire : «Non! Le village de nos parents n'était pas un endroit pour guérir les plaies, pour reprendre des forces.» (*D*, 109)

pour les arracher à la nature, et surtout à la crasse envahissante. Son désir initial d'y vivre sa douleur comme une aventure commencée en solitude sur « l'île » sauvage héritée de sa famille sera vite remplacé par une indifférence totale et par l'abandon de toute initiative civilisatrice. Qui plus est, cette naufragée blessée par l'infidélité de son mari renonce graduellement à sa fonction nourricière et se laisse glisser dans un entre-deux spatio-temporel où se croisent scènes de la vie familiale et scènes puisées dans le berceau de la civilisation balkanique. Par conséquent, l'écriture du roman se présente comme un palimpseste dont les premières inscriptions transparaissent en filigrane, laissant entrevoir un espace aux contours changeants. Cet espace révèle des histoires dont les victimes sont surtout les femmes, contribuant à la mise en place d'une filiation à la fois réelle et fictive, tout en facilitant la mise en relation culturelle et identitaire dans un endroit fracturé au cours de l'Histoire. C'est justement dans cet intervalle créé entre les couches textuelles que circule la narratrice pendant ses moments de rêverie désabusée, tissant des liens entre son histoire et celles d'autres femmes ayant fait l'expérience de l'entre-deux.

Le décloisonnement temporel rendu possible par la rêverie quasi maladive de la narratrice lui permet de s'identifier tout d'abord à Marie, une arrière-grand-mère qui avait mené une « guerre biblique » (114) contre l'homme qui l'avait longtemps assiégée après la mort de son premier époux. À mesure qu'elle se laisse descendre vers la source de son histoire familiale, la narratrice transgresse les limites de son « pays » oublié par l'Histoire et projette une autre histoire d'amour impossible sur la toile d'un autre pays du fromage, la Grèce barbare. Cette fois-ci, elle s'identifie à l'une des filles de Priam, qu'elle préfère appeler Zénaïde. Devenue l'esclave d'Achille, celle-ci sera obligée de quitter sa cité ensoleillée, si propice à l'épanouissement des femmes, pour suivre le vainqueur de Troie dans son pays froid et inhospitalier. La jeune narratrice du *Pays du fromage* ne peut s'empêcher de lier son malheur à la précarité des lieux où elle a eu la malchance de naître :

Mais comment être heureuse quand on venait du pays du fromage ? Si tout était estimé selon la valeur du fromage et tout sentait le fromage ? Comment être heureuse s'il n'y avait pas la moindre chance, la moindre possibilité d'échapper à cette misérable condition ? (156)

Mais à la différence de Zénaïde, qui accepte sa vie routinière et se consacre à une difficile action civilisatrice dans un pays qui ne deviendra peut-être jamais le sien, la narratrice refuse l'enlisement à côté de son amant George, qui n'a rien du héros rêvé depuis l'enfance.

L'impossibilité ontologique du bonheur pour toute femme qui prend l'Autre comme support de son identité fragmentée devient une évidence pour cette femme exilée dans son propre pays. Ni l'érotisme qui l'aide à renouer temporairement avec son passé familial ni les rêveries trahissant sa nostalgie des temps héroïques ne réussissent à satisfaire les désirs mal définis de la narratrice devenue, comme le dit Julia Kristeva (1988), étrangère à elle-même. Sa réclusion dans l'imaginaire progressera d'une façon inquiétante pendant les quelques mois passés en solitude, et plus tard en compagnie d'un tas de livres que lui apporte George, et dans lesquels elle espère trouver une réponse à ses questions existentielles. Au bout de cette réclusion volontaire qui la pousse au bord de l'anéantissement physique et psychique, la narratrice acceptera d'abandonner sa quête de soi et de retourner avec son mari et son enfant à la prison de sa vie d'avant :

Que pouvais-je faire de plus ? À trente ans, j'avais fait une première et peut-être la dernière démarche pour changer le cours de mon destin. J'avais échoué. Pas tout à fait peut-être. Pourtant, même si j'avais gagné quelque chose, je ne pourrais pas l'exploiter. Si j'avais appris sur moi, à quoi bon ? J'avais souffert pour rien. Finalement, j'avais compris que toute tentative contre la décrépitude est vaine. [...] Dès maintenant, rien ne pourrait arrêter ma chute. (217)

Malgré la conclusion pessimiste du journal de cette jeune femme qui entrevoit une nouvelle descente aux enfers, on pourrait quand même avancer l'hypothèse que la plongée vers les profondeurs du pays de ses ancêtres, bien que vouée à l'échec, ne restera pas sans conséquence. La prise de conscience de la pérennité culturelle, oubliée parfois à cause des bouleversements historiques, pourrait l'aider à mieux faire face aux futures épreuves. De plus, l'identification de la narratrice avec deux femmes qui ont subi un destin plus ou moins comparable au sien pourrait contribuer à un certain éveil, même si elle n'en est pas consciente à la fin de cette expérience éprouvante. Enfin, le lecteur ne peut qu'espérer que cette femme passionnée de lecture poursuivra sa construction identitaire par le biais de l'écriture de soi.

Dina : « femme-pays » victime de l'Histoire

La guerre biblique entre l'homme et la femme illustrée par Felicia Mihali dans *Le pays du fromage* se retrouve également dans le roman *Dina*,[12] dont la protagoniste est une amie d'enfance de la narratrice. Entrée de force dans une relation ambivalente d'amour et de violence, Dina endure les pires souffrances de la part du douanier serbe Dragan, devenu son bourreau. La jeune femme qui avait essayé d'échapper à l'emprise du village et de sa famille tombe victime de l'espace frontalier séparant la Roumanie et la Serbie. Cet entre-deux dangereux à l'époque communiste l'est aussi après la chute des régimes totalitaires, lorsque les peuples de la région balkanique se confrontent à de nouvelles injustices.

Le roman se compose de sept chapitres correspondant aux sept jours de la semaine où la narratrice, établie au Québec, essaie de percer le mystère de la mort de son amie au cours des conversations téléphoniques avec ses parents. Le récit alterne entre le présent de l'énonciation de ce double de l'auteure et le passé de l'énoncé qui transporte le lecteur au village natal des deux amies. De longs retours en arrière sur l'enfance et l'adolescence passées dans le même village roumain où l'odeur du fromage était sentie comme une fatalité de l'Histoire s'entremêlent avec d'autres histoires de famille projetées sur la toile de fond de l'histoire collective d'une communauté en voie d'éclatement.

Dans l'attente de plus de détails sur la mort de Dina, la narratrice se met à retracer les racines généalogiques du côté maternel, s'attardant sur la position marginale de son arrière-grand-mère. Arrivée au village avec son jeune fils dans les années 1920 après avoir fui la famine

---

12 Dans l'analyse de ce roman, j'ai repris plusieurs paragraphes, légèrement modifiés, de mon article « De l'endurance à la résilience : les romans de Felicia Mihali », paru dans *Dialogues Francophones* 19, printemps 2014, p. 21–31.

qui sévissait la région de la Mer Noire, celle-ci avait toujours été traitée comme une étrangère par les villageois. La narratrice décrit également la difficile cohabitation de sa mère avec sa belle-famille, la pauvreté et l'abrutissement des gens du village à l'époque communiste, le désir des jeunes de s'en échapper pour aller travailler dans les villes, et surtout la condition subalterne de la femme, soumise à de nombreuses formes de violence. Ces thèmes récurrents sont une occasion de dénoncer les «faux mythes»[13] (23) concernant le village où les deux amies avaient grandi dans les «fausses peurs et exaltations» (*Ibid.*) perpétuées par la communauté paysanne.

L'annonce de la mort de Dina déclenche donc un riche récit mémoriel qui oblige la narratrice, à la veille de son quarantième anniversaire, à réfléchir non seulement sur la souffrance qu'elle a causée à son amie au cours de la petite enfance, mais aussi sur le difficile parcours de celle-ci dans un pays qui a dû surmonter lui aussi de nombreuses difficultés après le renversement brutal et inattendu du régime communiste.

Et en effet, le parcours de vie de Dina n'a pas été facile. La narratrice se rappelle ses brèves rencontres avec son amie qui, après la fin de ses études scolaires, avait déménagé dans une ville située à la frontière avec la Serbie.

> En période communiste, c'était le lieu où l'on trafiquait les devises étrangères et les denrées prohibées au pays, denrées introduites illégalement par les brèches dans la frontière. Après 1989, la situation s'était renversée : les Roumains dévalisaient les rayons des commerces et vendaient tout de l'autre côté de la frontière. La guerre et le déchirement fratricides qui sévissaient chez les Serbes avaient généré le chaos et presque la barbarie dans la ville de T. [...] En passant la douane ou en traversant le Danube, la nuit, ils portaient du côté serbe n'importe quoi, mais surtout de l'essence et de la nourriture. (77)

13 La réalité du village roumain après le changement de régime ne correspond pas à celle évoquée par le grand philosophe et écrivain Lucian Blaga. «L'éternité naquit dans un village», affirmait-il dans *Éloge du village roumain,* son discours d'entrée à l'Académie roumaine, prononcé en 1937. Le régime communiste dont il était tombé victime avait tout intérêt à garder cette image idyllique du berceau de la société roumaine, qui aurait continué à préserver les valeurs ancestrales de cette ancienne civilisation.

Dans cette ville, la jeune femme d'aspect fragile a appris à se protéger de la violence des hommes malgré son caractère craintif. Après la perte de son poste de téléphoniste, elle a décidé de devenir coiffeuse. C'est dans ces circonstances qu'une Serbe l'a convaincue de travailler dans son salon de coiffure pour un meilleur salaire. Mais pour se rendre au travail, Dina devait passer chaque jour la frontière, devenue un entre-deux dont la traversée était à la fois profitable et dangereuse.

> Les lignes d'attente devant les postes de contrôle n'en finissaient plus ni le jour ni la nuit. Les gens dormaient sur des baluchons, des sacs de raphia, en attendant leur tour pour la fouille. Ils savaient tous que leur chance dépendait de la bienveillance des douaniers, qui pouvaient vous laisser partir en un clin d'œil ou vous déchausser ou vous mettre à poil. (93)

Le plus redoutable de ces douaniers était Dragan, « un incorruptible, non par principe, mais par haine ». (94) En tant qu'ancien combattant qui avait perdu un œil dans la guerre fratricide éclatée dans son pays, on lui avait donné un poste de douanier. Mais pour lui, cette mutation ne représentait pas la fin du combat. « À la douane de T., il continuait la guerre à sa manière : les ennemis étaient maintenant les Roumains, femmes, hommes et enfants, tous ceux qui envahissaient son pays en détresse. » (*Ibid.*) Pour Dragan, la frontière est plutôt une construction idéologique, « le front » sur lequel il peut exercer son pouvoir. « Surveiller et punir[14] », tel est le sens de son existence : « Il ne vivait que pour mener une vie d'enfer aux trafiquants, ceux qui suçaient l'argent, le sang de son peuple. » (95) De son poste d'observation il guette Dina, qui essaie de passer sans être vue, mais qui finalement doit céder aux insistances de son poursuivant devenu de plus en plus dangereux. Retourner au village natal n'était pas une option car, précise la narratrice, « [l]e village de nos parents n'était pas un endroit pour guérir les plaies, pour reprendre des forces. » (109) Elle se fait donc installer de force dans l'appartement confortable du douanier, qui continue à surveiller tous les gestes de la femme. Au moindre écart, il l'insulte et la punit, affichant son arrogance nationaliste et sa misogynie. La barrière de la langue amplifie les accès de colère de l'homme qui ne cesse de

14 Michel Foucault, *Surveiller et punir*, Paris, Gallimard, 1975.

louer la supériorité de son peuple et de sa civilisation. Mais en dépit des coups devenus de plus en plus forts, Dina refuse de passer la frontière linguistique, devenue un lieu d'affrontement constant.

Le leitmotiv de la guerre biblique entre l'homme et la femme est illustré dans ce roman, comme dans plusieurs autres récits de Mihali, par le rapport bourreau/victime.[15] En effet, le douanier serbe, être violent, mutilé pendant la guerre en Yougoslavie, soumet la jeune femme roumaine à ses désirs, car il ne vit qu'à travers ses pulsions sexuelles. Afin de mieux renforcer la condition victimaire de Dina, la narratrice rapproche explicitement la condition de la femme sans défense de celle d'un petit pays pauvre, forcé à se soumettre à la loi imposée par un grand pays riche. Ce rapprochement est mentionné d'ailleurs sur la quatrième de couverture du livre : « Dina était devenue un petit pays qui préférait vivre aux dépens de son envahisseur, au gré de ses humeurs. » (127–8) Elle renonce à toute opposition, car, précise la narratrice, « [c]omme toute petite nation, elle savait que cela ne servirait à rien […] elle était vaincue d'avance. » (*Ibid.*)

Il est intéressant de noter que le désir de conquête et de violence deDragan, manifesté tout au long du roman, se dissipe lorsque l'homme s'abandonne à l'acte de l'amour physique, enveloppant de tendresse la femme dont la peur fond entre les bras de son tortionnaire. Cependant, il ne s'agit que d'une trêve, cessation provisoire du combat entre les deux belligérants. En attendant de percer le mystère de la mort de Dina, la narratrice imagine un autre mystère, celui de l'amour physique capable d'effacer les barrières érigées entre deux personnes qui se trouvent dans une relation agonistique :

---

15 Dans son premier roman, *Le pays du fromage*, la narratrice explique comme suit ce rapport, illustré à travers l'histoire de Marie, son arrière-grand-mère, et de Pétré, qui ne se lassait pas de la poursuivre : « c'était l'histoire où l'amour d'un homme devient meurtrier, où la femme ne peut opposer aucune résistance, où elle ne peut que subir les flagellations, les persécutions même si c'est par amour ». (127) Ce rapport s'installe également entre Achille et Zénaïde, couple antique illustrant la métamorphose subie par le maître barbare sous l'influence de l'esclave civilisée. Dans *La reine et le soldat*, on constate le même renversement du rapport entre le conquérant et le conquis, entre le barbare et le civilisé, à travers la relation amoureuse entre un soldat grec et la reine perse Sisyggambris.

Le seul mystère qui planait sur leur relation, c'était l'acte d'amour. Tout cela était si beau et si bien qu'ils essayaient de ne pas y toucher. Chaque fois qu'ils se mettaient au lit, ils oubliaient sur-le-champ les chicanes quotidiennes pour se fondre dans la rencontre de leurs corps qui ne se détestaient plus. Alors que le jour ils étaient éternellement en guerre, leurs sexes se guettaient et s'épiaient de loin, essayant d'abréger le temps avant leur rencontre. Dans l'obscurité, Dragan et Dina réussissaient à faire la trêve pour un bref moment. Le temps qu'il la pénètre avec tendresse, Dragan retrouvait ses qualités protectrices de chef de tribu, de *pater familias*. Il aimait Dina et, dans cet unique moment, il laissait transparaître ses sentiments. Il n'avait pas peur de se montrer nu et humble devant cette femme qui, de son côté, arrêtait de se moquer de lui. Elle aussi s'abandonnait à ses caresses, à ses bras forts qui l'enserraient presque paternellement. Pour la première fois de sa vie, Dina ne craignait pas la force de l'homme [...] Dur dans la vie, il était d'une prévenance inimaginable dans l'intimité. Ses égards avaient réussi à convertir Dina à l'amour : il avait transformé cette femme frigide en une plante carnivore qui enveloppait et suçait lentement sa proie. Elle supportait la rage, les humiliations, les privations de sa vie sous surveillance constante pour les nuits passées dans les bras de Dragan. (142–3)

Comment s'explique la tendresse que le bourreau de Dina lui témoigne dès que leurs corps se rencontrent ? Pourquoi la poursuit-il constamment pendant la journée, la punissant pour le moindre acte qui défiait ses ordres ? Ces questions restent sans réponse, d'autant plus que ces moments de tendresse ne réussissent pas à faire oublier à Dina la haine de cet homme qui semblait se nourrir du refus de la femme de se défendre lorsqu'il se déchaînait contre elle. Plus la violence augmente, plus ils se rendent compte que l'amour physique ne suffit pas pour rendre leur cohabitation vivable. « Leur relation serait toujours antagoniste, une relation entre un grand pouvoir et une petite colonie, entre un vainqueur et un vaincu [...] Ni le dominé ni le dominant ne pouvaient être heureux » (148), conclut la narratrice. Tout en reconnaissant que ce rapport amour-haine reste incompréhensible et à Dina, et à Dragan, il est évident que chacun d'entre eux se trouve dans un entre-deux langagier, corporel et culturel qui provoque des changements émotionnels inexplicables.

Les morceaux de l'histoire de Dina, assemblés par une narratrice choquée par la mort de son ancienne amie, semblent se superposer sur ceux qui laissent entrevoir les contours d'une région éprouvée par l'Histoire. L'expérience singulière de cette femme, victime de l'espace frontalier, est intimement liée aux changements survenus dans les relations entre deux pays voisins qui, suite au morcellement de l'un (la Yougoslavie) et à l'appauvrissement de l'autre (la Roumanie), oublient leur passé commun et leur entente de longue date. Dans ce contexte sociohistorique, la condition subalterne de la femme n'a pu que s'empirer à cause des guerres qui avaient ravagé une partie du territoire balkanique, et de l'écroulement d'un régime qui, tant bien que mal, assurait la sécurité de ses sujets.

Pour échapper à l'agression de Dragan, Dina s'enfuit plusieurs fois dans le petit village de son enfance, dans ce «pays» où elle se sent en sécurité auprès de ses parents auxquels elle n'ose révéler l'abus verbal et surtout physique subi de la part de son bourreau. Tout comme la jeune femme du *Pays du fromage,* elle accepte sa défaite, car, se dit-elle, «dans ce pays une femme ne peut rien accomplir d'elle-même». (151) Dans les deux romans, une frontière ontologique s'érige entre l'espace rural et l'espace citadin. La subversion du mythe du village est reliée aux bouleversements survenus après la chute du communisme. Si dans son premier roman Felicia Mihali choisit comme contexte de crise la séparation de son mari infidèle, dans *Dina* elle insiste davantage sur le tournant historique, montrant le lien entre la déchéance croissante des villages roumains et l'installation brutale de nouveaux rapports socioéconomiques.

Le suspense de l'enquête personnelle de la narratrice est levé lorsqu'elle apprend que, contrairement à l'opinion courante, le Serbe n'avait pas tué Dina. Elle s'était suicidée trois ans après avoir conclu un mariage apparemment normal. À cette occasion, Felicia Mihali soulève de nouveau la question du rapport paradoxal entre dominant et dominé, relation semblable à bien des égards aux nouveaux rapports installés entre les peuples après l'écroulement du système colonial : «Comme tout petit peuple qui a vécu longtemps sous la domination d'un grand pouvoir, Dina s'est écroulée après avoir gagné sa libération totale. Elle ne savait plus jouir du bonheur de faire à sa tête.» (174) Quant à Dragan, il se serait suicidé lui aussi. Et la narratrice de commenter :

Lui non plus ne pouvait vivre sans Dina. Les grands pouvoirs s'effondrent après la perte des territoires conquis : la décolonisation les laisse seuls et sans ressources. L'ancien colonisateur ne peut concevoir son bonheur en dehors de sa petite colonie, si démunie soit-elle. (174–5)

Il n'est pas sans intérêt de mentionner que le récit du drame de Dina, déclenché par l'épreuve du passage d'une frontière et la résistance au pouvoir d'un douanier se fait depuis un entre-deux pluriel : géographique, mémoriel, identitaire et culturel. Entre deux appels téléphoniques, les souvenirs qui font surface à un moment de crise existentielle (la narratrice est entre deux âges) lui rappellent les frontières qu'elle a traversées et celles qu'elle a érigées entre son pays d'origine et son pays d'accueil, entre sa famille restée en Roumanie, qu'elle aime, mais qu'elle tient à distance, et sa famille canadienne qui fait des efforts pour s'intégrer dans son nouveau milieu. La mort de son amie l'oblige à réfléchir aux actes de sa jeunesse, dont certains ne la rendent pas fière, aussi bien qu'à l'état du monde dont les deux sont issues. Le « nous » inclusif utilisé dans les dernières pages du livre la rapproche de son amie d'enfance. En dépit de leurs différences d'ordre physique et comportemental mentionnées au cours de son récit, où la distinction entre le « je » et le « elle » est très claire, la narratrice traverse l'entre-deux qui les séparait afin de saisir ce qu'elles avaient en commun, et qui n'est révélé que par le biais de l'écriture (auto)biographique.

Notre drame venait du fait que nous ne cessions jamais de nous interroger. Nous n'avions pas la sagesse de laisser les horreurs se consumer d'elles-mêmes. Dina et moi n'avions pas la science de nous rendre la vie facile. Si mon amie s'interrogeait sur sa place physique dans cette nouvelle vie, moi, je me questionne sur la langue dans laquelle je dois nommer les choses autour de moi [...] Dina ne savait plus déterminer le but de sa vie, et moi, je ne saisis plus le contour physique des paroles qui traduisent mes pensées. (175)

Le récit de Dina lui fait prendre conscience de l'imprévisibilité de l'entre-deux que traverse tout être humain de la vie à la mort. En même temps, ce récit rétrospectif lui rappelle l'importance de la résilience qu'elle a héritée de sa famille paysanne, et qui l'a aidée à surmonter les difficultés survenues au cours de son parcours. Malgré le choc provoqué par la mort de son amie, au bout de ce travail mémoriel, la narratrice n'exclut plus la possibilité du bonheur même après l'âge de quarante ans.

Quant à la situation tragique du couple antinomique, articulée sur celle de deux pays rivaux, elle permet de mettre en évidence, d'une façon allégorique, le caractère universel de cette histoire. De plus, à travers l'association « femme-pays », victime de l'homme et de l'Histoire, Felicia Mihali touche à des enjeux historiques et idéologiques qu'on ne peut plus ignorer. Plus que jamais, s'impose l'urgence de trouver des solutions aux questions des frontières, des migrations forcées et des nouveaux rapports de pouvoir qui, dans le meilleur des cas, devraient accélérer les métissages spatial, culturel et identitaire.

Espaces métissés dans *La reine et le soldat*

Le rêve d'un monde métissé figurait déjà dans le roman *La reine et le soldat*, publié trois ans avant *Dina*. Ce rêve est illustré par le jeune conquérant Alexandre, dont la mère lui attribuait une origine divine — « fils d'un dieu double, égyptien et grec. » (28) Selon les historiens de l'époque, Alexandre aurait adopté une politique d'intégration des élites perses. Dans son roman, Felicia Mihali présente la reine Sisyggambris, mère du roi Darius, comme une femme fascinée par la pensée visionnaire conquérant qui voulait fonder une nouvelle ville, Alexandrie, envisagée comme une capitale essentiellement métissée :

> Alors, pourquoi s'étonner qu'il vît le bonheur du monde en termes de mélange, d'hybridité et de métissage ? Dans cette capitale de l'avenir, il voyait vivre les uns à côté des autres les Grecs d'Europe avec ceux d'Asie, avec les Macédoniens, les Arméniens, les Égyptiens, les Phéniciens, les Juifs. Il les imaginait installés dans leurs propres quartiers, vivant en paix à l'intérieur de la même ville. (*Ibid.*)

Cependant, à aucun moment on n'oublie qu'il s'agit de guerres de conquête qui ne justifient pas la prétendue mission civilisatrice des envahisseurs. La précision de la note finale du roman, qui révèle la présence en filigrane d'une autre guerre, celle d'Irak, fournit la grille de lecture de plusieurs commentaires métatextuels sur les événements mentionnés dans le paratexte auctorial.[16]

Le narrateur anonyme du roman focalise son attention sur le rapport établi graduellement entre la vieille reine perse et Polystratus, un jeune soldat grec, sale et rustre, ayant la tâche de surveiller la famille royale à Suse après la mort de Darius. Lorsque les nouvelles d'Alexandre se font de plus en plus rares, la reine et le soldat décident d'entreprendre un long voyage sur les traces du Macédonien, que Sisyggambris appelle tendrement Iskenderun,[17] le considérant comme son fils adoptif. Ce voyage au cours duquel le soldat a failli perdre la vie pour sauver la reine est avant tout un voyage d'initiation et d'apprentissage. La vieille reine perse enseigne à son jeune compagnon grec comment prendre soin de son corps et de son âme, mais aussi comment « s'ouvrir totalement à l'autre […], effacer les limites et les frontières qui le séparaient d'autrui. » (173) À son tour, le fidèle soldat enseigne à la reine comment surmonter les obstacles de leur dur voyage et par quels moyens s'adapter aux circonstances souvent dangereuses. Dans le récit de ce voyage se dessine un territoire métissé, aux contours changeants, focalisé par deux personnages qui, eux aussi changent suite au contact avec des pratiques culturelles différentes des leurs. Ce soldat fictif finira par épouser

---

16 En voici quelques exemples : « En échange d'une solde généreuse, les mercenaires de l'Attique étaient des soldats fidèles et d'excellents chefs de guerre : au fond, ils s'apparentaient tous au vilain Ulysse, leur ancêtre. La reine savait d'avance combien braves pouvaient être les Occidentaux pour qui la guerre constituait le métier le plus rentable » (35) ; « il [Pharnabase, un des chefs des rebelles perses] savait que, dorénavant, il devait combattre auprès de gens manquant de discipline et de confiance dans la cause de Darius. Le mouvement qu'il conduisait se formait et se changeait en marche. Ses actes découlaient du constat qu'Iskenderun [Alexandre] était un menteur, qu'il avait envahi la terre des autres sous un faux étendard » (109) ; « Le changement de roi ou les modifications administratives insignifiantes ne suffisaient pas pour transformer les gens aussi rapidement. À l'exception de quelques cités qui avaient payé chèrement leur obstination devant le conquérant, l'Asie obéissait aux mêmes coutumes anciennes. Si les habitudes des Grecs étaient meilleures, voilà le motif pour lequel elles s'avéraient difficiles à adopter. De plus, aucun peuple ne savait encore s'il était libre ou définitivement conquis. Et ceux qui le savaient s'en foutaient royalement. » (124)

17 Iskenderun signifie « la petite Alexandrie », le nom donné à la ville fondée par Alexandre.

la reine en dépit de leurs différences d'âge, de race et d'éducation. Qui plus est, la reine décide de suivre son jeune époux en Grèce.

Une fois arrivée à Athènes, Sisyggambris découvre avec stupeur l'écart entre la civilisation et l'art grecs dont elle n'avait qu'une connaissance livresque, et le primitivisme des mœurs de ce peuple orgueilleux et peu enclin à accepter les étrangers. Les commentaires sur les souffrances vécues par la reine perse au cours de son exil volontaire en Grèce font écho au sentiment de malaise éprouvé par n'importe quel étranger ayant du mal à s'adapter au pays d'accueil :

> ... elle souffrait chaque jour de ne pas être comme les autres. Elle allait toujours parler le grec avec un accent perse et, pour le restant de ses jours, le premier mot prononcé au réveil serait de la langue de Suse. Au moment d'entrer en contact avec l'air, ses paroles bâtiraient toujours un mur impossible à franchir, le mur de l'étranger.[18] (201–2)

Au bout d'un certain temps, Sisyggambris décide d'entreprendre un long voyage à travers le Péloponnèse. Son jeune mari, qui apprécie de plus en plus le confort de la vie offert par la richesse de sa femme, refuse de l'accompagner, bien que ce pays qui est le sien lui soit tout aussi inconnu. À l'instar de Zénaïde, évoquée dans *Le pays du fromage,* la vieille reine perse constate au cours de son périple qu'à force de connaître le pays mal accueillant de son mari grec, ce pays « était devenu sien » (205), même s'il ne ressemblait en rien à celui célébré par Homère. Pourtant, à la différence de la fille de Priam, qui avait accepté d'y rester et de se consacrer à son action civilisatrice, la reine décide de quitter la Grèce et de se rendre en Égypte, ne trouvant aucune raison de rester auprès d'un mari qui avait perdu ses qualités héroïques.

La question du métissage culturel et identitaire constitue un des fils conducteurs de ce roman. Le lecteur sera surpris de constater que le rapport de pouvoir entre vaincu et vainqueur évolue vers une

---

18 Lors de la rencontre entre la reine et un vendeur de parfums syrien, celui-ci éprouve la même tristesse en pays étranger : « Il comprenait avec tristesse le fait que le soleil ne pourrait jamais être si familier que dans le pays où l'on naît, et qu'une fraîcheur de la matinée resterait toujours identique à celle de l'enfance [...] On a toujours de quoi parler avec celui qui partage la même origine que nous, car on perd l'embarras imposé par une autre race. » (212)

métamorphose identitaire pour le moins inattendue. Séduite par l'héroïsme d'Alexandre, ce «jeune conquérant» (25) qu'elle avait suivi pendant deux ans après la défaite de l'armée de son fils Darius, la reine le voit comme le «double de son fils, même s'il parlait une autre langue que la sienne». (27) Fascinée par la pensée visionnaire du jeune Macédonien, elle finira par «se réjouir de ses succès» (*Ibid.*), car elle aussi rêvait d'un monde métissé. Qui plus est, le narrateur conclut que «l'effondrement de l'Asie était, en bonne partie, dû à la reine perse, l'héritière de Cyrus le Grand» (28), parce que c'est elle qui aurait appris à Iskenderun les secrets de la survie sur cet immense territoire.[19]

Si la survie des armées du conquérant dépend en partie de l'adaptation à un nouvel espace, celle du vaincu réside, toujours selon la reine, dans «l'adaptation au mode de vie des vainqueurs» (51) qui, eux aussi, s'adaptent peu à peu aux habitudes des vaincus. À force de vivre pendant plusieurs années parmi les Perses, Alexandre «recourait non seulement aux habits perses, mais aussi à leurs anciennes coutumes» (57), ce qui rendait mécontente une partie de son armée. La capacité d'accepter l'Autre et de s'adapter à un milieu différent du sien est, selon Sisyggambris, la qualité essentielle d'un héros. Et elle essaie de le faire comprendre au jeune soldat grec : «Mais peut-être que l'acte le plus héroïque que tu puisses poser serait de devenir un bon Perse à Suse.» (58) Elle va jusqu'à lui suggérer de devenir «un véritable citoyen de l'Asie» (59) qui ne tombe plus dans le piège de la guerre provoquée par le désir insensé de conquête au nom d'un héroïsme mal compris.

Comme dans plusieurs autres romans de Felicia Mihali, la rencontre des cultures passe avant tout par le corps. Après l'apprentissage de l'altérité, le jeune soldat grec est prêt à explorer le corps de la vieille reine. «Leur rencontre se produisait uniquement dans les labyrinthes mystérieux de leur corps» (174), conclut la voix narratrice après une description métaphorique de cette belle scène érotique. Des années plus tard, à Athènes, Thalès fait le récit du mariage d'Alexandre avec Statéira, la petite-fille de la reine perse. Cette union aurait eu lieu en même temps que «les noces gigantesques» (232) de dix mille Grecs avec dix

---

19 «… il avait appris à supporter la chaleur des jours, à profiter de la fraîcheur des nuits, à cueillir les bons fruits et à trouver les sources d'eau cachées.» (28)

mille femmes perses. Cette description hyperbolique correspond à la vision d'Alexandre «sur un nouvel empire, son empire, où toutes les races se fonderaient en une seule, où les Gréco-Macédoniens fusionne-raient avec les peuplades de l'Asie.» (*Ibid.*)

Ce rêve d'un monde métissé avait séduit la reine perse, grande admiratrice de l'*Iliade*, qui était aussi le livre de chevet du conquérant grec. Elle «se fiait au savoir enfermé dans les pages de ce livre» (73) qui lui avait révélé la nature complexe d'un héros comme Achille ou comme son fils adoptif. Cependant, on remarque un renversement de perspective au sujet de certaines «vérités» culturelles, parmi les-quelles celle concernant la pensée occidentale qui aurait comme ber-ceau la civilisation grecque. Au cours de son périple à travers la Grèce, la reine sera profondément déçue de la barbarie des gens qu'elle ne pouvait associer aux héros des poèmes homériques. Elle est de plus en plus convaincue de la relativité des termes «barbares» et «civilisés», particulièrement lorsqu'elle rencontre des étrangers raffinés comme le Syrien Amas, ou un médecin réputé comme le Milésien Thalès. Dans le cabinet de ce dernier se réunissait «une clique bizarre de savants, de philosophes, d'ingénieurs et de poètes» (237) dont Aristote, élevé en Macédoine. Mais malgré les soins du médecin, préoccupé de l'état d'esprit de Sissyggambris plus que de son état physique, celle-ci cesse de parler. «Dans son esprit, note le narrateur, la Suse se superposait à la Grèce» (226), tout comme la Grèce homérique se superposait au «pays du fromage» décrit dans le premier roman de l'auteure.

Au bout de ce parcours touchant à la problématique de l'entre-deux spatio-temporel chez Felicia Mihali, on peut conclure, tout d'abord, que le contour du «pays» change constamment au gré du souvenir et des expériences passées et présentes, liées toujours aux bouleversements provoqués par l'Histoire. En fait, pour la plupart des protagonistes fémi-nins de cette écrivaine, la descente en soi est favorisée par la reprise du contact avec le pays, et surtout avec des femmes réelles et imaginaires avec qui elles partagent le même désir de se connaître à travers l'Autre, mais aussi de le changer, ne serait-ce que dans l'imaginaire. Leurs frac-tures identitaires, aggravées par les fractures sociohistoriques surve-nues au cours de l'Histoire, se laissent voir sur chacune des couches d'une écriture palimpseste qui brouille délibérément les frontières entre fiction et réalité. Cela explique pourquoi les personnages féminins de Mihali se réfugient dans l'érotisme et l'imaginaire, véritables bouées de sauvetage auxquelles elles s'accrochent afin de résister à l'assaut des éléments déstabilisants de leur vie. Enfin, il n'est pas sans intérêt de mentionner que le « pays » d'origine surgit également dans le riche interstice gastronomique présent dans tous les romans de cette « naufragée au nez fin »,[20] et qui mériterait d'être exploré à fond.

Le pays de nulle part : *Histoire de la femme cannibale* et *Les belles ténébreuses* de Maryse Condé

« À quoi se reconnaît une payse[21] ? », se demande la narratrice du roman *Histoire de la femme cannibale* (2003). « La question est d'importance » (60), précise-t-elle, et elle le sera tout au long de ce roman de Maryse Condé ayant comme protagoniste la Guadeloupéenne Rosélie, à qui on suggère à plusieurs reprises de retourner chez elle.[22] « Chez moi ? Si seulement je savais où c'est … » (*HFC*, 40), s'exclame-t-elle, refusant de regagner sa petite île en proie à toutes sortes de violences, et choisissant de s'établir au Cap, en Afrique du Sud. Quant à Kassem, le héros, ou plutôt l'anti-héros du roman *Les belles ténébreuses* (2008), il rêve de s'ancrer dans un pays où la couleur de la peau et l'ambiguïté du nom ne soient plus facteurs de discrimination.

Né en France d'un père guadeloupéen et d'une mère roumaine, Kassem ne cesse de répéter à qui veut bien l'écouter que « s'il avait pu nommer sien un pays, ou une ville, tout aurait été différent. » (*BT*, 110) « Un pays », explique-t-il, « c'est le fond qui manque le plus à l'époque où nous vivons. » (169) Au bout d'un long périple à travers l'Afrique et l'Amérique, ce Candide des temps modernes finira par s'établir en France, déterminé à « cultiver son jardin » avec sa Cunégonde sénégalaise.

20 Antoine Tanguay, « La naufragée au nez fin », *Le Soleil*, Québec, 26 mai 2002.
21 Une « payse » (pop.) signifie une personne originaire de la même région, de la même ville ou du même village qu'une autre personne.
22 La jeune narratrice de *L'Exil selon Julia* de Gisèle Pineau a également du mal à comprendre pourquoi on lui répète de retourner chez elle, en Afrique, bien qu'elle soit née en France, de parents guadeloupéens : « Je veux bien retourner dans mon pays. Mais quel pays ? Quelle Afrique ? » (*ESJ*, 139–40)

Il est bien connu qu'à l'enracinement dans les îles préconisé par quelques-uns de ses confrères, Maryse Condé propose le nomadisme à la fois douloureux et enrichissant à travers un monde en voie de métissage. Voici ce qu'elle affirmait dans une interview accordée à l'occasion de la parution du roman *Les belles ténébreuses* :

> Je crois qu'on en a fini avec la race, la terre d'origine et l'identité unique. La jeunesse d'aujourd'hui est au confluent de plusieurs cultures, de plusieurs langues et influences. C'est cette diversité encore un peu chaotique qui nous définit, mieux que notre appartenance à tel ou tel pays.[23]

Dans un autre entretien accordé à l'occasion de la parution du même roman, l'écrivaine insiste sur le lien entre la migration choisie ou imposée et la perte de l'identité unique, associée traditionnellement à une langue et à une terre d'origine.[24]

Si l'on s'en tient à ces témoignages, on comprend qu'en choisissant de mettre au centre de certains de ses écrits la diaspora antillaise confrontée à une nouvelle problématique identitaire, Maryse Condé met en question la pertinence du concept de «pays» à l'heure de la mondialisation embrassée par certains, contestée par d'autres. Les nouveaux signes identitaires auxquels se confrontent ses personnages sont donc en rapport direct avec l'espace postcolonial éclaté, voire pluriel, avec le «tout-monde» tel que décrit par Édouard Glissant, où chaque lieu est à la fois centre et périphérie. À ce sujet, rappelons que l'écrivaine avait déjà parlé auparavant d'une «esthétique de la migration assumée» (Cottenet-Hage 2002, 51), cultivée par les artistes qui placent leur quête identitaire sous le signe de l'errance au cours de laquelle ils découvrent la source de leur créativité grâce au contact avec les communautés migrantes.

---

23 «Maryse Condé autrement antillaise», *Jeune Afrique*, le 7 juillet 2008. (Page consultée le 16 avril 2009)
24 Clément Solym, «Condé, entre recherche identitaire et refus de la négritude», *Actua-Litté*, le 9 juin 2008. https://www.actualitte.com/article/monde-edition/conde-entre-recherche-identitaire-et-refus-de-la-negritude/2840. (Page consultée le 16 avril 2009)

L'impossible retour au pays natal

Le fameux *Cahier du retour au pays natal* publié par Aimé Césaire en 1956 constitue un intertexte incontournable dans l'œuvre de beaucoup d'écrivains antillais, qui s'interrogent sur l'actualité de l'appel de Césaire à l'époque des déplacements à travers un espace à la fois morcelé et globalisé. Par le biais d'un dialogue avec un des textes fondateurs de la Négritude s'expriment de nouveaux enjeux identitaires et culturels, intimement liés à la situation d'une population de plus en plus mélangée, qui très souvent choisit l'errance et l'exil.

Dans ce nouveau contexte sociohistorique, quelle serait l'urgence de retourner à une terre qui, du fait de garder encore dans sa mémoire les traces de la traite et de l'esclavage, s'avère incapable d'assurer l'épanouissement de ceux qui y sont nés ? Et si l'on décide de ne pas y retourner, comment peut-on préserver, construire ou reconstruire son identité antillaise loin des îles ravagées par les cyclones de l'Histoire ? Par quels moyens pourrait-on sortir de cette situation d'entre-deux ? Y aurait-il un « chez-soi » pour l'errant incapable de s'ancrer quelque part ?

Dans ses prises de parole, Maryse Condé a réitéré l'idée qu'elle n'avait jamais embrassé les thèses de la Négritude, malgré son admiration profonde pour Aimé Césaire. Se considérant plutôt une adepte de Franz Fanon, elle a admis quand même partager avec Césaire le même refus de l'oppression coloniale qu'elle dénonce, d'ailleurs, dans plusieurs de ses romans. Quant au « retour au pays natal », Condé semble s'en méfier, choisissant, dans un premier temps, de chercher les racines de ses ancêtres arrachés brutalement à leur terre d'origine. Mais lors du détour par l'Afrique, ses protagonistes constatent que la couleur de la peau ne suffit pas pour être acceptés par leurs « frères » africains.

Plusieurs personnages de Maryse Condé se trouvent devant le dilemme existentiel du narrateur-poète du *Cahier* de Césaire. Dans le roman autofictionnel *Histoire de la femme cannibale*, Rosélie, vivant en Afrique du Sud avec son mari blanc, essaie d'imaginer sa vie en Guadeloupe, dans la maison de son enfance. Bien que rendue quasiment invisible par la notoriété de son époux britannique, elle n'envisage pas la possibilité du retour au pays natal. Comme le répète son amie Simone, « [ê]tre du peuple d'Aimé Césaire, l'éveilleur de conscience » (61), n'est pas une raison suffisante pour regagner une île que la plupart des gens ignorent.

Un lourd secret semble peser sur Rosélie, femme timide et silencieuse, dont les toiles choquent par le rouge vif des scènes d'une violence excessive. L'impossibilité du retour à la terre natale est illustrée d'une façon suggestive par une affirmation pour le moins surprenante de la protagoniste : « Rentrer dans l'île comme dans le ventre de sa mère. Le malheur est qu'une fois expulsé on ne peut plus y rentrer. » (246)

Quant à Kassem, l'incipit du roman *Les belles ténébreuses* le présente « sortir du ventre de la terre comme il était sorti de celui de sa mère vingt ans plus tôt, couvert de sang, terrifié. » (15) L'attaque terroriste survenue au complexe touristique Dream Land d'un pays africain non identifié marque l'expulsion du héros du paradis illusoire où il travaillait comme cuisinier.

Ces images récurrentes ne sont pas étrangères au lecteur du *Cahier* de Césaire : « Que de sang dans ma mémoire ! [...] Ma mémoire est entourée de sang. Ma mémoire a sa ceinture de cadavres ! » (1956, 57–8), s'exclamait son héros messianique avant de retourner au pays natal. Les « cruautés cannibales » (66) mentionnées dans la cosmogonie onirique de Césaire étaient rythmées par le cri du morne martiniquais, cri de douleur pareil à celui sorti du bateau négrier.

Cette violence initiale qui a marqué l'espace matriciel de l'Antillais sera reprise métaphoriquement par Condé dans les deux romans en question. Les tableaux de Rosélie, rappelant ceux du peintre guadeloupéen Michel Rovélas, mais aussi les « terres sanguines » (45) de Césaire, l'histoire de cannibalisme de la Sud-Africaine Fiéla, avec qui Rosélie finit par s'identifier, les cadavres des jeunes filles embaumés par Ramzi, le mentor de Kassem, soupçonné de nécrophilie, tout renvoie à la violence originelle infligée aux Africains transportés de force aux Antilles. En fouillant inconsciemment les profondeurs opaques de l'Histoire, les personnages de Condé en découpent des morceaux pour les assembler selon une logique du discontinu et de l'hétérogène suggérant le parcours identitaire des errants antillais à la quête d'un pays qui n'est pas nécessairement le pays natal.

Errance et désir d'enracinement

Qu'est-il donc devenu le rêve romantique et narcissique de Césaire de partir afin d'arriver «lisse et jeune dans ce pays [s]ien» (41)? À présent, constate Condé, les «avatars de Caliban» (*BT*, 110), poussés par la misère, quittent leur île, comme l'a fait le père de Kassem, devenu facteur dans une petite ville française où lui et sa famille n'ont jamais réussi à se faire accepter. Quant à Kassem, il voudra «[t]out simplement partir» (173), sans nourrir à aucun moment le rêve de son père de retourner en Guadeloupe. «Partir [...]. S'accrocher à un bord du monde où il n'aurait pas honte. De ses parents. De ses frères et sœurs. De sa maison. De la voiture de son père. Du manteau de sa mère. De sa couleur surtout.» (*Ibid.*) En effet, le lecteur aura l'occasion de constater que la couleur de la peau et le nom à résonance arabe du jeune protagoniste ne lui causeront que des ennuis dans un monde où l'altérité est un sujet d'inquiétude. Avec Kassem et Rosélie, qu'on est loin de l'image du colonisé qui prend conscience de son identité noire! «Mais toutes les identités ne sont-elles pas usurpées?» (*BT*, 33), se demande Kassem, qui ne rencontre que des métis errants sur son parcours. «Ne sommes-nous pas tous des nomades?» (*HFC*, 265), s'interroge Rosélie, qui constate, elle aussi, que «le monde est en voie de métissage». (71) Rien ne semble les attacher à l'espace matriciel des ancêtres, car, pour les nomades du monde postcolonial, l'Afrique n'est qu'un lieu de passage, un entre-deux dont il faut sortir.

Cependant, le sentiment d'être apatride ronge Kassem constamment tout au long de son périple africain et nord-américain en compagnie de l'énigmatique «docteur» Ramzi, nouveau Prospéro exerçant sur le naïf Caliban une fascination inexplicable. Dans ce roman d'apprentissage plutôt parodique, le jeune protagoniste de Condé, venu en Afrique comme hôtelier, acceptera par la suite divers métiers, dont celui d'embaumeur, et sera converti malgré lui à l'islamisme, dont il finira par apprécier seulement les prières. À l'instar de Candide, Kassem sera facilement ensorcelé par les femmes et aura du mal à distinguer le bien du mal. L'expérience de l'Ordre et de la Religion que Césaire avait transposée poétiquement dans son *Cahier* constitue pour Condé l'occasion de critiquer sévèrement l'état actuel de nombreux pays d'Afrique où des injustices de toutes sortent continuent à créer des victimes.

Cette vision manichéenne du monde, illustrée par des citations de Baudelaire et de Rimbaud, par des références ou des allusions à la Bible, mais aussi à des auteurs antillais ou autres, traduit la difficile rencontre entre l'identité incertaine des personnages et l'inquiétante altérité qui les pousse d'un pays à l'autre. Les questions que se pose Rosélie sont emblématiques de la perte de repères de la diaspora antillaise et de la difficulté d'assumer une filiation dont l'importance n'est plus évidente : «Désirait-elle vraiment quitter le Cap?» (*HFC*, 303), se demande Rosélie après vingt ans d'errance. «Pour aller où? Retrouver quoi? L'indifférence de Paris? Le désert de Guadeloupe? Qui était-elle? Qui voulait-elle être?» (*Ibid.*) Elle se rappelle avoir lu le fameux *Cahier*, mais l'exhortation du poète martiniquais ne trouve aucun écho dans son âme meurtrie par l'indifférence et le racisme. Comme personne ne l'attend sur son île natale, «[a]voir un nom, c'est déjà exister» (108), se console-t-elle, bien que ce nom ne soit que le résultat du collage des noms de ses parents, Rose et Élie. Quant à sa vie, elle aussi lui apparaît comme une couverture faite de l'assemblage de différents morceaux, un *patchwork* dont les points de suture marquent clairement son parcours à travers le monde, mais aussi son identité fragmentée.

Dans ce contexte postcolonial, le dialogue de Condé avec Aimé Césaire invite à une réévaluation du concept même de «pays natal». Les terres vicieuses dont Césaire avait fait pourtant son lieu d'élection, gardiennes de ses plus chers souvenirs d'enfance, et qu'il souhaitait changer par la force de son chant viril, n'éveillent pas les mêmes émotions chez les personnages de Condé. Rosélie compare le passé à un «cadavre encombrant» qu'on ne sait pas s'il faut «l'embaumer», «l'enterrer» ou «le métamorphoser». (*HFC*, 129) Rentrer chez elle, ce serait accepter de vivre dans une «île [...] livrée à toutes sortes de violences» (289) et aux touristes en quête d'exotisme. Quant à Kassem, «[i]l n'avait aucune envie de suivre son père dans cette Guadeloupe qu'il s'imaginait étrange, inhospitalière, à la fois exotique et barbare, tout droit sortie d'un livre de *Contes et légendes des Antilles*».[25] (BT, 163–4) Comme ni

---

25 Cependant, lors d'une rencontre avec une jeune fille à New York, le jeune métis se sert d'une brochure touristique pour lui vanter le lieu d'origine de son père : «Bleu

l'un ni l'autre des protagonistes de Condé ne choisissent de s'enraciner en Guadeloupe, qu'est-ce qui justifie la décision de Rosélie de rester en Afrique du Sud et celle de Kassem de retourner en France ?

Dans le cas de Rosélie, le choix du Cap ne s'explique pas par une quelconque préférence pour cet endroit miné encore par le racisme et la violence. « Non, mon seul pays c'était Stephen » (*HFC*, 40), avoue cette femme après vingt ans de vie commune avec un homme qui lui avait bien caché son homosexualité et ses trahisons. « Là où il est, je reste. » (*Ibid.*) Et le narrateur de préciser : « Cette ville, elle l'avait gagnée. Elle l'avait fait sienne en mouvement inverse de ses ancêtres dépossédés d'Afrique … » (315) À la fin du roman, elle trouvera sa voix/voie de femme et d'artiste en « accouchant » du tableau qui mûrissait en elle depuis quelque temps, et auquel, pour la première fois, elle sera capable de donner un nom : *Femme cannibale*.

Quant à Kassem, il quittera l'Amérique, « le pays où tout est possible » (*BT*, 293), comme autrefois Candide avait quitté Eldorado pour reprendre la quête de sa belle et frivole Cunégonde. S'il décide de s'établir en France, en dépit de la xénophobie des habitants de sa petite ville natale, c'est parce que ce pays est aussi le pays de choix de la femme aimée, et surtout l'endroit où naîtra son enfant : « je ne veux pas que mon fils naisse bâtard, sans savoir qui est son père, et qu'il passe ensuite sa vie à le chercher. » (291) Clin d'œil évident à la douloureuse quête identitaire des Antillais, mais aussi espoir d'un avenir meilleur. Si la résurrection du pays des ancêtres n'est qu'un rêve césairien, semble conclure Condé, il faut avoir la détermination de fonder une famille ailleurs, dans une terre dont on parle la langue et qui puisse devenir un « pays » pour ses descendants : « Oui, les vraies valeurs sont là : se marier, enfanter, cultiver son jardin, quoi ! » (*BT*, 292)

Le retour se fera donc à la terre-mère et non pas à la terre-amante décrite par Césaire. Le poète messianique du *Cahier* plongeait dans « le grand trou noir où [il] voulai[t] [se] noyer [...] et pêcher [...] la langue

---

du ciel, végétation flamboyante, vaguelettes de la mer Caraïbe, turquoise et tiède, que l'alizé berce plus qu'il ne les pousse. La Guadeloupe aux couleurs du rêve » (272). Plus tard, cette même Guadeloupe lui paraît méconnaissable sous la plume de Saint-John Perse (172) que son amie Aminata lui présente comme étant originaire de l'île de son père.

maléfique de la nuit» (1956, 91), tandis que le protagoniste des *Belles ténébreuses* se met à sangloter aux «souvenirs doux-amers» (*BT*, 293) de l'enfance qui lui provoquent une intense émotion. Quant à Rosélie, elle «sentait se réveiller en elle l'impatiente clameur de ses entrailles se préparant à l'enfantement» (*HFC*, 316) symbolique de son tableau.

Et pour revenir aux questions posées au début de cette analyse au sujet de l'errance, du retour au pays natal et de la possibilité de s'ancrer ailleurs, il convient de mentionner que dans un entretien datant de 1999, Maryse Condé mettait déjà en question le concept d'errance, lui préférant celui de «renouvellement» :

> Je commence à contester ces mots d'errance, d'exil, de nomadisme ; je préfère les remplacer par le terme de renouvellement. Il est important de quitter le lieu où l'on a des racines, notion que je n'aime pas du tout parce qu'elle est, pour moi, symbole d'immobilisme. Je crois qu'il faut constamment bouger.[26]

Le dialogue avec Césaire lui donne l'occasion de mettre également en question l'idée de «retour au pays natal». Cependant, son roman *Les belles ténébreuses* se construit justement dans l'entre-deux créé par ce dialogue mi-sérieux, mi-parodique avec Aimé Césaire. Enrichis pas les expériences subies au cours de leur difficile périple à travers un monde de plus en plus hostile aux différences, Kassem et Rosélie tournent le dos à la Guadeloupe, choisissant de «se renouveler» ailleurs. La question d'un nouvel enracinement reste ouverte, de même que celle d'une reconstruction identitaire.

Le Pays de Marie Darrieussecq : un «pays» qui n'en est pas un

«Écrire c'est être entre deux mondes, là où rien n'est certain mais où tout est possible, où circulent les fluides, les sensations.»[27] Cette phrase inscrite sur la quatrième de couverture de *Naissance des fantômes*, deuxième roman de Marie Darrieussecq, confirme la pertinence du concept

---

26 Marie-Agnès Sourieau, « Entretien avec Maryse Condé : de l'identité culturelle », *The French Review* 72, n° 6, May 1999, p. 1091.
27 Marie Darrieussecq, *Naissance des fantômes*, coll. «Folio», 1999.

de l'entre-deux[28] dans l'analyse de ses écrits. Dès son premier roman, *Truismes*,[29] elle s'est frayé un chemin sur la scène littéraire française et internationale. Bien que la plupart des livres de Darrieussecq soient des romans[30] et des nouvelles,[31] cette écrivaine protéiforme est aussi dramaturge,[32] essayiste,[33] biographe,[34] auteure de littérature jeunesse[35] et journaliste. Dans ses nombreuses prises de paroles, elle ne cesse de revenir sur sa méfiance envers les étiquettes de toutes sortes et sur son refus d'être enfermée dans un genre réducteur. L'idéal, selon cette écrivaine, serait que chacun de ses livres propose une nouvelle forme d'écriture, comme elle l'affirmait dans un entretien réalisé par Becky Miller et Martha Holmes en décembre 2001 pour le premier site qu'on lui consacrait :

> Je cherche à inventer de nouvelles formes, à écrire de nouvelles phrases, parce que c'est le seul moyen de rendre compte du monde moderne, dont le mouvement sinon nous dépasse sans cesse, demeurant illisible, incompréhensible.

Le *mouvement* inhérent au monde contemporain exige donc une écriture qui puisse le saisir dans tout son dynamisme, ce qui explique la présence d'une pluralité d'entre-deux qui se laissent explorer dans les récits de cette écrivaine remarquable à bien des égards. L'entre-deux facilite l'appréhension d'un rapport au monde particulier où la mobilité à travers un espace-temps flexible ne coupe ni ne lie deux termes. Cet entre-deux peut aussi devenir un terrain de négociation, seul capable d'accueillir les différences et de faciliter la (re)construction identitaire à l'intersection du Soi et de l'Autre.

---

28 Consulter à ce sujet les articles du volume *L'écriture « entre deux mondes » de Marie Darrieussecq* (2019) et l'article de Catherine Rogers (2009).
29 Marie Darrieussecq, *Truismes*, Paris, P.O.L. éditeur (1996).
30 *Truismes* (1996), *Naissance des fantômes* (1998), *Le mal de mer* (1999), *Bref séjour chez les vivants* (2001), *Le Bébé* (2002), *White* (2003), *Le Pays* (2005), *Tom est mort* (2007), *Clèves* (2011), *Il faut beaucoup aimer les hommes* (2013, prix Médicis), *Notre vie dans les forêts* (2017), *La mer à l'envers* (2019), *Pas dormir* (2021).
31 *Simulatrix* (2003), *Zoo* (2006), *Mrs Ombrella et les musées du désert* (2007).
32 *Le Musée de la mer* (2009).
33 *Rapport de police. Accusations de plagiat et autres modes de surveillance de la fiction* (2010).
34 *Être ici est une splendeur. Vie de Paula M. Becker* (2016, prix du Livre d'art *Lire*).
35 *Péronille la chevalière* (2008) et *Le Chien Croquette*, avec Nelly Blumenthal (2016).

Le Pays, roman publié en 2005, peut se lire, selon Colette Trout, «comme une méditation sur les origines et sur ce que constitue l'appartenance à un pays et à une culture».[36] De l'avis général, ce récit est une autofiction, fait confirmé d'ailleurs par l'auteure. Son double romanesque s'appelle Marie, elle est écrivaine et a publié un premier roman qui, sans être nommé, renvoie clairement à *Truismes*.[37] Le «pays» où retourne Marie Rivière avec son jeune fils Tiot et son époux Diego porte le nom de Yuoangui,[38] mais, d'après la description de son emplacement géographique, on devine facilement qu'il s'agit du Pays basque, lieu de naissance de l'auteure de ce roman :

> [Le pays] s'imbrique entre la France et l'Espagne, avec une façade océanique, une chaîne de montagnes, de la plaine agricole et des zones industrielles, et plusieurs pôles urbains ; combinaison satisfaisante pour un pays européen de petite envergure. (48)

Après vingt ans passés à Paris et ailleurs dans le monde, «il était temps de rentrer au pays», répète la narratrice-écrivaine (15, 18). Cette phrase constitue aussi l'incipit du roman que Marie commence à écrire juste après son retour au «pays», roman qui porte le même titre que celui où elle figure comme personnage. Le retour de la narratrice-protagoniste est placé dans un avenir légèrement décalé, à une époque où le «pays» aura déjà gagné son indépendance, souhait finalement exaucé après une longue période de troubles sociaux et politiques.

De nombreux retours en arrière permettent de refaire l'itinéraire de la narratrice qui se prépare à s'installer dans son pays d'origine. Lorsqu'elle s'était établie à Paris, Marie avait voulu fuir un lieu marginal au statut incertain, un lieu dont le souvenir ne lui suscitait aucune émotion :

---

36 Colette Trout, *Marie Darrieussecq ou voir le monde à neuf.* Brill | Rodopi, CLFC 56, 2016, p. 72.

37 «Pourquoi un cochon dans votre premier roman ? », lui demande une journaliste avant l'ouverture d'un colloque. (*LP*, 52)

38 Ce nom fictif à résonance africaine apparaît d'abord dans le deuxième roman de Marie Darrieussecq, *Naissance des fantômes* (1998).

À Paris, je pensais rarement au pays [...] Je ne suis même pas sûre d'aimer le pays. Certes il y a sa beauté, le bon air, la mer. Mais la façon dont je m'en souviens est impersonnelle, comme une mémoire automatique. (43)

Vue au début comme le centre du monde, cette grande ville qu'elle pensait avoir faite sienne et où elle avait vu naître son premier enfant ne répond plus aux désirs indéfinis de la narratrice-écrivaine, qui d'ailleurs a du mal à les mettre en mots :

Elle avait eu, à Paris, le sentiment de l'exil. Elle avait pris ça pour de la nostalgie. Mais la nostalgie est le sentiment du retour : reconnaître et ne pas reconnaître, et dans cet écart, mesurer à quel point on était parti. (77)

Comme on peut le constater, la narration en *je* (en caractères gras) cède la place à une narration en *elle* (en caractères standard), trait marquant de l'écriture de ce roman à double énonciation. Pour les expériences plus intimes, saisies à travers un enchevêtrement de sensations multiples, l'écrivaine se sert de la narration à la première personne, riche des expériences vécues au «pays» ou ailleurs dans le monde. Les séquences explicatives, comme celles sur ce que devait contenir le livre que la narratrice s'apprêtait à écrire, sont intégrées dans le récit à la troisième personne :

Ce livre-là parlerait d'habiter et d'être née quelque part en conjuguant ces modes à diverses personnes, puisque écrire «je suis de là», elle ne savait pas bien ce que ça voulait dire. Il fallait tenter l'expérience, placer un sujet dans un lieu, étudier les lieux communs des personnes et des pays. Ça commençait comme ça, paysage et questions. (85)

Le glissement d'une voix narrative à l'autre ainsi que les espaces laissés entre les deux types de narration créent un entre-deux que le lecteur doit traverser constamment afin d'appréhender les multiples significations de ce récit non linéaire.

Déterminée à quitter donc la ville de Paris tellement convoitée dans sa jeunesse, mais dont l'excès de bruit et l'agglomération quotidienne lui devenaient de plus en plus insupportables, la narratrice constate que le retour au pays n'était pas un remède miraculeux, mais «un nouvel exil» (118) parsemé d'obstacles insoupçonnés. Certes, «[l]e pays était un point d'origine» (177), mais comme tant d'autres «lieux excentrés et vides» (*Ibid.*) situés en bord de mer, celui où elle était née n'avait été peut-être qu'un lieu de départ vers l'ailleurs, vers d'autres espaces plus prometteurs en expériences de vie signifiantes. «Un pas de tir, voilà d'où j/e venait» (*Ibid.*). Ce «j/e» d'énonciation scindé,[39] présent au début du récit, réapparaît vers la fin pour marquer le sentiment d'exil ressenti par la narratrice dans son pays d'origine. Le clivage spatial superposé sur le clivage temporel accroît ce sentiment éprouvé au cours du va-et-vient entre deux lieux d'ancrage qui avaient changé sa vie :

> [...] on ne peut pas être hier et aujourd'hui, ici et là-bas en même temps. Un renversement s'inaugurait : Paris devenait là-bas. Le sentiment d'exil est un poids d'abord léger, puis la balance penche, l'axe de la géographie s'incline ... le Pays, Paris ; Paris, le Pays : le point d'exil basculait. (222)

De plus, être «exilé dans son origine» (Sibony 1991, 33) complique la réinsertion spatiale qui ne peut se faire uniquement dans le réel. Cela explique les plongées récurrentes de la narratrice-écrivaine dans l'imaginaire et l'onirique. En outre, il est très probable que le concept deleuzien de «déterritorialisation» entre également en jeu, car, d'une façon paradoxale, à chaque déplacement «on emporte [métaphoriquement parlant] de la terre avec soi» (Deleuze et Guattari 1980, 389). À différents moments de sa vie, cette jeune femme qui flotte entre le réel et l'imaginaire a l'impression que la reterritorialisation est possible. Au Grand Canyon, par exemple, «[t]out était compréhensible, tracé dans l'espace, évident. Elle habitait *ici*. *Ici* avait toujours été sa maison. » (105).[40] Le récit des moments vécus au cours des nombreux voyages et séjours à des endroits très lointains confirme son goût pour les lieux limitrophes et son amour pour la mer.

À plusieurs reprises Marie réfléchit sur les différences entre le premier espace habité et les autres espaces traversés dans l'espoir de trouver un «chez-soi». D'une façon surprenante, c'est à Paris, où elle pensait

---

39 Dans l'article «Ombres et lumières. Architecture énonciative dans *Le Pays* (2005) de Marie Darrieussecq» (*Études littéraires* 42.1, Hiver 2011, p. 81–9), Philippe Willocq se penche sur la question de «la typographie contrastée» utilisée dans ce roman et sur celle «du sens et du sujet de la double énonciation». (82)

40 C'est moi qui souligne.

avoir finalement trouvé un espace favorable à son épanouissement, qu'elle a eu brusquement la révélation du désir inexplicable de renouer avec son pays d'origine, de se recentrer : «**pour assouvir le désir géographique je ne peux qu'habiter, habiter *ici*, sans relâche.**» (43).[41]

Au cours de ce roman, on constate que la narratrice a dû traverser plusieurs entre-deux géographiques avant de conclure qu'*ici* ne pouvait être ni le vaste territoire américain, ni la Tasmanie, ni la Patagonie, ni l'Australie, ni même Paris. *Ici*, c'est l'endroit où elle a vécu ses premières années de vie au sein de sa famille, avec les petits bonheurs et les grands malheurs qui les avaient tous marqués :[42] «**— Nous habitons ici. C'est parce que je suis revenue que je sais que j'habite ce pays. Est-ce que j'ai habité *à* Paris ? Ici je me sens debout sur la Terre.**» (192) Ce pays «dont les habitants traînaient derrière eux leurs racines comme une paire de bretelles, *c'était le sien*.[43]» (65) La narratrice se met à l'explorer, mais pas avant d'avoir établi son «espace vital» (Bachelard 1961, 32) en marge de l'espace du pays, déjà marginal et marginalisé : «La maison était comme une marge, une étape avant le pays […] Le pays était là tous les matins à la fenêtre» (63),[44] mais pour le faire sien, il fallait renoncer au regard touristique.

La prise de conscience du monde extérieur, à la fois connu et méconnu, ne sera pas facile, car «[l]e pays n'était pas un lieu, c'était du temps, du temps feuilleté, et elle était venue y habiter» (176) à un moment où il n'était plus «fédéré [uniquement] par le paysage» (80). Les Yuoanguis étaient en train de raviver la vieille langue et de la faire apprendre à leurs enfants. Ils avaient aussi décidé de ressusciter leurs rites funéraires uniques afin de faire connaître la spécificité culturelle d'une population dont l'origine, selon la légende, remontait aux temps mythiques. La narratrice-écrivaine qui vit douloureusement son altérité

---

41 C'est moi qui souligne.
42 Son petit frère Paul avait disparu sans traces, laissant un vide immense dans la vie de ses parents. Son autre frère Pablo, adopté du Pérou dans l'espoir de refaire l'unité de la famille déchirée, y avait perdu l'esprit.
43 C'est moi qui souligne.
44 Pour plus de détail au sujet de l'enracinement dans un pays et dans une communauté, voir l'article de Riccardo Barontini, «Enraciner le cosmopolitisme ? Lieux, sujet et communauté dans *Le Pays* de Marie Darrieussecq», *Fixxion* 19, déc. 2019, p. 67–77.

linguistique est impressionnée par l'enthousiasme de ses compatriotes de créer une littérature dans leur langue archaïque, de moderniser leur pays, sans pour autant oublier leurs croyances ancestrales.

De nombreuses questions au sujet du pays et des possibilités qu'un petit pays offre à ses habitants surgissent à travers ce roman :

> Est-ce que ça existe, la mentalité d'un pays ? Dans un petit pays,[45] est-ce qu'on cherche plus qu'ailleurs à maîtriser son destin ? Plus un pays est grand, plus ses habitants sont fatalistes, et plus un pays est petit, plus on y croit possible de fléchir le cours des choses ? (183) « ? (183)

L'appropriation graduelle de l'espace natal par une femme qui accouche simultanément d'un livre et de son deuxième bébé au nom suggestif d'Épiphanie ne se fait que grâce aux possibilités infinies offertes par la traversée de lieux éloignés. Le croisement d'espaces et de temporalités réels et fictifs contribue à l'adoucissement des tensions entre présent et passé, réel et surréel, entre les sensations éprouvées à certains moments de sa vie et leur représentation sur la page écrite. Si, au cours d'un voyage à Londres, la narratrice avait eu le sentiment de n'appartenir à aucun lieu particulier (« **je n'étais plus de nulle part** », 202), au bout de la gestation du livre et du bébé elle exprime sa satisfaction d'être le produit d'une pluralité de lieux : « **On ne vient pas que d'un père et d'une mère, on ne vient pas que d'un seul lieu** » (231), se dit-elle pendant qu'elle regarde ses vieux parents, contents d'être restés dans leur petit pays. Un « pays » qui n'en est pas un.

Tout en refusant de s'ancrer dans un sol particulier, Marie accepte d'être à la fois témoin et participante à la reconstruction identitaire de son petit pays. Bien que fictif, ce lieu est un miroir de la complexité du grand monde. À la question de Pierre Thomas portant sur la ressemblance du pays représenté dans son roman avec le Pays basque d'où elle est originaire, Marie Darrieussecq répond que « cela y ressemble tout

---

45 Dans un entretien avec Pierre Thomas (2008) l'auteure explique son choix d'un petit pays : « Chacun a un petit pays de référence. *Le Pays* est un texte qui fait référence à tous les petits pays. Dans mon roman, il s'agit d'un pays imaginaire, le "Pays yuoangui" [...] c'est un livre très utopiste qui imagine une planète faite de petits pays. » (« Marie Darrieussecq. Écrivain », le 8 mai 2008) https://www.euskonews.eus/0549 zbk/gaia54903fr.html. (Page consultée le 9 sept. 2022)

en étant différent».[46] Cette réponse confirme le caractère autofictionnel de ce livre qui soulève beaucoup de questions pertinentes concernant la légitimité de l'appartenance à un pays et à une culture spécifique, le rôle des frontières à l'époque des migrations et des espaces éclatés, la préservation d'une langue comme garante de la pérennité d'une communauté dans un contexte de métissage social et culturel.

Le « pays » de Gisèle Pineau : entre « *ici-là* » et « *là-bas* »[47]

Depuis son premier roman, *La grande drive des esprits*,[48] jusqu'à son dernier, *Ady, soleil noir*,[49] Gisèle Pineau n'a jamais abandonné la *trace* de l'écriture engagée, mise au service des femmes. Dans son essai « Écrire en tant que Noire », paru dans le volume *Penser la créolité*, elle justifie sa prédilection pour les personnages féminins par l'importance primordiale que les femmes ont eue dans le processus de métissage des îles des Caraïbes. « Écrire en tant que femme noire créole, affirme-t-elle, c'est apporter ma voix aux autres voix des femmes d'ici et d'ailleurs ... » (1995, 289) Quelques années plus tard, l'écrivaine réaffirme sa position féministe : « C'est bien par le corps de la femme qu'est passé le métissage dans toutes les Antilles »,[50] tout en soulignant le fait qu'elle veut que le monde ne reproduise plus les modèles de victimisation de la femme. Et en effet, rares sont les récits dans lesquels cette auteure ne rêve d'une humanité sans haine, sans violence et sans racisme. Sa vision du monde dépasse les limites de sa petite île, aussi bien que celles de sa race : « Écrire en tant que noire », précise-t-elle, « c'est vivre l'espérance d'un monde vraiment nouveau, peuples, races, langues, religions, cultures mêlés, imbriqués, s'enrichissant, se découvrant sans cesse, se respectant et s'acceptant dans la belle différence. » (1995, 295)

---

46 *Ibid.*
47 Dans cette section, j'ai repris une partie de mon article « L'*ici-là* selon Gisèle Pineau », *Voix plurielles* 4.1 (May 2007) : 1–14. http://apfucc.net./
48 Gisèle Pineau, *La grande drive des esprits*, Paris, Serpent à plumes, 1993.
49 Gisèle Pineau, *Ady, soleil noir*, Paris, Philippe Rey, 2020.
50 Christiane Mackward et Njeri Githire, « Gisèle Pineau : Causerie à Penn State », *Women in French Studies*, 2001, p. 232.

Il convient tout d'abord de signaler qu'à partir de ses expériences d'enfance passée en métropole, entre des parents désireux de franciser leurs enfants et une grand-mère déterminée à les préparer pour le retour à l'île, Gisèle Pineau décide de partager son vécu, et surtout de ne rien passer sous silence : « Il fallait aussi raconter les histoires de l'exil créole, la situation des Antillais dans les banlieues parisiennes, le sentiment d'amour-haine pour la France, le manque du pays d'origine, le rejet des manières créoles, de la langue, des croyances magico-religieuses … » (*Ibid.*, 291)

Le *topos* du « pays » surgit dans la plupart des romans et nouvelles de Pineau où elle évoque des espaces multiples, tous plus ou moins imprégnés de la culture insulaire guadeloupéenne. Bien que née en France, l'écrivaine invite à la réappropriation de l'espace antillais de ses ancêtres, sans pour autant rejeter les autres lieux qui ont marqué sa construction identitaire reflétée dans celle de plusieurs personnages. Qu'il s'agisse des Caraïbes francophones et anglophones, de la France métropolitaine, de l'Afrique ou des États-Unis, elle explore avec prédilection l'espace de l'exil des Antillais, et surtout des Antillaises, présentées comme réceptacles des souffrances familiales et collectives.

Par conséquent, la thématique complexe du « chez-soi » se trouve au cœur des récits (auto)biographiques et (auto)fictionnels de Pineau. La plupart des observations suivantes porteront sur *L'Exil selon Julia* (1996), dont la narration est assumée par une jeune narratrice, Marie (l'autre prénom de l'auteure). Références seront faites également au roman pour adolescents *Un Papillon dans la cité* (1992), à *L'Âme prêtée aux oiseaux* (1998) et à *Chair Piment* (2002), romans dans lesquels la problématique du pays occupe une place centrale. Les personnages de Pineau, pour la plupart des Guadeloupéens vivant en France, jettent un regard critique sur l'espace d'adoption, sans pour autant idéaliser à outrance l'espace insulaire qui les habite.

Une attention spéciale sera attachée au déictique créole *ici-là*, qui change de signification en fonction de la réalité extratextuelle à laquelle il renvoie. Qu'il s'agisse du pays d'exil ou du « pays » tout court, voire la Guadeloupe, ce vocable rapproche l'*ici* et l'*ailleurs*, permettant au lecteur de Pineau de se déplacer constamment d'un espace à l'autre, ce qui atteste la difficulté d'associer le pays à un espace particulier.

Le récit *L'Exil selon Julia* contient beaucoup d'éléments autobiographiques,[51] fait attesté, d'ailleurs, par l'auteure, dans plusieurs prises de parole, ainsi que par la présentation du récit sur la quatrième de couverture,[52] où apparaît le prénom de Pineau et non pas celui de son personnage. Le discours paratextuel fournit donc un certain nombre d'éclaircissements qui, corroborés avec les expériences de la narratrice, nous permettent de les attribuer à l'auteure. À ce sujet, Thomas Spear note qu'une des caractéristiques de la nouvelle autobiographie antillaise telle que pratiquée par Césaire, Zobel, Condé ou Pineau, c'est que « le pacte autobiographique n'est pas établi de façon concrète avec un nom de personnage de roman ou de poésie »,[53] ce qui n'exclut pas la présence d'éléments biographiques vérifiables.[54]

Au sujet de l'écriture de ce récit, Gisèle Pineau précise qu'elle l'a aidée à se réconcilier avec son enfance et à s'accepter « en tant qu'être humain ».[55] Elle y décrit sa petite enfance, passée tout d'abord dans un village de la Sarthe, ensuite dans une banlieue parisienne. Dans cette cité inhospitalière des années 1960, la jeune narratrice Marie fait l'expérience amère et décevante du racisme, de l'injustice et de l'intolérance, vécus à l'école, mais aussi par procuration, car sa grand-mère Julia, que la famille appelle Man Ya, y connaîtra toutes les facettes de l'exil.[56]

---

51 Voir Kathleen Gyssels, « L'exil selon Pineau, récit de vie et autobiographie », dans *Récits de vie de l'Afrique et des Antilles*, dir. Suzanne Crosta, Québec, Université Laval, GRELCA, 1998, p. 169–87.

52 « Gisèle a une alliée : Julia, dite Man Ya, la grand-mère venue en France pour fuir les brutalités de son mari. »

53 Thomas Spear, « L'Enfant créole : la nouvelle autobiographie antillaise », *Récits de vie de l'Afrique et des Antilles*, dir. Suzanne Crosta, Québec, Université Laval, GRELCA, 1998, p. 164.

54 Rappelons à ce propos le récit pour la jeunesse *Un Papillon dans la cité* (1992) au sujet duquel Gisèle Pineau affirme que « [c]e n'est pas vraiment [son] histoire » (Mackward et Githire, *op. cit.*, p. 220). De plus, on constate que la thématique de *L'Exil selon Julia* (exil, déracinement, quête d'identité) revient dans la plupart des écrits de cette auteure. Se référant à un autre récit destiné à la jeunesse, *Caraïbes sur Seine* (Dapper, 1999), Pineau précise que, s'il est vrai que la plupart des événements racontés sont fictionnels, il n'est pas moins vrai qu'elle y a inséré une histoire qui l'a fait beaucoup souffrir quand elle était enfant.

55 Mackward et Githire, *op. cit.*, p. 225.

56 Lors de son premier congé en Guadeloupe, le père de la narratrice, militaire de profession, avait décidé d'emmener sa mère Julia en France, pour la soustraire à la violence de son mari Asdrubal.

Pendant les six longues années passées en France, la grand-mère illettrée, tout comme le Petit Poucet de Perrault, se donnera comme mission
de marquer le chemin vers la Guadeloupe pour ses petits-enfants, de
les habituer aux sons du créole, aussi bien qu'aux saveurs de sa nourriture. Elle ne perd aucune occasion de leur parler des merveilles de son
île, sans passer sous silence la cruauté de l'Histoire qu'elle ne veut pas
qu'ils ignorent.[57] Le retour dans l'île ne sera pas facile, mais la narratrice
avoue être prête à surmonter toutes les difficultés pour s'y enraciner.

Il est indéniable que *L'Exil selon Julia* contient de nombreux énoncés de type géographique et sociohistorique sortant des souvenirs que
Pineau a gardés de ses premières années de vie passées en France, en
Afrique et en Guadeloupe. Ce récit, précise-t-elle, « n'est pas simplement
une chronique familiale, c'est un livre sur la tolérance, sur les préjugés ».[58] L'écrivaine y réfléchit au rapport difficile entre identité et altérité, entre l'espace d'origine de sa famille, révélé d'abord par la parole
conteuse de Man Ya, et l'espace aliénant de son enfance parisienne. La
fragmentation du récit fait écho à la fracture identitaire éprouvée par
l'enfant, aussi bien que par sa grand-mère.

En dépit de son caractère fragmenté, le récit de Pineau s'organise
autour de l'impact de l'exil parisien sur la formation identitaire de la
jeune narratrice. Le triple exil géographique, linguistique et racial,
bien que vécu à travers des expériences différentes par l'enfant et par
sa grand-mère, contribuera à la prise de conscience de leur aliénation
profonde dans un *ici-là* urbain qui, de l'avis de Julia, est vidé de toute
mémoire vivante. Précisons également qu'au cours du récit, ce déictique
renvoie tour à tour à l'espace réel ou rêvé où évoluent les personnages,
se chargeant de significations différentes selon leur état d'esprit, et surtout selon la distance qui les sépare de cet espace. Aussi devient-il progressivement espace étranger, dysphorique[59] pour la jeune narratrice

---

57 Notons à ce sujet que les parents de Pineau, comme ceux de Condé, ont gardé le
    silence sur la traite et l'esclavage, qu'ils considéraient un héritage nuisible à la réus-
    site sociale de leurs enfants.
58 Christiane Mackward, « Entretien avec Gisèle Pineau », *The French Review* 76, n° 6,
    May 2003, p. 1212.
59 Voir Eric Landowski, *Présence de l'autre. Essais de socio-sémantiques,* Paris, Presses
    Universitaires de France, 1997.

qui souffre en silence du racisme dont elle fait l'expérience à l'école. Paradoxalement, l'enfant se sent dépossédée d'un «pays» qu'elle ne peut qu'imaginer et qu'elle associe à un espace euphorique où les signes distinctifs de la différence seraient gommés. Mais au vocable créole *ici-là* fait pendant un *là-bas,* espace insulaire que les adultes associent souvent à un lieu d'exil, ce qui contribue davantage à la confusion de la jeune narratrice. Elle constate que ce *là-bas* qu'ils ont quitté pour un *ici-là* plus prometteur, c'est le «pays» vers lequel convergent leurs pensées nostalgiques, surtout à l'occasion des fêtes. En observant le cercle d'amis antillais de sa famille et le vécu quotidien de sa grand-mère, la narratrice prend connaissance du lien intime entre l'exilé antillais et son espace d'origine.

En effet, pour beaucoup de jeunes femmes antillaises la France se présente comme un *là-bas* où elles espèrent être «sauvées du joug paternel, dégagées du sacerdoce d'aînesse, épargnées du destin des vieilles filles qui ne trouvent plus d'ivresse qu'en Dieu». (14–15) C'est le cas de Daisy, la mère de la narratrice, qui désire avoir une meilleure vie que celle de ses parents :

> Parce qu'il est dit qu'on ne lit pas sur le front des personnes s'ils communient avec anges ou démons, elle ne cherche pas les fréquentations d'*ici-là.* Elle a vu comment l'homme qui monte haut tombe et se casse dans une facilité de jouet. À présent, à cause de la faillite familiale, elle sait aussi que les coquins ont souvent belle figure, sourires d'aristocrates, cravate et papiers à signer. (*Ibid.*)

Attirée par le mirage de l'ailleurs, Daisy accepte sans aucune hésitation de se marier avec Maréchal, un homme dont la peau n'est pas aussi claire que la sienne et qui, dans d'autres circonstances, aurait été difficilement accepté par sa famille. En écoutant les paroles de Maréchal, militaire en permission, Daisy se voit déjà parcourir le monde, loin de sa petite île qui n'a plus rien à lui offrir.

D'autres protagonistes féminins de Pineau, telle la mère de la jeune narratrice Félicie, fuient l'île après avoir confié leur bébé à une vieille mère : «Man Ya[60] raconte aux curieux que ma mère lui envoie chaque

---

60 La grand-mère de Félicie porte le même nom que celle de la narratrice de *L'Exil selon Julia*, ce qui atteste une fois de plus la présence d'éléments autobiographiques

mois un gros mandat pour mon éducation. Elle m'a appris à ne pas la contredire quand elle ment à ce sujet.» (*PDC*, 7) Ce n'est que dix ans plus tard que la mère de Félicie, mariée en France, sera capable de faire venir sa fille, au désespoir de la grand-mère. Par contre, Sybille, la mère célibataire de *L'Âme prêtée aux oiseaux* (1998), emmène son fils Marcello à Paris et l'élève toute seule, en lui cachant l'existence de son père jusqu'à l'âge de dix-sept ans. Elle travaille comme infirmière et réussit à offrir à son fils une vie décente, mais, en dépit de toutes les précautions de la mère et de son amie Lila, celui-ci retournera en Guadeloupe pour y rencontrer son père. Enfin, Olga et Mina du roman *Chair Piment* (2002) seront poursuivies par une malédiction familiale malgré la distance qui les sépare de leur île. Les raisons de leur exil intérieur ne seront dévoilées qu'à la fin du roman, lorsqu'on constate qu'on ne peut pleinement jouir du présent tant qu'on n'a pas réglé les affaires du passé.

Afin de donner plus de crédibilité à l'urgence de quitter le pays d'origine frappé par la fatalité de l'Histoire, la narratrice de *L'Exil selon Julia* cède la parole aux grandes personnes qui ne cessent d'adresser une exhortation pathétique aux enfants du «Pays» :

> Enfants! Rien, il n'y a rien de bon pour vous au Pays, disaient les grandes personnes. Antan, ce fut une terre d'esclavage qui ne porte plus rien de bon. Ne demandez pas après ce temps passé! Profitez de la France! Profitez de votre chance de grandir *ici-là*! Au Pays, la marmaille parle patois. Profitez pour apprendre le français de France ... Combien de Nègres vous envient, vous n'en avez pas idée. Y a tant de jalousie ... C'est pas facile d'échapper à Misère, Malédiction et Sorcellerie, ces trois engeances du Mal qui gouvernent *là-bas*. (28)

Signalons en passant que Suzon Mignard donnera le même conseil à la jeune Mina, que sa demi-sœur Olga fera venir à Paris après la mort de ses parents et de sa petite sœur Rosalia :

dans les deux textes. À ce sujet, Véronique Bonnet, qui place ce récit «à la croisée de l'autobiographie, des mémoires et de la fiction», remarque le fait que «la fiction précède l'autofiction, frayant un chemin en direction d'une écriture de plus en plus autoréférentielle, de plus en plus impliquée dans le réel» (Véronique Bonnet, *De l'exil à l'errance : écriture et quête d'appartenance dans la littérature contemporaine des petites Antilles anglophones et francophones*, Presses universitaires du Septentrion, 1999, pp. 192, 196.)

Je te conseille pas de revenir *ici-là*, Mina ... Reste tant que tu peux *là-bas* en France ... Loin du Mal et de ses trente-deux mille tentacules [...] Sauve-toi loin de Piment où il pousse rien que la haine et les fleurs du Mal. (*CP*, 199)

Cependant, vingt ans plus tard, Mina constate que «[l]a Guadeloupe était partout. Elle n'avait jamais cessé d'être là» (131), malgré les efforts de la jeune femme d'oublier l'île et son passé douloureux.[61]

Bien que ces références à l'*ici-là* guadeloupéen soient chargées de clichés, on y reconnaît les motifs récurrents de la littérature antillaise : le lourd héritage de l'esclavage, la misère, la sorcellerie, la malédiction et la folie qui s'abat inexplicablement sur certains.[62] Pour échapper à ce Mal à la fois historique et métaphysique, bien des jeunes nourrissent l'espoir de s'épanouir loin de leur petite île et profitent de la première occasion pour s'en aller vers des endroits plus prometteurs. Néanmoins, lors des fêtes familiales passées avec des amis antillais, la narratrice de *L'Exil selon Julia* constate qu'en dépit des couleurs sombres utilisées pour dépeindre l'île d'origine, ceux qui avaient débarqué sur la terre promise ne pouvaient cacher les «reflets merveilleux» qui «scintillaient dans leurs yeux» au souvenir du Pays, devenu subitement objet de désir, dont on parlait «avec amour, nostalgie et dépit ...» (29) Dans la petite cuisine de leur appartement parisien, la jeune fille entend sa mère partager son amertume et ses désillusions avec d'autres femmes de militaires, exilées elles aussi dans un pays qui, à les en croire, avait oublié le dévouement et les sacrifices de leurs maris :

Tout *ici-là* n'est que parade, grand arsenal de mots pour éblouir et ébranler [...] Pauvres vies de figurants de la nation [...], héros anonymes qui ont donné

---

61 Même leitmotiv dans *L'Âme prêtée aux oiseaux* : Néhémie, jeune femme capable d'interpréter les rêves, conseille à Marga d'aller en France si elle veut s'échapper à la fatalité antillaise : «*Là-bas* est ta fortune [...] *Ici-là* : le cimetière, *là-bas* : France-Délivrance». (60)

62 Simone Schwarz-Bart, avec qui Gisèle Pineau a beaucoup d'affinités, parlera de la même fatalité dans les termes suivants : «Lorsque, durant les longs jours bleus et chauds, la folie antillaise se met à tournoyer dans l'air au-dessus des bourgs, des mornes et des plateaux, une angoisse s'empare des hommes à l'idée de la fatalité qui plane au-dessus d'eux, s'apprêtant à fondre sur l'un ou l'autre, à la manière d'un oiseau de proie, sans qu'il puisse offrir la moindre résistance.» (*Pluie et vent sur Télumée Miracle*, 40)

toute leur jeunesse à la France et n'ont connu qu'avec parcimonie le levain de la gloire. (13–14)

Il est indéniable que dans tous ces récits le *là-bas* utopique perd souvent ses attraits après s'y être établi. Ce nouvel espace, devenu l'*ici-là* de tant d'Antillais, se présente comme un endroit froid et inhospitalier, où certains dépérissent lentement, telle la vieille Julia :

> Mon Dieu, la froidure entre dans la chair et perce jusqu'aux os. Tous ces Blancs-là comprennent pas mon parler. Et cette façon qu'ils ont à me regarder comme si j'étais une créature sortie de la côte de Lucifer. Faut voir ça pour le croire. À mon retour en Guadeloupe, je raconterai à Léa que *Là-Bas*, la France, c'est un pays de désolation. (*ESJ*, 55)

Le confort et l'abondance matérielle n'impressionnent guère la vieille Antillaise : «Et je comprends pas pourquoi des Nègres vont se perdre dans ce pays-là.» (65)

Le *là-bas* illusoire est également démystifié dans *Un Papillon dans la cité*. La narratrice Félicie, arrivée en France à l'âge de dix ans, constate le fossé entre le discours mensonger de la lettre de sa mère, calqué sur celui des images publicitaires, et la triste réalité perçue dans les récits d'autres insulaires attirés par le mirage d'une vie meilleure :

> J'aurais dû prévoir que maman habitait dans un immeuble. Ceux qui parlaient de la France disaient que *là-bas*, les gens vivaient dans des *kalòj* [poulailler] à poules. Peut-être à cause de sa lettre où elle m'avait fait miroiter sa «vie meilleure», j'avais imaginé une vraie maison, du genre de celles photographiées dans Maisons Françaises […], une vraie maison avec cheminée, toit de tuiles, fleurs au balcon, petite allée tapissée de gravillon. (32)

Plus tard, Félicie observe elle aussi les enfants de son quartier, «aux yeux plus tristes que les cages d'escalier des bâtiments de la Cité» (90). Lorsqu'elle fait miroiter devant les yeux de son meilleur ami Mohamed la beauté de la mer qu'il n'a jamais vue, l'esprit du petit Marocain saute «la muraille des immeubles gris de la Cité» (91) afin de quitter la triste réalité du quotidien où il risque de s'engouffrer.

Mina, la protagoniste de *Chair Piment*, perçoit de la même façon la cité parisienne, décrite dans toute sa désolation physique et humaine, révélant de cette façon son exil intérieur :

> De son septième étage, Mina découvrait toute la cité. Son univers depuis dix ans. Trois vieilles tours effarées taillées dans le béton. Cinq barres dressées entre des arbres maigres. Et six cubes couverts de tags. Derrière les façades bourgeonnantes d'antennes paraboliques, il y avait des appartements, cages à poules et clapiers à lapins, où vivaient les familles. Aussi haut que portait le regard, la cité hésitait entre ruine et loques. (21)

À la différence de sa demi-sœur Olga, préoccupée à l'extrême de sa carrière, Mina se contente de travailler à la cantine d'un lycée parisien où elle se lie d'amitié avec d'autres exilées. Rentrée chez elle, elle tue le temps avec des inconnus qui ne l'intéressent que pour le simple plaisir physique, dans l'espoir d'oublier son passé douloureux, et surtout la mort de sa sœur Rosalia. En effet, le fantôme enflammé de Rosalia la suit partout, comme sa Guadeloupe natale qu'elle s'efforce d'enterrer dans l'oubli.[63] Dans cet *ici-là* si éloigné de son lieu d'origine, Mina se donne l'illusion de se forger une identité fictive, de mettre un masque d'indifférence et de froideur qui puisse cacher son âme écorchée et la protéger d'autres blessures : «Non, *ici-là* personne ne pourrait la trahir. C'était magique! Elle pouvait s'inventer une enfance sereine, se bâtir une vie sans tourment. Mentir et conter à l'infini. Personne ne saurait. Personne ne savait.» (*CP*, 137) Cependant, ce n'est que son retour en Guadeloupe qui mettra fin à ses tourments après la découverte de la malédiction qui pesait depuis longtemps sur sa famille.

Une première conclusion s'impose : le pays de l'entre-deux constitue une source permanente de tristesse et d'aliénation pour les personnages de Pineau. L'*ici-là* et le *là-bas*, associés à un «pays» selon les circonstances et l'état d'esprit des personnages, entrent dans une relation antagoniste, trahissant les désillusions des Antillais lorsqu'ils découvrent

---

63 Florence Ramond Jurney note que le vide physique et culturel, associé à celui des origines, est vécu non seulement par l'Antillaise Mina, mais aussi par le Français Victor (Florence Ramond Journey, «Transgresser l'insularité : Inscriptions de l'espace antillais dans *Chair Piment* de Gisèle Pineau», *LittéRéalité*, vol. XVI, n° 1, printemps/été 2004, p. 31–43.)

une France inhospitalière, rongée par ses propres problèmes sociopo-litiques.[64] L'espace urbain aliénant des banlieues parisiennes, preuve vivante de la double ségrégation sociale et raciale, démentit l'image mensongère d'un *là-bas* vers lequel aspirent tant de personnages de Pineau. Cependant, le retour à la Guadeloupe natale est lui aussi problé-matique. Même si certains souffrent d'avoir été coupés de leur espace d'origine, ils se résignent à vivre dans un entre-deux douloureux, mais porteur de l'espoir d'une vie meilleure, surtout pour leurs enfants.

En postulant le rapprochement de lieux éloignés, l'*ici-là* traduit le lien intime entre l'exilé antillais et son espace d'origine. La juxtaposition métaphorique de plusieurs endroits témoigne de la capacité de l'exilé de vivre simultanément dans le réel et dans l'imaginaire. D'ailleurs, Édouard Glissant mentionne dans *Poétique de la Relation* (1990) et *Traité du tout-monde* (1997) que l'*ici-là* créole renvoie à l'une des nombreuses *traces* qui ont contribué à la survie de la population antillaise et qui, chez Pineau, facilite la construction de l'identité relationnelle, telle que rêvée par la nouvelle génération d'écrivains des Antilles.

Pour certains personnages de Pineau, le souvenir de la terre natale jette un pont entre l'*ici-là*, vu comme lieu d'exil, et le *là-bas*, remémoré comme espace indispensable à leur épanouissement harmonieux. Ainsi dans *L'Exil selon Julia* le corps de Man Ya se trouve-t-il *ici-là*, en terre d'exil, mais « son esprit voyage sans se fatiguer entre la France et son Pays Guadeloupe, où chaque jour elle espère retourner. » (16) Au grand étonnement de ses petits-enfants, la grand-mère « est là, sans être là ».

---

64 Afin d'expliquer l'état dépressif de la diaspora antillaise, mais aussi celui de l'Hexa-gone, Sam Haigh entreprend une lecture psychanalytique de *L'Exil selon Julia*. Se servant de deux textes de Julia Kristeva, *Étrangers à nous-mêmes* (1988) et *Contre la dépression nationale* (1998), ainsi que de l'étude d'Anne Anlin Cheng, *The Melancholy of Race : Psychoanalysis, Assimilation, and Hidden Grief* (2001), Haigh établit un lien entre la maladie de l'exil des personnages de Pineau et la « dépression nationale » des Français, attribuée par Kristeva aux événements de la Deuxième Guerre mondiale et à l'écroulement de leur empire colonial. De l'avis de Haigh, l'ingratitude de la France envers les Antillais constitue le point de départ de l'état dépressif de Maréchal, le père militaire de la narratrice, tandis que l'éloignement de l'espace antillais et l'ar-rivée dans un espace froid et inhospitalier déclenchent la « mélancolie raciale » de Julia, éprouvée, selon Cheng, par les exilés de partout (Sam Haigh, « Migration and Melancholia: from Kristeva's 'Dépression nationale' to Pineau's 'Maladie de l'exil' », *French Studies*, 60.2, 2006, p. 232–50.).

(123) En observant le mal du pays ressenti d'une façon si douloureuse par la vieille Julia, la narratrice cherche à définir l'état de sa grand-mère : «C'est habiter Là-Bas, habité par le Pays.» (121) Autrement dit, la distance entre la Guadeloupe et le lieu d'exil s'annule en esprit, seul capable de libérer Julia de l'emprise d'un *ici-là* aliénant. Le lointain se métamorphose en espace intérieur grâce à la magie du souvenir de son jardin créole qui efface toutes les douleurs passées. Valérie Loichot note à ce sujet que «Man Ya non seulement se souvient du pays, mais elle s'y enracine et le devient. Sa mémoire du pays est corporelle, charnelle, incarnée : c'est une mémoire des racines qui dépasse la binarité entre mémoire naturelle et mémoire culturelle.» (2002, 29)

À ce sujet, Dominique Licops[65] discute la question du modèle biologique de l'épanouissement de l'identité en Guadeloupe, contrasté avec le modèle scriptural offert par les pays occidentaux. À titre d'exemple, les leçons d'écriture que les enfants donnent à la grand-mère illettrée qui ne voit pas dans les lettres de son nom toute la richesse de couleurs de son identité créole. Un autre exemple hautement suggestif est l'épisode où Man Ya lave les lettres noires d'un cahier d'écolier de ses petits-enfants afin de faire place à leurs dessins colorés.

Toutes ces scènes mettent en évidence l'antagonisme des deux espaces perçus par Julia non pas en termes géographiques, mais en termes émotifs et culturels. La civilisation essentiellement orale dans laquelle elle a grandi constitue à ses yeux un espace incompatible avec l'espace scriptural auquel ses petits-enfants essaient de l'initier. De plus, le souvenir des lettres mensongères que son mari Asdrubal lui envoyait en temps de guerre continue à la blesser. Elle préfère donc rester dans son entre-deux, où elle attend le moment de son retour «chez-soi».

Quant à Félicie, la narratrice-enfant d'*Un Papillon dans la cité*, elle vit aussi dans l'entre-deux, mais elle supporte mieux le mal physique et moral de l'exil : «Des fois, je pense à Laurine, aux belles vacances qu'elle doit vivre à Haute-Terre. Je songe à tous mes amis que j'ai laissés *là-bas*. Et mon cœur se serre.» (66) Bien que très jeune, cette narratrice n'associe pas ce joli «papillon» à une terre paradisiaque, car elle se rappelle

---

65 Dominique Licops, «Origi/nation and Narration: Identity as Épanouissement in Gisèle Pineau's *Exil selon Julia*», *MaComère* 2, 1999, p. 80–95.

bien la furie des cyclones annuels, la menace constante du volcan la Soufrière, ainsi que les tremblements de terre. «Pourtant, avoue-t-elle, il ne se passe pas un jour sans que je songe à ma vie *là-bas*.» (69)

Il est évident que la différence d'âge et d'expérience rend l'exil des deux personnages plus ou moins supportable. Avec Julia, Pineau attire l'attention sur le danger de l'exil imposé à un âge qui rend l'apprentissage d'un nouveau code culturel quasiment impossible, mais elle tient à souligner aussi la capacité de la femme antillaise de résister à toutes les intempéries de la vie. Julia, tout comme Reine sans Nom, la grand-mère immortalisée par Simone Schwarz-Bart dans son roman *Pluie et vents sur Télumée Miracle* (1972), attendra la fin de ses jours bien ancrée dans son jardin créole. Plus tard, sa petite-fille devenue écrivaine comprendra que la juxtaposition métaphorique de deux espaces éloignés témoigne de la capacité de l'exilé de vivre simultanément dans le réel et dans l'imaginaire. En annulant la distance entre la terre d'origine et le lieu d'exil, l'aliénation devient plus supportable après la traversée effectuée entre *ici* et là-bas. De plus, comme le remarque Mohamed Hirshi dans son livre sur la réécriture de l'Histoire, l'identité multiple du sujet postcolonial «est à la fois le produit de "l'ici et de l'ailleurs"».[66] Enrichie des expériences de l'errance et du nomadisme, ce sujet se met à questionner les versions figées de l'Histoire officielle, comme on le verra dans le chapitre suivant.

---

66 Mohamed Hirshi, *La réécriture de l'Histoire dans la littérature francophone*, Peter Lang, 2017.

Chapitre III.

L'entre-deux mémoriel

Les observations portant sur l'entre-deux spatio-temporel ont mis en évidence la place centrale que le lieu d'origine occupe dans l'écriture de beaucoup d'écrivaines françaises et francophones. Dans les récits de Gisèle Pineau, *ici-là* et *là-bas* renvoient tantôt à l'île de ses ancêtres, tantôt au lieu de l'exil parisien. Le «pays du fromage» de Felicia Mihali se donne à lire comme un palimpseste dont les premières inscriptions jettent une nouvelle lumière sur les expériences d'un sujet d'énonciation postmoderne, tandis que le «pays» de Marie Darrieussecq n'en est pas un, car la narratrice de son roman homonyme réclame son appartenance à une pluralité de lieux. Qu'il s'agisse d'un endroit clairement positionné géographiquement, ou bien d'un «pays» de nulle part, qu'on ne cesse de chercher, comme dans les deux romans de Maryse Condé analysés dans ce chapitre, son émergence textuelle est indissociable du travail mémoriel.

Très souvent, on constate que le pays surgit à la croisée de l'Histoire et des histoires par le biais de la parole qui ne le laisse pas sombrer dans l'oubli. Plusieurs romans d'Antonine Maillet, Gisèle Pineau, Kim Thúy et Assia Djebar, pour n'en citer que les auteures qui feront l'objet d'une

étude plus approfondie, illustrent à merveille la construction essentiellement discursive du lieu d'origine que ces écrivaines placent dans un
entre-deux spatio-temporel riche en histoires. Parmi les thèmes abor-
dés dans ces histoires, la transmission d'un héritage jouit d'une attention particulière.

À ce sujet, Édouard Glissant note dans son *Discours antillais* que les
nouvelles littératures nationales, comme celle de l'espace des Caraïbes,
ont été obligées de passer rapidement de l'oral à l'écrit pour la simple
raison qu'elles « n'ont pas eu le temps d'évoluer harmonieusement, du
lyrisme collectif d'Homère aux dissections rêches de Beckett». (1981,
192–3) De l'avis général, l'obsession d'une trace primordiale, caraïbe ou
africaine, explicable par le manque d'histoire des Antilles, où le bras-
sage des cultures a eu comme effet l'obscurcissement de l'origine, a
généré une ambivalence à la fois ontologique et poétique. Dans ces circonstances historiques particulières, où la rupture traumatique initiale
continue à persister dans la mémoire collective, quel serait l'héritage à
transmettre ? Comment bâtir une généalogie lorsque la mémoire hésite
à restituer une matière souvent intransmissible ? Comment préserver la
parole, moyen privilégié de transmission de l'héritage dans cet espace
insulaire ?

Les questions de la généalogie et de l'héritage font surface dans de
nombreux textes d'écrivaines francophones. Qu'il s'agisse de la Guadeloupe de Simone Schwarz-Bart et de Gisèle Pineau, ou de l'Acadie
d'Antonine Maillet, l'interrogation de l'Histoire permet de mettre en
évidence les conditions de production et les sources d'inspiration d'une
riche littérature d'expression française. Ainsi, se plaçant dans le sillage
de l'antillanité, Simone Schwarz-Bart met en question le mythe fondateur de l'Afrique-mère, suggérant dans son roman *Ti Jean L'Horizon*
(1979) un dépassement de la problématique de l'origine et l'enracinement dans l'espace vital de la Guadeloupe. Quant à Gisèle Pineau, bien
que née en France, elle porte depuis l'enfance le fardeau de la compliquée identité antillaise qu'elle ne cesse de questionner dans chacun
de ses écrits. Revisiter un passé chargé de violence et d'injustices, le
transformer en un savoir transmissible n'est pas une fin en soi, suggère Pineau dans le roman *Morne Câpresse* (2008), pendant que dans
Mes quatre femmes (2007) elle se propose de remonter non seulement

à la source de son origine, mais aussi à l'origine de son écriture. Tout autre est le cas d'Antonine Maillet, qui nous invite à ouvrir les portes de l'Histoire au conte, comme elle le fait dans *Le Huitième Jour* (1986), afin de mieux comprendre le désir de généalogie d'un peuple qui revient au pays après un long exil forcé.

Une autre question abordée dans ce chapitre est celle du rôle des histoires dans l'éclairage de la grande Histoire, tel qu'illustré dans les romans *Madame Perfecta* (2001) d'Antonine Maillet et *Mes quatre femmes* (2007) de Gisèle Pineau. Les deux se tissent autour d'un riche entre-dire féminin capté ou imaginé par ces auteures conteuses. Ce type particulier d'entre-deux se retrouve également dans d'autres romans francophones, parmi lesquels on pourrait citer *Le livre d'Emma*[1] et *La dot de Sara*[2] de Marie-Célie Agnant, *Nulle part dans la maison de mon père*[3] d'Assia Djebar ou *Le bonheur a la queue glissante* d'Abla Farhoud.[4]

Enfin, avec la problématique du «devoir de mémoire», qui a commencé à s'imposer à partir des années 1970, on assiste à une mise en question de l'historiographie traditionnelle, conçue comme une approche globale d'événements du passé dont la connaissance était censée être objective afin de relever la vérité sur leur occurrence et leur développement. Dans *Les lieux de mémoire*, ouvrage paru sous la direction de Pierre Nora entre 1984 et 1992, on montre que la mémoire a un rôle tout aussi important que le document écrit, car les souvenirs contiennent les traces d'un passé qu'une collectivité considère digne d'être sauvé de l'oubli.

Ce changement de perspective dans le domaine de l'historiographie se reflète dans le choix de nombreux écrivains de placer le récit mémoriel au centre de leurs écrits. Le mélange de réel et de fictionnel leur permet de combler les trous de l'Histoire lorsqu'elle ne détient pas suffisamment de données vérifiables ou passe sous silence l'apport de certaines catégories de personnes, parmi lesquelles les femmes. Celles-ci jouissent d'une attention particulière dans les récits de

---

1   Marie-Célie Agnant, *Le livre d'Emma*, Montréal, Remue-ménage, 2001.
2   Marie-Célie Agnant, *La dot de Sara*, Montréal, Remue-ménage, 1995.
3   Assia Djebar, *Nulle part dans la maison de mon père*, Paris, Fayard, 2007.
4   Abla Farhoud, *Le bonheur a la queue glissante*, Montréal, l'Hexagone, 1998.

plusieurs auteures francophones qui font entendre les voix de leurs consœurs, montrant que l'Histoire ne peut plus ignorer la richesse de la mémoire individuelle et collective. C'est le cas de Kim Thúy et d'Assia Djebar, écrivaines qui dénoncent la marginalisation des femmes dont les accomplissements sont très rarement consignés. Les questions de la mémoire qu'on se doit de transmettre et des voix qu'il est impérieux de faire entendre seront abordées en détail dans l'analyse des romans *La femme sans sépulture* (2002) d'Assia Djebar et *Ru* (2009) de Kim Thúy.

Conter l'Histoire comme une histoire : le cas d'Antonine Maillet

À la lecture des romans d'Antonine Maillet, on constate que son Acadie, qui ne figure plus sur la carte, continue à exister, d'une façon paradoxale, grâce aux portes que l'Histoire a ouvertes au conte afin de raconter un peuple dispersé au cours du XVIIIe siècle, mais qui n'a jamais oublié sa terre d'origine. Dans l'absence de traces matérielles et de témoignages consignés par écrit, l'histoire du « pays » ne vit que dans la géographie mentale des Acadiens, dans un entre-deux mémoriel contaminé par le fictionnel. Le roman *Pélagie-la-Charrette* (1979), couronné du prix Goncourt, est construit justement autour du retour des exilés acadiens qui ont conté l'Histoire à travers leurs histoires transmises par des générations de colporteurs qui les ont sauvées de l'oubli.

Entre « menteurs » et « menteux »[5]

Les recherches effectuées sur la culture de l'Acadie montrent que, faute d'une histoire qui soit consignée dans des documents d'archives, la mémoire collective, bâtie sur celle des conteurs, a été soigneusement cultivée jusqu'au milieu du XXe siècle. L'historiographie acadienne, produit d'une élite qui voulait imposer son discours identitaire nationaliste

5   Cette section est basée sur mon article « La quête ex-centrique de l'Histoire dans les récits d'Antonine Maillet » (*Francophonie d'Amérique* 19, 2005, p. 177–84), partiellement remanié à la suite de nouvelles recherches bibliographiques.

à partir du XIXe siècle, se serait greffée, selon l'historien P. D. Clarke,[6] sur la mémoire populaire.

> En Acadie, précise-t-il, l'articulation entre mémoire et histoire, et partant, entre culture populaire et culture d'élite s'est toujours faite dans les deux sens, l'une étant investie de l'autre. Le récit oral passe à l'histoire et le mythe passe de l'écrit à la mémoire. (30)

À titre d'exemple, le personnage fictif du poème de Longfellow, Évangéline, devenue un mythe identitaire par excellence, exploité par une élite désireuse d'imposer l'image «d'une Acadie primitive, harmonieuse et chrétienne, brisée par la Déportation puis ressuscitée par la Providence». (Clarke 1994, 31) Quant au motif de «la grande caravane» ramenant les exilés des États-Unis en Acadie, territoire historiquement effacé par les conquérants britanniques, il se retrouve également dans la mémoire populaire, d'où il sera repris par la suite dans de nombreux récits historiques. Il n'est donc pas étonnant qu'une écrivaine comme Antonine Maillet ait utilisé le paradoxe de la contamination de l'Histoire par la mémoire populaire acadienne.

«... l'Acadie de mon enfance n'avait ni terre ni nationalité, ni statut juridique, rien. Ce pays n'était même pas un endroit, mais un envers; il n'existait pas dans l'espace, seulement dans le temps», écrit-elle dans *Par-derrière chez mon père.* (173) Définir son pays par ce qu'il n'est pas, sans pour autant nier son existence, c'est un des leitmotivs présents dans les écrits d'Antonine Maillet, qui tirent leur sève des paradoxes d'ordre historique et culturel que les Acadiens ont eu le malheur de vivre. Ce «pays» sans territoire reconnu depuis plus de trois cents ans, c'est une construction imaginaire située à la convergence de la parole conteuse et de la mémoire collective. À ce sujet, rappelons que l'Acadie,

---

6   P.D. Clarke avance l'hypothèse selon laquelle «[e]n Acadie, la mémoire n'a pas servi de tremplin à l'édification d'une historiographie [...]; elle aurait agi par la suite, comme contrepartie d'un récit déjà énoncé» («"Sur l'empremier", ou récit et mémoire en Acadie», dans *La question identitaire au Canada francophone. Récits, parcours, enjeux, hors-lieux*, sous la direction de Jocelyn Létourneau avec la collaboration de Robert Bernard. Québec, Les Presses de l'Université Laval, 1994, p. 4.) Cela expliquerait, selon cet historien, pourquoi l'élite des Acadiens a reformulé le passé pour qu'il leur serve à avancer leur idéologie.

construction essentiellement discursive, est définie par Jean-Paul Hautecœur en termes d'entre-deux dans la préface de son ouvrage *L'Acadie du discours* :

> Alors que le Québec s'est fait tout histoire pour imposer au monde son existence objective et connaissance pour revendiquer et reprendre son droit le plus légitime à la vie, l'Acadie demeure légende, aux confins de l'histoire et du rêve ou de la révélation, poésie du silence et de l'absence, onde muette, couleur invisible, lieu de nulle part [...] Dire que l'Acadie n'a pas d'histoire, c'est dire que son histoire n'est pas écrite. (1975, 44)

Consciente de la fragilité d'un projet historique qui s'alimenterait uniquement aux sources d'une « société de discours »[7] (Foucault 1971, 41), Antonine Maillet se propose de recréer l'histoire de son peuple à partir des histoires qui ont façonné son esprit dès sa plus tendre enfance. Entre *On a mangé la dune*[8] et *Le temps me dure*[9] (2003), entre Radi (le double de l'auteure-enfant) et Radegonde (son double adulte), Maillet a parcouru un chemin sinueux qui l'a conduite vers la gloire souhaitée le jour de son dixième anniversaire. Sa quête, commencée au bord de la mer, près de la dune de son enfance, aurait peut-être pris une autre direction sans les contes de sa voisine Alice qui l'avaient dirigée au pays des merveilles où tout était possible. Tonine du *Huitième Jour* (1986) y entrera par la même porte du conte, que la voix d'une vieille servante ouvre à l'enfant éprise de merveilleux. Quelques années plus tard, Radi et son cousin Thaddée « chevauchent une monture imaginaire et remontent une histoire plus vraie que vérité, plus réelle que l'histoire elle-même, plus merveilleuse que les merveilleux contes de la lointaine Alice de ses trois ans. » (*HJ*,163)

La nostalgie du paradis perdu auquel rêvaient les Acadiens dispersés le long des côtes de l'Amérique donne aussi à Maillet l'idée de

---

7 Michel Foucault la définit comme une société où les discours sont produits et conservés oralement par des rhapsodes qui suivent un rituel de la parole propre à une récitation orale.

8 Antonine Maillet, *On a mangé la dune*, Montréal, Leméac, 1962.

9 Antonine Maillet, *Le temps me dure*, Montréal, Leméac, 2003. Ce roman continue l'histoire du récit *Le Chemin Saint-Jacques* (Leméac 1996), mais lorsque Radegonde retourne à l'âge de l'enfance pour rencontrer de nouveau Radi, elle est plus âgée que dans le roman précédent.

recréer le monde à la mesure de leur imaginaire. Ce geste audacieux sera repris différemment dans chacun de ses romans où les héros souffrent de l'imperfection du monde, sans pour autant renoncer à leur joie de vivre ou à la quête du trésor légendaire des ancêtres. Ce trésor qu'Antonine Maillet semble avoir trouvé cent ans après la sortie des bois des Acadiens s'est concrétisé en un prix Goncourt qui couronne non seulement le talent d'une écrivaine qui a suivi dans l'imaginaire la charrette tellement réelle de Pélagie, mais aussi le génie d'un peuple qui s'est frayé un chemin à travers les obstacles de l'Histoire. Faute de traces matérielles et de témoignages consignés par écrit, cette Histoire ne vit que dans la géographie mentale des Acadiens, dans un entre-dire mémoriel contaminé par le fictionnel.

Bien que passionnée de l'histoire acadienne, le projet de Maillet n'est pourtant pas celui d'un historien qui se distancie des événements pour les reconstituer d'une façon objective. Par contre, elle se propose, tout comme la narratrice de *Cent ans dans les bois* (1981), de voir l'Histoire « par les racines » et non pas « d'en haut » (10), de plonger « jusqu'à l'em-premier » (9), là où se trouve l'origine du monde et de sa lignée à elle. Remonter le fil de l'Histoire inscrite dans la mémoire collective et trans-mise par la parole vive des conteurs permet aux Acadiens de mieux comprendre les raisons de leur périple dans l'espace, aussi bien que le sens de leur existence dans le temps. En dépit de la fragilité d'une telle vision historique, l'écrivaine n'hésite pas d'ouvrir l'espace diégétique de ses récits aux *menteux* de son « pays », qui ont colporté les histoires des Acadiens dispersés par les Britanniques.

Mais qui sont ces *menteux* présents dans plusieurs romans de Mail-let ? Elle les définit dans *Cent ans dans les bois,* aussi bien que dans *La Gribouille* :

> [L]a différence entre le menteur et le menteux, dans mon pays, est la même qu'entre l'historien et le conteur : le premier raconte ce qu'il veut ; l'autre, ce que vous voulez. Mais au bout d'un siècle, tout cela devient de la bonne pâte à vérité. (*CAB*, 13 ; *G*, 10)

Et en effet, au bout d'un siècle pendant lequel l'oral a côtoyé l'écrit, l'écrivaine constate qu'il n'y a plus de frontières entre le réel et le fictionnel, que le vécu a fini par effacer les traces de l'Histoire. C'est aussi la conclusion de Thaddée à Louis, l'un des conteurs des *Cordes-de-bois* : « Cette matière d'Acadie bouillonne depuis l'arrivée des premiers colons, brassant le fictif et le vrai à la manière d'une soupe au devant-de-porte qui mélange tous les légumes du potager. » (162)

Il s'ensuit que pour Maillet, l'Histoire et le conte s'alimentent réciproquement, tout en servant de source d'inspiration à plusieurs générations de conteurs, comme elle l'affirme dans le recueil de récits *Par-derrière chez mon père* : « L'histoire n'était rien d'autre qu'un beau conte véridique, une splendide légende prenant racine dans la réalité, un récit authentifié par dix ou quinze générations de menteurs professionnels. » (190) C'est à ces « menteurs » qu'on doit la saga d'un peuple doublement déraciné, la deuxième fois d'une façon brutale, mais non pas définitive. Aussi la déportation des Acadiens au milieu du XVIIIe siècle, événement tragique connu sous le nom de « Grand Dérangement », constitue-t-elle la toile de fond de plusieurs récits de Maillet, sur laquelle se projettent les histoires de famille ou les histoires individuelles racontées par quatre générations de conteurs acadiens.

Le lecteur de ces récits assiste donc au brouillage des frontières entre fiction et réalité, entre mensonge et vérité. Si le conte qui avait émerveillé l'auteure dès son enfance justement par son pouvoir magique de l'enlever provisoirement au réel se transforme en récit véridique, et que ce récit, à son tour, se voie « authentifié » par des « menteurs professionnels », que lui reste-t-il de ses bonnes habitudes de lecture léguées par de fortes traditions littéraires ? De plus, si ces « menteurs » sont associés aux « historiens », comment procéder pour reconstituer le vécu sans l'appui du vérifiable ? C'est l'entreprise à laquelle s'adonne cette auteure lorsqu'elle retrace l'histoire des Acadiens non pas à partir des traces matérielles attestant leur existence à travers les siècles, mais à partir des contes et des légendes de son pays à la fois réel et imaginaire. Ses romans, que Laurent Mailhot classe dans la catégorie « romans de la parole »[10], ou plutôt romans du passage de la parole à l'écriture,

---

10 Dans son classement des romans québécois, Laurent Mailhot distingue entre « romans de la parole » et « romans de l'écriture ». Les premiers seraient plus près de la diction orale, que chaque écrivain transpose par des moyens variés (*La Littérature québécoise*, Paris, PUF, coll. « Que sais-je ? », 1979).

trahissent constamment ce que Foucault appelle « le désir de n'avoir pas à commencer ». (1971, 8) D'ailleurs, Antonine Maillet n'a cessé d'affirmer que ses histoires ne font qu'enchaîner et transposer la parole de ses ancêtres, héritiers de la verve et du verbe rabelaisiens.

À titre d'exemple, l'Acadie de *Pélagie-la-Charrette*, que Maillet fait revivre dans un entre-deux spatio-temporel riche en histoires, à la source desquelles s'alimente l'Histoire elle-même : « les Acadiens de l'ancienne Acadie ne connaissaient de l'Histoire que les chapitres qu'on se passait de bouche à oreille au pied de la cheminée … » (35) Ainsi pour les exilés du « Grand Dérangement », le pays d'origine devient-il peu à peu une *Fata Morgana*, un mirage embelli par le souvenir et la parole envoûtante des conteurs. L'Acadie de Pélagie semble s'éloigner à mesure que le groupe des déportés acadiens affronte les dangers du voyage de retour. Dans ces circonstances, pour cette population exilée de force, le lieu d'origine ne vit que dans les souvenirs et la parole envoûtante des conteurs qui recréent cet événement historique à partir de leurs histoires, enrichies sans cesse au contact des contes, des mythes et des légendes.[11] Ce « pays » se situe donc dans un entre-dire mémoriel contaminé par le fictionnel, car l'Histoire et le conte s'y confondent et s'alimentent réciproquement.

En effet, dans ce roman, l'histoire du retour des Acadiens exilés ne vit que grâce à Bélonie, qui l'a entretenue pendant leur long voyage à travers l'Amérique. « Sans ces conteux et défricheteux de Bélonie, fils de Bélonie, fils de Bélonie, l'Histoire aurait trépassé à chaque tournant du siècle » (15), précise la narratrice dans le Prologue du roman. Quelques pages plus loin, on peut lire un commentaire similaire : « les Acadiens de l'ancienne Acadie ne connaissaient de l'Histoire que les chapitres qu'on se passait de bouche à oreille au pied de la cheminée. » (35)

---

11 Kathryn Crecelius analyse plusieurs épisodes de ce roman qui montrent le rôle du conte et de la légende dans leur construction. Des éléments du conte de la baleine blanche et des légendes des bateaux fantômes glissent imperceptiblement dans la narration de certains événements fictionnels ayant comme fondement l'histoire réelle du retour des exilés (« L'histoire et son double dans *Pélagie-la-Charrette* », *Études en littérature canadienne*, vol. 6, n° 2, 1981.) https://journals-lib-unb-ca.proxy1.lib.uwo. ca/index.php/SCL/article/view/7963. (Page consultée le 16 mai 2020)

Et pourtant, les racines de cette civilisation de l'oral plongent dans l'écrit, que les Acadiens avaient oublié à force d'errer cent ans dans les bois, d'où ils ne sortiront que vers la fin du XIXe siècle, lorsqu'ils se mettront à le réapprendre. Tâche difficile, surtout au début, lorsque la parole se mue difficilement en écrit, comme l'atteste la verve épistolaire des personnages du roman *Cent ans dans les bois* :

> Les Acadiens, qui avaient trois siècles d'oralité dans la mémoire collective, en 1880, n'auraient pas su, même en apprenant à lire, écrire en colère, écrire souriant, écrire surpris, écrire fort, écrire hébété, écrire moqueur, écrire tendre, écrire tout bas. Ils ne savaient point faire passer leur génie de la gorge aux doigts. (234)

Cependant, bien qu'ils soient entrés dans l'Histoire par la porte arrière, les Acadiens ont réussi à maîtriser les difficultés de l'écrit sans pour autant rendre la parole silencieuse. L'Histoire continue à se raconter autrement, souvent à travers les pages où s'inscrit la figure du conteur, dont la fictionnalisation constitue une des sources génératrices de la matière textuelle acadienne.

À examiner de près les textes d'Antonine Maillet, on constate que la problématique des rapports entre le réel et l'imaginaire, entre l'Histoire et les histoires, entre l'écrit et l'oral, y occupe une place centrale. Les histoires de Bélonie, de Jérôme le Menteux, de la centenaire Ozite ou du vieux Clovis semblent se placer en marge de l'Histoire, qu'il s'agisse de la Déportation ou de l'époque de la Prohibition. À cause de l'exil et de l'errance des Acadiens, « l'histoire même ne se souvenait plus de rien »[12] (16), remarque la narratrice du récit « Par-derrière chez mon père … ».

Encore faut-il signaler que l'Histoire, qui s'appuie essentiellement sur la mémoire, se métamorphose, selon l'historien Pierre Nora, en histoire-mémoire. C'est une histoire basée non pas sur des données vérifiables, mais sur des lieux de mémoire qui jalonnent la géographie mentale d'un peuple. Néanmoins, il subsiste un risque que Nora n'a pas manqué de signaler dans la préface du premier volume de son

---

12 Dans *Les Cordes-de-bois* on retrouve une observation similaire : « Ce n'est pas toujours facile de reconstituer l'Histoire confiée aux seules oreilles d'une couple d'Ozite, trois ou quatre Pierre à Tom et une demi-douzaine de chroniqueurs oraux qu'au pays on appelle des conteux ou des défricheteux-de-parenté. » (38)

ouvrage : ce genre d'histoire basée sur les lieux de mémoire pourrait « privilégier par définition le marginal et le minoritaire ». (1984, xi) Mais, ce qui peut apparaître comme une faiblesse aux esprits scientifiques, soucieux de ne pas s'éloigner du centre, de l'objectivité, présente l'avantage de l'élasticité de la mémoire, capable d'engendrer plusieurs versions de l'Histoire, d'où la possibilité que celle-ci converge avec le littéraire. C'est à ce lieu de convergence que Maillet place ses récits, brouillant les pistes de l'Histoire par l'insertion de plusieurs histoires, ou bien d'une même histoire racontée par plusieurs générations de conteurs.

À ce sujet, Alison Murray[13] a relevé quelques aspects du tissage particulier des événements historiques et des fils de la mémoire à travers trois textes de l'Acadie du Nord et du Sud, parmi lesquels se trouve le roman *Pélagie-la-Charrette*. J'ajouterai que ce tissage se réalise non seulement au niveau des événements historiques majeurs, tels l'exil des Acadiens ou la Révolution américaine, mais aussi au niveau familial, marqué par des événements tout aussi mémorables, comme la naissance, le mariage ou la mort. Prenons l'exemple des romans *Cent ans dans les bois* et *La Gribouille*, où la mort du capitaine Poirier et de sa jeune épouse Adélaïde se transforme en complainte grâce à la vieille Lamant, le rhapsode de la petite communauté de Fond-de-la-Baie :

> On a raconté tant de fois au Fond-de-la-Baie les funérailles du capitaine et d'Adélaïde, que plus personne ne se souvient des faits. C'est malaisé de retrouver toute nue une vérité dont la légende s'est emparée. La légende ou la complainte. (G, 85)

En brouillant les pistes de l'Histoire par l'emboîtement de plusieurs histoires, ou bien par l'insertion d'une histoire récurrente, Maillet propose une nouvelle perspective sur l'Histoire, dont l'objectivité semble diminuer au contact de l'imaginaire. Un renversement de rôles se produit lorsque l'Histoire se met à raconter un peuple, en lui ouvrant largement les portes du conte : « Ah ! Le beau conte que nous sommes devenus ! ... », s'exclame la narratrice du récit « La tireuse de cartes ». (*PDP*, 32) Et en prenant ses distances vis-à-vis de l'*Évangéline*

13 Alison Murray, « L'Acadie du Nord et du Sud : des lieux-mémoires ? », *Revue Franco-phone*, vol. 9, n° 2, 1994, p. 109–18.

de Longfellow, qui aurait contribué, selon Maillet, à la mythisation de l'histoire des Acadiens, la même narratrice ajoute : «Si l'on avait confié l'histoire aux conteurs de mon pays, aux chroniqueurs, et colporteurs, et défricheteurs de parenté, je vous assure qu'on ne s'y reconnaîtrait plus.» (*Ibid.*) Dans un autre récit du même volume, intitulé «L'école», la narratrice se souvient de la façon dont son institutrice racontait l'histoire des Acadiens. Un jour, elle «s'est mise à nous raconter l'histoire, l'histoire de nos ancêtres comme si c'était la nôtre, comme si c'était une histoire vraie, aussi vraie que *Le Chat botté* ou *La Belle au Bois Dormant.*» (*PDP*, 155)

Selon Jimmy Thibault, cette «relecture de l'Histoire en histoire»[14] constitue une des modalités par lesquelles Antonine Maillet subvertit l'histoire de l'Acadie et ses mythes fondateurs tout en soulignant l'urgence de «se réapproprier l'Histoire par l'histoire». (*Ibid.*) La parole communautaire acquiert le droit de cité du fait d'être plus près de la vérité historique. C'est grâce à elle que la population acadienne a réussi à se forger un discours identitaire qui l'a replacée dans l'Histoire.

La récurrence de ce rapprochement particulier entre l'Histoire vraie des ancêtres et l'imaginaire des contes soulève nécessairement la question du vrai et du faux, telle que posée par Foucault dans *L'ordre du discours*. Le partage du vrai et du faux comme procédure d'exclusion du discours historiquement constitué remonte, de l'avis de Foucault, à l'époque de Platon, lorsqu'on avait constaté un déplacement progressif de la vérité «de l'acte ritualisé, efficace, et juste d'énonciation, vers l'énoncé lui-même». (1971, 17) Cette volonté de vérité se lie étroitement aux institutions qui bannissent la parole vivante en marge du savoir et de l'Histoire. À cet égard, Antonine Maillet adopte une position originale : elle refait à rebours le parcours de la vérité, de l'énoncé vers l'acte d'énonciation, dont l'actant principal n'est autre que le conteur.

En effet, en examinant les textes de Maillet, on constate qu'elle y recrée le rituel de la narration orale orchestré par un conteur soucieux d'établir un contact avec son auditoire. Des romans comme *Pélagie-la-Charrette*, *La Gribouille*, *Les Cordes-de-bois* ou *Crache à Pic*

14 Jimmy Thibeault, «L'invention de la Franco-Amérique : la relecture de l'Histoire en histoires chez Antonine Maillet et Jacques Poulin», *Québec Studies* 53, 2012, p. 14.

offrent au lecteur une marge oralisante qui le prépare en vue d'une réception particulière, en le plongeant dans l'atmosphère spécifique à la communication de type oral. Cette marge oralisante modalise le texte tout entier, qui se constitue en tant que produit d'un entre-dire capté par un auditoire à côté duquel le lecteur est invité à prendre place. Le cérémonial de la narration orale, « fortement codé »[15] du fait d'appartenir à des sociétés archaïques, apparaît le plus souvent dans l'incipit des récits, où le conteur organise l'espace matériel et prépare l'état d'esprit de ses auditeurs afin de gagner leur adhésion.

Arrêtons-nous un instant sur le début du roman *Mariaagélas*. Le conteur met en jeu tout son art pour tisser son réseau argumentatif afin de vaincre l'incrédulité de ses auditeurs, qu'il semble bien connaître :

> Vous me direz que c'est inutile, que vous ne pouvez pas croire à une histoire comme celle-ci, que vous avez trop vécu, que vous n'êtes pas si légers de croyance, et que les côtes d'Acadie, pour tout dire, sont trop à l'abri pour avoir connu des aventures pareilles ...
>
> Je vous connais. Vous croirez aux sorciers, plutôt, et à l'Antéchrist, et au septième du septième, mais pas à l'existence de Mariaagélas. Elle est trop proche et elle nous ressemble trop. Ça a quasiment trop l'allure de la vérité pour être vrai. Et pourtant, tous les vieux du pays pourraient vous dire ... Mais vous vous méfiez des vieux du pays. Tant pis ! (9)

Le conteur ne commence l'histoire de la fameuse Mariaagélas qu'après avoir éveillé la curiosité de ses auditeurs et s'être assuré de leur attention. La mise en scène de la situation discursive dans cet entre-deux conteur-auditeur, à part sa fonction signalétique nécessaire à la reconnaissance d'un genre, joue aussi le rôle de générateur textuel. Le narrateur cesse d'être une instance d'énonciation impersonnelle et devient une voix où raisonne la voix d'un autrui qui lui a confié l'histoire/les histoires qu'il se prépare à raconter. Par conséquent, on observe que les récits de Maillet s'entrelacent, se complètent, parfois se contredisent, comme dans le cas de l'histoire du revenant, narrée dans *Mariaagélas* :

---

15 Roland Barthes, « Introduction à l'analyse structurale des récits », *Communication* 8, 1966, p. 22.

> Ce qui s'est passé cette nuit-là entre le Ruisseau des Pottes et la Rivière-à-Hache fait l'objet de profondes divergences entre les conteurs et les chroniqueurs de mon pays. Certains accusent le Ruisseau, d'autres la Rivière, d'autres enfin veulent faire porter tout le blâme au Lac à Mélasse qui semblait tenir à garder tout le revenant pour lui. (75)

Notons également que les narrateurs de ces récits n'ont pas toujours la tâche facile. Tel est bien le cas de la narratrice des *Cordes-de-bois*, qui se propose de refaire l'histoire de la confrontation épique entre les habitants du Pont et le clan des Mercenaire. Elle constate que Pierre à Tom, conteur qui jouit de son estime, ne se limite pas à lui fournir uniquement les données de l'histoire :

> Pierre à Tom est un philosophe, en plus d'un chroniqueur, un moraliste, une sorte de La Rochefoucault ou Saint-Simon des côtes [...] Un tel informateur risque de donner plus d'information qu'il n'en faut et de faire pencher la vérité du côté de ses inclinations. (126)

Il s'ensuit qu'Antonine Maillet reconstitue son Acadie à partir de la chronique orale du pays, dont elle prend conscience à travers la voix des conteurs, des *chroniqueurs*, des *colporteurs* et des *défricheteux de parenté*. Elle fait entendre cette voix dans ses textes au risque de « tourner en rond autour des mêmes histoires ». (*CB*, 196) La reprise de certaines séquences de ces histoires, loin de nuire à l'originalité de ses récits, crée un réseau intratextuel unique, rappelant constamment au lecteur que « [l]e nouveau n'est pas dans ce qui est dit, mais dans l'événement de son retour. » (Foucault 1971, 14)

Il était une fois ... *Le Huitième Jour*[16]

Le roman *Le Huitième Jour*, publié en 1986, fascine le lecteur par la manière dont l'Histoire se met à raconter un peuple, en lui ouvrant

---

16 L'analyse de ce roman a fait l'objet de l'article « Antonine Maillet à l'écoute de l'histoire conteuse » (*Thirty Voices in the Feminine*, Rodopi, 1996, p. 50–7), dans lequel j'ai mis en évidence les traces de l'oral dans l'écriture de cette écrivaine acadienne. Dans la présente section de mon livre, des extraits repris de l'article susmentionné servent à illustrer la façon dont la grande Histoire est racontée dans une histoire truffée d'éléments merveilleux.

largement les portes du conte. En effet, Maillet a une façon particulière de saisir l'histoire à travers une fiction animée par la nostalgie des Acadiens pour la France.

L'isolement géographique de cette population essentiellement agraire a contribué à la préservation de sa culture orale, imbue de carnavalesque et témoignant du désir de remonter à «l'emprémier», symbole du paradis perdu auquel on espère revenir. L'engouement pour la généalogie et la fidélité vouée aux ancêtres attestent le désir de se distinguer en tant que groupe animé par une même origine, une même foi, et surtout une même langue. Cela explique pourquoi la ressuscitation du passé occupe une place tellement importante dans les récits colportés par des générations de conteurs acadiens qui ont mélangé contes et Histoire au point de ne plus les distinguer.

Comme d'autres romans de Maillet, *Le Huitième Jour* est encadré d'un «Prologue» et d'un «Épilogue» écrits à la première personne. Dans le prologue, où le pacte autobiographique, tel que défini par Philippe Lejeune (1975), s'y inscrit explicitement, le sujet d'énonciation semble orienter le lecteur vers un récit du type «Je raconte mon histoire». La question identitaire se mêle à celle de la création du monde qui, aux yeux de la locutrice, aurait pu être meilleure si Dieu l'avait achevée. Remontant métaphoriquement le cours du ruisseau qui traverse son village, Tonine remonte également le fil du temps jusqu'à l'époque de son enfance et encore plus loin, vers l'origine du Grand Temps, où rien n'est impossible. La narratrice-enfant embrasse du regard la «forêt interdite» (13) à l'orée de laquelle se profile une cabane délabrée, espace où se produit le passage du réel à l'imaginaire.[17] Arrivée à cet endroit, une voix familière l'invite à franchir le seuil de la porte. Cette «voix écorchée», précise Tonine, «me rappelle celle d'une vieille servante qui me racontait des contes qui commençaient tous par : *"Il était une fois …"*» (14)

---

17 Cette cabane apparaît également dans le récit *Le temps me dure*, où Radegonde, l'*alter ego* de Maillet devenue vieille, suit Radi dans la forêt et la regarde entrer dans cette cabane. Radi, qui n'est autre que l'auteure-enfant, pénètre dans la cabane des trois ours et se métamorphose en Boucles d'or.

La formule bien connue de l'ouverture des contes merveilleux plonge le lecteur dans l'univers magique des «possibles ... infinis» (288), fruit d'un huitième jour qui seul pourrait remédier à l'imperfection du monde. Cette formule traditionnelle tellement usitée, mais dont on n'a jamais assez, ouvre la voie à un long récit narré à la troisième personne, facilement identifiable au conte, s'il n'était pas tellement épais et hétérogène.

Après avoir assisté à la naissance, ou plutôt à la création miraculeuse de Tom Pouce ou Gros comme le Poing et de Jean de l'Ours dit Jean le Fort, l'un issu du pétrin de Bonne-Femme, l'autre du bois de Bonhomme, on aura certainement reconnu le modèle traditionnel du conte merveilleux, où le héros, à la suite d'une situation conflictuelle, quitte ses vieux parents pour aller vers l'aventure. C'est ce que feront les deux frères qui, avant de commencer leur périple, recevront trois dons assez inhabituels de la part de leur marraine, Clara-Galante.

Aux deux personnages de contes, jumeaux qui se complètent à merveille, se joint bientôt un troisième, ramené à la vie par Jean de l'Ours. Il s'agit de Messire René ou Figure de Proue, digne représentant de la Renaissance, dont le navire avait échoué quatre siècles auparavant non loin de Terre-Neuve. Si Gros comme le Poing et Jean de l'Ours descendent directement des contes sans âge et sans géographie précise, Messire René porte avec lui un riche passé historique, d'où il tire à tout moment un exemple édifiant, destiné à instruire les deux frères. Peu de temps après, un quatrième personnage s'associe à ces héros, qu'ils baptisent Jour en Trop, parce qu'il était né dans une cité miraculeuse, entre deux instants, pendant une fête burlesque. Ayant le don de ne jamais vieillir, puisqu'il avait fait irruption dans le monde hors du temps, Jour en Trop possède la qualité de se rendre invisible, ce qui lui permet de sortir ses compagnons de bien des situations insurmontables.

Le pigeon-voyageur Marco Polo complète le groupe dont les aventures s'enchaînent rapidement sur l'axe événementiel du récit. Le lecteur suit le voyage des cinq compagnons à travers un espace magique, en assistant aux nombreux combats qu'ils portent contre leur ennemie mortelle, la Faucheuse, à leur tentative de gagner la main d'une belle princesse et, finalement, à la disparition de l'ancêtre et du Jour en Trop, suivie du retour des deux frères au village natal où ils feront le bonheur de leurs vieux parents.

Bien que, en lignes générales, la trame événementielle de ce récit ne diffère pas trop de celle de n'importe quel conte merveilleux, on n'est pas dupe du fait que ce qu'on lit n'est pas un conte pour enfants. Premièrement, la dimension du texte dépasse de beaucoup celle d'un conte, même si l'assemblage des épisodes suit « le meccano du conte »,[18] activité qui relève à la fois du jeu et du bricolage.[19] En deuxième lieu, on constate l'épaisseur des événements mis bout à bout dans ce récit où les multiples références d'ordre historique, mythologique, culturel et linguistique créent un tissu textuel riche en significations. De plus, à la différence des contes, où les protagonistes n'ont pas d'épaisseur psychologique, *Le Huitième Jour* met en scène des héros qui, à mesure qu'ils accomplissent leur parcours initiatique, enrichissent leur forma-tion, ce qui rapproche ce texte d'un *Bildungsroman*. Soit que l'évolution psychologique des héros se fait à travers leurs propres expériences, aux-quelles s'ajoutent celles de leur ancêtre du XVIe siècle, soit qu'il s'agisse d'une transformation subite à la suite d'un sommeil régénérateur ou d'une métamorphose miraculeuse, les cinq personnages ne sont plus les mêmes à la fin du roman.

Dernièrement, on peut mentionner une autre différence entre les contes et ce récit de Maillet, à savoir la présence d'un arrière-fond his-torique. Contrairement aux contes merveilleux, où les héros se font por-teurs d'actions qui se déroulent dans un cadre à peine esquissé et dans un temps anhistorique, les actions des cinq compagnons du roman de Maillet se profilent sur une toile spatio-temporelle richement tissée, révélant l'imbrication subtile du réel et de l'imaginaire, du profane et du sacré, de la vérité et du mensonge, du populaire et de l'érudit.

La lecture de l'Histoire à travers cette histoire déclenchée par le départ de Tom Pouce et de Jean de l'Ours à la recherche de « la route du destin » (31) commence à partir de l'entrée en scène de Messire René. À ce moment-là, des repères temporels précis surgissent dans le texte qui, jusqu'à l'apparition quasi miraculeuse de ce personnage,

---

18 Claude Bremond, « Le meccano du conte », *Critique* 394, 1980, p. 13–16.
19 Pierre Gobin, « *Le Huitième Jour* », *Dalhousie French Studies* 15, 1988, p. 26–41.

avait emprunté uniquement la voie du conte. Messire René, après avoir fouillé « au fond de sa mémoire ancestrale » (49) afin de « reprendre le fil d'une vie interrompue » (*Ibid.*), raconte aux deux frères, dans un langage qui leur semble bizarre, les circonstances qui l'avaient poussé vers le Nouveau Monde. En écoutant son récit, « Gros comme le Poing sent son sort lié à celui de cet ancêtre possible, disparu avant d'avoir eu le temps de fonder sa lignée. » (52) L'idée d'une possible filiation sourit à notre héros qui avait constaté, dès sa création, combien il était difficile de venir au monde « tout nu dans sa croûte, sans nom, sans rien, sans passé ni prouesse à raconter aux autres. » (22)

L'inquiétude généalogique de Gros comme le Poing répond à celle de Tonine, exprimée dans le Prologue du livre, et se prolonge dans l'Épilogue, où la même narratrice esquisse le lignage des Maillet. D'ailleurs, au cours des aventures de nos héros au royaume du roi Pétaud, le lignage jouera un rôle décisif dans la compétition à laquelle ils participent en vue d'obtenir la main de la belle princesse. Pendant cette compétition, Jour en Trop, le plus jeune des quatre prétendants, sera rejeté à regret par la fille du roi justement à cause du manque de lignage :

> Né de personne ? fait la princesse dans une moue profonde. Fils de rien ?
> … Mais vous devez bien trouver chez vos ancêtres un petit quartier de noblesse, une goutte de sang bleu, un seul aïeul conquérant de terres voisines qui finit par arrondir son domaine à même les domaines d'autrui ? (230)

Si l'on sortait du contenu anecdotique de cet épisode particulier, on pourrait lire les mêmes propos satiriques de la princesse dans un autre registre culturel, celui des francophones d'Amérique, et plus précisément de ceux qui ont connu, comme affirme Éloïse Brière, les conséquences de « l'éclatement généalogique »[20] produit à la suite de la Déportation. Retracer sa généalogie permet au héros non seulement de « déboucher sur la possibilité d'enfanter le verbe » (Brière 61), mais aussi de passer de l'intemporel du conte à une dimension temporelle, où il lui serait possible d'inscrire son historicité. D'un autre côté, retracer son lignage implique l'activation de la mémoire individuelle, alimentée le

---

20 Éloïse Brière, « L'inquiétude généalogique : tourment du Nouveau Monde », *Présence francophone* 36, 1990, p. 59.

plus souvent à la source de la mémoire collective. Lors de la découverte de Messire René, «Gros comme le Poing comprit très vite le parti énorme que son frère et lui pouvaient tirer d'un puits de science qui s'alimentait directement à la source première.» (*HJ*, 53)

Ajoutons également que l'Histoire ne représente qu'un des éléments de la toile de fond sur laquelle se projettent les aventures hors du commun des personnages du *Huitième Jour*. Les fils de l'Histoire s'entremêlent à tel point à ceux du conte et du mythe[21] qu'on arrive très souvent à ne plus les distinguer. Et cela d'autant plus qu'on raconte l'Histoire à la façon d'un conte, ou même on la saisit en tant que conte à cause du brouillage continuel entre le réel et l'imaginaire.

Considérons l'entrée des héros dans le bois afin d'échapper au bourreau qui se tenait sur leurs pas, scène qu'on pourrait lire dans un double registre, celui de l'histoire en tant qu'enchaînement d'événements racontés par Maillet dans ce récit particulier, ou bien celui de la grande Histoire, où un événement tel le Grand Dérangement, suivi de l'errance des Acadiens et de leur retour au pays, est de plus en plus perçu comme une simple histoire. L'allusion à l'exil forcé des Acadiens est encore plus transparente dans le récit «épique» (193) de «la guerre sainte» (190) éclatée entre deux îles lilliputiennes à cause d'«une question de droit d'aînesse» (189) :

> Et l'on apprit que ces peuples belliqueux avaient jadis connu l'exil, quelque part le long de leur histoire, du temps qu'ils étaient encore frères. Eh! oui, frères, sortis d'une même souche, du même ventre d'une terre fertile. Trop fertile, c'était une tentation. Et des voisins voraces avaient fini par leur tomber dessus. Oh! alors quelle bouchée on en avait fait! Un morceau de lion! Et le lion vola leurs terres aux enfants du pays. Depuis, ils erraient de par le monde, traînant leurs racines comme des algues, cherchant une terre ferme et solide où les replanter. (192–3)

Le thème de l'errance, exprimé explicitement dans cet extrait, ainsi que celui du retour au pays, au village natal, s'entremêle aux thèmes du

---

21 Voir à ce sujet Karine Abélard, «Étude de la configuration mythique dans *Le Huitième Jour* d'Antonine Maillet», *Cahier* XVIII, Recherches sur l'imaginaire, 1987/88, p. 264–75.

destin, de la quête du paradis perdu et du combat contre le Temps et la Mort.

La récurrence de ces éléments thématiques contribue non seulement à la mise en place de la mémoire du texte, mais elle a aussi une fonction signalétique : indiquer au lecteur d'autres façons d'envisager ce récit, le faire sortir du conte et diriger ses pas vers l'Histoire, même s'il devrait y entrer « par la petite porte arrière »,[22] comme l'a fait l'Acadie. Dans ce roman, Antonine Maillet nous fait part de sa vision du monde à l'envers, un monde paradoxal mais non pas impossible.[23] Sans jamais renoncer à la quête du paradis perdu et de son identité, la narratrice, qui accomplissait son projet d'écriture au fur et à mesure que le lecteur/auditeur écoutait le récit de la vieille servante, se présente dans l'Épilogue du livre par le biais d'un « nous » qui inclut les ancêtres de sa famille, en jetant un pont entre fiction et autobiographie.

Le ton optimiste de Maillet ne laisse pas de doute : il ne faut pas désespérer d'« avoir hérité d'un monde boiteux et rabougri ». (*HJ*, 10) Si le monde est inachevé et que l'Histoire se confonde avec la légende, il ne reste que de muer l'Histoire conteuse en un livre, promesse d'un nouvel espoir qui « se cache derrière l'horizon, dans les plis du temps, au creux de l'imperceptible » (11), là où « [l]es possibles sont infinis ». (288)

Le « pays » de l'entre-dire dans *Madame Perfecta*

Dans les romans où le *topos* du pays occupe une place centrale, on constate que les contours du pays en question changent constamment au gré du souvenir et des expériences passées et présentes qui se dévoilent très souvent dans l'intimité de l'entre-dire. Dans cet entre-deux particulier,

---

22 Dans un dialogue avec Jérôme Garcin, Antonine Maillet explique ce qu'elle entend par « la petite porte arrière » : « ... mon rapport à l'histoire est beaucoup plus oral qu'écrit. Quand je pénètre dans le passé, ce n'est pas par le portail, mais par la petite porte arrière » (Jérôme Garcin, « La Comédie humaine de l'Acadie selon Antonine Maillet », *Les Nouvelles Littéraires* du 20 au 27 sept. 1979, p. 15.).

23 Dans un autre roman, *Cent ans dans les bois*, une autre narratrice nous fait également saisir l'histoire de ses pères d'une façon inhabituelle : elle nous entraîne « avant l'âge de raison », à l'époque où elle n'était que virtualité, possibilité d'existence, pour nous faire voir l'histoire « par les racines » ; « Une histoire, ajoute-t-elle, que les plus savants des historiens n'ont jamais vue que d'en haut. » (10)

la parole conteuse arrache le pays au discours purement historique afin de le resituer à la croisée de l'Histoire et des histoires. Dans cet espace dialogique, des auteures de différentes origines invitent le lecteur à transgresser les frontières géographiques, langagières et génériques. Le « pays », devenu presque mythique sous la plume de grandes conteuses comme Assia Djebar, Gisèle Pineau, Maryse Condé, Felicia Mihali, Marie-Célie Agnant ou Antonine Maillet, se configure entre le souvenir et l'imaginaire, dans un espace liminal prenant la forme et les couleurs des expériences réelles ou rêvées des personnages féminins qui le recréent par le biais de leur parole.

Dans un roman qui a peu joui de l'attention de la critique, *Madame Perfecta*, Antonine Maillet abandonne pour la première fois son Acadie natale pour raconter le pays de sa femme de ménage espagnole à partir des paroles qu'elles ont échangées pendant dix-sept ans à Montréal. La mise en scène d'une narratrice-écrivaine qui consigne sur un ton à la fois lyrique et ludique la parole de Perfecta douze ans après la mort de celle-ci, les nombreux appels qu'elle lui adresse au-delà du temps, la multiplication des histoires disposées dans deux cadres spatio-temporels distincts, ainsi que le mélange de discours et de registres de langue variés ne constituent que quelques-uns des traits qui nous permettent d'attribuer à ce texte le qualificatif de postmoderne.[24]

Dans le prologue de ce roman, Antonine Maillet s'adresse à Madame Perfecta au-delà du temps de l'écriture, comme si elle était vivante, orientant de cette façon son lecteur vers une réception particulière, plus proche de l'écoute que de la lecture. Dès les premières lignes, elle souligne le caractère mémoriel de ce récit consacré à cette femme et à sa famille, desquelles elle s'est sentie très proche :

> Je sais que vous m'entendez, Perfecta. [...] Le temps ne vous aura pas eue, à la fin. Pas vous, puisque vous voilà gravée, tout entière, dans ma mémoire. Une mémoire qui ne cesse de bouger, je l'avoue, comme de l'huile sur le feu, qui se ride, s'enfle, s'enflamme, danse, mais jamais ne s'éteint.
>
> [...] telle que je vous connais, vous déborderez des pages, je sais, vous n'êtes pas de l'étoffe dont on fait des écritures, mais de l'oralité.

24 Pour plus de détails, voir Janet Paterson, *Moments postmodernes dans le roman québécois*, Les Presses de l'Université d'Ottawa, 1990.

> Laissez-moi donc vous raconter à voix haute [...] Une parole qui sera la
> vôtre autant que la mienne [...] Gardez-vous et gardez-moi de toute tentation
> de littérature ... (9–10)

Au cours de ce roman essentiellement dialogique, constitué de bribes
de paroles soigneusement agencées comme les morceaux de tissus dans
«une couverture en patchwork» (164), l'Espagne de Madame Perfecta
émerge d'un entre-deux mémoriel témoignant de multiples contradictions : « Toute l'Espagne, l'antique et la nouvelle, la sombre et la joyeuse,
la combattante et la désespérée, la glorieuse et l'humiliée, l'honorable,
la misérable, la cruelle, la ressuscitée de ses cendres.» (35–6) Appartenant à la race de la Sagouine,[25] Perfecta réinvente «son Espagne aux
visages multiples» (143) entre le réel et l'imaginaire, l'histoire et le
mythe, remettant toujours à plus tard le drame de sa mère, qu'elle ne
dévoilera à sa chère confidente que peu avant sa mort.

Cette façon de faire ressurgir le pays au cours des conversations
entre femmes se retrouve également dans le roman *La dot de Sara* (1995)
de Marie-Célie Agnant. Tout comme l'Espagne de Perfecta, qui s'esquisse de plus en plus clairement pendant ses échanges avec Antonine Maillet, le pays est souvent sujet de conversation dans le roman
de l'écrivaine québécoise d'origine haïtienne, connue surtout pour *Le
livre d'Emma* (2001). L'image du meilleur pays à vivre se dessine dans
l'entre-dire de plusieurs femmes de la diaspora haïtienne de Montréal
que Sara aime fréquenter :

> Autant de femmes, autant d'histoires, les mêmes histoires ... [...] Ces his-
> toires que nous reprenons souvent, semaine après semaine [...] Il nous arrive
> quelquefois, sans trop savoir pourquoi, d'être prises d'une frénésie, une
> décharge d'émotions incontrôlables. Nous nous mettons alors à parler toutes
> ensemble. (111–12)

À l'instar de la protagoniste du roman *Tu t'appelleras Tanga* de
la Camerounaise Calixthe Beyala,[26] ou d'Emma de Marie-Célie

---

25 Personnage célèbre de la pièce de théâtre qui lui porte le nom, publiée chez Leméac
en 1971.
26 Dans le roman *Tu t'appelleras Tanga* (Paris, Stock, 1988), une jeune Africaine agoni-
sante confie sa lourde histoire à la Française Anne-Claude qui, dorénavant, sera

Agnant,[27] la fière Espagnole de Maillet lui confie son histoire afin de la sauver de l'oubli et de rendre justice à sa mère Pepita, écrasée par la grande Histoire. Grâce à cette osmose mémorielle, le drame d'une femme courageuse, exécutée par les soldats franquistes pour avoir chanté leur hymne sur un ton triste et en robe de deuil, révèle un aspect moins connu de la guerre civile espagnole, à savoir l'héroïsme des femmes qui ont mené leur combat loin des champs de bataille. À ce sujet, Carmen Mata Barreiro montre dans un article consacré à ce roman[28] que les travaux récents des historiens espagnols ont confirmé certains « oublis » de l'Histoire, comme celui relaté dans le récit de la migrante espagnole. Ces travaux sont orientés, affirme l'auteure de l'article en question, vers la sauvegarde de la mémoire des républicains et surtout vers la mise en lumière des actes de résistance antifranquistes menés par des femmes comme Pepita. Ce non-dit de l'Histoire, sauvegardé dans la mémoire d'une migrante espagnole, renaît dans un entre-dire soigneusement reconstitué des années plus tard sur la page écrite d'une Acadienne : « vous aviez une histoire à raconter, une mémoire à transmettre. J'étais l'oreille. » (*MP* 140)

Une fois qu'elles se sont réciproquement apprivoisées, les deux femmes seront « dans la confidence », comme affirme la narratrice-écrivaine à plusieurs reprises lorsque Perfecta se prépare à lever un voile sur son passé. À la nouvelle de la mort de Franco, celle-ci s'empresse de retourner en Espagne. L'écrivaine se rappelle la façon

---

obligée de porter en elle « la barbarie, la violence, la désespérance, et la folie » (la 4ᵉ de couverture) qu'avait dû supporter Tanga.

27 Dans *Le livre d'Emma* (Montréal, Remue-ménage, 2001), la protagoniste, accusée d'avoir tué sa fille, n'accepte de confier son histoire qu'à une compatriote, Flore, travailleuse sociale qui lui rend plusieurs visites à l'hôpital psychiatrique. Celle-ci se fait un devoir de la consigner dans son cahier :

À la manière des coquillages qui s'emparent des bruits de la mer et reprennent avec entêtement son obsédante musique, la voix d'Emma s'est incrustée en moi, elle a pris possession de moi, comme la mousse s'empare de la rocaille et des troncs des arbres. En écrivant, je m'adresse à Emma : « J'écris, pour dire tout ce qui brûle dans mon corps et dans mon sang, et que je ne parviens pas à t'exprimer lors des séances avec le docteur MacLeod, pour que vive à jamais ta voix, toi que personne n'a jamais écoutée. J'écrirai jusqu'à ta dernière goutte de haine, et ta voix, tel un grelot, résonnera jusqu'à la fin des temps. » (34–5)

28 Carmen Mata Barreiro, « Montréal : espace de mémoire et de promesse dans *Madame-Perfecta* d'Antonine Maillet », *Francophonies d'Amériques* 21, 2006, p. 43–53.

dont la fière Espagnole lui décrivait son pays, un pays saisi à travers un mélange de perceptions sensorielles. Après quinze ans d'exil, elle anticipait de retrouver son Espagne d'avant l'horreur de la violence, de la méfiance et de l'incertitude, sans avoir l'intention d'y rester :

> Pas pour s'y installer, non, le passé c'est le passé, pour le revoir, pour la humer, remplir ses narines des parfums de fleurs d'orangers, de jasmin et de mimosa, ses yeux de vert olive, de rouge brique et de jaune safran, sentir sur sa peau bronzée par le soleil, la douceur des vents venus d'Andalousie, retrouver une terre meurtrie qu'elle a crue à jamais engloutie par le temps. (67)

Madame Perfecta revient à Montréal un mois plus tard, « pleine de paroles ». (142) Son interlocutrice est impatiente de l'écouter : « Vous avez ramassé durant un mois quarante ans d'Espagne, glanant le pire et le meilleur, puis vous êtes rentrée les déposer dans ma mémoire [...] J'écoute. J'écoute. J'écoute. » (*Ibid*) Avant de mourir, Perfecta lui raconte la mort de sa mère. « Le plus clair de sa mémoire doit pénétrer la mienne, par osmose si nécessaire, mais quelqu'un doit connaître le drame de sa mère qui est la tragédie de toute l'Espagne » (157), note la narratrice. Pendant que la mourante lui confie cette histoire enfouillée dans sa mémoire, la narratrice-écrivaine réfléchit sur l'urgence de cette trans-mission : « on ne fait pas attendre l'Histoire » (160). L'histoire de Pepita lui fait comprendre plus que tout autre document d'archives « [l]a mort de l'Espagne mutilée. Le silence de l'Histoire avortée. » (161)

La même urgence de transmettre à haute voix les histoires des femmes de sa lignée, gardées dans leur mémoire pendant des généra-tions, s'exprime dans *Le livre d'Emma* de Marie-Célie Agnant :

> Même lorsque la mémoire ne charrie plus que du fiel, disait [sa grand-mère], il faut savoir la garder. La mémoire est parfois bourrasque, ressac, sable qui nous engloutit. Mais elle est aussi cette branche à laquelle s'accrocher quand les marées sont trop fortes. (119)

Il n'est pas sans intérêt de noter que le récit de Maillet, volontai-rement calqué sur un entre-dire féminin mémoriel, met en place non seulement le réseau isotopique du pays d'origine de sa protagoniste, mais aussi celui de son pays d'accueil, espace étranger au début, mais apprivoisé par la suite grâce à l'intégration graduelle de l'Espagnole dans le milieu montréalais. La scène d'un pique-nique d'immigrants en dit long à ce sujet. En tant qu'invitée d'honneur, la narratrice assiste à une manifestation de joie de vivre ponctuée de danses et de chants espagnols, italiens, polonais et grecs. Les voix se mélangent tout comme les saveurs des nourritures traditionnelles.

Antonine Maillet consigne le combat tenace de Perfecta pour la conquête de la langue française, son besoin de partager les expériences d'autres migrants qui investissent leur pays d'élection tout en essayant de préserver leurs richesses culturelles et linguistiques. Parmi ces expériences, celles des femmes migrantes occupent une place particulière. L'écrivaine se rappelle comment Madame Perfecta, attentive à leurs histoires, et surtout à leurs besoins, esquissait des portraits riches en couleurs. Ces portraits de femmes deviendront des personnages vivants dans le récit biographique de Maillet. De véritables scènes dramatiques se jouent devant les yeux du lecteur, prouvant une fois de plus le talent de cette écrivaine-conteuse. Par le biais de sa parole créatrice dans laquelle résonne la voix grave et mélodieuse de son interlocutrice espagnole, Antonine Maillet sort du silence d'autres marginaux de l'Histoire et réinvente leur pays à partir de leurs histoires.

Paroles et mémoires croisées dans *Mes quatre femmes* de Gisèle Pineau

Les nombreuses tensions présentes dans la littérature antillaise sont tributaires d'une Histoire qui a laissé des traces profondes au niveau du vécu et de l'imaginaire des écrivains issus de l'espace des Caraïbes. Rappelons que la problématique de l'héritage et de sa transmission, intimement liée à celle de la réévaluation de la mémoire collective et individuelle, se trouve au cœur du questionnement identitaire et culturel qui ne cesse de hanter l'écriture antillaise en général et celle de Gisèle Pineau en particulier. De même que chez Maillet, à l'épineuse problématique de l'origine s'ajoute celle de « l'effort de mémoire »,[29] effort rendu évident dans la narration polyphonique du récit *Mes quatre*

---

29 Concept emprunté par Paul Ricœur à Bergson. (Ricœur 2000, 34)

femmes (2007). L'auteure y convoque quatre figures tutélaires féminines ayant vécu à des époques différentes, dans le but de mieux comprendre les composantes de son identité métissée, ainsi que l'origine de son désir d'écriture. Sur une toile teintée de réalisme magique, Pineau projette les fantômes de ses ancêtres, dont les petites histoires guettées par l'oubli éclairent la grande Histoire. Celle-ci se raconte autrement grâce au contact avec un vécu sorti à la lumière à la suite du travail de la mémoire et à la magie de la parole conteuse.

Si l'on s'en tient au préambule du récit, la narratrice convoque trois fantômes de ses ancêtres, auxquels se joint sa mère encore vivante. Chacune aurait légué à sa descendante un riche héritage qui se laisse explorer à travers leurs paroles et leurs silences. Les dits et les non-dits tissés dans des histoires personnelles et collectives s'étendant sur plus de deux siècles :

> Et il apparaît que chacune incarne la saison d'une histoire qui, s'accolant à celles des autres, rassemble et ordonne les morceaux de votre être. Celle-là a dessiné le pays. Celle-ci a légué le nom. La troisième a posé la langue. La quatrième a cédé le prénom. (12)

Profitant de cette mise en scène ingénieuse, Gisèle Pineau rend hommage à ces quatre femmes qui n'en font qu'une,[30] et qui lui ont fourni bon nombre d'histoires consignées dans ses livres. Parmi ces figures tutélaires, pareilles à « [q]uatre roches silencieuses » (9) des mornes de la Guadeloupe figurent Julia, la grand-mère de l'auteure, protagoniste du récit *L'Exil selon Julia*, ainsi que sa mère Daisy, personnage du même récit autobiographique. Par contre, c'est la première fois que nous entendons l'histoire tragique de sa grand-tante Gisèle, « emportée par le chagrin » (41) à vingt-sept ans, de même que celle de son ancêtre Angélique. Cette ancienne esclave avait réussi, au bout de trente ans de concubinage avec le Sieur Pineau, à acquérir son nom et à le léguer à leurs cinq enfants affranchis peu avant l'abolition de l'esclavage.

La narratrice-écrivaine assiste au tissage de son histoire familiale et insulaire dans l'espace d'un entre-dire féminin qui s'abreuve tour à tour

---

30 « La nuit vient et elles s'endorment, toutes ensemble, ne formant plus qu'une seule créature femelle parée de huit tétés, de quatre têtes, de bras et jambes emmêlés. » (170)

à la source du vécu intime, du conte et de l'Histoire. La problématique du pays, rendue plus complexe par celles de l'exil et de l'entre-deux identitaire, se trouve au centre de cette narration plurielle, essentiellement féminine, constituée de faisceaux de vie réelle et fictive. C'est un espace du témoignage où l'on revient à plusieurs reprises sur le rapport du moi au pays natal ou rêvé, ainsi que sur celui que le récit de vie entretient avec le récit historique.

L'épigraphe de ce roman de Pineau suggère quatre pistes de lecture qui s'entrecroisent tout comme les paroles des quatre femmes sorties de leur long silence :

> *La mémoire est une geôle.*
> *Là, les temps sont abolis.*
> *Là, les morts et les vivants sont ensemble.*
> *Là, les existences se réinventent à l'infini.*

À la lumière des observations de Paul Ricœur sur la dialectique de la mémoire et de l'Histoire, on constate que les histoires de ces quatre femmes se dessinent sur la toile de la grande Histoire, dont les ravages s'avèrent aussi dévastateurs que ceux provoqués par les cyclones de leurs îles et les hommes de leur vie. D'autre part, ces histoires intimes s'éloignent souvent du réel pour s'aventurer dans le rêve et l'imaginaire. C'est au gré de ce flux mémoriel que se tisse un entre-dire à la fois riche et enrichissant, portant les traces des artisanes de la parole où puise l'écriture de Pineau.

Paroles partagées et fragilité de la mémoire

La première ligne de l'épigraphe nous met sur une première piste de lecture, à savoir celle d'un ouvrage mémoriel qui reconstitue le témoignage oral de quatre femmes antillaises séparées dans le temps. Rien d'étonnant si l'on prend en considération le fait qu'aux Antilles, c'est aux femmes que reviennent principalement le travail de mémoire et l'éducation des enfants, négligés ou tout simplement ignorés par leurs pères.

L'association de la mémoire à un espace qui connote l'enfermement forcé n'est pas sans rappeler le fameux *Huis clos* de Sartre, dont les trois personnages n'ont d'autre issue que de vivre leur mort ensemble à l'écart des vivants. Cependant, les quatre femmes convoquées par Pineau dans cet espace symbolique ne sont pas condamnées à supporter éternellement le jugement impitoyable des autres, ni ne sont aveuglées par la lumière éblouissante qui expose en permanence chaque personnage sartrien au regard de ses colocataires infernaux. Au contraire, ces femmes appartenant à une même lignée avouent leur désir de mieux se connaître, de partager leurs récits de vie, enveloppées dans les ombres de la nuit, moment privilégié par tout conteur traditionnel.

À la lecture de ce roman de Pineau, on constate que la mémoire corporelle et la mémoire des lieux s'enchevêtrent dans un récit pluriel, façonné par la parole conteuse héritée de ses ancêtres, et surtout de sa grand-mère Julia. Pareilles à un trèfle à quatre feuilles symbolisant la bonne fortune, mais aussi à «des cariatides» (11) affrontant les intempéries, ces femmes, dit la narratrice, «vous soutiennent sans faillir, vous assurent une solide assise sur cette terre» (*Ibid.*). Elle y souligne l'importance de la filiation matrilinéaire, dévoilée et renforcée par la mémoire de ses ancêtres. La relation aux proches de la famille, plus évidente dans les sociétés traditionnelles, aide Pineau à mieux saisir le passage de la mémoire individuelle à la mémoire collective d'une communauté culturellement homogène. À ce sujet, le sociologue Maurice Halbwachs soulignait dès 1950 le rôle de la mémoire des autres dans l'acte de remémoration individuelle.[31] Selon lui, nos propres souvenirs, qu'ils soient heureux ou malheureux, s'entrecroisent avec ceux du groupe auquel on appartient et qui peut reconstituer des événements antérieurs à notre naissance. C'est justement le cas des quatre femmes dont les récits croisés brossent des tableaux de vie qui se déroulent alternativement dans des espaces privés et publics. Ces histoires sont destinées à une narratrice désireuse de les consigner afin de mieux comprendre d'où vient son désir de conter des histoires.

À la différence des trois personnages sartriens torturés par leur passé, les personnages féminins de Pineau tissent des histoires qui «finissent par se poser, tel un cataplasme sur les blessures anciennes, tel un onguent frotté sur la douleur des cicatrices.» (10–11) C'est grâce

---

31 Maurice Halbwachs, *La mémoire collective*, Paris, Les Presses universitaires de France, 1950.

à cette fonction thérapeutique de leur parole partagée qu'elles arrivent à extraire des événements tourmentés de leur vie et de leur temps un savoir digne d'être transmis à leur descendante. Celle-ci suit les méandres de leur mémoire en ponctuant leurs discours directs ou rapportés par de nombreuses reprises du verbe « se souvenir ».[32] La forte présence des souvenirs dans ce récit témoigne de l'importance de la mémoire dans la (re)construction de l'identité fortement ancrée dans des temps-lieux particuliers, négligés par la grande Histoire.

Cependant, la mémoire est souvent fragile, menacée de l'oubli qui peut à tout moment effacer les traces du passé. À cet effet, chacune des quatre femmes a apporté un aide-mémoire, un objet dont elles seules sont capables de comprendre la véritable signification. Ainsi la belle Gisèle ne se sépare-t-elle jamais de son chapeau de paille qu'elle avait commencé à porter après la dissolution du court bonheur conjugal pour qu'on ne voie pas les signes de la détresse sur son visage. Julia, fortement attachée à la terre, garde entre les mains une branche de goyavier de son jardin créole qui l'a aidée à supporter les malheurs de la vie. Angélique, femme illettrée mais combattante, regarde avec fierté « la page racornie » (28) de la *Gazette officielle de la Guadeloupe* du 31 mai 1831 sur laquelle est inscrit son nom, ainsi que les noms de ses cinq enfants affranchis de l'esclavage avant son abolition définitive. Enfin, Daisy, la mère de la narratrice, est arrivée à ce rendez-vous avec un livre « insignifiant » (*Ibid.*) pour les autres, mais qui la fait encore rêver à la passion des belles héroïnes des romans d'amour où elle avait trouvé la force d'endurer les difficultés de sa vie familiale.

Parfois, ces femmes se moquent des objets des autres, mais n'y touchent pas, car « [e]lles savent bien que ces trésors gardent vivant le temps du dehors et ravivent les couleurs de la mémoire ». (28) L'ouverture vers l'extérieur par le biais du souvenir et de l'imaginaire se double du regard intérieur grâce auquel ces femmes révèlent la richesse de leurs émotions. N'ayant pas eu l'habitude de dévoiler leurs pensées

---

32 « Gisèle se souvient » (15, 19, 27, 28, 35, 45, 51, 54), « Elle se souvient » (17), « Daisy se souvient » (21, 34, 43, 47, 48, 106, 107, 108, 114, 115, 116, 126, 127), « Je me souviens » (23, 163, 167, 168), « Julia se souvient » (60, 69, 98, 99, 128, 130-cinq fois, 133, 140, 179, 180, 181, 182), « Angélique se souvient » (148, 150, 160, 161, 162).

intimes, leurs récits sont parsemés d'hésitations et de reprises, ou inter-rompus par de longs silences qui leur permettent de reprendre leur souffle et de réfléchir aux dires des autres.

La dialectique de la mémoire et de l'Histoire

Dans l'espace dialogique mis en place par l'imaginaire de Pineau, la parole mémorielle circule librement d'un récit à l'autre grâce au décloi-sonnement temporel mentionné dans la deuxième ligne de l'épigraphe. Cette astuce narrative permet aux personnages de prendre connais-sance d'événements dépassant les frontières de leur existence. Par conséquent, leurs histoires se profilent sur la toile de l'Histoire, dont certains documents, tels les articles du *Code noir*, sont projetés sur les murs de la geôle comme sur un écran de cinéma, dans le but évident d'appuyer et d'illustrer les propos d'un récit particulier.

Notons tout d'abord que l'ordre des quatre sections du livre de Pineau, correspondant aux quatre prises de parole de ses person-nages, ne suit pas l'ordre chronologique de leur existence. Ainsi l'an-cêtre Angélique, née à la fin du XVIIIe siècle, prend-elle la parole après la mère de la narratrice, encore vivante au moment de l'énonciation. Il convient aussi de mentionner que la première partie du récit porte sur Gisèle, ou plutôt sur la légende tissée autour de cette jeune femme rêveuse, dont le prince charmant qu'elle avait épousé en pleine guerre mondiale l'avait délaissée après quatre ans de mariage et trois enfants. Ce mariage conclu au temps du gouverneur Sorin s'avérera plus fragile que le service de porcelaine de Limoges offert par les parents du jeune marié. Chose curieuse, au plus beau jour de sa vie, des éclairs de scènes d'esclavage venus des contes de sa grand-mère traversent l'esprit de la mariée. Ces images fulgurantes pourraient suggérer l'impossibilité du bonheur pour ceux qui portent en eux les traces d'un passé marqué par la traite et l'esclavage. Dans ce monde-là, bâti sur le sang et la sueur, l'amour éternel semble aussi inaccessible que les pièces de porcelaine que Gisèle se contentait de montrer à ses invités, sans jamais les utiliser. Sans s'en rendre compte, la jeune femme s'auto-exile de son milieu à cause de ses rêves de beauté et de perfection. Le mystère de sa mort, que

sa sœur Daisy compte percer lors de cette réunion de famille, redouble
le mystère du service de Limoges disparu sans traces.

À la différence de Gisèle, Daisy ne cherche pas le bonheur sur son
île natale. Dès que l'occasion se présente, elle se marie avec Maréchal
Pineau pour satisfaire son désir de voyager et d'aller vivre en France.
Résignée à l'idée que l'amour idéal n'existe que dans les romans qu'elle
se passionne de lire, cette femme romantique trouvera son unique bonheur auprès de ses enfants. Son récit nous transporte de l'Afrique en
Indochine, et plus tard à Tahiti, sur les pas d'un mari infidèle et tyrannique, loyal pourtant au général de Gaulle et à sa profession de militaire. Au cours de ce récit on entend un duo narratif performé au-delà
du temps par Daisy et l'ancêtre Angélique au sujet de l'Afrique. Les
seules connaissances qu'Angélique détenait sur ce continent qui la fas-
cinait provenaient des nègres Congo débarqués en Guadeloupe vers
1865, comme travailleurs et non pas comme esclaves. Curieuse de savoir
si Daisy s'était sentie chez elle au pays de leurs ancêtres, Angélique
apprend, grâce au décloisonnement temporel, que la jeune femme n'y
avait pas trouvé les racines tellement recherchées par tant d'Antillais. À
cette occasion, on constate que les idées avancées à l'époque de Césaire
et de Senghor ne trouvent aucun écho dans l'âme de Daisy, pour qui
l'Histoire ne représente que la grande scène sur laquelle se déroulent
les événements de sa vie quotidienne, que ce soit en France, en Afrique,
ou ailleurs :

> Non, elle n'a rien éprouvé de tout cela. Elle était une étrangère là-bas. Une
> femme de militaire jouissant de ses petits privilèges. Une Française qui avait
> la peau juste un peu plus colorée que les autres femmes du quartier français.
> Café au lait très clair … Non, elle doit l'avouer, à aucun moment elle n'a songé
> à ses ancêtres, aux racines africaines. (126)

Toute autre est la position de la vieille Julia, qui a failli mourir à
cause d'une dépression au cours de son exil en France, où la famille de
son fils comptait la mettre à l'abri de la violence de son mari. Femme
illettrée, mais dont les convictions font écho aux idées de Glissant, la
grand-mère s'avère une adepte fervente de l'enracinement dans la terre
de la Guadeloupe, seule capable, à son avis, de donner un sens à l'existence de ses habitants métissés :

> Le pays Guadeloupe est devenu mien. Et même si je peux guère remonter bien haut dans les branches de mon ascendance … Et même si d'aucuns racontent que je suis d'une race bâtarde et sans lignée, je peux vous dire que j'ai planté mes racines solides dans la terre de la Guadeloupe. Et je l'ai aimée surtout. Je l'ai aimée d'amour. Et c'est comme ça qu'on peut se réclamer d'un pays. (156)

Le discours émouvant de Julia s'articule autour du débat initié par Angélique au sujet des rapports que la grande Histoire devrait entretenir avec les petites histoires. Dans une discussion avec Daisy, adepte des « histoires de vie cousues des fils blancs du destin, des fils rouges de l'amour et des rêves » (152), Angélique soutenait que « les deux étaient intimement liées. La grande Histoire et la petite histoire. Qu'il était même impossible de les dissocier. Chacun, ici-bas, était assujetti à la première. » (*Ibid.*) Malgré le scepticisme inculqué par sa mère Rose, esclave des Pineau,[33] Angélique exemplifie le combat que la femme peut mener dans l'espace domestique afin de sortir de la condition humiliante d'esclave. Elle comprend intuitivement que les récits des événements majeurs survenus dans le monde constituent la source principale de la grande Histoire, soucieuse de présenter sa version d'une façon « objective »,[34] et que les histoires véhiculées par les gens ordinaires n'y ont pas de place. Julia, qui avait encouragé son fils Maréchal à répondre aux appels patriotiques du général de Gaulle, partage l'avis d'Angélique. Ayant subi de nombreux coups au cours des deux guerres mondiales,[35] Julia reste convaincue que « la grande Histoire du monde et les petites histoires des humains se mêlent à l'infini ». (154)

---

33 « La liberté, c'est pas pour nous dans le pays Guadeloupe. La liberté, ils te la donnent d'une main pour la reprendre de l'autre quand ça leur chante. La liberté, c'est pas pour les nègres de notre espèce. De toute façon, on saurait pas quoi en faire » (150), affirme Rose, témoin d'une première abolition de l'esclavage, rétabli quelques années plus tard.

34 Le récit de vie d'Angélique, née en 1792, dépasse l'étroit espace domestique dans lequel évoluait toute femme antillaise de son temps. Des échos de la grande Histoire se font entendre sur son île minuscule, dont ceux provoqués par la Révolution française, la guerre de Sept Ans, la première abolition de l'esclavage en 1792, son rétablissement en 1802, la nouvelle guerre entre les Anglais et les Français (1810–1813) et la reprise de la Guadeloupe par les Français en 1814.

35 Son mari Asdrubal, qui avait combattu à côté des Français au cours de la Première Guerre mondiale, en était revenu traumatisé, ce qui avait décuplé sa violence, subie journellement par sa femme Julia.

Ces deux femmes fortes, tout comme Félicie, la grand-mère maternelle de la narratrice d'*Un papillon dans la cité*, font partie de la race de Télumée Miracle et de sa grand-mère Reine sans Nom,[36] qui ne se plie pas devant les intempéries de la vie :

> Ce genre de femme qui se relève de n'importe quel déboire, et serre les dents, ravale ses larmes contre vents et tourments. De cette espèce de mères et grands-mères qui ont toujours, au fond d'une poche de tablier, un grand mouchoir blanc pour sécher les pleurs. (46)

Plus proches de l'époque maudite de l'esclavage, ces femmes se méfient du rêve et du bonheur éphémère. À travers leurs récits, favorisés par l'abolition symbolique des parois temporelles, elles remontent le fil de la grande Histoire jusqu'à son point de convergence avec les légendes et les contes circulant dans une culture largement orale.

Si le discours de l'ancêtre Angélique se rapproche, par son souci d'exactitude, de celui de l'historien, préoccupé de fournir des dates précises et des documents authentiques, la parole de la grand-mère Julia se place souvent à la croisée de l'Histoire et du mythe. Cette parole hybride tire sa force tantôt du vécu fortement affecté par les événements historiques, tantôt des légendes et contes de sa Guadeloupe natale. Rien qu'un exemple : afin d'expliquer la beauté de son île en forme de papillon, ravagée régulièrement par des tempêtes dévastatrices, Julia fait appel à un mythe fondateur selon lequel les îles caraïbes ne seraient que le résultat de la métamorphose des pièces d'un collier précieux ayant appartenu à un dieu colérique (131–3). Aux évocations réalistes d'Angélique, dont la mémoire semble « instruite par l'histoire » (Ricœur 2000, 179), se juxtaposent les représentations mythiques de Julia, dont les référents sont fournis par l'imaginaire collectif. Temps historique et temps mythique s'entremêlent dans un récit à voix multiples, alimenté par la mémoire, et qui témoigne de l'hybridité de l'origine individuelle et collective dans l'espace caribéen.

Le décloisonnement temporel facilite la mise face à face des morts et des vivants, dont les paroles croisées recomposent non seulement l'histoire familiale de la narratrice, mais aussi les événements saillants de

---

36 Simone Schwarz-Bart, *Pluie et vents sur Télumée Miracle*, Paris, Seuil, 1972.

la grande Histoire. Cette stratégie narrative suggérée dans la troisième ligne de l'épigraphe fait écho à une vieille croyance selon laquelle les esprits des disparus continuent à communiquer avec les vivants. Cela explique non seulement la présence de la mère de Pineau dans la petite pièce sombre, réservée aux fantômes du passé, mais aussi l'apparition inattendue des trente personnes affranchies le même jour que les cinq enfants d'Angélique. À la différence des quatre femmes convoquées par la narratrice, ces anciens esclaves seront ressuscités par la force de la parole de Daisy, qui ne se contente pas de lire dans le journal gardé par Angélique seulement les prénoms des cinq Pineau, mais aussi ceux des autres esclaves inscrits sur la même liste. En le faisant, elle sent pour la première fois que sa famille appartient à une communauté de gens partageant les mêmes valeurs et le même savoir transmis oralement d'une génération à l'autre, qu'ils viennent tous d'une même histoire :

> D'un coup, ils sont là, vivants, avec elle dans la geôle sans fenêtres. Trente hommes, femmes et enfants, étonnés d'avoir pu traverser si aisément les ans. Sans actes de naissance ni papiers notariés, les quatre femmes les savent de leur parentèle. Bon gré mal gré, elles ont hérité de cette histoire meurtrie. L'un ou l'autre de leurs ancêtres a connu la traite, la cale du bateau négrier, la vente sur les marchés, l'esclavage ... Elles sont leurs descendantes. (68)

La lecture de la liste d'affranchis, commencée sur un ton neutre, « [c]omme elle aurait lu une liste de commissions, en route vers le marché » (69), lui révèle l'ampleur de la tragédie de ces gens ballotés par l'Histoire, qu'elle avait fait semblant d'ignorer pendant des années, bercée par les rêves de voyage et de réussite matérielle et familiale. Sa mémoire, manipulée par le biais de l'idéologie véhiculée par la grande Histoire et par les récits mensongers des insulaires établis en France, avait refusé pendant longtemps à remonter à l'origine de son identité.[37] Au cours de la lecture, ces inconnus qui n'étaient au début que

---

37 La question de la mémoire manipulée se pose également dans *Le livre d'Emma*, où la protagoniste de Marie-Célie Agnant, passionnée de l'histoire de l'Afrique qu'elle avait recherchée afin d'écrire une thèse de doctorat sur l'esclavage, avait constaté que la version de l'histoire officielle ne correspondait pas aux résultats de ses recherches : « - J'en ai lu, moi aussi, de ces livres, où l'histoire est tronquée, lobotomisée, excisée, mâchée, triturée puis recrachée en un jet informe ... » (22)

des noms sans visages lui révèlent, par leur présence inattendue, la source de son histoire familiale qui la fait pleurer de honte. Eux aussi, ils se souviennent : ils se souviennent de leur joie naïve d'avoir cru en leur liberté, gagnée dix-sept ans avant l'abolition de l'esclavage ; ils se souviennent aussi de leur désillusion d'avoir constaté que l'esclavage n'avait été aboli que sur papier, car ils avaient continué à être assujettis à leurs maîtres : « Aboli sur le papier ... Et après ? On nous a déposés là, tout bonnement, dans une liberté sans pieds ni tête. Et on devait oublier d'un coup qu'on nous avait bannis du genre humain ... Juste pour du sucre ... » (72)

Le témoignage de ce groupe d'Antillais « surgi d'entre les mots » (69) de la *Gazette officielle de la Guadeloupe* sera confirmé par Julia, qui se souvient elle aussi des récits de sa grand-mère au sujet de l'esclavage qui avait continué à les menacer même après son abolition. Il va sans dire que cette scène symbolique sert à souligner, grâce à la culpabilité éprouvée par Daisy, la nécessité de garder vivante la mémoire du passé, que ce soit par la lettre écrite ou par la parole conteuse.[38]

Dans la geôle mémorielle atemporelle choisie comme lieu d'énonciations multiples, la narratrice est fascinée par cet entre-dire féminin alimenté par la mémoire familiale. Ainsi le récit de Gisèle, devenue légende locale peu après sa mort prématurée, se reconstitue-t-il à partir de ses propres souvenirs, corroborés avec ceux de sa sœur Daisy. À l'instar des conteurs traditionnels, les deux sœurs s'assurent de transmettre cette histoire avec un minimum de modifications au niveau de l'énoncé : « Daisy et Gisèle mettent en branle leurs souvenirs. Elles chicanent sur des détails, ajustent leurs récits et finissent par s'accorder sur une version consensuelle de l'histoire qu'elles livrent d'une même voix à Julia et à Angélique. » (25)

Le mélange d'éléments fictionnels et biographiques pourrait être attribué à la défaillance de la mémoire des deux conteuses, ainsi qu'à la contamination de ce récit de vie avec la légende. D'un autre

---

38 D'après la confession de la jeune narratrice de *L'Exil selon Julia*, sa mère avait toujours évité de parler à ses enfants de l'histoire de la traite et de l'esclavage. Ils en avaient pris connaissance uniquement par les contes vrais de leur grand-mère Julia, qui n'a jamais perdu l'espoir qu'un jour ils reviendraient en Guadeloupe.

côté, l'hybridité du récit s'expliquerait aussi par l'inédit de la mort de Gisèle : mourir d'un chagrin d'amour était chose inouïe dans cet endroit où les gens, à force de combattre quotidiennement pour la survie de leur famille, ne se permettaient pas le luxe de faire de l'amour le centre de leur vie. La mort de cette jeune femme idéaliste, qui a préféré suivre son mari défunt au lieu de s'occuper de ses enfants orphelins, a fini par entrer dans la légende[39] le jour de sa disparition. Ce jour-là, selon le voisinage, une poussière d'or aurait été visible autour du cadavre, fait qu'on avait attribué à l'arrivée certaine de Gisèle au ciel, où elle aurait secoué sa robe « tissée de fils d'or » (49). Soixante ans plus tard, cette légende était toujours vivante, ce qui explique la présence de Daisy dans cet endroit réservé aux fantômes du passé, où elle espérait apprendre enfin la vérité sur la mort de sa sœur pour se réconcilier avec cette lourde perte.

Comme chez Antonine Maillet, les récits des quatre femmes nous font remonter le fil de l'Histoire jusqu'à son point de convergence avec les légendes et les contes. Ces histoires intimes, comme celle de Gisèle, s'éloignent souvent du réel pour s'aventurer dans le rêve et l'imaginaire. « *Là, les existences se réinventent à l'infini* », lit-on à la dernière ligne de l'épigraphe. C'est au cours de ce travail mémoriel s'ouvrant parfois vers le fictionnel que se tisse un entre-dire à la fois riche et enrichissant, un espace interlocutoire portant les traces des artisanes de la parole où puise l'écriture de Pineau. Par conséquent, l'espace dialogique nourri de récits familiaux se métamorphose en un espace de partage d'expériences féminines multiples, réactivées par une mémoire tantôt « empêchée », tantôt « manipulée » au cours de l'Histoire, comme le constate Paul Ricœur au sujet des récits menacés d'oubli.[40] À la dernière page du roman, Gisèle Pineau invite les lecteurs à prêter l'oreille aux histoires comme celles de ses aïeules, « puisées à la source », et qui « ont traversé des siècles de mots, des ères de silence, des nuits d'infamie ». (185) Suit

---

39 « Au jour de sa mort, se souvient Daisy, la légende de la femme assise dans sa berceuse pour mourir de chagrin commença à courir les campagnes, à papillonner de case en case, des années durant. » (49)

40 Consulter à ce sujet Paul Ricœur, 2000, p. 82–111.

une exhortation à l'écriture, seule capable de sauver ces histoires de l'oubli et de les laisser en héritage aux générations à venir.

À la source de la mémoire berceuse : *Ru* de Kim Thúy[41]

Kim Thúy, écrivaine québécoise d'origine vietnamienne, est l'auteure de quatre romans à succès, *Ru* (2009), *Mãn* (2013), *Vi* (2016) et *Em* (2020), du recueil de correspondance *À toi*,[42] coécrit avec Pascal Janovjak, et du livre de recettes *Le secret des Vietnamiennes*.[43] Son roman de début a été traduit dans une trentaine de langues après avoir reçu plusieurs prix littéraires, dont le prestigieux *Prix du Gouverneur général* et le *Grand Prix RTL-LIRE* en 2010.

Dans le roman *Ru*, dédicacé «aux gens du pays», une narratrice tiraillée entre deux cultures, deux langues et deux façons de vivre raconte son parcours de réfugiée du Vietnam au Québec. Tâche difficile, affirme-t-elle trente ans après avoir fui son pays natal en bateau, comme tant d'autres *boat people* qui fuyaient une guerre fratricide. Ce récit rend donc hommage à tous ceux que la grande Histoire a empêchés de dire leurs histoires. C'est un «geste de restitution» s'adressant, comme le remarque Dominique Viart, non seulement à ceux à qui on rend leur propre histoire, mais aussi «à ceux dont ce n'est pas l'Histoire».[44]

L'auteure met en exergue la note explicative suivante : «En français, *ru* signifie "petit ruisseau" et, au figuré, "écoulement (de larmes, de sang, d'argent)" (*Le Robert historique*). En vietnamien, *ru* signifie "berceuse", "bercer"». Et en effet, la narration suit les méandres d'une mémoire lacunaire qui, tel un «petit ruisseau» alimenté par d'autres

---

41 Ce roman fait aussi l'objet d'une partie de mon article «L'écriture de Kim Thúy et Liliana Lazar : résilience ou résistance ?», *@nalyse*, Vol. 9.3, automne 2014, p. 95–111. Plusieurs extraits portant sur la structure du roman de Kim Thúy ont été repris dans cette section du livre.

42 Kim Thúy et Pascal Janovjak, *À toi*, Montréal, Libre Expression, 2011.

43 Kim Thúy, *Le secret des Vietnamiennes*, Montréal, Trécarré, 2017.

44 Dominique Viart, «Topiques de la déshérence. Formes d'une "éthique de la restitution" dans la littérature contemporaine française», dans *Lieux propices. L'Énonciation des lieux/Le lieu de l'énonciation*, Adélaïde Russo et Simon Harel (dir.), Québec, Les Presses de l'Université de Laval, coll. «InterCultures», 2017.

sources d'eau, puise à la source des histoires des autres. « Ma mémoire émotive […] se perd, se dissout, s'embrouille avec le recul » (141), précise la narratrice. Bien que certains souvenirs soient assez flous, elle se fait un devoir de laisser en héritage à ses enfants un pan d'histoire menacé par l'oubli.

Cent treize micro-récits retracent les grandes lignes du parcours de vie de cette narratrice qui se sent redevable à ceux qui lui ont guidé les pas, mais aussi responsable de transmettre une histoire méconnue à sa descendance. D'entrée de jeu, on constate que la mémoire se trouve à l'origine de son récit oscillant entre passé et présent, entre le temps du souvenir et le temps de l'écriture, entre un « je » d'énoncé et un « je » d'énonciation qui se fait aussi le porte-parole d'une collectivité. Suivons donc le parcours de ce « petit ruisseau » narratif dont le murmure polyphonique laisse entendre des variations inattendues autour du thème central de la mémoire, étroitement lié à celui de la grande Histoire.

Texte difficile à classer dans un genre particulier, *Ru* s'ouvre sur le récit de la mise au monde de Nguyễn An Tĩnh au moment où « les sons des mitraillettes » (11) se superposaient sur ceux des pétards traditionnels du Têt, la fête du Nouvel An vietnamien. Mais cette nouvelle vie qui, selon la tradition vietnamienne, ne devait être qu'une simple « extension » de celle de la mère, sera bouleversée par la guerre fratricide entre le Nord et le Sud, par l'occupation de la maison familiale de Saigon, par la fuite précipitée en bateau, suivie de la misère d'un camp de réfugiés de Malaisie. Le cycle de la peur, des privations et des incertitudes prendra fin au moment de l'arrivée du groupe d'immigrants vietnamiens au Québec, lieu qu'ils associent, dans un premier temps, à un véritable « paradis terrestre ». (35)

Dans plusieurs de ses entretiens, Kim Thúy insiste sur le fait que son récit ne reflète que partiellement son vécu, trop insignifiant, dit-elle, pour en faire un livre ; son histoire à elle ne serait qu'un prétexte pour parler des souffrances des gens qu'elle a croisés sur son parcours, et qui l'ont enrichie de leurs histoires d'une tristesse, mais aussi d'« une beauté extrême ».[45] Si elle alterne des épisodes du récit de soi avec des

---

45 « L'histoire que je raconte n'est pas seulement la mienne. Si c'était seulement ma vie à moi, ça ne serait pas grand-chose. Ça tiendrait sur trois pages ! » (Marie-Josée Montminy, « Les nombreuses vies de Kim Thuy », *Le Nouvelliste*, 24 mars 2012.)

fragments d'autres récits de vie, c'est dans le but avoué de faire connaître les cicatrices profondes laissées par l'Histoire dans la vie de ceux qui ne peuvent se faire entendre autrement. Au cours de sa narration, l'énonciatrice se déplace entre le passé d'une enfant qui a vécu la guerre et l'exil, et le présent d'une femme bien enracinée dans le sol québécois, tout en intégrant dans son histoire lacunaire des témoignages du vécu collectif.

L'écriture éclatée de ce texte laisse voir les traces douloureuses du passé, mais aussi les petites joies d'une vie reconstruite au rythme oscillant d'une mémoire qui cherche la source de ces joies. On est surpris d'apprendre, par exemple, que la narratrice se réjouit à l'occasion d'un déménagement, car ce changement lui permet de se débarrasser d'une partie de ses biens « afin que [s]a mémoire puisse devenir réellement sélective, qu'elle puisse se souvenir uniquement des images qui restent lumineuses derrière les paupières fermées. » (108)

Le lecteur constate dès le début du récit que la narration avance par vagues successives, revient sur elle-même, se reprend dans un rythme oscillatoire qui n'est que celui d'une mémoire sinueuse, parfois étouffée par l'Histoire dans le but non avoué de faire oublier tout héritage marqué par la violence et l'humiliation. Comme dans une ritournelle, le dernier mot d'une séquence narrative ouvre la séquence suivante, orientant la lecture de *Ru* vers une autre dimension spatio-temporelle, rendue accessible uniquement par le travail mémoriel. Cette mémoire textuelle s'alimente constamment à la source des souvenirs de la jeune narratrice, enrichis par les souvenirs des autres, connus ou inconnus. Comme dans *La Berceuse* de Chopin,[46] de nombreuses variations se tissent autour du thème central de la mémoire. On passe de l'amour à la mort, de la guerre à la paix, de la joie de vivre à la peur de ne pas survivre, des murs qui séparent aux rêves qui rapprochent.

---

https://www.lenouvelliste.ca/7cad366c25b8aaf04cf3cb465d86cf37 (Page consultée le 13 septembre 2013)

46 *La Berceuse en ré bémol majeur, op. 57* de Frédéric Chopin est une composition pour piano en forme de variations, datant de 1844.

Polyphonie textuelle

À travers la voix narrative libérée par l'écriture s'entendent d'autres voix, surtout celles des femmes d'ici ou d'ailleurs, qui bercent et protègent l'enfance dans l'espoir de l'ouvrir à un meilleur avenir. Si la narratrice de *Ru* est tellement fascinée par les histoires des femmes, c'est parce qu'elles « ont porté le Vietnam sur leur dos pendant que leurs maris et leurs fils portaient les armes sur les leurs. » (47) Que ce soit l'histoire d'une « mère vietnamienne qui a assisté à l'exécution de son fils » (135), ou celles des nombreuses femmes qui ont préféré que leurs enfants affrontent le danger de la noyade plutôt que celui du communisme, la narratrice module sa voix selon les émotions qu'elle éprouve au cours de sa narration, ce qui donne au récit la tonalité d'une berceuse. Il ne faut pas oublier que le rôle de ce genre musical en voie de disparition n'était pas seulement d'apaiser les bébés et de transmettre un savoir aux enfants, mais aussi d'exprimer dans des mots simples les difficultés de la vie des femmes et la précarité de leur destin. Il suffit de penser à l'une des tantes de la narratrice, un peu simple d'esprit, qui ne s'était jamais demandé pourquoi elle portait une cicatrice au bas du ventre. Ou bien, à l'histoire d'amour malheureux d'une jeune journalière qui « avait la peau trop brûlée par le soleil » (79) pour qu'on lui permette d'épouser le jardinier du grand-père maternel de la narratrice. Celle-ci raconte également sa propre impuissance devant le combat quotidien contre l'autisme qui a rendu prisonnier l'un de ses enfants. (17)

Ces histoires racontées sur un ton à la fois triste et apaisé dessinent les confins d'un territoire familier imprégné du lyrisme de la chanson-ritournelle, de la berceuse qui apaise les peurs d'un enfant. Dans l'ontologie deleuzienne on retrouve la ritournelle du natal, métaphore de la sortie du chaos de l'entre deux territoires. Elle « fabrique du temps "impliqué" » (Deleuze et Guattari 1980, 418), chaque fois des temps différents, contribuant au processus du devenir dans de nouveaux agencements territoriaux. Mais il suffit d'un accident, d'un choc, d'une interruption du mouvement des forces déclenchées par la ritournelle « territorialisante », pour qu'une ligne de fuite se crée, facilitant des connexions imprévisibles entre les points libres du « chez-soi » et d'autres points d'un territoire encore indéterminé.

Au cours de cette « déterritorialisation », de cette traversée d'entre-deux multiples, la ritournelle « emporte toujours de la terre avec soi, elle a pour concomitant une terre, même spirituelle, elle est un rapport essentiel avec un Natal, un Natif », précisent Deleuze et Guattari. (1980, 389) Cependant, il y a toujours le danger de l'oubli du territoire d'origine auquel on s'est arraché. Réactiver le chant répétitif de l'enfance, c'est ressaisir la ritournelle au moment du passage d'un territoire à l'autre, dans son mouvement oscillatoire, dans sa possibilité d'engendrer une différence. La ritournelle n'est donc ni saut ni coupure, mais enchevêtrement dynamique, tension entre le territoire d'origine et celui vers lequel on essaie de migrer.

Mémoire et écriture sensorielles

À la lumière de ces observations, on pourrait lire le récit de Kim Thúy comme le produit du travail d'une remémoration créative qui tire sa sève de vécus multiples. Pour la narratrice de *Ru,* la traversée de soi s'ouvre graduellement vers les autres. On constate que dans ce récit tournant autour de la mémoire et du temps, de multiples connexions se font et se défont entre des éléments du vécu personnel et collectif. Parmi ces éléments, ceux qui renvoient au déchirement du corps et à celui du pays ont eu un impact considérable sur le sujet d'énonciation, qui tient à faire connaître à sa descendance les circonstances particulières de sa naissance.

Voici l'incipit du récit relatant la naissance de la narratrice, jetée brutalement dans un monde en train de s'écrouler :

> J'ai vu le jour à Saigon, là où les débris des pétards éclatés en mille miettes coloraient le sol de rouge comme des pétales de cerisier, ou comme le sang des deux millions de soldats déployés, éparpillés dans les villes et les villages d'un Vietnam déchiré en deux. (11)

Dans ce monde ensanglanté, la douleur de la déchirure physique provoquée par sa naissance est passée sous silence, tant elle est insignifiante comparée à la douleur provoquée par la déchirure du pays. Le nom de la petite fille, signifiant, ironiquement, « intérieur paisible »[47] (12), perd

---

47 Le nom de la mère signifiait « environnement paisible. » (12)

son sens dans cet univers chaotique où la filiation est coupée brutalement par la grande Histoire qui, note la narratrice, «est [...] venue rompre mon rôle de prolongement naturel de ma mère quand j'ai eu dix ans». (*Ibid.*)

Cet espace ordonné depuis des générations autour de l'axe familial devient inhabitable après l'occupation de la grande maison par les envahisseurs du Nord, car sa structuration symbolique se voit constamment menacée. Des murs de brique séparent les frères ennemis. L'habitation des conquis se rétrécit progressivement, souillée par les bottes des soldats qui fouillent dans toutes les affaires de cette famille aisée. Cependant, les parents de la narratrice, bien que projetés brutalement dans le tourbillon de l'Histoire, essaient de savourer encore «les derniers moments du passé» (38), comme un enfant qui trouve refuge dans les sons apaisants d'une berceuse. La narratrice se souvient comment son père avait même essayé de «corrompre» leurs bourreaux, de les rendre plus cléments «en leur faisant écouter de la musique en cachette» (41) : «J'étais assise sous le piano, dans l'ombre, à regarder les larmes rouler sur leurs joues, là où les horreurs de l'Histoire s'étaient carrées, gravées sans hésiter.» (*Ibid.*) Ce *ru* de larmes sera suivi d'un *ru* de sang et de cendres, car peu après cette scène profondément gravée dans la mémoire de l'enfant, le feu détruira ce qui restait encore de cette maison bourgeoise tombée sous l'emprise du chaos.

Elle se remémore également la peur causée par l'arrachement au territoire rassurant de l'enfance. Rien n'échappe au regard de la jeune fille de dix ans jetée avec sa famille dans la cale d'un bateau, véritable enfer flottant. Bien des années plus tard, cette jeune fille devenue écrivaine donnera voix à cette peur à travers un «nous» immobile, incapable d'affronter ce «monstre à cent visages» (15) : «Nous étions figés dans la peur, par la peur [...] Nous étions engourdis, emprisonnés par les épaules des uns, les jambes des autres et la peur de chacun. Nous étions paralysés.» (*Ibid.*) D'étranges synesthésies rendent cette peur encore palpable. L'enfant observe le groupe des *boat people* bercés par les vagues, mais aussi par le *ru* apaisant chanté par sa voisine. La berceuse de cette femme vietnamienne installe, ne serait-ce que pour quelques instants, une apparence de calme et de stabilité dans cet espace chaotique et instable.

Après avoir passé plusieurs mois dans un camp de réfugiés de Malaisie, les exilés vietnamiens arrivent au Québec, où les habitants de Granby les accueillent chaleureusement. «Bercée par [...] la mélodie de [l]a voix» (19) de Marie-France, sa première institutrice québécoise, la narratrice se souvient qu'elle n'avait pas besoin de saisir le sens de ses mots, tout comme le bébé n'a pas besoin de comprendre les mots de la berceuse chantonnée doucement par sa mère. Ces liens d'affection qui contribuant à la formation de sa mémoire sensorielle seront essentiels à son ancrage en terre d'accueil. Bien que déracinés par une Histoire impitoyable, de nouvelles connexions commencent à se former sur ce territoire si différent du pays natal, territoire qu'on essaie d'apprivoiser dans un premier temps, de l'habiter par la suite, dans l'espoir de le transformer en un nouveau «chez-soi». Notons que la narratrice n'oublie pas d'exprimer sa gratitude envers ses parents qui lui ont laissé en héritage «la richesse de leur mémoire». (50) La filiation lui a permis de garder cette mémoire vivante, de sortir de l'oubli des gens et des événements qui ont marqué son devenir personnel, intimement lié au devenir collectif.

Mais la traversée de l'entre deux pays n'est jamais finie pour quelqu'un qui a été brutalement arraché à son lieu d'origine. Il suffit à la narratrice de voir les cicatrices de vaccins sur le bras d'un inconnu de Montréal pour que les souvenirs du passé surgissent avec toutes leurs odeurs et couleurs, révélant leur histoire commune, en même temps que leur «ambivalence», leur «état hybride». (137) Cette trace corporelle est une forme d'écriture qui se laisse déchiffrer uniquement par ceux ayant une «origine en partage» (Sibony 1991) de laquelle ils n'arriveront jamais à se dégager complètement, en dépit de tous les déplacements. Ironiquement, lors de son retour à Hanoi, où elle a travaillé pendant trois ans, la jeune femme constate qu'elle n'y est plus perçue comme une Vietnamienne. Ce n'est que plus tard qu'elle a compris que «le rêve américain [...] [l]'avait épaissie, empâtée, alourdie» (86), même si son apparence physique ne révélait pas ces changements. Et la narratrice de constater avec un peu d'amertume : «je n'avais plus le droit de me proclamer vietnamienne parce que j'avais perdu leur fragilité, leur incertitude, leurs peurs.» (86–7) Et pourtant, «la berceuse matinale» (114) des vendeuses de soupe de Hanoi la replonge dans le territoire affectif de l'enfance, enfoui dans un repli de sa mémoire. L'espace des origines se recrée comme par magie à l'écoute de cette parole mélodieuse, récurrente, « capable de soulever le rideau de la brume, traverser les fenêtres et les moustiquaires pour venir nous réveiller doucement telle une berceuse matinale. » (*Ibid.*)

Ce souvenir inscrit dans la mémoire sensorielle de la narratrice soulève la question de la meilleure modalité de transmission d'un passé méconnu ou mal connu. S'agit-il de transmettre à sa descendance un héritage uniquement historique ? Qu'en est-il de l'héritage affectif inscrit dans la mémoire, et qu'on ne mentionne jamais dans les livres d'histoire ? Quel rôle joue la narratrice dans l'« histoire inaudible du Vietnam » (48), celle qui « ne trouvera jamais sa place sur les bancs d'école » ? (46) À ce sujet, Anne Caumartin note que l'auteure de *Ru* n'est pas la seule à se donner ce « devoir de mémoire ». Son récit illustre une nouvelle tendance dans la prose québécoise, caractérisée par la forte présence d'un « sujet éthique, à la fois agent et juge de son action dans le monde ».[48] Le *penser-à-l'autre*, concept forgé par Emmanuel Lévinas,[49] est toujours présent dans les actions et les mots de la narratrice de *Ru*. Même si elle n'a pas réussi à aider « la jeune fille qui vendait du porc grillé » (101) à Hanoi, en face du bureau où elle travaillait, ni les nombreuses prostituées d'Asie qui cachaient « des cicatrices permanentes » sous leur « peau diaphane » (130), la jeune femme entrevoit la possibilité de sortir *hors-de-soi-pour-l'autre*,[50] pour reprendre un autre terme de l'éthique lévinassienne. Là où le geste a échoué, l'écriture a réussi à dévoiler et à transmettre l'héritage d'un sujet responsable, préoccupé par *l'à-venir*, dans le sens derridien d'événements imprévisibles, incalculables, n'ayant rien à faire avec la simple répétition du passé. L'immense capacité d'affection et de compréhension dont la narratrice fait preuve tout au long de son parcours jette un pont entre le sujet écrivant et le monde. Le souvenir de la parole lente et mélodieuse de la berceuse

---

48 Anne Caumartin, « Entre raison intime et raison politique. Le cas de *Ru* de Kim Thúy », dans *Cartographie du roman québécois contemporain* (études rassemblées par Zuzana Malinovská), Faculté des Lettres de l'Université de Prešov, 2010, p. 176.

49 Emmanuel Lévinas, *Entre nous. Essais sur le penser-à-1'autre*, Paris, Bernard Grasset, 1991.

50 Lévinas, *op. cit.*, p. 245.

natale rappelle constamment au lecteur qu'il n'y a pas de frontière qui puisse empêcher la mémoire de passer d'un territoire à l'autre, et surtout que la vie contient des possibilités latentes, souvent imprévisibles, comme celle du devenir-créateur. Plus qu'un rappel d'un passé qui exigerait d'être restitué, la mémoire devrait se projeter vers le futur.

L'écriture sensorielle et musicale de Kim Thúy, ancrée dans le réel plutôt que dans l'imaginaire, questionne la place qu'entretient l'être humain avec son histoire, les histoires et la grande Histoire. En faisant revivre un vécu intransmissible autrement que par une mosaïque de sensations organisées selon la logique du souvenir, l'écrivaine rend le questionnement ontologique plus accessible au lecteur. En lui offrant son « sillage » (144) inscrit sur la page qu'il est en train de lire, en lui faisant entendre ses mots, elle ouvre également l'espace scriptural à tous ceux dont les traces seraient restées invisibles sans « la possibilité de ce livre ». (*Ibid.*) Ses paroles dans lesquelles résonnent les paroles de tant d'autres qui n'ont pas eu sa chance laissent entendre leur difficile rapport au temps. Bercée par les histoires de ceux qui l'ont soutenue et encouragée tout au long de son parcours sinueux, la narratrice de *Ru* fait l'éloge du pouvoir de l'écriture de les sortir du silence et de les sauver de l'oubli, de jeter un pont entre présent et passé, pays d'accueil et pays d'origine, rêve et réalité.

Combler les trous de l'Histoire : *La femme sans sépulture* d'Assia Djebar

Au récit *Ru* de Kim Thúy, qui rend hommage à tous les Vietnamiens que la grande Histoire a empêchés de dire leurs histoires, fait écho le roman *La femme sans sépulture* d'Assia Djebar, où les voix des femmes algériennes s'entendent à travers l'histoire de Zoulikha Oudai.

Par sa trajectoire personnelle et la diversité de ses préoccupations artistiques, Assia Djebar est emblématique du rôle que la situation d'entre-deux joue dans la vie des écrivains dont l'œuvre porte l'empreinte de l'expérience coloniale et postcoloniale. Issue d'une culture où l'accès des femmes à l'espace public est barré par de nombreux interdits, elle fait de la condition de la femme musulmane un sujet privilégié de son écriture romanesque.

Dans son roman autobiographique *Nulle part dans la maison de mon père* (2007), la jeune narratrice se trouve devant un dilemme. Lorsqu'elle arrive au récit de son adolescence qui a fortement marqué son évolution ultérieure, elle hésite avant de se lancer dans un type d'écriture interdite aux femmes musulmanes, dont les paroles lui rappellent le danger de la transgression :

> Tentée de m'approcher de ce tourbillon, dans l'antichambre de mon adolescence rêveuse, devrais-je résumer mon approche de l'âge adulte par le simple rappel de mes lectures, même si celles-ci ne pouvaient me libérer du murmure des femmes de la tribu, de l'écheveau de leurs voix parlant arabe (ou berbère, dans les hameaux des montagnes), chuchotantes ou déchirées derrière chaque persienne ... (274)

Le désir d'écriture qui la pousse à faire entendre ce qui aurait dû rester à jamais tu s'avère un ennemi redoutable : « Tu écris [...] la mémoire n'est pas un berceau, ni des chansons pour mieux se noyer. » (427) Et pourtant, nourri de l'entre-dire féminin riche en histoires, le « je » autobiographique accepte le défi de partager son histoire cinquante ans plus tard.

Bien que cette écrivaine ait évolué entre deux langues et deux cultures différentes, son choix du français comme langue d'écriture ne l'a pas empêchée de dévoiler le quotidien des femmes de son pays d'origine, obligées d'obéir aux lois ancestrales imposées par leurs pères, frères et maris. Historienne de formation, Assia Djebar a constaté que les noms des femmes musulmanes ne figuraient dans aucune source historique officielle. Aussi a-t-elle décidé de leur faire une place de choix dans sa production artistique d'une variété étonnante, qui lui a valu, entre autres, l'élection à l'Académie française.

Après la publication de ses premiers romans (*La Soif,*[51] *Les Impatients,*[52] *Les Enfants du Nouveau Monde*[53] et *Les Alouettes naïves*[54]), elle s'est

51 Assia Djebar, *La Soif,* Paris, Julliard, 1957.
52 Assia Djebar, *Les Impatients,* Paris, Julliard, 1958.
53 Assia Djebar, *Les Enfants du nouveau monde,* Paris, Julliard, 1962.
54 Assia Djebar, *Les Alouettes naïves,* Paris, Julliard, 1967.

consacrée pendant une dizaine d'années au cinéma, domaine artistique où aucune femme algérienne n'avait accédé avant elle. De retour dans son pays d'origine en 1976, son travail de sociologue lui a permis d'enregistrer de nombreux témoignages de paysannes de la région natale de sa mère, qui avaient vécu la guerre d'Algérie. Quelques-uns de ces témoignages seront utilisés pour son premier long-métrage, *La Nouba des femmes du Mont Chenoua* (1978), dont la protagoniste entreprend le même type d'enquête que la réalisatrice du film.

À partir de 1980, une nouvelle étape commence dans l'écriture romanesque d'Assia Djebar. Elle abandonne la structure linéaire utilisée dans ses premiers livres afin d'intégrer des techniques empruntées à d'autres arts, particulièrement au cinéma et à la musique. Par conséquent, les qualités intermédiales[55] abondent dans *Femmes d'Alger dans leur appartement*,[56] *L'Amour, la fantasia*,[57] *Vaste est la prison*,[58] *Le Blanc d'Algérie*[59] et *La femme sans sépulture* (2002). Ces romans sont tous focalisés sur les femmes musulmanes qui, depuis des siècles, sont tenues à l'abri du regard des autres, n'ayant aucun droit à la parole. Et pourtant, nombreuses ont été celles qui n'ont pas hésité à combattre l'ennemi à côté des hommes, et que l'Histoire a complètement ignorées après l'obtention de l'indépendance de l'Algérie.

Une de ces combattantes, Zoulikha Oudai (1911–1957), a interpellé Assia Djebar, dont le premier film, *La Nouba des femmes du Mont Chenoua* (1978), s'ouvre justement sur l'histoire de cette héroïne restée vivante dans la mémoire des femmes algériennes, et que le roman *La femme sans sépulture* reprendra une vingtaine d'années plus tard.

---

55 Pour plus de détails à ce sujet, consulter la thèse de doctorat de Farah Aïcha Gharbi, *L'intermédialité littéraire dans quelques récits d'Assia Djebar*, Montréal, Université de Montréal, 2010.
56 Assia Djebar, *Femmes d'Alger dans leur appartement*, Éditions des Femmes, 1980 ; Albin Michel, 2002.
57 Assia Djebar, *L'Amour, la fantasia*, Paris, Lattès, 1985 ; Albin Michel, 1995.
58 Assia Djebar, *Vaste est la prison*, Paris, Albin Michel, 1995.
59 Assia Djebar, *Le Blanc d'Algérie*, Paris, Albin Michel, 1996.

Inscrire une histoire dans l'Histoire

Une page d'*Avertissement* de l'auteure atteste l'hybridité générique de ce texte situé à la croisée du documentaire et du fictionnel. Tout en restant fidèle aux sources historiques, l'auteure confirme avoir fait appel à son imagination lorsqu'il lui manquait certaines pièces de la mosaïque censée représenter cette héroïne fascinante :

> Dans ce roman, tous les faits et détails de la vie et de la mort de Zoulikha, héroïne de ma ville d'enfance, pendant la guerre d'indépendance de l'Algérie, sont rapportés avec un souci de fidélité historique, ou, dirais-je, selon une approche documentaire.
>
> Toutefois, certains personnages, aux côtés de l'héroïne, en particulier ceux présentés comme de sa famille, sont traités ici avec l'imagination et les variations que permet la fiction.
>
> J'ai usé à volonté de ma liberté romanesque, justement pour que la vérité de Zoulika soit éclairée davantage, au centre même d'une large fresque féminine — selon les modèles des mosaïques si anciennes de Césarée de Maurétanie (Cherchell).

Les quelques vers tirés des *Poèmes de Samuel Wood* (1988), mis en exergue à son livre, ont le rôle d'en orienter la lecture. En effet, la voix à la fois « illusoire » et réelle dont parle le poète Louis-René des Forêts, et qui porte en elle « une chose qui dure », dont la vibration se fait sentir à travers le temps, constitue un élément central dans l'histoire de Zoulikha. Tissé de plusieurs témoignages de femmes qui s'enchevêtrent pour mieux se compléter, ce texte laisse entendre leurs voix à travers une narration polyphonique, soigneusement captée par l'écrivaine-historienne.

Le roman s'ouvre par un Prélude dont la première phrase résume l'intention de l'écrivaine : « Histoire de Zoulikha : l'inscrire enfin, ou plutôt la réinscrire … » (13) Elle veut donner à cette maquisarde la place qu'elle mérite dans l'Histoire, même si cela arrive quarante ans après sa mort, survenue au temps de la guerre d'indépendance de l'Algérie.

Aucune trace que ses proches auraient pu suivre pour découvrir sa sépulture. Entrée toutefois dans la légende grâce au récit mémoriel tissé par sa famille et les femmes du réseau de résistance qu'elle avait mis en place à Césarée. Inscrite donc dans la mémoire par le biais des voix qui se relayent, mais pas dans l'Histoire; d'où le besoin et le devoir de la réinscrire, pour que l'oubli ne l'ensevelisse pas.

Dans un premier temps, ce prélude organisé en quatre parties relate brièvement les circonstances de la réalisation du film *La Nouba des femmes du Mont Chenoua*, dédié à Zoulikha et à Béla Bartók. Ethnomusicologue et compositeur hongrois, celui-ci a collecté de la musique folklorique rurale dans la région où, bien des années plus tard, Assia Djebar allait entreprendre son enquête auprès des femmes qui avaient vécu les horreurs de la guerre d'indépendance. À cette occasion, la cinéaste a constaté qu'un nom revenait constamment dans les récits des femmes interviewées : celui de Zoulikha Oudai. Aussi a-t-elle décidé de présenter en ouverture de son film l'histoire de cette femme non conformiste qui avait osé transgresser les interdits imposés aux musulmanes et se joindre à la résistance, devenant en peu de temps «[l]a mère des maquisards». (15) Certains des témoignages recueillis pour *La Nouba* ont servi à Djebar à l'écriture de *La femme sans sépulture*, roman dans lequel cette figure presque mythique occupe le devant de la scène. Après un court résumé de la vie de l'héroïne, le prélude se clôt par une anecdote montrant le franc-parler de cette femme musulmane lors d'une confrontation avec une riche colonne de Césarée.

Entre témoignage et imaginaire

Le roman contient douze chapitres qui, assemblés comme les morceaux d'une mosaïque, reconstituent l'histoire de Zoulikha à partir des témoignages de ses deux filles, Hania et Mina, de sa meilleure amie Lla Lbia (surnommée Dame Lionne) et de sa belle-sœur Zohra Oudai. À ces témoignages s'ajoutent quatre monologues de Zoulika, inventés de toutes pièces par l'auteure, qui d'ailleurs figure comme personnage secondaire et narratrice dans cette histoire qu'elle se doit d'écrire.

Assia Djebar commence par raconter son retour à Césarée après une longue absence et les circonstances de ses entretiens avec les femmes qui ont connu, aimé et admiré Zoulikha. Ses interventions sont minimales, car elle est là avant tout pour consigner leurs paroles afin de faire migrer l'histoire de cette héroïne de la mémoire vers la grande Histoire, pour reprendre une idée chère à Paul Ricœur (2000). Et ce, d'autant plus que cette mémoire risquait de s'effriter, tout comme *Ulysse et les sirènes*, la mosaïque du musée de Césarée, qui fournit à l'auteure une image associée, tout au long du récit, à la femme qu'elle se propose de sauver de l'oubli.

Si la mémoire est du passé, comme affirmait Aristote, la représentation littéraire de ce passé va plus loin que la simple consignation historique d'une série d'événements. Établir les faits, comme le font traditionnellement les historiens, ne suffit plus, car les documents archivés passent souvent sous silence les témoignages individuels et collectifs, surtout quand on veut imposer une certaine vision de l'Histoire. Selon Le Goff, la mémoire est « la matière première de l'histoire »,[60] et elle l'est davantage dans les sociétés de l'oral où l'Histoire est inscrite dans la parole transmise de génération en génération. C'est une des raisons pour lesquelles Assia Djebar utilise le témoignage des femmes de sa région natale pour reconstituer le parcours de vie d'une héroïne réelle, à qui elle veut rendre justice en lui donnant une place dans l'histoire de l'Algérie. Mais, comme l'auteure affirme dans l'avertissement adressé aux lecteurs, elle a fait aussi appel à l'imaginaire dans cette reconstitution moitié historique, moitié littéraire, ce qui ne diminue pas l'intention de vérité de son projet. Les monologues fictifs de Zoulikha, semblables aux morceaux manquants d'une mosaïque, ont le rôle de combler le vide de l'Histoire et les trous présents dans les récits des proches de l'héroïne, qui continuent à ignorer les circonstances de sa mort et l'emplacement de sa sépulture.

Quant aux récits enchâssés dans les histoires racontées par ses interlocutrices, ils représentent, selon la narratrice-personnage, une autre « façon de ruser avec cette mémoire … La mémoire de Césarée, déployée en mosaïques : couleurs pâlies, mais présence ineffaçable, même si nous la ressortons brisée, émiettée, de chacune de nos ruines. » (142) Les paroles que les femmes partagent avec l'auteure, nommée tour à tour « visiteuse », « invitée », « étrangère », « étrangère pas tellement étrangère », contribuent à la construction d'une mémoire collective qui, une fois mise en mots, donne naissance à une archive mémorielle où

60 Jacques Le Goff, *Histoire et mémoire*, Paris, Gallimard, 1988, p. 10.

puise la scriptrice qui se fait un devoir de dévoiler l'héroïsme d'une femme oubliée par l'Histoire.

Chacune des quatre interlocutrices de cette visiteuse à qui on reproche son retour tardif à Césarée éclaire les multiples facettes de la personnalité de Zoulikha. C'est Mina, âgée de douze ans lors de la disparition de sa mère, qui l'accompagnera à travers sa région natale, ainsi que chez les femmes que celle-ci veut interviewer. Notons toutefois que dans le premier chapitre on voit Mina, revenue récemment d'Alger, se rendre seule chez Lla Lbia (Dame Lionne), ancienne cartomancienne qui n'a jamais hésité à prendre des risques pour aider sa meilleure amie Zoulikha. Avec le récit de l'assassinat des fils Saadoun, Dame Lionne, conteuse douée,[61] recrée l'atmosphère de peur qui régnait vingt ans auparavant dans leur ville. Elle se rappelle la lâcheté des « hommes dits "de bien et de fortune", ainsi que [de] leurs femmes, épouses soumises et mères hargneuses » (42), qui n'avaient pas eu le courage de se joindre aux quelques femmes qui avaient affronté l'interdit de laver les corps des trois morts. Cet événement tragique est raconté à un autre moment par Mina, qui met l'accent sur la capacité de Dame Lionne d'orchestrer les actions des femmes de Césarée. Son récit suit le rythme des événements de cette nuit inoubliable, car sa mémoire les a enregistrés comme « une danse esquissée entre courage et désolation des uns, peur tremblée, prudence et lâcheté de quelques-uns … » (166) Ces images continuent à la hanter chaque matin pendant ses « méditations » qui précèdent la prière. (*Ibid.*)

Si Mina présente Dame Lionne comme la gardienne de la mémoire collective de Césarée, Hania, sa sœur aînée, éclaire une autre facette de la personnalité de cette femme. Elle était « la cheville ouvrière du réseau de citadines qui fournissait Zoulikha en médicaments, en argent, en vêtements d'hommes. » (91) Cependant, cette amie de sa mère, autrefois si ancrée dans le réel, semble s'en détacher lorsqu'elle tente de recréer

---

61 Après la présentation des conditions pragmatiques de la situation d'énonciation (café, tapis de prière, échange entre la conteuse et son « écouteuse »), commence la narration de Dame Lionne, qui semble par moments entrer en transe lorsqu'elle revit les temps forts de l'histoire qu'elle raconte : « Dame Lionne, la récitante, lève ses lourdes paupières ; ses yeux noircis scrutant au loin n'aperçoivent plus Mina. Comme si elle s'engloutissait vingt ans en arrière. » (34)

des scènes vécues au temps de la guerre. Pendant qu'elle raconte l'histoire du fils de Zoulikha, arrêté, torturé et ensuite disparu sans traces, Mina et son invitée constatent que «[l]a voix grave [de Dame Lionne], qui par moments halète, se suspend, puis reprend son cours, comme s'il s'agissait d'un conte.» (122) Aussi l'Histoire glisse-t-elle dans le conte pour en sortir enrichie grâce à la voix conteuse qui jette un pont entre les deux.

À d'autres moments, la voix de Dame Lionne rapporte l'histoire qu'une autre lui avait confiée. C'est le cas du récit des nombreux interrogatoires de Zoulikha par le commissaire Costa. Ce récit que lui avait fait Hania reproduit les paroles que la mère aurait adressées à sa fille aînée avant de prendre le maquis. L'effet thérapeutique de cette parole partagée qui en rapporte une autre est évident lorsque la conteuse s'adresse comme suit à sa visiteuse : «- Que tout cela semble loin et pourtant, me faire ainsi parler d'elle, dans les détails, je t'assure, ô ma petite, que c'est un baume sur ma peine!» (127)

Encore plus intéressant est le récit de la dernière nuit passée par Zoulikha à Césarée. La voix de Lla Lbia persiste dans la mémoire de Mina, mais aussi dans celle de son amie qu'elle conduit à Alger et qui, en tant que narratrice, se demande : «Laquelle des deux réécoute pourtant en elle-même, les péripéties que Dame Lionne a, la veille, évoquées?» (159) Le récit touchant de cette dernière nuit passée en ville par la future maquisarde, malgré tous les risques encourus par les femmes qui osent l'aider, résulte de la surimpression de trois voix, dont seulement la première s'est fait entendre en temps réel. Ce récit finit par s'ancrer dans l'esprit de la visiteuse, comme tant d'autres transmis par les voix des femmes rencontrées après son retour à Césarée :

> Tandis que Mina, à mi-parcours du retour à Alger, conduit en silence, son amie qu'on peut supposer somnolente, mais en réalité habitée entièrement par les derniers récits de la veille, qu'elle a elle-même sollicités, chez Dame Lionne — cette «voix de Dame Lionne» s'est arrêtée en elle, comme si, en vérité, l'éloignement, après une demi-heure de route loin de Césarée agissait pour diluer peu à peu, la vitesse de la voiture y ayant sa part, ces voix persistantes et mouvantes de la mémoire … (164–5)

Le même récit sera repris un peu plus tard à deux voix, car la visiteuse demande à Mina d'y revenir, de « le faire défiler comme un scénario court, rapide, intense. » (167) Et la narratrice de conclure : « L'histoire contée la première fois, c'est pour la curiosité, les autres fois, c'est pour … pour la délivrance ! » (170–1) C'est peut-être la raison pour laquelle Mina tient à raconter sa version de la partie la plus palpitante de cette histoire qu'elle a entendue souvent dans la version de sa sœur Hania, reprise par la suite par Lla Lbia. La juxtaposition des versions de cet événement qui a représenté un moment décisif dans la vie de l'héroïne et la surimpression des voix des femmes qui en ont été témoins, représentent deux éléments qui distinguent le récit mémoriel du récit de l'historien. À ce sujet, il n'est pas sans intérêt de nous arrêter brièvement sur le cas de Hania, devenue involontairement la « chroniqueuse » (94) de la famille. Comme le remarque Todorov dans « La mémoire devant l'histoire »,[62] l'historien s'intéresse avant tout aux événements, pendant qu'un témoin comme Hania « retient avant tout la trace que les événements extérieurs laissent dans l'esprit ».

À la différence d'autres témoins dont les souvenirs dépendent essentiellement de la fidélité de leur mémoire, Hania[63] se sent habitée par la voix de sa mère qui parle à travers elle-même lorsqu'il n'y a personne pour l'écouter. Si elle accepte de confier les détails concernant la vie et le combat de Zoulikha à la narratrice, c'est parce que « la visiteuse » sait l'écouter et la mettre à l'aise. Tout comme Dame Lionne, Hania éprouve un certain soulagement lorsqu'elle raconte devant « cette inconnue [qui] déclenche, par son arrivée, des tornades de souvenirs » (50). Elle commence par lui raconter les démarches qu'elle avait faites pour faire libérer sa mère arrêtée en 1957. Suit le récit de ses angoisses pendant les trois années d'attente, au bout desquelles elle se voit obligée d'abandonner la recherche sans succès de la sépulture de sa mère. Un flux ininterrompu de paroles s'est emparé d'elle depuis ces temps éprouvants. « Du passé présent. Cela la prend comme de brusques accès de fièvre. »

---

62 Tzvetan Todorov, « La mémoire devant l'histoire », *Terrain* 25, 1995, 101–12. https://journals.openedition.org/terrain/2854. (Page consultée le 5 sept. 2021)
63 Son nom qui signifie « l'apaisée » est en contradiction avec son état d'esprit qui s'est empiré depuis la disparition de sa mère.

(63) Et pendant ce temps, elle « s'écoute, silencieuse, comme dans une méditation sans fin » (64), convaincue d'être habitée par sa mère qu'elle espère toujours lui guider les pas vers sa tombe. Exténuée par l'attente, elle va jusqu'à mettre cette « hémorragie sonore » (65) sur le compte d'un djinn qui, selon les superstitions locales, habite certaines femmes possédées qu'on appelle *meskounates*.[64]

La « visiteuse », constate Mina, n'interrompt jamais le flux de paroles de sa sœur. Elle l'écoute seulement, comme si elle en connaissait la source : « ainsi, elle sait attendre : nos souvenirs, à propos de Zoulikha, ne peuvent que tanguer, que nous rendre soudain presque schizophrènes, comme si nous n'étions pas sûres qu'elle, la Dame sans sépulture, veuille s'exprimer à travers nous ! … » (94) Et l'attente patiente de la narratrice est récompensée par le récit que Hania lui fait des amours de sa mère qui, bien que mariée trois fois, a choisi et aimé chacun de ses époux, chose inouïe chez les femmes de sa génération. Par sa présence discrète, elle fait aussi entendre la voix de Mina, qui révèle les détails du voyage au maquis lorsqu'elle avait douze ans, et le récit des quatre derniers jours qu'elle avait passés avec sa mère. « Elle voudrait se couler dans le corps d'une parole fluide »[65] (202), note la narratrice, ajoutant un autre morceau à la mosaïque représentant cette combattante disparue sans traces.

La seule interlocutrice qui ne semble pas « possédée » par l'esprit de Zoulikha est Zohra Oudai, dont le mari, le frère et les trois fils sont

---

64 Taïeb Berrada avance l'hypothèse que toutes les femmes qui racontent des bribes de l'histoire de Zoulikha seraient des *meskounates*, c'est-à-dire des femmes hantées, voire possédées par la voix de celle qui, faute de sépulture, non seulement qu'elle les habite, mais elle fait aussi entendre sa voix spectrale d'un endroit impossible à identifier. L'auteure de l'article voit dans cette narration partagée le signe évident d'un désir de mémoire issu d'un mal d'archive (dans le sens derridien de trace originelle disparue du document archivé) dont l'articulation mènerait à la mise en scène d'une parole féminine, essentiellement mémorielle, différente du discours historique (Taïeb Barrada, « À l'écoute des *"meskounates"* : la parole des possédées dans *La femme sans sépulture* d'Assia Djebar », *International Journal of Francophone Studies* 12, n° 4, 2009, p. 557–73.).

65 Dans son premier monologue adressé à sa fille Mina, Zoulikha annonce ce moment qui surviendra vingt ans après sa mort : « Ne retiens, ma chérie, ne garde que cette voix — ma voix du matin, hors de la forêt, qui, un jour, t'atteindra — et n'oublie pas ce soleil, tandis qu'ils m'emportent. » (72)

morts pendant la guerre. Bien qu'elle ait constamment entretenu la mémoire de sa belle-sœur, elle a une autre manière de faire revivre les actes de cette combattante qui, affirme-t-elle, « si elle était née homme, aurait été général chez nous. » (81) Bien que l'amertume provoquée par la mort de Zoulikha soit toujours présente, lorsqu'elle se met à raconter des épisodes de la vie de cette femme singulière, elle se métamorphose en « conteuse presque joyeuse, en tout cas impétueuse, comme si le "temps de la lutte ouverte" subsistait ». (*Ibid.*) La narratrice, fascinée par le talent de conteuse de Zohra, remarque aussi son sens de l'humour. À titre d'exemple, le récit ayant comme protagoniste Djamila, sa cousine germaine, qu'un officier français avait prise pour la maquisarde. Le comique de situation et de mots de cette histoire enchâssée dans celle de Zoulikha contribue à sa fonction thérapeutique, ce qui n'échappe pas à la narratrice-écrivaine :

> Une histoire dans l'histoire, et ainsi de suite, se dit l'invitée. N'est-ce pas une stratégie inconsciente pour, au bout de la chaîne, nous retrouver, nous qui écoutons, qui voyons précisément le fil de la narration se nouer, puis se dénouer, se tourner et se retourner … n'est-ce pas pour, à la fin, nous découvrir … libérées ? De quoi, sinon de l'ombre même du passé muet, immobile, une falaise au-dessus de notre tête … (142)

Aux quatre voix qui font entendre l'histoire fragmentée de l'héroïne restée sans sépulture se joint celle de Zoulikha elle-même, s'adressant d'outre-tombe à sa cadette Mina. La « liberté romanesque » mentionnée par l'auteure dans son Avertissement adressé aux lecteurs lui permet de faire appel à l'imagination pour combler les trous de l'histoire de cette compatriote qu'elle veut « réinscrire » (13) dans l'histoire du peuple algérien. Bien qu'historiquement absente, car son nom ne figure sur aucune pierre tombale, Zoulikha ne cesse d'être présente par son inscription dans la voix des femmes qui l'ont gardée vivante dans la mémoire collective. Et grâce à la cinéaste partie à la recherche des traces de cette combattante, celle-ci va migrer de l'écran vers la page écrite d'un roman qui lui est consacré.

Les quatre monologues de Zoulikha imaginés par la narratrice complètent les témoignages des filles de cette combattante et de Dame Lionne : quelques souvenirs d'enfance, des détails sur ses trois mariages, les interrogatoires au commissariat de police, les tortures subies après son arrestation, ainsi que son enterrement par un jeune homme qui l'avait trahie. L'appel à la fiction justifie également les remarques de Zoulikha au sujet des changements survenus dans la vie de la nouvelle génération de femmes qui lui semblent plus émancipées que celles de son temps. Enfin, il est à remarquer le lien que la narratrice crée entre cette « femme-oiseau » volant au-dessus de la ville[66] et les femmes-oiseaux figées sur la mosaïque du musée de Césarée. Si les images de la fresque sont en train de s'effacer au passage du temps, celle de Zoulikha ne subira pas le même sort, car elle passera de la mémoire à l'Histoire grâce à l'écriture de Djebar, qui a su capter sa voix : « Non ! L'image de Zoulika, certes, disparaît à demi de la mosaïque. Mais sa voix subsiste, en souffle vivace : elle n'est pas magie, mais vérité nue ... » (242) Et cette voix sera inscrite dans l'espace discursif tissé par les voix des femmes qui ont confié à la narratrice-écrivaine l'histoire d'une combattante d'exception qui mérite de prendre sa place parmi ceux et celles ayant contribué à la libération de leur pays. Par « la mise en écrit de la voix »,[67] l'écrivaine fascinée par la discursivité plurielle réussit à attirer l'attention sur la contribution des femmes algériennes à la constitution d'un savoir ignoré par les historiens traditionnels. La parole qui vole telle la femme-oiseau imaginée par Djebar se veut une parole libératrice, mise en écrit afin de combler les trous de l'Histoire.

En guise de conclusion, revenons à l'article « La mémoire devant l'histoire » où Tzvetan Todorov montre que les témoignages de ceux et celles qui ont vécu des événements ayant marqué leur vie, le plus souvent d'une façon tragique, même s'ils n'aboutissent pas à les reconstituer dans leur entièreté, mettent en lumière des détails dont l'intérêt réside surtout dans leur vérité de dévoilement. Ces détails portant l'empreinte du vécu, corroborés avec le récit historique global, contribueraient à une meilleure compréhension du sens d'un événement ou de la

---

66 Farid Laroussi voit dans le vol de Zoulika son refus « de se laisser enterrer une seconde fois » (« Éloge de l'absence dans *La femme sans sépulture* d'Assia Djebar », *International Journal of Francophone Studies* 7, n° 3, 2004, p. 193.)

67 Assia Djebar, *Ces voix qui m'assiègent*, Paris, Albin Michel, 1999, p. 26.

vie d'une personne (ou d'une collectivité) dont on a gardé peu de traces archivables. Cette restitution du passé prend place dans un entre-deux mémoriel et historique où, comme affirme Todorov, « vérité d'adéquation et vérité de dévoilement se complètent. » (1995, 112)

Chapitre IV.

L'entre-deux culinaire

Le rapprochement entre cuisine et littérature remonte loin dans le passé. L'analogie entre art culinaire et art littéraire se fait principalement sur la base de la présence d'un même travail créateur opéré sur les matériaux alimentaire et linguistique. Comme ce travail est traditionnellement effectué par les femmes, il est souvent passé sous silence faute de traces matérielles attestant leur créativité. Cependant, de nouvelles connotations surgissent à la suite de l'association établie entre nourriture et sexualité, appétit et désir sexuel. À ce sujet, il n'est pas sans intérêt de mentionner la longue introduction écrite par Roland Barthes à la réédition de la *Physiologie du Goût* de Brillat-Savarin, figure de proue de la gastronomie française. Dans sa lecture du fameux traité datant de 1825, Barthes, sémiologue et écrivain qui s'est penché sur le lien entre nourriture et sexualité, réfléchit sur la concomitance des plaisirs sensuels, du « luxe du désir, amoureux ou gastronomique ».[1] Satisfaction à la fois corporelle et intellectuelle, plaisirs de la table et plaisir du texte se

---

1 Anthelme Brillat-Savarin, *Physiologie du goût*, Paris, Hermann [1825], 1975, p. 9.

marient harmonieusement, contribuant à un état de bien-être du corps et de l'esprit.

Quant à l'anthropologue et ethnologue Claude Lévi-Strauss, il souligne la fonction du symbolisme alimentaire dans l'histoire de l'humanité, insistant sur l'importance du passage du *cru* au *cuit,* autrement dit de la nature à la culture.[2] L'articulation de ces deux concepts met en évidence le rôle transformateur du *cuit,* dont l'introduction dans un réseau de relations abstrait a contribué à la mise en place de nouveaux paradigmes culturels. Il n'est donc pas étonnant de constater que grâce à sa fonction ethnographique, la présence du paradigme culinaire dans les écrits littéraires peut révéler la nature du rapport au monde des personnages ou la relation que certains auteurs entretiennent avec la nourriture. Les rites de la table, les mets privilégiés ou les traits spécifiques de l'hospitalité dépeints dans ces écrits assignant une place au culinaire représentent autant de fenêtres ouvertes vers le social.

À ce sujet, rappelons que pour le sociologue Pierre Bourdieu[3] et l'anthropologue Jack Goody[4] la nourriture constitue un indicateur de position sociale. Bourdieu lie aussi les goûts alimentaires au monde de l'enfance, de l'origine de toute chose, qu'on continue à porter avec nous et à rechercher lorsqu'on est transplanté ailleurs :

> Et c'est sans doute dans les goûts alimentaires que l'on retrouverait la marque la plus forte et la plus inaltérable des apprentissages primitifs, ceux qui survivent le plus longtemps à l'éloignement ou à l'écroulement du monde natal, et qui en soutiennent le plus durablement la nostalgie. Le monde natal est en effet avant tout le monde maternel, celui des goûts primordiaux et des nourritures originaires. (1979, 85)

Prenons le cas de la représentation littéraire des pratiques culinaires chez Annie Ernaux, formée à l'école de Bourdieu. À la lecture de ses livres, on constate que les pratiques du quotidien, parmi lesquelles l'alimentation et la cuisine, jouent le rôle d'un miroir qui reflète les différences sociales que cette auteure explore et questionne à toutes les

---

2   Claude Lévi-Strauss, *Mythologiques*, t. I : *Le Cru et le cuit*, Paris, Plon, 1964.
3   Pierre Bourdieu, *La distinction. Critique sociale du jugement de goût*, Paris, Minuit, 1979.
4   Jack Goody, *Cooking, Cuisine, and Class*, Cambridge University Press, 1982.

étapes de sa vie. Ainsi, les scènes de repas en famille,[5] scènes récurrentes surtout dans son roman *Les Années*,[6] constituent des marqueurs sociaux jalonnant une période de plus de soixante ans. Dans cette «autobiographie impersonnelle et collective» (la quatrième de couverture), les repas décrits par Annie Ernaux à partir de la période de la Deuxième Guerre mondiale jusqu'aux années 2000 mettent en évidence les différences entre la qualité des plats servis dans les milieux populaires et les milieux plus aisés, les rituels ou le manque de rituels de table, le langage spécifique aux différents groupes de commensaux. Tout y est soigneusement consigné par cette écrivaine attentive aux changements survenus au cours de cette longue période. Issue d'une famille modeste de commerçants, Annie Ernaux a grandi dans une abondance de nourriture dont elle a retenu le goût et les saveurs longtemps après être devenue transfuge de classe. «Ma vision du monde est passée par le goût», avouait-elle à Dominique Viart dans l'entretien déjà mentionné. Ce goût ressenti à l'intérieur du cercle familial, englobé dans le social, sera un des éléments qui contribueront à la construction identitaire de la jeune fille, devenue jeune femme et mère de famille, ensuite écrivaine soucieuse de sauver quelque chose du temps vécu au milieu des autres.

À la différence du «roman total» (titre initial du projet d'Ernaux) pour lequel l'écrivaine a observé pendant trente ans les comportements, les goûts, les représentations et les mots utilisés dans les milieux qu'elle a traversés, le premier roman de Muriel Barbery, *Une gourmandise*, explore les goûts et les idées d'un critique culinaire égocentrique. Placé dans une situation extrême, cet esthète qui, pendant toute sa vie a voulu être au centre de l'attention des autres, plonge dans un entre-deux mémoriel où, pendant deux jours, il est obligé de se voir tel qu'il était : enfant comblé, jouissant des saveurs et des plaisirs des repas familiaux, devenu plus tard un adulte exigent et arrogant qui a perdu la joie de vivre. Il est à remarquer le point de vue féministe de l'auteure lorsqu'elle fait des références aux différences de perception de la

---

5   Voir l'entretien qu'elle a accordé à Dominique Viart : «Repas de famille. Entretien avec Annie Ernaux », *Elfe XX-XXI*, n° 7, « Littérature et cuisine », 2019. https://journals.openedition.org/elfe/481. (Page consultée le 4 mars 2020)
6   Annie Ernaux, *Les Années*, Paris, Gallimard, 2008.

valeur de l'acte culinaire lorsqu'il est accompli par un homme ou par une femme.

Dans plusieurs écrits d'auteures francophones,[7] la nourriture est associée au «pays», entendu au sens d'espace habité par des gens partageant les mêmes coutumes et les mêmes pratiques alimentaires. En situation d'exil volontaire ou forcé, dans l'entre-deux spatial créé entre la terre d'origine et l'endroit où l'on vit se configure un interstice culinaire révélateur non seulement des saveurs du «pays», mais aussi de la condition des femmes qu'on associe le plus souvent au travail culinaire. Deux sections de ce chapitre seront consacrées à Calixthe Beyala, originaire du Cameroun, et à Kim Thúy, arrivée du Vietnam en guerre pour s'établir au Québec. Ces deux auteures s'intéressent surtout à la façon dont se transmet l'art culinaire de mère en fille, ainsi qu'au rôle de la nourriture dans le bonheur conjugal. La présence d'aliments ayant un code culturel spécifique en Afrique et, respectivement, au Vietnam, déclenche souvent des réflexions sur l'héritage colonial, sur l'importance de la filiation dans leurs cultures d'origine, sur les rapports intergénérationnels et la persistance de certains stéréotypes raciaux et sexuels.

Chez Beyala, le lien entre nourriture et libido constitue le fil conducteur du roman *Comment cuisiner son mari à l'africaine* (2000), pendant qu'*Amours sauvages* (1999) illustre le passage de la nourriture à l'écriture dans l'espace exilique de Belleville. Dans les deux romans, la femme africaine cesse d'être une femme-objet dès le moment où elle décide de se reconstruire dans son nouveau milieu social afin de mieux s'y intégrer.

Dans le récit *Mãn* (2013) de Kim Thúy, la cuisine, espace traditionnellement réservé aux femmes vietnamiennes, se transforme également en espace de créativité et d'émancipation. L'écrivaine québécoise

---

7 Précisons que d'autres écrivaines, dont la langue n'est pas le français, ont abordé le thème de la créativité culinaire des femmes. La Mexicaine Laura Esquivel utilise la nourriture comme moyen d'expression des émotions du personnage féminin Tita dans son roman *Como Agua para Chocolate* (1989), tandis que le récit *Babette's Feast* (1958) de la Danoise Karen Blixen (Isak Dinesen) montre la transformation opérée par la créativité culinaire sur les relations entre les gens d'une petite communauté nordique.

jette un pont entre sa terre d'origine et l'espace montréalais où les exilés vietnamiens retrouvent des saveurs anciennes, liées à des histoires
partagées dans le restaurant de leur jeune compatriote. À la différence
d'Ève-Marie, qui prépare uniquement des plats traditionnels africains
dans son petit appartement de Belleville, Mãn n'hésite pas à s'ouvrir à
d'autres saveurs, finissant par créer une cuisine métissée. De plus, lors
de ses voyages à New York et à Paris, elle fait l'expérience de l'altérité
qui enrichit son expérience de cuisinière et l'aide à mieux supporter les
chagrins d'amour.

La thématique de la cuisine comme indice révélateur des rapports
de pouvoir et des discriminations sociales et raciales dans une société
donnée se trouve au cœur du roman *Victoire, les saveurs et les mots*.
Comme on l'a vu au premier chapitre, Maryse Condé tient à rendre
justice au talent culinaire d'une grand-mère antillaise illettrée, sortie
de l'oubli grâce au talent littéraire de sa petite-fille. Faute de données
vérifiables qui lui auraient permis de dresser un portrait réaliste de
sa grand-mère, la narratrice-écrivaine fait appel au détail alimentaire
qui, pour reprendre une observation pertinente de Roland Barthes,
« excède la signification [car] il est le supplément énigmatique du sens
(de l'idéologie) ». (1971, 128) Le discours culinaire inscrit dans le récit
biofictionnel de Condé sert principalement à mettre en évidence le lien
entre la créativité du sujet écrivant et celle de sa grand-mère, mais il
facilite aussi la reconstitution d'un savoir auquel l'écrivaine n'avait pas
eu accès à l'époque de son enfance.[8] Il n'est pas sans intérêt de mentionner que la dimension épistémologique associée à la nourriture se
retrouve également dans les récits autobiographiques de Gisèle Pineau,
qui elle aussi fait revivre sa grand-mère paternelle à partir des saveurs
et des paroles créoles qui ont allégé son exil parisien et l'ont initiée à la
culture antillaise.[9]

Avec *Mets et merveilles* (2015), Maryse Condé lie la cuisine au voyage,
autre fil conducteur de ses derniers récits autobiographiques. Dans ce

---

8 En effet, la vie mystérieuse de Victoire est retracée sur la toile de fond d'une Guadeloupe méconnue ou peu connue par les descendants des « Grands Nègres ». Selon
l'auteure, ses parents, fiers d'en faire partie, n'avaient jamais révélé à leurs enfants
les atrocités de l'esclavage.
9 Pour plus de détails, voir l'article de Valérie Loichot, 2002.

livre, on constate que la cuisine, en plus d'être un marqueur culturel et identitaire, a un potentiel transculturel auquel le sujet autobiographique avait déjà touché dans *La vie sans fards* (2012). L'art culinaire, qui occupe une place centrale dans *Mets et merveilles*, montre qu'on peut dépasser l'opposition réductrice entre *ici* et *ailleurs* lorsqu'on est prêt à accueillir la différence. Maryse Condé y suggère que chaque mets devient signe d'un monde qui change constamment et qui se donne à lire comme un récit de soi contenu dans les récits des autres.

« [E]ntre le dire et le manger[10] » : *Une gourmandise* de Muriel Barbery

Le premier roman de Muriel Barbery, *Une gastronomie,* composé de vingt-neuf vignettes, se présente comme un récit polyphonique dans lequel la voix d'un fameux critique gastronomique en train de mourir alterne avec les voix des membres de sa famille et de celles de plusieurs personnes qu'il a croisées au cours de sa vie. Père de trois enfants adultes qui le détestent et mari d'une femme qui l'adore, malgré son indifférence et ses infidélités, cet homme n'a aucune intention de passer ses deux derniers jours entouré de sa famille. À la surprise du lecteur, sa mémoire gustative, déclenchée par le verdict impitoyable du docteur Chabron, se met à la recherche d'une saveur oubliée depuis longtemps, « une saveur d'enfance ou d'adolescence » (11) qui serait, selon lui, « la vérité première et ultime de toute [s]a vie ». (*Ibid.*) Au cours de cette quête fiévreuse de la saveur sans égal, disparue depuis longtemps, les souvenirs de ce critique alternent avec les jugements pour la plupart sévères de sa famille et de son entourage.

Après cette ouverture du roman, intitulée d'une façon suggestive « La saveur », on entend la voix de Renée, la concierge de l'immeuble de la rue de Grenelle, le même immeuble rendu célèbre par le deuxième roman de Muriel Barbery, *L'élégance du hérisson*.[11] Dans son long soliloque, cette femme lance des invectives à l'adresse des riches locataires

---

10 *Une gourmandise,* p. 90.
11 Muriel Barbery, *L'élégance du hérisson,* Paris, Gallimard, 2006.

qui ne voient en elle qu'un objet indispensable. C'est dans un des appartements élégants de cet immeuble que «le propriétaire»[12] en quête de la merveilleuse saveur commence à réfléchir aux moments qui lui ont marqué la vie et qui s'avèrent intimement liés à l'évolution de ses goûts alimentaires. De son enfance heureuse, il se rappelle à quel point il adorait les ragoûts riches en sauces de sa grand-mère, «sa première cuisinière de prédilection» (14). C'est beaucoup plus tard qu'il découvrira les «saveurs dépouillées» (15) de l'huître et du sushi, devenant par la suite un critique gastronomique à la fois adoré et redouté.

Chacune des prises de parole du mourant alterne avec celles des personnes qui l'ont connu de près ou de loin : ses trois enfants mal-aimés,[13] sa femme délaissée tôt après leur mariage, son neveu qui lui obéit au doigt et à l'œil, un ancien apprenti devenu un critique reconnu, sa fidèle femme de ménage, son médecin, ami de longue date, deux de ses maîtresses et une mendiante. Même son chat adoré et la statue de la Vénus noire, qui le juge sévèrement pour la façon dont il a traité sa femme et ses enfants, tiennent à exprimer leur point de vue.

Le portrait contrasté de ce gastronome orgueilleux, prétentieux, fier de l'impact de son dire,[14] mais égoïste et indifférent envers ceux qui ont besoin de son affection, se dessine dans un entre-deux mémoriel riche en parfums, couleurs et saveurs, mais aussi révélateur du danger de sacrifier les plaisirs de la bouche au nom de l'esthétisation excessive de l'art culinaire.

Plaisirs authentiques de l'enfance

Plusieurs moments d'un sublime bien-être éprouvé pendant l'enfance jaillissent du tréfonds de la mémoire de cet homme agonisant, témoignant du rôle primordial du vécu authentique, guidé par les plaisirs simples du corps et de l'esprit. Ses premiers souvenirs datent des vacances d'été passées au Maroc, pays d'origine de sa mère. Il se

---

12 Titre du deuxième chapitre.

13 «... que sont les enfants sinon de monstrueuses excroissances de nous-mêmes, de pitoyables substituts de nos désirs non réalisés ? [...] Je ne les aime pas ... La seule paternité que je revendique, c'est celle de mon œuvre.» (37)

14 «Avec moi, cet art mineur s'est haussé au rang des plus prestigieux.» (10)

souvient du restaurant de la médina, de l'odeur de la viande grillée et des incomparables boulettes de viande hachée, mises en contraste avec les pâtisseries, une «orgie de douceur sucrée». (25) Ce mélange subtil du plaisir sensuel et du plaisir de la bouche utilisé dans la description des desserts sera de plus en plus présent au cours du récit focalisé par le personnage arrivé à l'âge adulte.

Après la viande et les pâtisseries, c'est l'odeur du pain frais qui le transporte au paradis de couleurs et de saveurs des vacances marocaines : «Le pain, la plage : deux chaleurs connexes, deux attirances complices.» (78) Clin d'œil au poème en prose de Francis Ponge,[15] la description de cet aliment essentiel ne se limite pas à celle de la croûte et de la mie. «Province, campagne, douceur de vivre et élasticité organique : il y a tout cela dans le pain, dans celui d'ici comme dans celui d'ailleurs.» (80) De plus, le goût du pain lui fait revivre le «plaisir d'être ensemble, de partager une gourmandise consacrée, dans la convivialité et la relaxation des vacances.» (*Ibid.*)

Autre souvenir d'enfance : le potager de sa tante Marthe, qui l'étonnait par son savoir instinctif de créer un «rêve de fleurs et de légumes» (49), véritable paradis de couleurs et de parfums. «Un jardin chaotique au cœur de la campagne, peut relever de la plus belle des œuvres d'art» (48–9), conclut l'esthète. Éloigné depuis longtemps de la nature, il a l'impression de sentir l'inoubliable parfum du tilleul et de revivre l'incomparable plaisir de manger une tomate crue, cueillie à même le plant, dont il avait presque oublié le goût à force de consommer ce fruit cuisiné dans une variété de mets :

> En salade, au four, en ratatouille, en confiture, grillées, farcies, confites, cerises, grosses et molles, vertes et acides, honorées d'huile d'olive, de gros sel, de vin, de sucre, de piment, écrasées, pelées, en sauces, en compote, en écume, en sorbet même : je croyais en avoir fait le tour et, en plus d'occasions, en avoir percé le secret, au gré des chroniques inspirées par les cartes des plus grands. (52)

---

15 Francis Ponge, «Le pain», *Le parti pris des choses*, Paris, Gallimard, 1942.

Oubliant pour quelques instants le «plaisir de briller» (*Ibid.*), plaisir donné par le souci constant d'être vu comme celui qui fait et défait les réputations des chefs cuisiniers, le vieux gastronome revit cet instant spécial où la consommation d'une tomate peut produire une «cascade [de sensations simples] qui essaime dans la bouche et en réunit tous les plaisirs.» (*Ibid.*)

Quelle différence entre la tomate décrite par Muriel Barbery comme une «corne d'abondance des sensations simples» (*Ibid.*) et la description précise et technique du quart de tomate réalisée par Alain Robbe-Grillet dans *Les Gommes* (1953)! Et, pour pousser plus loin cette idée de différence, il faut remarquer le contraste entre l'énumération des mets ayant comme ingrédient principal la tomate, technique d'écriture propre aux chroniques gastronomiques, et la poéticité de l'écriture qui essaie de saisir les sensations gustatives et olfactives, source d'un bonheur incomparable.

Certaines années, la famille du gastronome passait la fin des vacances d'été chez les parents du père, en Bretagne. Une odeur différente de celles ressenties dans la région méditerranéenne surgit dans la mémoire olfactive de cet homme de soixante-huit ans : l'odeur de poisson grillé. Et avec elle, s'impose la figure majestueuse de sa grand-mère, reine incontestable de sa cuisine. «[S]ous l'effet de ses mains expertes, les substances les plus anodines devenaient des miracles de la foi» (58), se rappelle «le plus grand critique gastronomique du monde» (10), habitué depuis des dizaines d'années au raffinement culinaire. L'odeur qui domine toutes les autres, celle des sardines grillées, est décrite comme «une apothéose culinaire» (40) qui le fait réfléchir au début de l'humanité marqué, entre autres, par le passage du cru au cuit. Lorsqu'on lit que la chair crue du poisson, une fois cuite, représente «quelque chose qui échappe à la culture» (*Ibid.*), l'allusion aux *Mythologiques* de Claude-Lévi Strauss est évidente. Ce moment tournant dans la vie de l'homme primitif qui, selon le critique de Barbery, se rend compte peut-être pour la première fois de son humanité, l'aurait plongé dans un entre-deux qu'il traversera pendant des milliers d'années jusqu'à ce qu'il arrive à perfectionner son art culinaire et à le mettre en mots.

Entre cuisine familiale et cuisine savante

Il est intéressant de noter que dans une des sections de son roman, intitulée « Le cru », Muriel Barbery, qui a vécu un certain temps au Japon, ouvre une porte sur la cuisine de ce pays cher à son cœur. En se remémorant sa première dégustation de poisson cru au pays du soleil levant, le gastronome de son livre affirme que c'est seulement dans cette vieille civilisation que le raffinement culinaire a atteint le sommet de la perfection par le retour au cru.[16] À la différence de l'anthropologue Lévi-Strauss, pour qui l'évolution ne s'est faite qu'à travers le passage du cru au cuit, le critique de Barbery, fier de ses digressions intellectuelles, tient à mettre en évidence la place particulière qu'occupe l'art exquis des chefs japonais qui réussissent à stimuler les cinq sens par leurs créations culinaires. Le rituel de la préparation du sashimi par le vieux chef Tsuno sous les yeux des autres cuisiniers « pétrifiés de stupeur » (63) lui aurait fait sentir, dans un total éblouissement, « toute la palette des sensations de bouche ». (*Ibid.*) La consistance de ce sashimi, « poussière de velours aux confins de la soie » (62), le transforme en « un fragment cosmique à portée du cœur ». (63) C'est dans ce bar japonais que le gastronome a finalement compris le sens du mot « terroir » :

> … il n'y a de « terroir » que par la mythologie qu'est notre enfance, et que si nous inventons ce monde de traditions enracinées dans la terre et l'identité d'une contrée, c'est parce que nous voulons solidifier, objectiver ces années magiques et à jamais révolues qui ont précédé l'horreur de devenir adulte. (60)

L'exploration de cet entre-deux mémoriel se fait à travers des expériences culinaires dont les significations profondes ne se révèlent qu'à la fin de la vie de ce personnage épris de pouvoir et d'honneurs. D'un côté, les repas en famille qui ont fait le bonheur de son enfance et de son adolescence grâce à la richesse des saveurs simples et naturelles, de l'autre côté, la dégustation de mets raffinés aux saveurs recherchées que

---

16 Dans *L'empire des signes* (1970), Roland Barthes est également fasciné par l'art culinaire des Japonais, qui transforment très peu les ingrédients assemblés avec un souci d'esthétisme remarquable.

l'adulte, devenu critique gastronomique, a dû évaluer afin de juger de la valeur des grands cuisiniers.

Aux souvenirs d'enfance et d'adolescence narrés dans « La viande », « Le pain », « Le poisson », « Le chien »[17] et « Le whisky »[18] s'ajoutent plusieurs souvenirs de l'âge adulte, dont quelques-uns lui font mieux comprendre pourquoi les plaisirs d'un repas simple, pris en compagnie de gens qui le partagent dans une atmosphère de convivialité, sont préférables à ceux procurés par la cuisine savante que le critique doit juger en fonction du paraître et de la sophistication culinaire. Bien que la recherche du goût constitue depuis longtemps l'axe de développement de la gastronomie française, la cuisine savante semble s'être trop éloignée de la cuisine familiale, plus authentique, où l'aliment n'est pas un élément constitutif d'une œuvre d'art.

Cette idée qui occupe de plus en plus l'esprit du critique est illustrée dans le récit « Le miroir », ayant comme sujet les « repas sur le pouce » (70) préparés méthodiquement par son oncle Jacques Destrères. « [I]gnorant du raffinement de son ordinaire, vrai gourmet, réel esthète dans l'absence de mise en scène qui caractérisait son quotidien » (*Ibid.*), chacun de ses repas était « une petite bouchée de paradis. » (*Ibid.*) La référence à la mise en scène perfectionnée par les fondateurs de la gastronomie française afin de faire valoir le bon goût et la distinction sociale renvoie à l'essai de Roland Barthes, « La cuisine ornementale ».[19] Épris de mots et de mets, Barthes y fustige les tentatives de faire de la cuisine un objet d'admiration dont la complexité sacrifie souvent la saveur au profit de l'apparence esthétisante et prétentieuse. Le vieux critique d'*Une gourmandise* partage avec Barthes l'appréciation du plaisir de la table et du plaisir du texte, mais Muriel Barbery pousse plus loin cette idée en ajoutant une réflexion de son personnage sur le plaisir de contempler l'autre se réjouir d'un repas de la même façon dont on contemple un tableau : « Déguster est un acte de plaisir, écrire ce plaisir

---

17 L'odeur de brioche sera liée à jamais à celle de son chien Rhett, véritable « boulangerie ambulante ». (99)

18 À l'âge de quinze ans, le futur gastronome découvre le goût exquis du whisky que l'ami de son grand-père recevait régulièrement de son ami écossais Mark. Plus tard, il n'a jamais avoué sa préférence pour cette boisson si peu française.

19 Roland Barthes, *Mythologies*, Paris, Éditions du Seuil, 1957.

est un fait artistique, mais la seule vraie œuvre d'art, en définitive, c'est le festin de l'autre.» (71)

Entre la vie et la mort, entre les souvenirs lumineux de l'enfance et de l'adolescence et ceux de l'âge adulte, le vieux critique mesure la différence entre la cuisine familiale, dont s'occupent principalement les femmes, et la cuisine raffinée des restaurants, affaire d'hommes désireux de jouir du prestige donné par les bonnes critiques rédigées par les spécialistes en gastronomie. Le récit intitulé «La ferme», décrivant un déjeuner champêtre en Normandie, en compagnie de quatre hommes et d'une femme, alterne la description des mets simples, mais pleins de saveur servis par la femme, avec les réflexions du critique et la conversation chaleureuse et authentique des commensaux. À cette occasion, le maître gastronome constate avec surprise qu'on peut se régaler davantage de mots que de la chair. (90) «Peut-être est-ce là le ressort de ma vocation, entre le dire et le manger ...» (*Ibid.*), conclut-il, enivré du parfum du tilleul sous lequel il était assis, et d'où il continue à écouter avec enchantement la conversation des quatre cultivateurs.

À mi-chemin entre la simplicité du manger savoureux et authentique et l'extrême raffinement de la cuisine savante se trouve la cuisine de la cheffe Marquet, amie et amante de longue date, dont le gastronome se souvient sur son lit de mort. «De tous les grands que j'ai eu le privilège de fréquenter, elle a été la seule, dit-il, à incarner mon idéal de perfection créatrice.» (121) Placé dans un endroit charmant, loin des bruits de la ville, c'est grâce à ce restaurant que cette femme a pu garder sa liberté et s'affirmer, chose rare dans le monde culinaire, comme une créatrice originale. Dans cette vignette intitulée «La glace» s'insèrent une liste des desserts offerts chez Marquet et une autre contenant les différentes variétés de glaces et de sorbets. Après une longue explication savante sur la différence entre glaces et sorbets suit la dégustation du sorbet à l'orange, qui rappelle soudainement au critique le plaisir ressenti pendant son enfance, lorsque sa grand-mère lui servait le même type de sorbet. À sa grande surprise, la recette du sorbet à l'orange servi par sa maîtresse lui aurait été transmise par sa grand-mère à elle.

Il faut mentionner que le sorbet à l'orange, décrit comme des «stalactites d'enfance» (126) par le vieux critique, figure dans un autre récit, celui de Georges, un apprenti doué qui avait osé soutenir son point de vue devant le Pape de la gastronomie. À partir d'une question sur la qualité de ce sorbet, leur dialogue devient une polémique au sujet des facteurs qui auraient contribué à la qualité de la cuisine des femmes en général et de leurs grands-mères en particulier. Bien que grand admirateur de la cuisine méridionale de sa grand-mère maternelle, le critique attribue en partie sa réussite à « sa bêtise, son peu d'éducation et de culture » (31), pendant que le jeune apprenti considère que la tâche accomplie par la grand-mère, et par les femmes cuisinières en général, « n'était qu'en apparence subalterne, matérielle ou bassement utilitaire. » (32) De plus, continue-t-il, la cuisine des femmes, injustement sous-appréciée dans le monde gastronomique, se remarque par « une sensualité torride » (34), signe de leur pouvoir incontestable dans la sphère domestique. La chair, précise Georges, devenu par la suite un critique respecté par ses confrères, « évoque conjointement les plaisirs de la bouche et ceux de l'amour » (Ibid.), idée qui se retrouve, comme nous l'avons déjà constaté, dans plusieurs romans écrits par des femmes.

L'écriture de Muriel Barbery, tantôt sensuelle, tantôt rationnelle, se déplace constamment entre le biologique et le symbolique, à la recherche d'une authenticité qui seule peut satisfaire les désirs cachés de tout être. Dans un souvenir d'adulte, le critique revit l'état de bien-être éprouvé dans la cuisine d'un chef qui lui rappelle celle de sa grand-mère. Au lieu d'un plat sophistiqué de sa carte, celui-ci lui sert « une simple mayonnaise » (130) accompagnant de légumes et quelques tranches de porc froid. Occasion pour l'auteure du roman de faire appel à une écriture chargée de sensualité :

> … les crudités à la mayo ont quelque chose de fondamentalement sexuel. La dureté du légume s'insinue dans l'onctuosité de la crème […] la mayonnaise et les légumes [à la différence du pain et du beurre] restent pérennes, identiques à eux-mêmes, mais, comme dans l'acte charnel, éperdus d'être ensemble. (131–2)

Mais à sa grande surprise, le critique constate que la mayonnaise de son enfance, celle que sa mère achetait au supermarché, avec son « goût de rien » (133), lui plaisait mieux que la mayonnaise faite maison. Ce constat étonnant dirige le lecteur vers la dernière vignette, intitulée « L'illumination », qui met en question le sens de tout le parcours professionnel du critique. Il constate avec stupeur que la saveur que le critique recherchait fiévreusement depuis deux jours n'était autre que celle de la chouquette de supermarché pour laquelle, à l'en croire, il donnerait, sans aucun regret, toute son œuvre construite au cours d'une vie consacrée à la gastronomie.

> Comment peut-on à ce point se trahir soi-même? se demande le mourant. Quelle corruption plus profonde encore que celle du pouvoir nous conduit ainsi à renier l'évidence de notre plaisir, à honnir ce que nous avons aimé, à déformer à ce point notre goût? (140)

Paradoxalement, le seul moment où il aurait atteint Dieu, c'est pendant «l'union quasi mystique de [s]a langue avec ces chouquettes de super-marché, à la pâte industrielle et au sucre devenu mélasse.» (142)

Si cette saveur est celle du «met originel et merveilleux avant toute vocation critique, avant tout désir et toute prétention à dire [s]on plaisir de manger» (11), devrait-on conclure qu'il a bâti sa vie sur le déni de ses vrais désirs? Que tous les efforts et les sacrifices qu'il a faits pour arriver au sommet du pouvoir et de la reconnaissance sociale n'ont fait que l'empêcher de jouir des plaisirs authentiques de la vie? Les propos haineux de ses enfants et de plusieurs personnes qui lui ont croisé les pas témoignent du manque d'amour dans sa vie sacrifiée sur l'autel de la critique gastronomique. «Dis-moi ce que tu manges, je te dirai ce que tu es», écrivait Brillat-Savarin dans sa fameuse *Physiologie du goût*. (1825) Le personnage du roman de Barbery serait, dans ce cas, un être inauthentique, ne vivant que pour la gloire et le pouvoir exercé sur les autres. La barrière qu'il a érigée entre le corps et l'esprit, entre ses désirs intimes et le désir de régner sur les critiques gastronomiques n'a été abattue qu'aux derniers moments de sa vie, quand il a succombé au désir de satisfaire pour une dernière fois son plaisir de manger une simple pâtisserie de supermarché. Ce dénouement pour le moins sur-prenant pourrait délégitimer la validité du dire gastronomique, un dire intellectualisé, coupé du corps et de ses désirs. «Nul pouvoir : un peu de savoir, un peu de sagesse, et le plus de saveur possible»,[20] disait Roland Barthes dans son discours inaugural tenu au Collège de France

---

20 Roland Barthes, *Leçon*, Paris, Seuil, 1978, p. 46.

en 1977. Entre les mets et les mots, Muriel Barbery nous fait sentir le plaisir d'un texte riche en parfums, couleurs et saveurs.

L'entre-deux culinaire dans deux romans de Calixthe Beyala

La Camerounaise Calixthe Beyala, comme tant d'autres écrivains francophones, vit et écrit dans un entre-deux géographique et culturel qui, de son propre aveu, constitue la source intarissable de son écriture : « L'exil me donne la liberté qui m'est refusée, l'exil me donne la parole qui m'est refusée », déclarait-elle lors d'un entretien.[21] Ses prises de position féministes se retrouvent chez plusieurs de ses personnages qui ne se laissent pas écraser par l'exil. « *C'est le chant de l'exil qui me dicte ces syllabes* »,[22] lit-on sur la première page du roman *Maman a un amant*, où M'am, une femme musulmane illettrée d'une cinquantaine d'années, s'adresse à une « Amie » occidentale.

Par le biais d'une écriture décentrée, définie par Michel Laronde comme « tout texte qui, par rapport à une langue commune et une culture centripète, maintient des décalages idéologiques et linguistiques » (1996, 209), Beyala s'attaque, dans un premier temps, aux douloureuses contradictions qui déchirent son Afrique natale.[23] « Fleurs du Mal » poussées sur le terrain glissant du post-colonialisme, ses premiers romans (*C'est le soleil qui m'a brûlée*,[24] *Tu t'appelleras Tanga*,[25] *Seul le Diable le savait*[26]) dévoilent, par le biais d'une écriture à la fois virulente et poétique, le fossé grandissant qui s'installe entre les traditions africaines et la modernité destructrice, entre le pouvoir masculin et la soumission féminine, entre l'espoir et le désespoir. De cet entre-deux tourbillonnant émerge la voix de la jeune femme africaine, une femme qui décide

---

21 Emmanuel Matateyou, « Calixthe Beyala: entre le terroir et l'exil », *The French Review*, vol.69, n° 4, March 1996, p. 613.
22 Calixthe Beyala, *Maman a un amant*, Paris, Albin Michel, 1993, p. 7.
23 Voir Odile Cazenave, « Calixthe Beyala : l'exemple d'une écriture décentrée dans le roman africain au féminin », dans Michel Laronde, 1996, p. 123–48.
24 Calixthe Beyala, *C'est le soleil qui m'a brûlée*, Paris, Stock, 1987.
25 Calixthe Beyala, *Tu t'appelleras Tanga*, Paris, Stock, 1988.
26 Calixthe Beyala, *Seul le Diable le savait*, Paris, Pré aux Clercs, 1990.

de rompre le silence imposé par la société patriarcale afin de se poser en sujet d'énonciation, au risque de frôler la mort. Une femme qui tend la main aux autres femmes, à la femme universelle, tout comme l'auteure demandait l'aide de ses consœurs dans sa fameuse

Lettre d'une Africaine à ses sœurs occidentales.[27]

Dans les romans ultérieurs, Beyala donne la parole à des personnages venus d'Afrique et établis dans le quartier de Belleville, quartier populaire riche en couleurs et en saveurs. Bien que situé en marge de la belle ville de Paris, ce quartier semble emblématique pour la France contemporaine, car il exemplifie les nouvelles relations ethniques et de classe d'une société qui ne cesse de changer. Les romans *Le petit prince de Belleville*,[28] *Maman a un amant* (1993) et *Amours sauvages* (1999) représentent ce quartier comme un espace où l'hétérogénéité sociale constitue une source de situations quasi rocambolesques, décrites avec un humour décapant. La satire parfois virulente d'une société manifestant des réactions mixtes au sujet de l'immigration et du métissage se fait dans un langage cru, à la fois savoureux et irrévérencieux.

Les deux premiers romans mentionnés ci-dessus forment un diptyque narratif hétérogène, qui met en scène une famille d'immigrants originaire du Mali, vivant dans le quartier de Belleville. Le troisième, *Amours sauvages*, dépeint le même quartier bigarré, peuplé d'exilés déçus par la terre promise, et dont certains, surtout les femmes, vivent de la prostitution. Enfin, la trame tragi-comique du roman suivant, *Comment cuisiner son mari à l'africaine*, se développe toujours dans l'espace de l'exil parisien où la jeune narratrice Aïssatou, tiraillée entre deux conceptions de la beauté féminine et deux façons de cuisiner, finit par choisir celles qui répondent le mieux au désir et aux attentes de l'homme africain qu'elle décide de séduire.

27 « Je suis venue en Occident attirée par vos théories, vos combats, vos victoires. Grâce aux revendications des femmes occidentales, leurs consœurs des pays africains ont vu l'espoir de se libérer des pratiques ancestrales rétrogrades poindre à l'horizon. » (*Lettre d'une Africaine à ses sœurs occidentales*, Paris, Spengler, 1995, p. 10.)
28 Calixthe Beyala, *Le Petit Prince de Belleville*, Paris, Albin Michel, 1992.

Romans dialogiques par excellence, romans provocateurs aussi, ne serait-ce que par leurs titres accrocheurs, les livres de Beyala mettent en scène des personnages qui ont définitivement tourné le dos à leur pays d'origine, même si l'espace où ils évoluent demeure essentiellement dysphorique. Certains succombent face à l'expérience de l'exil, d'autres essaient de se frayer un chemin dans les marges du pays d'accueil grâce aux liens communautaires et à leur désir de s'émanciper et de s'intégrer dans leur nouveau milieu. Mais ce désir d'intégration ne les fait pas renoncer complètement à leur cuisine traditionnelle, et surtout au repas partagé. En effet, dans le quartier de Belleville, marginal et margina-lisé, le savoir ancestral de la cuisine africaine aide les narratrices des romans *Amours sauvages* et *Comment cuisiner son mari à l'africaine* à se trouver une niche dans ce milieu à la fois convoité et détesté. La mise en récit d'un code alimentaire généralement perçu comme exotique hors de son contexte d'origine devient dans les deux textes un signe de la difficulté des migrants de s'ancrer dans un espace peu accueillant, par-fois hostile, mais aussi de la détermination de certains d'entre eux de se reconstruire autrement dans un espace de liberté où ils commencent leur questionnement culturel.

Nourriture et séduction dans *Comment cuisiner son mari à l'africaine*

Aïssatou, la jeune narratrice de *Comment cuisiner son mari à l'africaine*, veut s'intégrer dans l'espace de la banlieue parisienne où elle vit en tant que femme seule, célibataire, en quête de la meilleure formule pour devenir une femme respectable. Dans un premier temps, elle croit avoir trouvé la solution qui lui permette de ne plus être perçue comme objet sexuel et de s'épanouir sur le plan de la vie sentimentale. Fine observa-trice de son milieu, la jeune Africaine commence à se conduire comme les colonisés de Fanon,[29] couvrant sa peau noire d'un masque blanc :

> … j'imite les Blanches, déclare-t-elle, parce que, je le crois, leur destin est en or ; parce que, je le crois, elles ont une meilleure connaissance du bien et du mal, de ce qui est convenable ou punissable, du juste ou de l'injuste ; parce que, je le crois, elles savent jusqu'où aller et comment s'arrêter. (11)

29 Franz Fanon, *Peau noire, masques blancs,* Paris, Seuil, 1952.

À force de blanchir sa peau, de se défriser les cheveux et de priver son corps de nourriture «jusqu'à le rendre minimaliste» (12), Aïssatou devient, à son insu, une «Négresse blanche». (21) Mais, face à la menace de la perte d'identité et de l'oubli du savoir ancestral,[30] la jeune femme se met à interroger les représentations de l'altérité. Dans le même temps, elle conçoit le plan de séduire un voisin célibataire non pas par les attraits de son corps, mais par les saveurs de sa cuisine. Au cours d'un dialogue imaginaire avec sa mère défunte, elle apprend non seulement les meilleures recettes traditionnelles africaines, mais aussi leurs effets sur l'homme qu'elle compte attirer et, idéalement, épouser.

Précisons que la transmission orale des recettes soigneusement préservées dans la mémoire de plusieurs générations de femmes africaines est destinée non seulement à initier leurs descendantes à la préparation des plats traditionnels, mais aussi à leur confier un savoir indispensable à leur survie. Dans l'économie de ce récit, la description de plats inconnus aux Français ne répond que partiellement au besoin d'exotisme de certains lecteurs. Le choix et l'agencement des recettes ponctuent les dilemmes et les décisions d'une migrante africaine déterminée à se servir de tous les moyens pour fonder une famille dans le pays d'accueil. Aussi commence-t-elle à faire goûter de savoureux mets du terroir au voisin malien et à sa mère jusqu'à ce qu'elle leur devienne indispensable.

Dans l'espace de cet entre-deux culinaire se profile le continent d'origine des deux protagonistes à partir de plusieurs plats africains dont les recettes séparent typographiquement les épisodes du récit de la jeune femme. À partir du moment où Aïssatou met en application les conseils de sa mère, on la voit progresser dans son entreprise de séduction au cours de laquelle se recollent les morceaux de son identité de femme africaine vivant dans un milieu différent de celui du lieu d'origine. Le discours culinaire n'est pas seulement lié au projet de séduction mis en place par Aïssatou, mais il joue aussi un rôle majeur dans la construction identitaire de cette femme déterminée à fonder une famille dans son nouveau pays.

---

30 «J'ignore quand je suis devenue blanche : ce que je sais, c'est que mes connaissances d'antan m'ont désertée.» (17)

En effet, l'expérience et la sagesse de sa mère défunte font vite oublier à Aïssatou la solution de Fanon, car l'efficacité du remède africain est rapidement confirmée. Les recettes surgies dans cet entre-dire mémoriel, alternées avec des séquences narratives pimentées d'un humour cruel tissent le filet dans lequel tombera le voisin célibataire. Le plat de tortue de brousse que la mère d'Aïssatou aurait préparé pour attirer un homme comme Bolobolo, le jus de gingembre aux vertus aphrodisiaques, le ngombo queue de bœuf, bénéfique pour la virilité, or la pépé-soupe réputée pour son effet miraculeux sur les relations de couple, attestent la justesse des conseils maternels.[31]

Bien que les noms et les ingrédients de quelques-unes de ces recettes ne soient pas familiers à certains lecteurs, il ne faut pas oublier que les plats préparés par Aïssatou sont destinés à contenter un Africain qui n'y voit rien d'exotique. Bien au contraire, les saveurs familières de cette nourriture métamorphosent l'espace exilique des deux migrants en un « chez-soi » qui les fait oublier leurs soucis quotidiens.[32] Dans cet interstice culinaire, les deux protagonistes passent imperceptiblement des plaisirs de la table aux plaisirs de l'amour :

> On mange, voraces, comme sous l'emprise d'une hypnose. Le porc-épic est succulent. On oublie la civilisation pour se plonger dans les sauvageries africaines. Nous mangeons comme sous les tropiques, avec nos doigts [...] Monsieur Bolobolo me fait des grimaces, des moues, des chamous que j'interprète aisément : c'est bon, c'est chaud, c'est comme le désir [...] De temps en temps, nous gloussons, parce que nous pressentons l'éclatement des plaisirs charnels. (135–6)

31 Une autre mère, d'origine marocaine, donne le même conseil à sa fille : « Si la cuisine d'une femme est bonne, le sexe aussi ... » (Leïla Houari, *Les rives identitaires*, Paris, L'Harmattan, 2011, p. 34.)

32 Cette idée s'exprime également dans le roman *Chair Piment* de Gisèle Pineau. Mina, jeune femme malheureuse et inadaptée même après des années passées à Paris, retrouve sa Guadeloupe natale dans tout ce qui l'entoure, et surtout dans les saveurs et parfums associés à son île : « Suspendue aux cintres dans l'armoire. Mêlée aux fleurs du papier peint. Enfermée dans des pots de confiture de goyave et d'ananas. Au sec, parmi les écorces de cannelle et les noix de muscade, dans des boîtes en fer-blanc qui avaient autrefois contenu des biscuits au beurre frais de Normandie. Gardée dans la pulpe des jus d'orange et de pamplemousse. Serrée dans son cœur et sa mémoire. Dans les apparitions de Rosalia ... » (*CP*, 131)

Les plaisirs de l'amour sont souvent décrits par le biais du lexique culinaire, ce qui témoigne de la circulation du désir du culinaire au corporel et vice versa : « Nos corps s'affrontent et une recette jaillit de nos soupirs : mousse de langues à la feuille de tendresse ; riz de poils gratinés au four des désirs et gâteaux de seins au chocolat noir. » (107) Les qualités magiques des plats africains contribuent à l'érotisation du corps d'où jaillissent les recettes du bonheur d'un couple : « Le détail de ces recettes ? Vous le trouverez n'importe où, là où les destins s'entrecroisent ; là où se meurent et ressuscitent éternellement les frises délicates de la séduction. » (*Ibid.*)

Cependant, si la cuisine africaine exerce un effet aphrodisiaque sur les deux amoureux, elle n'a pas le même effet sur les autres colocataires d'Aïssatou, ni sur Mademoiselle Bijou, l'amie antillaise de Bolobolo. Tout au long de ce roman, ils imaginent l'altérité en termes de barbarie. « Avec ces odeurs, elle va finir par pourrir l'immeuble ! » (72), s'exclame la grosse concierge qui ne peut retenir sa xénophobie : « Ah ces Nègres alors ! Comment peut-on manger des choses qui puent pareillement ? » (31)[33] ; « Paraît qu'ils mangent des singes, ces Nègres ! » (99), remarque à son tour Mademoiselle Bijou, frissonnante à l'idée de toucher à un plat de boa en feuilles de bananier qu'elle trouve « contre nature ». (105) Déconstruit par le regard de l'Autre, l'aliment africain devient signe d'un sujet qui doit affronter la méchanceté et l'incompréhension de ceux qui craignent l'altérité et rejettent les pratiques culturelles différentes des leurs. Finalement, la protagoniste du roman de Beyala réussit à jeter un pont entre séduction et mariage grâce à l'héritage culinaire transmis par sa mère.

Il n'est pas sans intérêt de noter que ce récit de séduction se construit entre une courte légende placée dans un *illo tempore* d'avant « l'humanité ordonnée des hommes » (7) et un Épilogue séparé du récit proprement dit par une longue ellipse temporelle. Dans le conte narré à la troisième personne, Biloa, l'homme qui menait une existence solitaire en compagnie de ses bêtes, sera séduit par une femme qui se sert de

---

33 Elle va jusqu'à chuchoter à l'oreille des locataires de son immeuble sale et mal entretenu qu'Aïssatou a transformé son appartement en une véritable ferme où elle « élève des chèvres, des poulets, des canards et même des cochons antillais ». (72)

la même ruse qu'Aïssatou. Nul besoin de se demander sur la nature du dénouement, car le pacte de lecture l'indique clairement : comme dans tout conte merveilleux, la fin ne peut être qu'heureuse après que l'homme a laissé entrer la femme dans sa maison.

Tout autre se présente le dénouement du récit se déroulant après l'entrée de l'homme dans l'Histoire. Aïssatou aura son mariage qu'elle désire heureux, mais les désillusions ne tardent pas de se présenter, car la fidélité du mari est de courte durée.[34] Mais malgré cette différence dictée principalement par leur statut générique, les deux récits soulignent l'importance de la nourriture depuis les débuts du temps, ainsi que le potentiel de l'art culinaire de nourrir l'art littéraire. Sorti d'un *ailleurs* laissé en arrière à la suite de la mouvance postcoloniale et ancré dans un *ici* prometteur mais problématique, le discours culinaire inscrit dans ce roman jouit d'un nouvel éclairage grâce à la verve et à l'ironie de Beyala.

Du repas partagé à l'écriture de l'exil dans *Amours sauvages*

L'entre-deux culinaire figure également dans le roman *Amours sauvages* (1999), où il est étroitement lié à celui de l'écriture. Ève-Marie, une prostituée camerounaise, épouse un Français de souche, Pléthore, poète épris de Baudelaire, mais incapable d'extraire la beauté du mal qui l'entoure. Par contre, sa femme, qui ouvre un restaurant clandestin dans leur petit appartement de Belleville, y découvre la passion de cuisiner pour les autres, en même temps que le plaisir et les affres de l'écriture inspirée par son quartier grouillant de personnages pittoresques.

Dans l'espace de sa cuisine, les odeurs des plats concoctés par Ève-Marie déclenchent des souvenirs liés à son pays d'origine. Son restaurant « maquis » lui fait sentir la chaleur et les saveurs du continent africain qu'elle s'efforce de recréer pour ses clients, « des nègres nostalgiques » pour la plupart, mais aussi des « blancs négrifiés ». (35) Comme

---

34 Vingt ans plus tard, on retrouve une Aïssatou résignée et assagie, qui n'a jamais cessé de bien nourrir son mari volage. À la surprise du lecteur, Bolobolo finira par changer : « il ne sortit plus ; il ne me trompa plus ; son air dédaigneux s'estompa et il m'aida à faire la vaisselle. Il apparut peu à peu à mes yeux comme un enfant sage, à moins que ce ne fût un vieillard travaillé par le temps. » (156)

par magie, son petit restaurant glisse dans un entre-deux mémoriel où s'esquisse un espace africain épuré, d'où se dégagent des odeurs et des bruits familiers :

> Tandis que je cuisais mes crêpes, [...] je pensais à mon Afrique, à ses espaces dégagés et herbeux, à ses concessions cernées de buissons à trèfles jaunes, au bleu immaculé de son ciel, au bruissement sec des feuilles qui tombaient, aux écureuils qui bondissaient de branche en branche. (46)

Ce tableau idyllique surgi de sa mémoire et des paroles de sa mère renforce la conviction d'Ève-Marie que ce dont ses compatriotes ont besoin, c'est de se réjouir d'un repas et d'une parole partagés dans un espace familier qui leur donne le sentiment d'appartenir à une communauté. Les cartes qu'elle distribue dans ce « quartier parenthèse à l'intérieur de Paris » (48) s'adressent justement à ces gens dépaysés :

> *Mangez comme chez vous, avec Ève-Marie,*
> *première dame de l'univers,*
> *indiquée par son patronyme.*
> *Porc-épic à gogo, Crocodile à la brouette*
> *Et pour pimenter le tout, discrétion assurée.* (35)

Ève-Marie mise sur la nostalgie des odeurs et des saveurs éprouvée par les migrants africains et aménage un espace propice aux rencontres et aux échanges. Cet espace accueillant invite à la prise de parole ceux qui n'en ont pas dans l'espace public.

Peu de temps après, « les exilés de Belleville [...] s'installaient par grappes entières depuis l'entrée jusque dans la cuisine. Ils écoutaient les griots. Ils arrivaient frigorifiés et tristes, ils repartaient réchauffés et heureux. » (91) Et la narratrice de conclure sur une note humoristique : « Paris se raréfiait ; l'Afrique venait planer au-dessus de ma tête avec ses soleils et ses nuits croissantes de reptiles. » (92)

Dans cette atmosphère conviviale, imprégnée d'érotisme, Ève-Marie sert à ses clients « des alokos sauce rouge, du ngondo aux épices des mers, des haricots blancs à l'huile de palme, des crocodiles meunière ou du pépé soupe » (93), des plats généralement connotés d'exotisme hors de leur contexte d'origine. Cependant, même décontextualisée, cette nourriture africaine traditionnelle n'acquiert pas d'attributs exotiques en l'absence du regard de l'Autre. Elle ne garde que sa fonction de signe de la nostalgie du pays d'origine éprouvée par les migrants africains. Si bien que dans un restaurant comme celui d'Ève-Marie, véritable espace diasporique transnational où la parole et le désir circulent librement, le repas partagé remplit le vide créé par l'exil et la marginalisation. Les barrières sociales et raciales tombent devant les succulents plats épicés. Sans Souci, un médecin français, retrouve la joie de vivre parmi les habitués d'Ève-Marie. Pléthore y trouve enfin son auditoire, tandis que sa femme renonce à la prostitution et commence à jouir des plaisirs du mariage. Enfin, la Française Flora-Flore s'y réfugie pour échapper à la violence de son mari. La nourriture d'Ève-Marie, arrosée par le vin de palme, délie les langues des fidèles de sa cuisine où l'on entend également la voix des griots soucieux d'empêcher l'oubli du passé africain. Le restaurant clandestin devient donc un lieu d'énonciation polyphonique de l'exil, en même temps qu'un espace mémoriel constamment enrichi par les souvenirs de ce groupe hétérogène.

De surcroît, l'interstice culinaire inséré dans ce roman contribue à l'éveil du désir de la narratrice de faire connaître les nombreux défis qu'elle a dû relever au cours de sa reconstruction identitaire. Si au début elle est tentée par des clichés tels que «retour aux cocotiers, aux cache-sexe et au cannibalisme» (107), formules jugées exotiques par certains lecteurs du roman africain, elle y renonce en raison de plusieurs événements bouleversants survenus dans sa vie et dans celle des locataires du bâtiment où elle habite. Inspirée par son milieu composite, grouillant de personnages pittoresques, Ève-Marie glisse des mets aux mots, poussée par l'urgence de témoigner du vécu douloureux des exilés condamnés au silence. Très vite, cela deviendra l'unique motivation de son projet d'écriture dans lequel elle implique aussi ses clients, devenus personnages dans son livre. «Dans la journée, note la narratrice, j'exerçais mon métier de maquisarde avec détachement et faisais bifurquer mes clients dans mes univers romanesques.» (114)

Plaisirs de la table et plaisir du texte s'éclairent mutuellement, comme dirait Barthes,[35] illustrant une fois de plus les liens profonds entre cuisine et écriture. Lieu de rencontre entre parole et nourriture,

---

35 Roland Barthes, *Le plaisir du texte*, Paris, Seuil, 1973.

l'écriture devient dans ce roman de Beyala un entre-deux où la narratrice inscrit non seulement une histoire palpitante, inspirée d'un meurtre commis dans son bâtiment, mais aussi ses réflexions au sujet des pièges de l'intégration du migrant, de son identité en mutation, de la xénophobie des Français et de leur peur d'entrer en dialogue avec l'Autre qu'ils tiennent à distance et accusent de tout ce qui va mal dans leur pays. De plus, travailler sur le récit de vie inspiré de son nouveau milieu, en même temps que sur les plats spécifiquement africains, représente pour Ève-Marie un moyen de se créer un espace à elle, un espace de liberté et d'énonciation où les saveurs des mets et le savoir des mots se marient sans tomber dans le piège de l'exotisme. Sans compter qu'il s'agit d'un espace de négociation identitaire au cours de laquelle la narratrice devient moins intolérante et plus sensible à la richesse apportée par la diversité des gens de son quartier.

Métissage culinaire dans *Mãn* de Kim Thúy

De même que les mères africaines dont les pratiques culinaires transmises à leurs filles constituaient un savoir précieux, en plus d'un savoir-vivre nécessaire à affronter les difficultés de la vie, les mères vietnamiennes évoquées dans le roman *Mãn* de Kim Thúy « enseignaient à leurs filles à cuisiner à voix basse, en chuchotant,[36] afin d'éviter le vol des recettes par les voisines, qui pourraient séduire leurs maris avec les mêmes plats. » (12)

La narratrice de ce récit fictionnel raconte son histoire qui débute au Vietnam, le pays d'origine de l'auteure. Elle s'appelle Mãn, signifiant « parfaitement comblée » (34), et sera élevée par une troisième mère qu'elle appelle Maman, car c'est elle qui lui « a donné une deuxième naissance ». (9) Pour lui assurer une vie plus sécuritaire, cette mère institutrice arrange le mariage de sa fille adoptive avec un Québécois

---

36 Il est intéressant de remarquer l'emploi du même verbe dans la présentation du livre de recettes de Kim Thúy. Ces recettes « chuchotées entre les femmes d'une famille » lui ont été confiées « afin que l'histoire continue » (*Le secret des Vietnamiennes*, la 4e de couverture). Cependant, l'auteure décide de sortir quelques-unes de ces recettes de l'héritage culinaire de sa famille et de les « murmurer » à ses lecteurs.

d'origine vietnamienne qui pourrait aussi lui servir de père. Mãn le suit à Montréal où, pendant plusieurs années, elle mènera une vie effacée entre la maison et le restaurant de son mari.

Peu de temps après son arrivée à Montréal, le nombre de clients du restaurant augmente du fait que la jeune femme ne se contente pas de leur servir un seul plat. Ses soupes tonkinoises attirent surtout les célibataires atteints du mal du pays, qui, grâce à leurs saveurs, se sentent transportés pour quelques instants dans leur terre d'origine. Un des clients, se rappelle la narratrice, pendant qu'il mangeait une soupe traditionnelle dans sa région natale, « m'a susurré qu'il avait goûté sa terre, la terre où il avait grandi, où il était aimé. » (42) Tout comme les plats servis par la protagoniste de Beyala dans son restaurant clandestin, les odeurs du pays aident les exilés vietnamiens à supporter plus facilement leur vie solitaire et à se rapprocher les uns des autres. Le restaurant n'est donc plus seulement un endroit où ils se nourrissent de plats qui leur manquent, mais il finit par être un espace de convivialité qu'ils partagent. En effet, ils y célèbrent ensemble leurs fêtes traditionnelles ou dégustent un excellent repas de fiançailles ou de mariage préparé avec beaucoup d'amour par Mãn et son équipe.

L'amour est d'ailleurs intimement lié à la nourriture tout au long de ce roman. On peut évoquer à ce sujet la consommation de la soupe aux nids d'hirondelle, censée augmenter les chances d'un couple de procréer. Selon les Vietnamiens, « ces hirondelles vouaient un amour patient et infini à leurs oisillons parce qu'elles étaient les seules à fabriquer leurs nids uniquement à l'aide de leur salive. » (56) Par ailleurs, il semble que la patience et le temps exigés pour la préparation de certains plats contenant des ingrédients rares leur confèrent des vertus thérapeutiques. Tel est le cas de la soupe au poulet préparée par Mãn pour son mari malade :

> ... des graines de lotus, des noix de ginko et des baies de goji séchées. Selon les croyances, une portion de l'éternité est retenue dans le lotus alors que le ginko fortifie les neurones, car ses feuilles ont la forme du cerveau. Quant aux gojis, leurs vertus médicinales sont attestées dans les livres depuis le temps des empereurs et des princesses. Les bienfaits de ce plat doivent probablement provenir aussi de l'attention consacrée à la préparation. (39)

Une courte histoire emboîtée dans la narration de Mãn, qui au début de sa vie à Montréal ne concevait pas qu'on puisse manifester son affection envers quelqu'un autrement qu'à travers « les gestes du quotidien » (72), illustre le pouvoir de la nourriture d'éveiller le sentiment amoureux. Loin de constituer une histoire de séduction comme celle décrite dans *Comment séduire son mari à l'africaine* de Calixthe Beyala, cette histoire d'apprivoisement semble plutôt tirée du *Petit Prince* de Saint-Exupéry. Il s'agit d'un ami de la narratrice qui a réussi à vaincre la méfiance d'une jeune fille pour laquelle il avait eu un coup de foudre en lui offrant chaque jour, à la même heure, de la nourriture vietnamienne provenant du restaurant de Mãn. Sous l'effet de cette nourriture, la jeune fille a accepté la demande en mariage de ce jeune homme. Ils ont célébré leurs fiançailles conformément à la tradition vietnamienne, dans la salle du restaurant décorée de rouge, « non pas rouge d'amour, mais rouge de chance » (48), précise la narratrice.

La rencontre de Julie, une cliente québécoise qui avait adopté une fille vietnamienne, constitue un moment important dans la vie de Mãn. Les manifestations d'affection de cette femme extrovertie, devenue très vite la meilleure amie de la protagoniste, surprennent celle-ci au début, mais après la naissance de ses deux enfants, elle se sent heureuse d'avoir « une marchande de bonheur » (73) dans sa famille. C'est grâce à l'exemple et à la patience de Julie que Mãn apprend à manifester ses émotions : « Elle faisait mon éducation en langues, en gestes, en émotions » (65), se rappelle la jeune Vietnamienne qui avait du mal à montrer son amour même à ses enfants.

L'atelier de cuisine mis en place par Julie, qui proposait d'y offrir « un cours de cuisine vietnamienne avec dégustation » (60), augmente le bonheur des clients, mais aussi celui de Mãn, dont la mère a finalement accepté de venir à Montréal pour l'aider. Grâce au succès du cours de cuisine de Julie, l'atelier-restaurant qui porte le nom de sa propriétaire lance son premier livre de recettes, *La Palanche*, dont la forte médiatisation fait connaître la cuisine vietnamienne à un plus grand nombre de Québécois. Ils y sont surtout attirés par les histoires qui accompagnent les recettes inédites qui ne tardent pas de les séduire. Ainsi une soupe porte-t-elle le nom de Hồng, une femme arrachée à la violence de son mari par la nouvelle famille qu'elle avait découverte au restaurant vietnamien. C'est la soupe que son père laissait chaque jour pour elle et son petit frère, pendant que les trois étaient enfermés dans un camp pour avoir tenté de s'enfuir du Vietnam ravagé par la guerre.

Sous l'influence de son amie Julie, qui ne cesse de la surprendre par ses initiatives, une nouvelle étape commence dans la vie de Mãn, qui apprend à marier les saveurs de la cuisine vietnamienne à celles d'autres cuisines. Les desserts préparés par Philippe, le chef pâtissier engagé par Julie, en constituent la meilleure preuve. Il réussit en peu de temps l'art du métissage culinaire, comme c'était le cas d'un banal gâteau aux bananes « attendri avec une écume de caramel au sucre de canne brut. » (70) La métamorphose subie par le dessert vietnamien se donne à lire à travers une écriture empreinte de sensualité : « Si l'on avait la chance de manger ce gâteau fraîchement sorti du four, on pouvait apercevoir, en le coupant, le pourpre des bananes gênées d'être ainsi surprises en pleine intimité. » (71)

Dans un épisode qui semble tiré du roman *Como agua para chocolate* (1989) de l'écrivaine mexicaine Laura Esquivel, les clients venus pour déguster les pâtisseries de Philippe subissent leur effet aphrodisiaque. Ils « parfumaient l'air de leurs confidences et s'embrassaient parfois passionnément comme s'ils étaient seuls, en retrait du temps. » (72) Cette scène d'euphorie collective rappelle également celle du *Festin de Babette* (1958) de la Danoise Karen Blixen, où les membres d'une petite communauté ascète se sentent touchés par la grâce après avoir goûté aux plats exquis de Babette. La scène de la dégustation des pâtisseries de Philippe se prolonge par les réflexions de Mãn au sujet de la façon dont les gens appartenant à des cultures différentes expriment leurs émotions. Ce passage autoréflexif annonce une nouvelle étape dans la vie de la protagoniste, qui se montre prête à s'initier à un type d'amour qu'elle n'a jamais connu auprès de son mari. « Mon mari et moi, avoue-t-elle, n'avions pas adopté les baisers que le couple se donne en guise de salutation ou de préliminaires. Nous demeurions pudiques même après les deux enfants, même après vingt ans de mariage. » (104)

Lorsqu'elle rencontre Luc, un restaurateur parisien dont les parents avaient vécu en Indochine, Mãn entre dans un nouveau monde, un monde où l'expression des sentiments se manifeste au quotidien. Avec Luc, elle ressent pour la première fois ce qu'elle ressentait pour sa mère lorsqu'elle se couchait auprès d'elle et qu'elle se sentait coupée du reste du monde. «Quand le regard de Luc se posait sur moi, se rappelle-t-elle, j'avais cette même impression d'exclusion, où les choses alentour disparaissent et où l'espace entre nous contenait ma vie entière.» (112)

Pendant son court séjour à Paris, Luc organise une soirée de présentation d'un menu vietnamien dans son restaurant qu'il avait soigneusement décoré pour cette occasion. Les crêpes farcies, la pièce de résistance de ce menu, auraient posé des défis même à un chef professionnel. Mais pour la femme amoureuse, il n'y a aucun défi qu'elle ne puisse relever. La scène où Mãn offre la première crêpe à Luc déborde de sensualité, tout comme l'écriture poétique de Kim Thúy :

> Je voulais qu'il goûte le plaisir de sentir la crêpe céder, craquer entre ses lèvres. Je devinais cette croûte légère fondant dans sa bouche et disparaissant instantanément, aussi vite qu'un battement d'ailes. Et je me suis empressée d'envelopper la deuxième bouchée avec une feuille de laitue moutarde pour qu'elle laisse sur sa langue un soupçon d'amertume et de fraîcheur. (130–1)

Par amour pour Luc et les deux familles qu'ils risquaient de blesser irrémédiablement, Mãn décide de mettre fin à leur histoire d'amour. Pour supporter la douleur de la séparation, la femme se réfugie dans la préparation d'une série de plats compliqués, nécessitant beaucoup d'attention et surtout beaucoup de temps. «Moi, je possédais l'éternité parce que le temps, dit-elle, est infini quand on n'attend rien.» (139) Même si cette histoire d'amour sacrifiée au nom de la famille ne se termine pas comme dans un conte de fées, elle laisse des traces au niveau du comportement de Mãn. L'ombre de Luc se fait sentir lorsque la jeune femme embrasse ses enfants avant leur départ pour l'école. «Et le surlendemain, lit-on à l'avant-dernière page du récit, j'ai glissé dans l'emballage de leur sandwich un tout petit mot, le même que Luc m'écrivait à la fin de chaque message telle une signature : "Mon ange, je t'aime".» (144)

Grâce à des rencontres salutaires, aux déplacements dans d'autres endroits où elle a fait l'expérience de saveurs différentes, et surtout grâce à son courage de s'ouvrir à l'Autre et de donner libre cours à ses émotions, Mãn a réussi à jeter un pont entre les plaisirs de la table et ceux de l'amour. Son épanouissement personnel et professionnel dans un entre-deux culinaire transformateur témoigne de la capacité des femmes à se réinventer grâce à leur résilience et à leur esprit créatif.

Du culinaire au littéraire chez Maryse Condé

Trois ans avant la publication du roman *Victoire, les saveurs et les mots*, Lydie Moudileno, familière de l'écriture et de la cuisine de Maryse Condé, affirmait que « le discours sur le culinaire s'articule presque uniquement sur le mode du désir, de l'inaccompli ou du rêve ».[37] Elle notait également que chez Condé, il fallait rechercher ce discours « sous les mots », car la gastronomie « n'y est pas représentée de manière immédiatement repérable ».[38]

Il est évident qu'avec *Victoire*, le discours gastronomique cesse d'être « furtif », devenant le fil conducteur d'une biofiction focalisée sur une cuisinière d'exception, mais effacée et introvertie, qui touche à peine à ses plats dévorés par les uns, enviés par d'autres. Condé puise dans la riche pratique de la nourriture antillaise afin d'éclairer le portrait de cette femme qui n'a d'autre moyen d'exprimer ses émotions que les saveurs de ses plats créoles : « c'était sa manière d'exprimer un moi constamment refoulé, prisonnier de son analphabétisme, de sa bâtardise, de son sexe, de toute sa condition asservie. » (100)

En plus de jalonner la quête d'identité de cette écrivaine de Guadeloupe et de nulle part, la nourriture sert aussi de « marqueur de l'origine du roman condéen »,[39] contribuant à la construction d'une série de livres de plus en plus ouverts vers le familial et l'éclairage de l'espace privé, tout en invitant le lecteur à suivre ses pas à travers le monde. Après *La vie sans fards* (2012), paraît *Mets et merveilles* (2015), véritable autobiographie culinaire de Maryse Condé qui nous transporte de l'Afrique en Amérique du Nord, de la Guadeloupe au Japon, de l'Australie en Inde. L'écrivaine conte et s'y raconte, révélant le fait qu'un même désir

---

37 Lydie Moudileno, « La Gastronomie furtive de Maryse Condé », *Romanic Review* 94, n° ¾, 2003, p. 422.
38 *Ibid.*, p. 421.
39 Béatrice N'Guessan Larroux, « Mets et merveilles littéraires », dans *Elfe XX-XXI* [en ligne], Littérature et cuisine 7, 2019. (Page consultée le 5 juillet 2022)

de non-conformisme l'anime lorsqu'elle se met à créer des histoires ou des mets pour le moins surprenants.

Quant à la représentation littéraire du passage des saveurs aux savoirs, elle lui permet non seulement de traverser un entre-deux difficile à saisir, mais aussi de repenser son identité de femme noire et d'auteure antillaise, héritière d'une femme blanche et illettrée. À la différence de sa grand-mère qui n'a quitté qu'une seule fois sa Guadeloupe natale, Maryse Condé a eu un parcours nomadique au cours duquel son art culinaire, tout comme son univers fictionnel, s'est enrichi au contact avec d'autres cultures. À travers la mise en récit de sa vie pleinement assumée, on constate que le potentiel transculturel de l'art culinaire a permis à l'écrivaine de dépasser toute opposition réductrice de manière critique, ludique ou métaleptique.

Des mets aux mots : Victoire, les saveurs et les mots

Comme je l'ai déjà montré dans le premier chapitre portant sur l'entre-deux générique, les grands épisodes de ce récit biographique s'organisent autour des hauts et des bas de la vie d'une femme mystérieuse, dont les émotions sont imaginées à partir de la réussite ou de la médiocrité de ses plats. Fière de sa grand-mère maternelle, la narratrice-écrivaine se propose de reconstituer sa filiation en prenant appui sur les performances culinaires de cette figure matrifocale dont le don surprenant se serait transmis à sa petite-fille devenue écrivaine. Et pour prouver le don de cette aïeule, Condé donne des détails sur les plats servis à l'occasion de plusieurs dîners mémorables : le repas de baptême de Boniface Walberg Jr., « composé avec lyrisme comme un poème » (99), « une extravagance de lambis et de crabes inventée par Victoire » (145) pour célébrer le retour de sa fille Jeanne après sa première année de pensionnat, et surtout le dernier repas offert à ses amis, véritable chant du cygne de Victoire.

> Tourte aux lambis et aux pisquettes de rivière
> Chaud-froid d'oursins
> Poularde caramélisée au genièvre
> Riz blanc
> Cochon découenné aux châtaignes pays

> Purée d'ignames
> Salade laitue
> Flan koko
> Sorbets variés (248)

Après avoir inséré dans son récit quelques menus de Victoire, dont les plats étaient composés d'aliments spécifiques à son île, la narratrice-biographe invite ses lecteurs à s'attabler à un festin témoignant de la créativité gastronomique de sa grand-mère.

Ces menus retrouvés par la descendante de Victoire dans *L'Écho pointois* et dans les journaux intimes de sa mère, en plus d'attester la créativité culinaire de cette femme, témoignent du caractère éphémère d'un art qui ne peut résister au passage du temps. Si la narratrice insiste sur le caractère novateur de la cuisine de Victoire, c'est dans l'intention explicite de légitimer l'art de cette aïeule dont les plats étaient aussi travaillés qu'une page d'écriture. Et elle n'hésite pas à prendre à témoin son lecteur : « Quelle imagination hardie, quelle créativité ont présidé à l'élaboration de ces délices ! L'eau ne vous en vient-elle pas à la bouche, cher lecteur ? » (99) Le retour vers des origines dont on a gardé peu de traces donne l'occasion à l'écrivaine de se trouver une filiation à la fois biologique et symbolique dans laquelle elle puisse inscrire son écriture.

À la différence de sa mère qui évitait de parler de l'humble origine de sa génitrice, Condé ne passe pas sous silence la condition de femme illettrée de cette cuisinière douée qui se cachait derrière ses mets pour ne pas être obligée de proférer des mots dans une langue qu'elle ne maîtrisait pas. À mesure qu'elle progresse dans ses recherches sur Victoire, l'analogie entre les défis du travail culinaire et ceux de l'écriture s'impose avec de plus en plus de force. C'est la raison pour laquelle l'acte de création culinaire de Victoire, au cours duquel elle combinait instinctivement les saveurs créoles, est souvent comparé à l'acte d'écriture par le biais duquel un écrivain de talent combine les mots qui alimentent le savoir de ses textes : « Quand elle inventait des assaisonnements, ou mariait des goûts, sa personnalité se libérait, s'épanouissait […]. Pour un temps, elle devenait Dieu. Là aussi comme un écrivain. » (100–101)

En mettant sur le même plan les créations culinaire et littéraire, Maryse Condé suggère qu'en dépit des différences sociohistoriques et culturelles qui la séparent de sa grand-mère, une même passion du travail accompli en solitude, et parfois en souffrance, les unit au-delà du temps et de l'espace. «Établir le lien qui unit sa créativité à la mienne. Passer des saveurs, des couleurs, des odeurs des chairs ou des légumes à celle des mots» (85), tel est son projet d'écrivaine qui veut reconstituer non seulement le portrait d'une femme méconnue, mais aussi l'héritage qu'elle a laissé à sa descendante.

L'écriture biographique infusée de romanesque permet donc à l'auteure d'entrer en relation avec la créativité de son aïeule, proposant des points de convergence et de divergence entre leur processus de création. À plusieurs reprises, la narratrice nous fait part des frustrations réelles du sujet écrivant obligée, comme sa grand-mère autrefois, de faire des compromis ou de plier sa passion créatrice aux exigences des autres. Dans la plupart des cas, elle rapproche la création littéraire de l'art culinaire, insuffisamment valorisé, surtout quand c'est une femme comme Victoire qui excelle dans ce domaine. Afin d'illustrer leurs similarités apparemment paradoxales, il suffit de suivre le parcours de la protagoniste du récit de Condé, dont le talent est mis en évidence non seulement au niveau du récit, mais aussi au niveau métatextuel.

Victoire, comme tout artiste doué, révéla son talent de cuisinière dès son entrée au service des Dulieu-Beaufort, «blancs pays» de La Treille : «... dès le premier jour, son destin prit forme. Elle révéla sa main incomparable» (66), écrit Condé au sujet du don insoupçonné de sa grand-mère. Après le mariage d'Anne-Marie (la fille des Dulieu-Beaufort) avec Boniface Walberg, riche négociant de La Pointe, Victoire et son bébé quittent Marie-Galante et s'installent dans la maison des Walberg. «Dès les premiers repas, elle stupéfia son monde, elle inventa [...] Sans parler, tête baissée, absorbée devant son *potajé* tel l'écrivain devant son ordinateur.» (85) Sous la pression d'Anne-Marie, qui lui demandait les recettes de ses créations culinaires pour leur donner un nom et les faire publier dans le journal local, Victoire se pliait à sa demande à contrecœur : «Comme un écrivain dont l'éditeur décide du nom, de la couverture, des illustrations de l'ouvrage, c'était en partie se dessaisir de sa création. Elle aurait préféré en conserver le mystère.» (100) Les dîners du vendredi soir font connaître les talents culinaires de Victoire, de plus en plus gênée à cause de sa célébrité locale.

J'entends poursuivre ma comparaison, continue Condé. Comme beaucoup d'artistes et d'écrivains, Victoire se souciait peu de la reconnaissance de l'Autre. Au contraire, sa timidité lui faisait chérir l'anonymat. En cuisinant, elle ne se souciait que de répondre à son exigence intérieure. (102–3)

Après le retour de Victoire de la Martinique, lieu de sa mystérieuse aventure amoureuse, ses relations avec sa fille Jeanne se détériorent davantage.[40] Celle-ci décide de s'éloigner de sa mère et de se consacrer entièrement aux études. Pendant les trois années que Jeanne a passées au pensionnat Versailles à Basse-Terre, sa mère «s'abîmait dans sa cuisine, ses dons atteignant alors leur perfection de fantaisie et d'inventivité.» (138) Sa souffrance d'être séparée de sa fille, de se voir méprisée et blâmée par celle-ci, s'exprime à travers des mets qui lui servent de mots, mais que sa fille ne peut comprendre.

À la fin de ses études, Jeanne demande à sa mère de la suivre au Moule, où elle avait reçu son premier poste d'enseignante. Victoire y passera une année difficile, car elle n'aura plus l'occasion d'exercer ses talents.[41] Et Condé de commenter : «Cette situation est comparable à celle d'un écrivain que des circonstances indépendantes de sa volonté tiennent éloigné de son ordinateur. Quel supplice! Comment lutter contre la terrible sensation d'inutilité qui l'envahit alors?» (158)

L'année suivante, après le stage pédagogique d'été suivi par Jeanne au lycée Carnot de La Pointe, elle annonce à sa mère sa décision d'épouser Auguste Boucolon, directeur d'une école de garçons qui allait fonder, avec un groupe de «Grands Nègres», la première banque de la ville. Jeanne, en jeune institutrice émancipée, interdit à sa mère de s'occuper du repas de noces, préférant louer les services d'un traiteur local. Privée du seul moyen d'exprimer son amour pour sa fille, Victoire se contente d'y rêver : «Le menu était là dans sa tête comme l'ébauche du roman qui attestera le génie de son auteur.» (184) Une fois installée

40 Jeanne a toujours blâmé sa mère pour sa relation humiliante avec Boniface Walberg et n'a jamais compris ni son amitié profonde avec Anne-Marie ni sa fidélité inébranlable envers ses maîtres.

41 La préparation de la soupe quotidienne servie aux *maléré* de la ville représente le seul intermezzo culinaire du Moule : «Victoire métamorphosait tout. Cela tenait de la Transfiguration» (168). Le jour du départ de Jeanne et de sa mère pour La Pointe, le curé a mentionné les prodiges gastronomiques de Victoire dans le journal local.

dans la maison de Jeanne et d'Auguste, Victoire aura de nouveau l'occasion de mettre à l'épreuve ses talents culinaires à la faveur des réunions hebdomadaires de la rue Condé. Cependant, elle n'est pas libre de composer ses repas au gré de son inspiration :

> Victoire se trouva, comme un temps chez Anne-Marie, dans la position d'un écrivain forcé d'honorer des commandes d'éditeur. Très vite, son travail lui pèse, l'insupporte, devient corvée. Car la cuisine, comme l'écriture, ne peut s'épanouir que dans la plus totale liberté et ne supporte pas les contraintes. (193)

Après des années d'indifférence feinte envers la cuisine de sa mère, Jeanne renonce à sa
nourriture frugale pendant les mois de sa première grossesse. « Avec dévotion », sa mère « préparait amoureusement » (202) de petits plats et des desserts dans lesquels sa créativité s'exerçait de nouveau, libre de toute contrainte. Peu de temps après la naissance de son premier petit-fils, Auguste Jr, la mort de son ami Boniface Walberg trouble profondément Victoire, dont les mets perdent brusquement leurs saveurs, à la stupéfaction des invités des Boucolon. À partir de l'année suivante, elle cesse de cuisiner. À ceux qui pensaient que ce geste était délibéré, la narratrice-écrivaine répond :

> … on n'imagine pas un écrivain s'automutilant, renonçant volontairement à son don. Celui-ci l'abandonne, le laisse dévasté, comme une grève après un tsunami. Soudain, les sons, les images, les odeurs ne s'adressent plus à lui en secret dans une langue que personne d'autre que lui ne saurait déchiffrer. Je veux dire que si Victoire ne cuisina plus, ce ne fut pas le signe d'une rébellion contre Jeanne, voire plus généralement contre la société. Ce fut la conséquence d'une perte de sa créativité, consécutive à une lassitude immense, à un pernicieux sentiment d'à quoi bon. (225)

Mais à l'occasion du mariage de la fille des Walberg, Valérie-Anne, celle-ci prie Victoire
de s'occuper de son repas de noces. Cette fois-ci, la performance culinaire de Victoire s'avère médiocre, car elle « ne créait, n'inventait rien de nouveau […] Comme un romancier qui réutilise sans vergogne les ficelles de ses anciens best-sellers. » (236) Maryse Condé comprend

parfaitement la condition de sa grand-mère et s'empresse de la dis-
culper : «Quel écrivain produit chef-d'œuvre après chef-d'œuvre?»
(237) Cependant, Victoire «se surpassa» (248) une dernière fois juste
avant sa mort, quand elle décida d'inviter Anne-Marie et sa fille à un
dernier repas, chant du cygne que l'auteure appelle d'une manière suggestive «Ultima Cena». (247) Condé imagine ce repas comme une occasion qui aurait permis à Victoire d'exprimer, toujours silencieusement,
son crédo humaniste. Un crédo qu'elle aurait légué, au-delà du temps, à
sa petite-fille devenue écrivaine :

> Un jour, elle l'espérait, la couleur ne serait plus un maléfice. Un jour, la Gua-
> deloupe ne serait plus torturée par les questions de classe. Les blancs pays
> apprendraient l'humilité et la tolérance. Plus besoin de se dresser Grands
> Nègres face à eux. Les uns et les autres pourraient s'entendre, se fréquenter
> librement, qui sait? (248)

À la différence de Jeanne qui, après la mort de sa mère, a préféré
exagérer ses qualités,

tout en refusant de comprendre la vraie personnalité de cette
femme effacée, mais sensible à la beauté des sons et à la délicatesse
des saveurs, Maryse Condé apprécie à sa juste valeur l'héritage reçu de
cette grand-mère «secrète, énigmatique, architecte inconvenante d'une
libération dont sa descendance a su, quant à elle, pleinement jouir».
(255) Même si la reconstitution plutôt fictive de la vie de Victoire se fait
par le biais du rapprochement entre nourriture et sexualité, ce cliché
réducteur est pourtant subverti à l'aide de nombreux commentaires
métatextuels insérés dans le récit biographique dans le but précis de
mettre en parallèle l'acte de cuisiner et l'acte d'écrire. La position subalterne de sa grand-mère, cuisinière d'une riche famille de «Blancs-Pays»
qui a facilité l'éducation de sa fille unique, n'empêche pas l'écrivaine de
rendre hommage à cette femme dont elle aurait hérité la créativité.

Aussi de Victoire Quidal à Maryse Condé se tisse-t-il l'espace imperceptible des saveurs métamorphosées en savoir,[42] du biographique mêlé

---

42 Un autre exemple illustrant la dimension épistémologique associée à la nourriture
    est celui de Gisèle Pineau, qui fait revivre sa grand-mère paternelle à partir des
    saveurs et des paroles créoles qui ont allégé son exil parisien. Voir à ce sujet l'article
    de Valérie Loichot, 2002.

à la fiction. La présence-absence toujours fuyante de Victoire renaît justement à la croisée du réel et de l'imaginaire, de la mémoire familiale lacunaire et de l'Histoire métissée des Antilles. Au potentiel créateur de la grand-mère, exprimé à travers la métamorphose littérale du «cru» en «cuit», fera écho la parole créatrice de sa descendante, capable de métamorphoser la vie en récit de vie.

Des saveurs au savoir : Mets et merveilles

Dans la Préface à *Mets et merveilles,* Maryse Condé raconte les circonstances qui l'ont amenée à écrire ce livre dans lequel elle retrace son parcours de femme et d'écrivaine en étroit lien avec sa passion constante pour la cuisine. Elle y avertit d'emblée ses lecteurs sur une idée préconçue qu'elle illustre d'une façon humoristique par le court récit d'une situation récurrente :

> Lorsque je reçois des invités pour la première fois, en disposant les mets sur la table [...], je hasarde une plaisanterie, toujours la même : «Vous allez aimer ! Je ne suis pas sûre d'être une bonne romancière, mais je suis certaine d'être une cuisinière hors pair.» Personne ne rit. Jamais. C'est que dans leur for intérieur mes convives sont choqués : «Quel sacrilège ! pensent-ils. Comment a-t-elle l'audace de rapprocher littérature et cuisine ? Cela revient à mélanger des torchons avec des serviettes, du jute avec de la soie de Chine.» (10)

Suit un commentaire fait sur un ton plus sérieux :

> Faire à manger ne relève pas des activités dites nobles comme celles qui consistent à assembler des couleurs pour peindre un tableau ou à chercher des rimes. Cependant, précise-t-elle, je compris très vite que, malgré leurs dissemblances, ces passions ne devaient pas être radicalement dissociées. (11)

De même que le récit sur sa grand-mère, où les détails alimentaires imaginés par une écrivaine fascinée elle-même par la cuisine contribuent à la construction du sens du récit, déjouant bien des fois les attentes de certains lecteurs en quête d'exotisme, ce récit autobiographique déjoue également ces attentes. Le désir de parler vrai se fait sentir tout au long de *Mets et merveilles.* Comme dans le récit de Victoire, l'art de préparer des mets de son invention est mis sur le même plan que l'art d'inventer des mondes fictifs.

Avant de commencer le récit de son parcours de vie, ponctué par de nombreuses expériences gastronomiques, la narratrice adulte raconte brièvement comment s'éveilla le goût de cuisiner chez la petite Maryse, dont la mère détestait cette activité si peu noble : « Seules les personnes bêtes se passionnent pour la cuisine » (22), répétait-elle à sa dernière-née, qui transgressait souvent l'interdit de ne pas se mêler aux activités de la cuisine. Cet espace réservé uniquement aux domestiques offrait pourtant à la jeune fille non seulement la possibilité d'expérimenter avec différents mélanges d'épices, mais aussi de rêver à sa liberté. Quelques années plus tard, arrivée à Paris pour poursuivre ses études, elle étonna ses sœurs par son inventivité culinaire. Ce qui surprend dans ce récit, c'est que l'écrivaine ne se présente plus comme héritière d'une cuisinière hors pair : « L'art de cuisiner est un don. Comme tous les autres, on ne sait pas sa provenance. » (30) À la différence de *Victoire*, le romanesque est absent de ce texte où, de son propre aveu, le sujet autobiographique cherche à établir la vérité sur soi-même.

Il est bien connu le goût de Maryse Condé pour les voyages au cours desquels elle a eu l'occasion de découvrir des savoirs, mais aussi des saveurs : « Un pays étranger, affirme l'infatigable voyageuse de *Mets et merveilles*, c'est d'abord une cuisine différente [...] Visiter un supermarché est aussi instructif que parcourir un musée ou une salle d'exposition. » (31-2) Pendant ces voyages, Condé constate, par exemple, qu'un même plat se retrouve souvent dans plusieurs traditions culinaires qui se l'approprient à leur façon, créant des métissages insoupçonnés. En outre, l'auteure n'hésite pas à subvertir l'idée de la pureté culinaire d'un plat ethnique. Les saveurs, remarque-t-elle, voyagent d'un espace à l'autre, facilitant l'échange et donnant libre cours à la créativité. « Les multiples variations sur le mafé », titre du chapitre consacré à son séjour africain, illustrent le potentiel du signe culinaire de faire tomber les barrières ethniques et de se métamorphoser constamment. C'est une idée emblématique de la vision de Condé du monde en général, et de l'identité en particulier. Dans ce court chapitre, elle met en évidence d'une façon humoristique la dimension transculturelle des pratiques culinaires.

Le mafé, « plat originaire du Mali » (40), précise l'auteure, bien qu'on l'associe souvent au Sénégal, semble facile à préparer, car à la sauce de pâte d'arachide et de tomates on peut ajouter viandes et légumes variés. En Guinée, deuxième pays africain où elle a vécu après son premier mariage raté, la jeune femme l'associait « à la pénurie alimentaire et à l'indigence ». (*Ibid.*) Établie au Ghana, elle constate avec surprise que le mafé peut aussi se métamorphoser en un excellent plat : « Outre la viande de mouton, se rappelle la narratrice, je reconnus du poisson fumé, des escargots, de petits crabes, des épinards et une variété de feuilles amères, appelées *agu*. » (43) La patronne du restaurant lui recommande aussi le mafé de Pedro Leal, dont le petit établissement était situé pas très loin de la nouvelle demeure de la narratrice. Mais ce mafé, constate-t-elle, aussi bon que le premier, est « radicalement différent [...] Ni poisson fumé ni crustacés. Il était assaisonné de tamarin des Indes et parfumé à l'anis. » (46) En plus de ce délicieux plat, elle y est attirée par les histoires racontées par Pedro, ancien steward originaire de la Guinée-Bissau. Cependant, tout le monde n'apprécie pas le mafé de Pedro : « — Ce n'est pas du mafé, cela, s'exclame Mme Theoda, une amie togolaise de la jeune institutrice guadeloupéenne. Je t'inviterai à la maison et je te ferai goûter le vrai mafé. » (*Ibid.*) Cette nouvelle variation de mafé s'avère décevante, car dépourvue de toute originalité, avoue la narratrice. Par contre, de retour à Accra, elle se rend plusieurs fois chez deux Burkinabés qui lui préparent un mafé « enrichi de nombreux légumes et même de tranches de manioc. » (50–1)

La narratrice n'hésite pas à partager ses réflexions au sujet de la variété, et surtout de la créativité des approches culinaires :

> ... j'avais conclu, affirme-t-elle, qu'un même plat, en l'occurrence le mafé, diffère selon les peuples qui le préparent. Sur une base commune, arachide, tomate en boîte, viande, toutes les modifications sont permises. Cuisiner est un art. Il s'appuie donc sur la fantaisie, l'inventivité, la liberté de chacun. (49)

La passion pour la cuisine, qui s'éveilla en elle au cours des difficiles années passées en Afrique, a précédé sa passion pour l'écriture : « Je ne songeais pas encore à la littérature [...], avoue-t-elle. Je donnais libre cours à ce talent, à cet art de la cuisine, peut-être mineur, féminin, mais qui enchante tant de monde.» (53)

Comme dans la cuisine, la passion pour l'écriture, découverte tardivement, témoigne de la même propension de ne pas respecter les règles. À l'hybridité générique de plusieurs de ses récits correspondent les mélanges inhabituels d'ingrédients, qui vont à l'encontre des prescriptions culinaires traditionnelles. En Guadeloupe, par exemple, on lui a toujours reproché sa tendance à modifier les recettes locales : «Je le savais, affirme la narratrice de *Mets et merveilles* : de même que je ne faisais pas une vraie cuisine guadeloupéenne, de même je ne serai jamais une vraie Guadeloupéenne.» (91) Reproche similaire à celle adressée par les Créolistes, dont les idées contraignantes ne correspondaient pas à l'esthétique «cannibale» et à la vision transculturelle de Maryse Condé.

La question d'entrer en compétition avec des cuisines déjà reconnues à travers le monde revient souvent dans son récit autobiographique :

> C'est à New York que s'ancra ma conviction qu'il n'est ni possible ni souhaitable de rivaliser avec les cuisines traditionnelles, *stricto sensu*. Chacun doit inventer, réinventer selon son goût, recréer selon sa fantaisie. En cuisine toutes les audaces sont permises. (156)

Tout semble permis en cuisine, à la seule exception de la cuisine japonaise que la narratrice n'a ni l'audace ni le désir d'imiter ou d'adapter. À l'instar de Roland Barthes, Condé constate qu'«au Japon se nourrir est également un acte esthétique.» (166) La légèreté de la nourriture japonaise, dépourvue de centre, comme l'affirme Barthes dans son *Empire des signes* (1970), lui offre à plusieurs occasions «des moments de communion quasi mystique.» (168)

Au cours de ses nombreux voyages, l'écrivaine passionnée de cuisine a souvent la révélation des infinies possibilités de créer de nouvelles saveurs. Le mélange du sucré salé en Tunisie fut une véritable découverte pour Condé. Peu de temps après, elle offrait à ses hôtes «un tajine de [s]on invention avec des fonds d'artichauts et des abricots secs.» (109) La versatilité de ce plat, avec son «délicat mariage de saveurs» (107), correspondait parfaitement à sa manière créative de cuisiner. Le cannibalisme artistique de Condé, trait distinctif de cette écrivaine qui n'hésite devant aucune transgression, n'épargne pas le domaine culinaire :

> Quelle que soit l'origine à laquelle on appartient, on a toujours le droit de s'approprier un plat [...] Les plats n'ont pas de nationalités. Ils ne s'adressent pas à une communauté spécifique et sont offerts au goût et à la fantaisie de chacun. (100)

D'autres découvertes culinaires ne font que la surprendre d'une façon agréable, sans qu'elle éprouve le besoin de les adopter ou de les adapter. C'est le cas de la cuisine juive, « conditionnée par la religion, les traditions» (134), de la cuisine mexicaine, révélée par ses amis californiens, ou des plats africains-américains servis en Géorgie. Paradoxalement, c'est en Israël qu'elle aura l'agréable surprise de goûter à la cuisine sépharade originaire du Maroc, et c'est à Toronto, chez Hedi Bouraoui, qu'elle goûtera à un délicieux couscous au mulet. Notons cependant que toutes les cuisines ne satisfont pas le goût de Condé. C'est le cas des pâtes italiennes, des saucisses et pommes de terre polonaises, des huîtres servies partout en Australie ou de la cuisine indienne.

Lorsque le voyage lui devient de plus en plus difficile à cause de la détérioration de sa santé, Maryse Condé commence à «trouver du goût à la sédentarité.» (290) Auparavant, la question du sens de ses nombreux voyages ne se posait même pas, emportée comme elle l'était par les aléas de sa vie familiale et professionnelle. C'est à New York, se rappelle-t-elle, qu'elle aurait eu la révélation que «pour connaître la cuisine d'un pays il n'est pas nécessaire de voyager.» (*Ibid.*) L'incapacité physique de faire des voyages procure à l'auteure d'autres plaisirs gourmands, plus faciles à satisfaire, doublés de nouvelles réflexions au sujet de la diversité et de la richesse des cuisines présentes dans toute ville cosmopolite. À l'une des foires new-yorkaises, par exemple, elle découvre «l'imam bayildi, plat [turc] à base d'aubergines et tomates cuites lentement au four.» (291) Un autre stand, grec cette fois-ci, lui révèle les calamars farcis. Le poulet péruvien à la bière a valu la peine, dit-elle, de faire la queue. (*Ibid.*) Revenue en France après sa retraite, l'écrivaine se rend à l'île d'Ouessant, où elle aura le plaisir de découvrir la cuisine bretonne qui, remarque-t-elle, « va à l'essentiel sans détour ni complexité ». (368) Et Condé de conclure de nouveau : « Il n'est pas besoin de voyager très loin, de se recroqueviller pendant des heures dans un avion pour découvrir l'originalité. » (373)

Dans un des derniers chapitres de *Mets et merveilles*, portant le titre « Voyages en rêves, rêves de voyages », la narratrice refait des voyages qui lui ont procuré du plaisir, ou qui lui ont posé des défis, comme ceux en Indonésie, au Chili, à Madagascar ou en Chine. Les frontières entre imaginaires culinaire et fictionnel s'y brouillent, mais dans chacun de ces rêves il s'agit d'échanges enrichissants et de rencontres dignes d'être retenues. « En guise de point final », dernier chapitre du livre, soulève une question intéressante : « L'écrivain, quand il vieillit, vit dans la terreur de radoter, de répéter toujours et encore le même ouvrage […] Pour la cuisinière, au contraire, la répétition est gage d'excellence. » (375)

Par le biais du parcours gastro-biographique, Maryse Condé dévoile le lien intime entre sa passion de créer des mets parfois surprenants et celle de tisser des récits souvent inconvenants. Dans la plupart des expériences consignées dans ce livre, les pratiques culinaires se présentent comme des médiateurs transculturels invitant à sortir des matrices nationales et à transcender les représentations culinaires figées. Manger un dîner camerounais à Boston, un plat chilien de têtes de poisson au New Jersey, ou un blaff martiniquais en Australie, montre que le rapport à la nourriture, tout comme celui à l'altérité, au monde et à soi-même, ne cesse de se modifier, créant de nouveaux paradigmes culinaires, identitaires et épistémologiques.

Chapitre V.

L'entre-deux scriptural

Les trois chapitres précédents ont relevé les articulations entre différentes représentations d'espaces hybrides saisis à travers une temporalité intimement liée à la mémoire individuelle et collective. Les coupures-liens entre mémoire et H/histoire ainsi que le passage du culinaire au littéraire signalent la présence d'entre-deux qui sont à l'origine de l'écriture de nombreux romans de femmes d'ici et d'ailleurs. Dans certains de ces romans, on assiste à l'émergence d'un «je» écrivant qui exprime l'urgence de partager ses expériences ou les expériences d'autrui qui risquent autrement de sombrer dans l'oubli. Souvent, le sujet écrivant fait le récit des circonstances de sa venue à l'écriture ou introduit des scènes qui le montrent en train d'écrire. À cette occasion, dans la trame du récit s'insèrent des commentaires au sujet de son entreprise scripturale. Aussi le récit de l'écriture d'une histoire se place-t-il dans un riche entre-deux où le «je» scripteur établit un rapport dynamique avec le «je» commentatif du récit en train de se tisser. Par voie de conséquence, l'articulation écriture/lecture et les rapports texte/métatexte, corps féminin/corps textuel contribuent à la complexité de l'écriture des écrivaines ayant traversé des entre-deux problématiques.

La présence d'un entre-deux de l'écriture dans des récits qui portent déjà sur une pluralité d'entre-deux sert à mettre en premier plan la découverte de soi, doublée d'une meilleure compréhension d'autrui. Il suffit de mentionner les romans *L'Exil selon Julia* de Gisèle Pineau, *Une si longue lettre* de Mariama Bâ, *Juletane* de Myriam Warner-Vieyra, *Sweet, Sweet China* de Felicia Mihali ou *Le Pays* de Marie Darrieussecq.

Le passage des maux de la vie aux mots du récit de vie constitue un thème récurrent dans des romans comme *Garçon manqué* de Nina Bouraoui et *Confessions pour un ordinateur* de Felicia Mihali. Le premier présente alternativement les expériences vécues par une jeune narratrice franco-algérienne ballotée entre deux espaces et deux cultures. Dans le deuxième, une autre jeune narratrice révèle la façon dont l'initiation à l'art et à la sexualité l'a aidée à sortir de son milieu d'origine et à devenir un sujet résilient, prêt à passer à l'écriture de sa difficile construction identitaire dans une Roumanie peu propice à son épanouissement personnel et professionnel.

La même thématique se retrouve dans d'autres romans qui auraient pu figurer dans ce chapitre. À titre d'exemple, *Nulle part dans la maison de mon père* (2007) d'Assia Djebar, récit biographique révélant le passage de la lecture à l'écriture, passage difficile, compte tenu du déchirement de la narratrice entre deux pays, deux langues et deux traditions culturelles. À la lecture de ce texte, on ressent le vertige de l'écriture d'une expérience inénarrable en Algérie, son pays d'origine. Avec la dernière page de ce roman mémoriel, Assia Djebar ferme la porte de « la maison de son père » et, purifiée par l'écriture, se déclare prête à relever de nouveaux défis : « Enfin le silence. Enfin toi seule et ta mémoire ouverte. Et tu te purifies par des mots de poussière et de braises. Tatouée, tu marches sans savoir où, l'horizon droit devant. » (441)

Le thème de l'écriture s'associe quelquefois à celui de la folie. Parmi les romans qui dévoilent l'entre-deux créé par l'écriture de la folie et la folie de l'écriture on peut mentionner *L'Amant*[1] de Marguerite Duras, *Une femme* (1987) d'Annie Ernaux, *Juletane* (1982) de Myriam Warner-Vieyra ou *Folie, aller simple* (2009) de Gisèle Pineau.[2] De l'avis

1 Marguerite Duras, *L'Amant*, Paris, Minuit, 1984.
2 L'écriture de la folie constitue aussi le thème principal du deuxième roman de Mariama Bâ, *Un chant écarlate* (Dakar, Les Nouvelles Éditions Africaines, 1981), de

général, la dialectique de la folie et de l'écriture contribue à une plus forte dénonciation d'un ordre sociohistorique qui empêche les femmes depuis longtemps de donner libre cours à leurs voix et à leurs désirs. C'est pourquoi leur écriture se tisse le plus souvent à la croisée du silence et de la parole, de la folie et de la raison, de l'ipséité et de l'altérité, tantôt comme discours dépouillé, parfois lacunaire, tantôt comme discours « délirant », au sens étymologique du terme, à savoir l'écartement du sillon de la raison.

Deux récits feront l'objet d'une analyse plus approfondie de cet entre-deux. Dans le premier, *Folie, aller simple* de Gisèle Pineau, les notations cliniques d'une narratrice-infirmière alternent avec ses réflexions d'écrivaine, pendant que dans *Juletane* de Myriam Warner-Vieyra, la protagoniste dénonce les conséquences tragiques de la polygamie à travers son histoire consignée dans un journal pendant sa réclusion volontaire dans la maison de la famille de son époux africain.

Le rôle thérapeutique de l'écriture n'est pas à négliger, car pour beaucoup de personnages présents dans les récits des femmes qui s'écrivent, la page d'un cahier ou d'un journal devient à certains moments de leur vie le seul moyen d'échapper à un vécu devenu insupportable. Pour illustrer la capacité de l'écriture de « sauver » le sujet écrivant j'ai retenu les romans *Une si longue lettre* de Mariama Bâ et *Garçon manqué* de Nina Bouraoui, ainsi que plusieurs récits de Gisèle Pineau. Cette fonction de l'écriture qui sauve est également illustrée dans *Sweet, Sweet China* de Felicia Mihali, où le livre de la narratrice-personnage de ce docu-roman a constitué « un manuel de sauvetage pendant [s]on naufrage sur l'île de Chine. » (325)

En tant qu'espace de contact entre le texte et le métatexte, l'entre-deux scriptural peut se construire à partir des réflexions sur la difficulté du choix du discours approprié au récit en train de s'écrire, surtout lorsque le temps de l'écriture est éloigné de celui de l'expérience racontée. C'est le cas d'Annie Ernaux, dont les récits contiennent de nombreuses observations au sujet de l'écriture et de sa posture d'écrivaine. Ses commentaires sur l'origine et le sens qu'elle attribue à l'acte

---

Morne Câpresse de Gisèle Pineau et d'un roman publié plus récemment, *Le bal des folles* de Victoria Mas (Albin Michel, 2019).

d'écrire, sur son besoin permanent et inexplicable de transgresser les tabous représentent une constante de son écriture.[3] La mise en relation de *Passion simple* et de *Se perdre*, textes qui relatent, de façon différente, la même expérience amoureuse, mettra en évidence le glissement constant entre l'écriture du corps et le corps de l'écriture.

Ce chapitre se clôt sur l'analyse du roman *Thelma, Louise et moi,* dans lequel l'écrivaine québécoise Martine Delvaux nous fait part des difficultés d'écrire un récit autobiographique à partir d'un récit filmique même si les protagonistes ont subiun traumatisme similaire à celui qui a marqué son parcours de vie. Dans ce roman qui se rapproche de l'essai, l'entre-deux de l'écriture se construit en même temps que l'écriture de l'entre-deux représenté dans le scénario du film américain qui a été à l'origine de l'écriture hybride de ce roman.

Des maux du vécu aux mots du récit de vie chez Nina Bouraoui et Felicia Mihali

L'écriture constitue un thème majeur dans beaucoup de récits français et francophones. *Nulle part dans la maison de mon père* d'Assia Djebar, *Juletane* de Miryam Warner-Vieyra, *Folie, aller simple* de Gisèle Pineau, *Amours sauvages* de Calixthe Beyala, *La vie sans fards* de Maryse Condé, *Garçon manqué* de Nina Bouraoui ou *Confessions pour un ordinateur* de Felicia Mihali font partie de cette catégorie d'écrits qui mettent en lumière la façon dont on se fait le passage des maux de la vie aux mots d'un récit de vie. Doublé souvent par la représentation de la lecture, ce thème témoigne du difficile processus de construction identitaire des femmes déterminées à rendre publiques leurs expériences, en même temps que leurs réflexions sur les conditions d'émergence de leur écriture située entre fiction et réflexion. Cette autoréflexivité qui se manifeste par un questionnement constant de la motivation de l'acte d'écrire et de la nécessité de trouver des formes plus adéquates à l'expression

---

3 Voir à ce sujet Élise Hugueny-Léger, *Annie Ernaux, une poétique de la transgression,* Oxford, Peter Lang, 2009.

d'expériences considérées tabous auparavant, constitue une constante du récit (auto)biographique et fictionnel contemporain.

Écrire les blessures identitaires : *Garçon manqué* de Nina Bouraoui

Le roman *Garçon manqué*, publié par Nina Bouraoui en 2000, révèle les nombreuses déchirures de son enfance et son adolescence passées entre Alger et Rennes, entre les familles d'un père arabe et d'une mère française : «Nous sommes entre la France et l'Algérie [...] La France est en dehors de moi. Je m'échappe. Je reviens toujours en Algérie [...] Ma solitude est ici, avec ces pierres. La France reste blanche et impossible.» (21–2)

L'enfant issue de ce mariage mixte développe un attachement sensoriel pour l'Algérie, pays avec lequel elle partage les nombreuses contradictions surgies au cours des années 1970. Le témoignage s'impose, d'autant plus que la narratrice ne peut contenir son sentiment de révolte contre la violence qui déchire le pays du père et l'incompréhension, l'intolérance et la xénophobie qui se manifestent d'une manière plus ou moins voilée au pays de sa mère. Afin de mieux représenter l'origine de ses fractures identitaires, Nina Bouraoui fait appel à une écriture fragmentée, seule capable de traduire l'intensité de ses déchirures vécues entre deux pays, deux cultures, deux familles, deux noms et deux langues. Par ailleurs, la narratrice de ce récit rétrospectif revit l'époque où elle se voyait obligée de cacher son désir de vivre dans un corps d'homme. Des années plus tard, à travers son écriture, elle comprendra que ce désir était également coupable en France comme en Algérie, et que la transgression des normes sociales et morales n'était pas sans conséquence, même au-delà de l'époque du mariage de ses parents.

La narratrice de ce roman abolit dès le début de son récit la distance entre l'instance d'énonciation et le sujet de l'énoncé autobiographique. Elle s'adresse au présent à son ami Amine, avec qui elle a partagé une partie de son enfance en Algérie. Sa narration s'apparente à une longue lettre qui présente, alternativement, des expériences vécues tantôt dans le pays ensoleillé de son père, tantôt dans celui plus froid de sa mère. Certaines de ces expériences sont inavouables, ce qui donne aussi l'impression de lire un journal intime contenant les réflexions de la narratrice sur les maux éprouvés au cours de son enfance et de son adolescence.

D'ailleurs, ses nombreuses mentions de l'écriture suggèrent qu'elle s'y accrochera plus tard pour donner un sens à ce qui était incompréhensible à l'époque où elle appréhendait le monde sur le mode sensoriel. Cependant, un sentiment d'étrangeté l'envahit graduellement à mesure qu'elle constate qu'en Algérie, tout comme en France, elle n'est pas à sa place. En Algérie, sa peau un peu plus foncée contraste toujours avec celle de sa mère blonde, ce qui la rend, remarque-t-elle, « différente et française » (12), tandis qu'en France, la même peau la range du côté des indésirables, même si elle y était née : « Je ne sais pas si je suis chez moi, ici, en France. Je ne le saurai jamais d'ailleurs. Ni à Rennes, ni à Saint-Malo, ni à Paris. Je ne sais pas si je suis chez moi en Algérie. Je ne le vérifierai jamais. » (156–7)

Malgré les inquiétudes de sa famille au sujet de la montée de la violence en Algérie, la narratrice se sent plus proche de ce pays qui lui offre l'étendue de la mer et des plages au sable fin, et surtout l'amitié d'Amine, son compagnon de jeu moitié kabyle, moitié français. C'est ici qu'elle « [s]'invente » (22), avoue-t-elle lorsqu'elle décide de dévoiler les émotions ressenties par l'enfant d'autrefois, pendant qu'en France, elle y est physiquement, « sans y être vraiment ». (109)[4] Mais à certains moments, la narratrice attribue le danger qui grandit dans la prison de son corps au « manque d'un pays » (35), tant elle se sent immobilisée entre les deux endroits qui ne peuvent plus la protéger de la violence et de la haine qui l'entoure.

Intimement liées à la problématique du pays, les réflexions sur l'identité reviennent tout au long de ce récit bouleversant qui révèle les souffrances cachées pendant de longues années par une enfant dont l'origine et le malaise corporel constituent des obstacles à la

---

4 Gisèle Pineau utilise presque les mêmes mots dans son récit autobiographique *L'Exil selon Julia* pour décrire le mal du pays de sa grand-mère paternelle qui, obligée de vivre à Paris, « est là, sans être là ». (123) Sa Guadeloupe natale l'habite en dépit de l'affection que lui montrent ses petits-enfants.

manifestation de ses vrais désirs. Entre un père qui encourage son côté masculin et une mère incarnant la féminité, donc l'Autre de ce que l'enfant veut être, Nina/Yasmina se rappelle la difficulté de vivre d'une façon authentique dans les deux pays. Dans « le pays des hommes » (24), elle désire acquérir les attributs physiques de ceux que la rue rend invisibles, car « [l]a rue est [s]on ennemi. La rue est un vrai corps. C'est le lieu des hommes. » (41) C'est dans la rue qu'elle a failli être enlevée par un homme, ce dont elle se souviendra à l'âge adulte, lorsqu'elle réfléchira sur ses troubles identitaires. « Ici [en Algérie] l'identité se fait. Elle est double et brisée. » (29) Et elle le sera aussi longtemps qu'elle n'aura pas détruit le mur interposé entre son Moi fracturé et les autres, pour qui elle reste soit invisible, soit incomprise. (19)

La question identitaire se pose dès le début de ce récit au cours duquel la narratrice ne cesse de se comparer à Amine, qui « deviendra entier » (20) à l'âge de la majorité, pendant qu'elle continuera à rester « terriblement libre et entravée » (*Ibid.*), ballotée entre deux « camps » et deux corps : « Mais quel camp devrais-je choisir ? Quelle partie de moi brûler ? » (32) Son questionnement deviendra d'autant plus douloureux qu'il lui sera de plus en plus difficile de cacher son vrai corps et de contenir ses vrais désirs. Sa grand-mère maternelle n'en est pas dupe. Et la narratrice d'insérer dans un discours indirect libre les reproches que cette grand-mère faisait à sa fille, qui était incapable d'admettre qu'elle avait « un garçon manqué » (64) dont la présence ne passait pas inaperçue. Elle n'était jamais à sa place, disait-elle, constituant toujours et partout l'objet du regard critique des autres. La narratrice raconte qu'elle a vite compris que dans le milieu de sa mère on n'avait pas oublié la transgression que celle-ci avait commise lorsqu'elle avait choisi de se marier avec un Algérien. À cela s'ajoute la transgression de sa fille Nina qui a du mal à cacher sa différence, malgré ses efforts de déguiser son corps et de soigner ses mots. (93) Les questions se multiplient à l'âge de l'adolescence, lorsque la narratrice veut mettre fin à son état d'étrangeté causé par son appartenance à une pluralité d'entre-deux :

> Je ne sais plus qui je suis au jardin de Maurepas [où elle se promenait avec son arrière-grand-mère maternelle]. Une fille ? Un garçon ? L'arrière-petite-fille de Marie ? La petite-fille de Rabiâ ? L'enfant de Méré ? Le fils de Rachid ? Qui ?

La Française? L'Algérienne? L'Algéro-Française? De quel côté de la barrière? (141)

Obligée de se surveiller constamment, elle ne sait plus qui elle est, mais d'une chose, elle en est certaine : le secret qu'elle avait soupçonné à l'époque de son enfance en Algérie a grandi en elle, devenant quasiment impossible à garder. Son poids risquait de l'écraser, ce qui explique la récurrence de l'idée de la mort qui se présentait à son esprit. Et cela pendant de longues années au cours desquelles elle a dû combattre les « mauvaises pensées »[5] qui l'assaillaient en toute occasion :

> L'idée de la mort vient avec l'idée d'être toujours différente. De ne pas être à sa place. De ne pas marcher droit. D'être à côté. Hors contexte. Dans son seul sujet. Sur soi. De ne pas appartenir, enfin, à l'unité du monde. Mon visage. Mon corps à vérifier. Mon accent. (121)

La jeune fille se sentait également étrangère en Algérie, mais elle se rappelle avoir eu l'impression d'être algérienne — « Par mon visage. Par mes yeux. Par ma peau » (12) —, surtout lorsqu'elle n'était pas à côté de sa mère. C'est peut-être à cause de son désir de devenir homme, désir qui s'est éveillé pour la première fois dans le pays du père, lui aussi perçu comme étant différent à cause de son éloignement fréquent de l'Algérie natale. Mais c'est surtout la proximité d'Amine qui fait que ce pays lui soit plus cher que celui de sa mère. « Cette terre, toi, moi. Le triangle parfait » (75), note-t-elle dans une longue apostrophe adressée à son ami d'enfance, qu'elle avertit au sujet des nombreuses souffrances causées par sa double identité, sans compter les traces ineffaçables des expériences d'Algérie.

Enfin, d'une façon paradoxale, à mesure que la gêne et le silence s'installent entre les deux amis, la narratrice a la révélation du don qu'elle a reçu d'Amine :

---

5   La reconstruction identitaire est au cœur du roman *Mes mauvaises pensées* (Paris, Stock, 2005) dans lequel, à travers le mariage de la cure psychanalytique et d'une « écriture qui saigne » (p. 35), Nina Bouraoui révèle des expériences et des émotions qu'on ne peut confronter que dans un texte qui les fait sien.

... la force d'écrire. Par ton souvenir, si plein, si constant. Par ce vide à combler. À raconter. Par cette place immense que tu as, malgré toi, creusée en moi. Par ce manque dans mon histoire que je porte. Que tu portes peut-être. Et qui dévore. (188)

Entre le plein du souvenir et le vide qui exige à être comblé par des mots qui saisissent le tiraillement douloureux entre deux pays, deux corps, deux noms, deux identités et deux langues, la narratrice est prête à plonger dans l'écriture, seule capable de mettre en question le monde de son enfance et de son adolescence, dans l'espoir de guérir ses blessures identitaires.

De l'internat à l'internet : Confessions pour un ordinateur de Felicia Mihali

Si dans le docu-roman *Sweet, Sweet China* la narratrice Augusta s'accroche à ses rêveries et à son journal comme à une bouée de sauvetage, dans *Confessions pour un ordinateur*, roman publié deux ans plus tard, une autre narratrice, beaucoup plus jeune, dévoile la façon dont l'initiation à l'art et à la sexualité l'a sauvée de la précarité de son milieu social, et surtout de ses tendances autodestructrices. Dans ce roman, Felicia Mihali refait le parcours sinueux de l'adolescence et de la jeunesse vécues par cette narratrice dans un entre deux mondes traversé en compagnie de plusieurs «amants de passage» (4e de couverture). Cependant, à la sortie de ce tourbillon sensuel, de nouvelles relations affectives, sécurisantes et stables favorisent sa venue à l'écriture.

Ce récit autofictionnel se présente comme un document électronique dans lequel la narratrice révèle non seulement sa première expérience amoureuse, mais aussi l'origine de son désir d'écrire. Plusieurs motifs récurrents des romans antérieurs de Mihali sont repris dans ce texte d'une originalité incontestable, qui bouscule volontairement certaines habitudes de lecture : l'héritage familial, le complexe de l'origine, l'impossibilité de rompre avec le cycle de la pauvreté, du piège de l'amour et du mariage, et surtout la difficile venue à l'écriture d'une jeune femme dans un pays qui, lui aussi, a du mal à trouver son chemin.

Les fichiers de ce roman, organisés en six dossiers, contiennent l'histoire de la douloureuse construction narrative d'un sujet qui se confesse à tout le monde, tout en espérant garder l'anonymat. Le lecteur suit le parcours de la narratrice du lycée à l'université, de l'initiation à l'amour à l'initiation à l'écriture. Entre les jalons de ce parcours, cinq ans de mariage, un enfant, le divorce d'un mari infidèle, plusieurs amants et un deuxième mariage, heureux cette fois-ci.

« Au début », premier dossier du roman, nous met en présence d'une jeune fille de quinze ans partie à la conquête de sa nouvelle ville, Bucarest : « … mon temps avait commencé », avoue-t-elle sur un ton optimiste ; « [j]'étais prête à prendre ma portion d'amour. » (29) Arrivée dans la capitale, elle découvre non seulement un espace hétéroclite, constamment surveillé par un régime méfiant, mais aussi des différences sociales qu'elle avait ignorées avant de rencontrer Serge, un peintre de trente-six ans. À sa grande surprise, la jeune fille constate que tous les objets de l'appartement de ce peintre qui l'initie à l'amour « trahissaient une autre filiation que la [s]ienne, des générations plus généreuses quant à l'héritage transmis aux descendants ». (*Ibid.*) Elle se fait la promesse de ne rien oublier de ses premières transgressions et de les consigner régulièrement dans ses cahiers où elle prend aussi des notes de ses lectures éclectiques. Le désir d'écrire et de s'écrire devient tout aussi impérieux que celui de s'initier à l'amour et aux belles choses de la vie.

À l'instar de son peuple qui avait développé l'art de dissimuler les idées considérées subversives par le régime communiste, la narratrice fait semblant de parler d'elle-même, sans toutefois tomber dans le piège du récit autobiographique. Cette technique consistant « à effacer les traces qui menaient à [s]es profondeurs » (43) explique l'indécidabilité générique des écrits de cette auteure qui, tout comme Maryse Condé, semble dire à son lecteur : « C'est moi, mais ce n'est pas moi. »

« Au milieu », deuxième dossier des *Confessions*, consigne les événements liés au mariage de la narratrice, à la maternité et à l'apprentissage de la vie de femme dans une belle région patriarcale du nord de la Roumanie. Contrairement à l'expérience d'autres femmes devenues mères à un âge très jeune, la vie de famille constitue pour cette narratrice une initiation à la liberté d'action et de pensée, favorisée par une belle-famille tolérante, et accélérée par le changement inattendu du régime politique dont elle ne comprendra la véritable signification que des années plus tard. La fin de « l'ère du soupçon » et de la peur instituées par le régime communiste coïncide avec la fin de son mariage et le début de ses études universitaires.

« Après », troisième dossier du roman, marque le commencement d'une période trouble dans la vie de cette jeune femme qui voit s'éveiller en elle un appétit sexuel démesuré, n'ayant d'égal que son appétit de lecture. « À la fin », dossier volumineux contenant plusieurs fichiers alternant avec une quinzaine d'ajouts, passe en revue les nombreuses expériences amoureuses qui poussent la narratrice « au bord du gouffre », comme dirait Boris Cyrulnik.[6] « Dans la situation où je me trouvais, je ne voulais ni affection ni tendresse. Je voulais être blessée en profondeur, je voulais qu'on me déchire le cœur » (143), se confesse-t-elle à son ordinateur. La narratrice semble anéantie, ne vivant qu'à travers le corps et la fuite dans l'imaginaire. Son ancrage spatio-temporel ne se fait que de façon sensorielle. On dirait que la jeune femme meurtrie ne pouvait prendre possession de son monde intime qu'au prix de nombreuses humiliations qui la préparaient, à son insu, à la naissance au sens.[7] Et pour devancer les éventuelles questions d'un lecteur gêné de son aveu, ainsi que celles de sa fille à qui elle se doit de dire la vérité, la narratrice justifie sa conduite par la nécessité de se construire en tant que sujet résilient : « Mais dans cet état de grâce, je m'étais retrouvée moi-même. J'avais compris que je serais blessée tant que je n'accepterais pas qu'une femme puisse cesser de plaire à son mari. » (186)

On constate donc qu'à la différence de la narratrice du *Pays du fromage*, celle de *Confessions pour un ordinateur* réussit à éviter la chute grâce à l'amour et à l'écriture. L'écriture réparatrice, impudente ou provocatrice par endroits, l'a aidée non seulement à se retrouver grâce à la révélation d'un vécu refoulé ou imaginé, mais aussi à valoriser sa position excentrique, favorable à la création. La prise de conscience des mutations qu'elle a subies, présentées en alternance avec l'évolution de la peinture de son amoureux, figure dans la section des « ajouts

---

6 Boris Cyrulnik, *Parler d'amour au bord du gouffre*, Paris, Odile Jacob, 2004.
7 *Ibid.*

rouges », ayant comme point focal son peintre vieillissant. En effet, ses réflexions écrites en italique, témoignant de sa passion constante pour Serge, alternent avec trois « ajouts bleus », toujours en italique, dans lesquels le sujet écrivant tient une sorte de journal de son apprentissage littéraire. D'un ajout à l'autre, les notes de lecture cèdent la place à des « pages de réflexions » (69), ensuite à des récits hybrides où l'on peut encore identifier les traces des modèles imités. On voit bien que la narratrice, consciente de sa position marginale, cherche sa voix/voie dans le domaine des arts, qu'elle a du mal à cloisonner. D'ailleurs, un commentaire métalinguistique explique le choix du terme « ajout » dans le dossier intitulé « À la fin des fins ». Ce terme illustrerait d'une façon suggestive l'art du peintre, mais aussi celui du romancier, car les deux font appel à la technique de l'ajout enrichissant, les deux se cherchent à travers leur création.

Dans cette même partie du roman, la narratrice jette l'ancre dans le havre tranquille d'un mariage heureux, ce qui ne l'empêche pourtant pas à se préparer pour le départ définitif du pays où elle continue à se sentir exilée. Arrivée à ce moment de sa vie et du récit qu'elle en fait, elle brouille de nouveau les frontières entre fiction et réalité, entre le récit de soi et le récit des autres : « Peut-être que la fin survient lorsque nos propres souvenirs nous traversent l'esprit au contact des histoires des autres. La fin de tout arrive lorsque notre passé devient fiction. » (205) Ces dernières lignes du roman, modalisées par le même « peut-être » qui apparaissait à la fin du *Pays du fromage*, sème le doute sur la véracité de cette confession contaminée par le fictionnel. Si l'inscription dans un espace culturel rend la mémoire d'un sujet écrivant perméable aux souvenirs des autres, connus ou inconnus, son projet d'écriture autobiographique risque de perdre toute crédibilité. Mais peu importe si la narratrice brouille les codes d'écriture et les pactes de lecture, l'essentiel c'est qu'elle a réussi à donner un sens à ses souffrances réelles ou imaginaires en les métamorphosant en « un merveilleux malheur ».[8]

8   Boris Cyrulnik, *Un merveilleux malheur*, Paris, Odile Jacob, 1999.

Écriture de la folie/folie de l'écriture

Depuis *L'Histoire de la folie à l'âge classique* (1972), folie et littérature constituent un terrain de débat fructueux où s'affrontent des prises de position des plus diverses, proposant des lectures cliniques, sociologiques, psychanalytiques ou tout simplement critiques sur le langage de la folie et le langage sur la folie. Précisons que dans un premier temps, Michel Foucault associe la folie à une « absence d'œuvre »,[9] pure vacuité discursive exclue du langage raisonnable, tandis que son adversaire Derrida la voit comme une présence rassurante de ce langage aux règles préétablies, lui permettant justement de se constituer dans sa proximité.[10]

Pourtant, les deux penseurs s'accordent sur le fait qu'un dispositif discursif particulier rapproche la folie et la littérature, car dans les deux, affirme Foucault, il s'agit d'un « langage dont la parole énonce, en même temps que ce qu'elle dit et dans le même mouvement, la langue qui la rend déchiffrable comme parole ».[11] Cette parole à la fois énonciatrice et créatrice d'une langue propre contribue à une certaine ambiguïté de l'énoncé en train de se constituer, d'autant plus que cet énoncé a très souvent un caractère transgressif. Il n'est donc pas étonnant que la problématique des troubles mentaux et de leur représentation littéraire se retrouve dans les écrits de bien des écrivains postcoloniaux. Certains chercheurs vont jusqu'à avancer l'hypothèse que la folie et la violence constituent de véritables moteurs de la création de ces écrivains.

Folie, aller simple. Journée ordinaire d'une infirmière de Gisèle Pineau

Dans le cas du récit *Folie, aller simple,* le sujet d'énonciation se place dans un endroit rarement médiatisé, en l'occurrence l'hôpital psychiatrique,[12]

---

9 Michel Foucault, Préface, *Folie et Déraison : Histoire de la folie à l'âge classique*, Paris, Plon, 1961.
10 Jacques Derrida, « Cogito et histoire de la Folie » dans *L'Écriture et la différence*, Paris, Seuil, 1967, p. 84–5.
11 Michel Foucault, *Dits et Écrits*, vol. I-IV, Paris, Gallimard, 1994, p. 418.
12 À ce sujet, Shoshana Felman affirme que « la position du sujet ne se définit pas par ce qu'il dit, ni par ce dont il parle, mais par le lieu à partir d'où il parle » (*La Folie et la chose littéraire*, Paris, Seuil, 1978, p. 50.)

dans l'espoir de contribuer à une meilleure prise de conscience de la marginalisation de ceux qu'on y relègue à la suite de diverses transgressions sanctionnées par une société valorisant l'ordre et la normalité. Dans ce récit autobiographique, l'écrivaine-infirmière dévoile les sombres réalités des maladies mentales dont souffrent les patients qu'elle soigne depuis une trentaine d'années.

Comme dans plusieurs autres écrits de femmes francophones, un événement douloureux déclenche l'acte de narration. Voici l'incipit de *Folie, aller simple,* qui nous plonge brutalement dans une réalité difficilement acceptée même par une professionnelle de la santé ayant une longue expérience en milieu psychiatrique : « J'imagine immédiatement le corps de Sophie sur les rails du métro. Démembrée, sanguinolente, méconnaissable. Réduite à un tas d'os et de chair en miettes et charpie. » (9) Une enquête est en train de se mettre en place, mais elle n'est que la toile de fond sur laquelle progresse la narration des événements d'une journée de travail apparemment ordinaire.

Récit fragmenté, déclenché par le suicide d'une patiente de longue date, le journal de Pineau décrit en détail les multiples responsabilités d'une infirmière en milieu psychiatrique. Dans ce récit sobre, relaté au présent d'énonciation sont emboîtés plusieurs autres récits plus courts, destinés à illustrer les enjeux quotidiens auxquels le personnel infirmier doit faire face afin de répondre aux besoins des patients atteints d'une variété de troubles mentaux, et de leur assurer la sécurité.

Quelques-uns de ces patients servent d'études de cas cliniques, mais la narratrice ne se contente pas de nous présenter uniquement leur fiche médicale. Elle va au-delà de la simple évaluation psychiatrique pour montrer la complexité de ces êtres qui passent d'une façon imprévisible de la douceur à la violence, des larmes aux cris, de la gentillesse aux insultes. Qu'il s'agisse de la psychose maniaco-dépressive de Gabrielle (la camarade de chambre de Sophie), des troubles d'identité sexuelle de Tony, de la schizophrénie d'Adrien ou de l'anorexie de Pascaline, l'infirmière Pineau les traite tous avec un extrême professionnalisme. Elle fait des efforts pour ne jamais manifester ses émotions, même si en son for intérieur elle ne peut s'empêcher de s'apitoyer sur le sort de ces êtres abandonnés par leur famille, et surtout par une société soucieuse de préserver sa façade de normalité : « Imprévisibles, dévastateurs,

infréquentables, les fous dérangent l'ordre établi» (214), affirme la narratrice. Nombreuses sont d'ailleurs les observations critiques qu'elle
adresse à cette société qui multiplie ses actions humanitaires envers
ceux qui n'ont pas de visages, mais rejette ceux dont la vue lui devient
insupportable : «Au fond, poursuit-elle, on n'apprécie les fous que
dans les fictions.» (*Ibid.*) Serait-ce la raison de la fascination qu'exercent
encore sur les lecteurs ou les spectateurs *Le Roi Lear, Don Quichotte, Le
Neveu de Rameau,* Sade ou Artaud ?

Les observations cliniques de la narratrice, destinées à faire
connaître les enjeux d'un métier historiquement féminin, et donc insuffisamment valorisé, y alternent avec des réflexions sur son parcours de
femme et d'écrivaine, longtemps ballotée entre l'espace antillais et la
métropole. Ces réflexions qui suspendent le récit-cadre rigoureusement
agencé par l'infirmière Pineau tissent un réseau intratextuel où font
irruption plusieurs personnages figurant dans des récits antérieurs et
qui, de l'aveu de l'auteure, souffraient de troubles mentaux sans pour
autant être exclus de leur milieu social et familial.

Une métaphore obsédante, celle des coquillages vides échoués sur
les plages de la Guadeloupe, surgit dans la mémoire de la narratrice le
jour du suicide de Sophie. Cette image jette un pont entre la petite île
des Caraïbes et l'hôpital psychiatrique parisien où échouent ceux qui
se sont éloignés du sillon de la normalité. La métaphore des coquillages
vides se développe à la croisée des discours littéraire et médical, tous
les deux familiers à la narratrice-infirmière :

> Tels les coquillages jonchant les plages de la Guadeloupe, les personnes qui
> se trouvent à l'hôpital psychiatrique arrivent d'un long voyage. Ce sont bien
> sûr les malades. Les grands fous atteints de grands maux. Ils sont tous ébré-
> chés d'une manière ou d'une autre. Cassés sans *fracture* apparente. Brisés de
> l'intérieur. Morcelés. Dépecés. Éreintés. Amochés. Broyés. Esquintés. Écrasés.
> Abîmés. Dépenaillés … La plupart de ces blessés n'ont pourtant pas de *plaies*
> visibles à l'œil nu. *Ça ne suppure pas. Ça ne suinte pas* […] Les blessures sont
> tapies à l'intérieur. Il y a *des déchirures, des nécroses, des entailles* si profondes
> qu'on pourrait croire des canyons. Il y a *des fractures* irréductibles, *des lésions*
> sans noms qui *ulcèrent et démangent*[13] … (14–15)

13 C'est moi qui ai mis les termes médicaux en italique.

L'accumulation d'épithètes qualifiant les multiples fractures intérieures des malades mentaux, tout comme la présence de plusieurs termes médicaux dans la relation de ce souvenir d'enfance, installe un rapport de proximité entre littérature et savoir psychiatrique, montrant que ce récit, comme tant d'autres écrits de femmes francophones, se construit entre deux ou plusieurs genres. Cette description choquante placée à l'ouverture du texte offre également une double piste de lecture : une lecture basée sur la logique épistémologique du paradigme de la santé mentale et une lecture autobiographique dont le pacte est explicite. Notons que la même métaphore apparaît aussi dans un roman antérieur de Pineau, *Morne Câpresse* : «Vous êtes des coquilles vides, sans mémoire» (47), constate une jeune femme guadeloupéenne mécontente de l'état d'aliénation de ses compatriotes qui ne ressemblent plus à leurs ancêtres africains. Cette métaphore se transforme, selon l'hypothèse de Michel Pierssens, en «*agent de transfert*» (1990, 9) entre le littéraire et le scientifique, permettant d'opérer «la traduction réciproque de l'épistémique en littérature et du texte en savoir». (*Ibid.*) L'image récurrente des coquillages ébréchés pour lesquels le retour à la mer n'est plus possible renforce l'idée de l'irréversibilité de la maladie mentale. Mais, à la différence des coquillages endommagés, ceux atteints de troubles mentaux ne portent pas leurs blessures à l'extérieur.

Dès le début de ce récit, deux questions obsèdent la narratrice-infirmière. Quelle est la ligne séparant la raison de la déraison, le normal de l'anormal ? Et pendant toutes ces années passées dans le milieu psychiatrique, aurait-elle oublié la vieille rengaine selon laquelle «personne n'est à l'abri de la folie» (15)? Ces questions la conduisent vers une réévaluation de sa vie personnelle et professionnelle. Par voie d'introspection, le sujet devient l'objet d'un regard attentif, destiné à révéler des instants d'un vécu auquel on essaie de donner un sens afin d'arriver à une meilleure connaissance de soi.

En effet, le «je» autobiographique dédoublé s'interroge à plusieurs reprises sur les raisons de sa longue carrière en milieu psychiatrique : «Qu'est-ce que tu fais depuis tout ce temps dans un hôpital psychiatrique?» (10); «Pourquoi je fais un métier tellement ingrat?» (30). L'adage inquiétant «[o]n n'arrive jamais à l'hôpital psychiatrique par *hasard* … »[14] (12, 13, 17), répété par les vieux infirmiers, surgit à plusieurs reprises dans ce journal. Alors, qu'est-ce qui l'y a retenue, se demande la narratrice ? Peut-être l'exemple de Jean-Baptiste Pussin,[15] figure emblématique des infirmiers en psychiatrie, auquel elle consacre un chapitre de son livre.[16] Ou bien les histoires qu'elle entend raconter autour d'elle, et dont même les murs de l'hôpital sont imprégnés. Toujours est-il que trente ans plus tard, la narratrice continue à soigner ses malades en attendant, pourquoi pas, dit-elle, d'entrer à son tour dans une histoire comme celles qu'elle écrit depuis son enfance.

Les questions obsédantes de l'infirmière-écrivaine ouvrent de nombreuses brèches temporelles qui facilitent la remontée du temps jusqu'à l'enfance. Dans plusieurs retours en arrière de longueur variable, contenant des références à des livres publiés antérieurement, on constate que l'espace de travail de l'écrivaine Pineau est très rarement mentionné. Alors, pourquoi le mettre en contact avec l'espace de l'écriture dans ce journal consacré à son travail dans un hôpital psychiatrique ? Serait-ce uniquement l'incident traumatisant du suicide d'une patiente qui explique le besoin impérieux de raconter une journée de sa vie d'infirmière ? Des suicidés, elle en a eu beaucoup. Tout un chapitre de ce livre leur est consacré. Ne serait-ce plutôt l'urgence de faire connaître les enjeux de plus en plus complexes des soins en psychiatrie qui l'a poussée à ouvrir l'espace littéraire au savoir psychiatrique ?

14 Dans son cas, c'est vraiment le hasard qui avait conduit ses pas vers cette profession qu'elle n'avait jamais envisagée, mais qui, par la suite, lui a assuré un revenu stable, sans lequel elle n'aurait pu poursuivre sa passion pour l'écriture. En dépit des difficultés parfois insurmontables et du racisme souvent insupportable, la jeune infirmière a résisté à toute tentation d'abandonner ce métier éprouvant.

15 Le récit de ce surveillant de l'asile de Bicêtre, puis de la Salpêtrière, ayant vécu au XVIIIe siècle, montre que ses pratiques modernes dans le traitement moral des fous ont été adoptées aussi par le fameux médecin Philippe Pinel. Ce récit emboîté dans le journal de Pineau, écrit au présent de narration, décrit les traitements inhumains des insensés enfermés à Bicêtre.

16 L'histoire de Pussin, parsemée de nombreux termes médicaux, glisse vers le conte, témoignant de l'hybridité de l'écriture de Pineau, qui finit ce court récit biographique de la façon suivante : « J'ai écouté cette histoire comme un conte merveilleux où — après avoir traversé maintes épreuves — le héros finit par vaincre les forces du Mal. » (138)

Cette ouverture créée entre savoir médical et savoir littéraire prend la forme d'un entre-deux thématique et langagier où se tisse le double récit de Pineau : celui de son travail d'infirmière et celui de la place que l'écriture occupe dans sa vie. Le «journal de bord» où la narratrice inscrit avec précision tout ce qui lui arrive au cours d'une journée de travail à l'hôpital dérape régulièrement vers le biographique. Récit objectif et récit intime s'entremêlent, éclairant la maladie mentale de deux angles différents, vu qu'elle reste encore un sujet sensible dont on parle peu en famille et en société. D'ailleurs, la narratrice confesse sa peur de devenir folle quand elle était enfant et ses impulsions violentes provoquées par la présence d'un père indésirable.[17]

La plongée dans le biographique à l'intérieur d'un récit-cadre qui valorise la précision scientifique et les énoncés évaluatifs crée des effets narratifs intéressants, mis en évidence par la juxtaposition de mots de vocabulaire appartenant à deux catégories de discours jugés par certains incompatibles. En effet, plusieurs énumérations horizontales insérées dans le récit de la journée passée à l'hôpital visent l'exhaustivité, tels l'inventaire des malades souffrant de troubles mentaux («toxico et anorexique, agité, dépressif, persécuté, psychotique, névrosé, mégalo, maniaco-dépressif, délirant, psychopathe, schizophrène, dément, alcoolique, suicidaire, parano, borderline …», p. 67) ou la liste du personnel médical s'occupant de ces malades («psychiatres, psychanalystes, psychologues, ethnopsychiatres, pédopsychiatres, neurologues, biochimistes, assistantes sociales, éducateurs, psychomotriciens, thérapeutes, généticiens, psychogénéalogistes …», p. 199).[18]

À première vue, ces énumérations pourraient être perçues comme un élément perturbateur du texte littéraire, mais à les regarder de plus près, on constate qu'elles servent à attirer l'attention sur la complexité

17 Cette confession tardive d'une professionnelle en santé mentale ne fait que renforcer l'idée que les maladies mentales continuent à être cachées, stigmatisées, ou tout simplement ignorées en famille, et surtout en société.

18 D'autres énumérations dont les termes sont plus hermétiques créent des effets de sonorité intéressants lorsqu'elles sont insérées dans le récit de l'infirmière Pineau. La scène de la distribution des médicaments en est un exemple : «En suivant à la lettre la prescription médicale, j'ai moi-même préparé les différents cocktails psychotropes à base d'antipsychotiques, neuroleptiques, benzodiazépines, anxiolytiques, thymo-régulateurs, hypnotiques, antidépresseurs, sédatifs …» (98)

des troubles mentaux et sur le besoin toujours croissant de spécialistes qui adoptent une démarche éthique dans leurs traitements. Dans la lignée de Foucault, l'infirmière Pineau renforce l'idée qu'on ne doit pas traiter le malade mental uniquement comme sujet médical associé à « la différence toujours dérangeante » (209). Et pour mieux illustrer cette idée, l'écrivaine établit une nouvelle liste où les termes médicaux sont remplacés par un vocabulaire métaphorique dans le but évident de souligner qu'il s'agit d'êtres humains qui ont besoin non seulement d'aide médicale, mais aussi de l'affection de leurs familles et amis :

> On est tenté d'abandonner celui qui traîne la patte, montre des signes de faiblesse ou ne tient pas la cadence … On met de côté et on veut oublier bien vite celui qui dérape, débloque, travaille du chapeau, s'angoisse pour un rien, retombe en enfance, s'enfonce dans la dépression, cause avec les poissons, comprend le langage des fleurs, s'enlise dans son lit, essaie la pendaison, s'enferme dans le silence, glisse dans la déraison, perd les pédales, s'excite pour un rien … (209)

En ce qui concerne les énumérations verticales, elles ressemblent à une sortie « hors du sillon », plongeant le lecteur dans l'imaginaire du sujet scripteur qui même après trente ans d'expérience ne peut oublier ce qu'on lui répétait souvent en début de carrière : *On n'arrive jamais à l'hôpital psychiatrique par hasard*. Et la narratrice d'imaginer les avatars du chemin qu'elle avait pris à l'âge de vingt ans sans trop savoir pourquoi :

> Quel chemin ?
> Parfois, j'imagine une trace tortueuse, rocaille et nids-de-poule.
> J'imagine aussi un labyrinthe végétal dans un jardin à la française.
> J'imagine les cailloux blancs du Petit Poucet.
> J'imagine un Eldorado au bout d'une route semée de pièges pour sans-papiers.
> J'imagine une forêt à traverser, peuplée d'une faune menaçante. Des animaux sauvages, des zombies, des vieux fantômes poussiéreux et endimanchés.
> J'imagine l'odyssée d'Ulysse, les mers déchaînées, les rencontres imprévues, le si beau voyage.
> […] J'imagine des plages tapissées de coquillages …
> J'imagine Sophie sous les rails du métro …
> J'imagine son corps débité, ses membres épars, sa tête écrasée … (19)

L'anaphore verbale imprime un rythme berceur à l'énumération des référents auxquels renvoie le chemin emprunté par une jeune femme déçue de son parcours universitaire. Son imagination protéiforme entraîne le lecteur dans un espace-temps pluriel, l'éloignant pour quelques instants du récit linéaire de la narratrice-infirmière. Cependant, le recours à l'imaginaire ne peut rien contre l'image obsédante du corps mutilé de Sophie,[19] image qui s'insère d'une façon brutale dans la série des avatars de son chemin qui l'avait conduite vers le milieu psychiatrique, un endroit capable de se métamorphoser en fonction du comportement imprévisible de ceux qui y vivent. Grâce au rapprochement inattendu de termes en apparence contradictoires, la narratrice le décrit dans toute sa complexité insaisissable :

> Ici, les heures s'épuisent en doutes et s'interrogent.
> Ici, midi est un coup de tonnerre, une chanson d'amour, l'heure de la pendaison.
> Ici, le repos est un trou noir, une béance qui coasse, le rire soyeux d'une femme indienne.
> Ici, la nuit est une bacchanale, une brèche dans le néant, le baiser de la mort.
> Ici, l'attente est une pierre dure dans la gorge, un piétinement incessant, un cheval sauvage lancé au galop dans la tête.
> Ici, le silence est une menace, une mise en garde, le calme avant la tempête. (85)

L'errance de la parole littéraire semble ignorer la force d'ancrage de ce déictique spatial. L'hôpital psychiatrique, gardé à l'abri du regard des autres, devient un espace métaphorique traversé par un réseau de connexions aussi inédites que celles qui tissent la parole déraisonnée.

D'ailleurs, tout le récit est parsemé de références intratextuelles mettant en réseau plusieurs romans de Pineau, ce qui crée un effet de continuité thématique manifestée à plusieurs niveaux narratifs. Si toute écriture est un palimpseste, comme l'affirme Genette dans son ouvrage éponyme,[20] on pourrait dire que le récit-cadre de *Folie, aller simple* laisse

---

19 Lorna Milne associe le démembrement de Sophie à la fragmentation intérieure de l'infirmière et de ses patients (« Working, Writing and the Antillean Postcolony: Patrick Chamoiseau and Gisèle Pineau », Edinburgh University Press, *Paragraph* 37 n° 2, 2014, p. 211–12.)
20 Gérard Genette, *Palimpsestes*, Paris, Seuil, 1982.

entrevoir des fragments renvoyant à des couches textuelles plus profondes, dont l'origine est dévoilée au cours du travail mémoriel d'une narratrice fascinée par la folie et l'écriture. Derrière l'écriture fragmentée de Pineau se cachent d'autres histoires déjà racontées, même si la diction n'est pas la même.

À travers les questions obsédantes du sujet autobiographique, l'insistance sur l'étymologie du terme «délire», la récurrence des verbes «je me souviens», «j'imagine», «j'apprends» ou «j'écris», ainsi que les leitmotivs ponctuant sa narration, on entrevoit également le cheminement d'un langage qui pourrait être celui de la folie s'il n'était pas le produit d'une pensée raisonnable; à moins qu'on n'admette que la folie est «tout à fait naturelle» (228), comme disait un vieil infirmier guadeloupéen. Et Pineau de terminer son récit par la conclusion de l'histoire de cet infirmier conteur : « Alors, tu vois […], quand on soigne les fous, c'est nous-mêmes qu'on soigne, qu'on aide, qu'on réconforte. Tous ces grands malades sont des reflets de nous-mêmes dans le miroir. » (231) Et nous voilà au point de départ, à savoir l'ambiguïté constitutive de la folie et de ses représentations textuelles, mise en évidence par la présence d'un entre-deux où folie et écriture s'alimentent mutuellement.

Juletane de Myriam Warner-Vieyra

Si Gisèle Pineau aborde la question de la folie du point de vue d'une professionnelle de la santé qui a eu l'occasion de connaître de près des personnes atteintes de différents troubles mentaux, Myriam Warner-Vieyra l'utilise dans le but de dénoncer les conséquences tragiques de la polygamie à travers l'histoire d'une jeune femme antillaise, Juletane, personnage du roman éponyme publié en 1982. Celle-ci a suivi son mari Mamadou en Afrique sans savoir qu'il avait déjà une autre épouse. La jeune femme l'apprend juste après son mariage, sur le bateau qui les conduit vers le pays d'origine de son époux.[21] À ce premier choc s'ajoutent plus tard ses difficultés d'adaptation à un nouveau milieu social et familial, ce qui contribue à son aliénation progressive.

---

21 Bien que le pays africain ne soit pas nommé explicitement, il s'agit, selon toutes apparences, du Sénégal, lieu de résidence de l'auteure originaire de Guadeloupe.

Après l'avortement provoqué par un accident de voiture, Juletane se retire dans son monde, qui se réduit à une petite chambre où elle mène « une demi-vie » (19), en marge de la grande famille de Mamadou.

Le désir d'écrire lui vient du besoin de remplir les heures de solitude et de donner libre cours à ses fortes émotions qu'elle ne peut communiquer à une personne physique :

> J'ai subtilisé un cahier de Diary, la fille aînée d'Awa. C'était la seule façon pour moi de disposer d'un support de réflexion. Écrire écourtera mes longues heures de découragement, me cramponnera à une activité et me procurera un ami, un confident, en tout cas je l'espère … (18)

Les entrées de son journal s'étendent sur un peu plus de deux semaines, mais la diariste commence avec la date de sa conception en Guadeloupe, qui la prédestinait au malheur : « Née un vingt-cinq décembre, jour d'allégresse, dans un bourg d'une petite île de la mer des Caraïbes, j'ai de ce fait été conçue une nuit de Carême, dans une période de jeûne et d'abstinence. » (13) À cette transgression, dit-elle, s'ajoutent les « trois siècles d'histoire de notre peuple dont mes frêles épaules devaient hériter … » (*Ibid.*) Le non-respect de l'abstinence sexuelle par ses parents et le lourd héritage de l'esclavage auraient donc contribué à la trajectoire de la vie de cette orpheline[22] dont les pas l'ont conduite de son île à Paris, et ensuite en Afrique.

Une fois le journal commencé, Juletane constate qu'il peut remplacer les amis qu'elle n'a jamais eus ni à Paris ni dans le pays de son mari. Elle reprend la réflexion sur le rôle du journal et de l'écriture, espérant un éventuel soulagement, ou même l'effacement de sa douleur :

> Ami et confident. Grâce à lui je découvre que ma vie n'est pas brisée, qu'elle était repliée au-dedans de moi et revient, par grandes vagues écumantes, émoustiller ma mémoire. Pendant des années, j'ai divagué d'un état de prostration à la furie du désespoir, sans confident. Je n'avais jamais imaginé que coucher ma peine sur une feuille blanche pouvait m'aider à l'analyser, la dominer enfin, peut-être, la supporter ou définitivement la refuser. (60)

---

22 La mort de sa mère pendant l'accouchement sera suivie par celle de son père, plusieurs années plus tard. Après le décès du père, c'est à la marraine que revient la tâche d'élever Juletane à Paris.

Faute d'un interlocuteur, Juletane se confesse au journal qu'elle écrit pour Mamadou pour qu'il prenne connaissance du cauchemar qu'elle a vécu au sein de sa famille polygame. D'ailleurs, ce journal sera « le seul héritage » (130) qu'elle compte léguer au mari infidèle qui a été le centre de sa vie depuis la première rencontre jusqu'à ce que la folie se soit emparée d'elle. Aussi la jeune femme délaissée y inscrit-elle les menus détails de sa vie avec ses co-épouses, Awa et Ndèye. Ses observations sur la vie de cette famille polygame alternent avec des souvenirs de son enfance antillaise, de sa jeunesse solitaire à Paris, de la rencontre de Mamadou, suivie du coup de foudre et du mariage avec ce jeune étudiant africain. Peu de temps après son arrivée en Afrique, Juletane finit par devenir « la folle » qu'on évite et dont on se moque à toute occasion :

> Ici, on m'appelle « la folle », cela n'a rien d'original. Que savent-ils de la folie ? Et si les fous n'étaient pas fous ! Si un certain comportement que les gens simples et vulgaires nomment folie, n'était que sagesse, reflet de l'hypersensibilité lucide d'une âme pure, droite, précipité dans un vide affectif réel ou imaginaire ? (13)

Si au début de sa confession la jeune femme nourrit encore l'espoir que tout n'est pas perdu, par la suite elle commence à douter de l'effet bénéfique de l'écriture : « Je me demande si c'est une bonne chose d'avoir commencé ce journal, d'essayer de me ressouvenir d'un passé plus chargé de peines que de joies […] Réveiller tout cela, n'est-ce pas taquiner une fauve endormie ? » (52) Retirée graduellement dans une solitude complète, elle se rend compte que l'image du continent d'origine de ses ancêtres, où beaucoup de ses compatriotes nourrissaient l'espoir de trouver leurs racines, ne coïncide pas à celle de ses rêves. De plus, l'image qu'elle s'était faite de son futur mari ne correspond pas non plus à celle du mari réel. À ce sujet, notons que l'épigraphe choisie par l'auteure (« Rien n'est plus éloigné d'un rêve qu'un mari ») anticipe les désillusions de la protagoniste.

Dans son journal, Juletane mentionne non seulement les effets de son isolement et les humiliations subies de la part de la troisième épouse de Mamadou, mais aussi le rejet de la nourriture, geste symbolique de son refus d'une réalité qu'elle n'essaie même pas de comprendre.

L'anorexie accélère sa dégradation physique et mentale,[23] mais, à certains moments, on a l'impression que sa croyance en la fonction thérapeutique de l'écriture l'aidera à revenir à une normalité quelconque. Après avoir négligé pour quelque temps son journal, elle revient sur la question du rôle bénéfique de l'écriture dans sa vie :

> C'est une façon comme une autre de m'occuper et peut-être une bonne thérapeutique pour mes angoisses ; je me sens déjà plus sûre de moi. Il y a certainement des choses qui m'échappent concernant le passé. Je suis restée si longtemps silencieuse, vivant dans l'indifférence des choses et des êtres. Aujourd'hui, ma seule certitude est de renaître à la vie. J'écoute battre mon cœur d'excitation, frémir le sang qui coule dans mes veines. Je ressens douloureusement un besoin de tendresse, le printemps de mon corps chante, espère peut-être en demain. (93–4)

Il est intéressant de noter la méfiance envers l'écriture manifestée par certaines femmes africaines. Oumi, une des malades de l'hôpital où est internée Juletane, est convaincue qu'écrire est « une perte de temps, une histoire de Blancs.» (138) Cependant, le désir d'écrire de Juletane est plus fort qu'elle, un désir refoulé qui surgit en même temps que ses troubles mentaux, et qui n'a pourtant pas la force de la sauver de la chute finale.

Malgré son désir initial de rassembler les morceaux de sa vie éclatée dans un récit linéaire, le personnage féminin du roman de Warner-Vieyra constate qu'elle n'a plus de raisons d'écrire après la mort accidentelle de son mari. Selon Ann Elizabeth Willey,[24] l'échec de l'entreprise scripturale de Juletane résiderait justement dans le choix du paradigme occidental du récit, incompatible, à son avis, avec l'identité antillaise ontologiquement fragmentée de cette femme. À ce sujet, une

---

23 À ce sujet, Suzanne Gasster-Carrièrre fait une lecture du corps victime de *Juletane* en se servant du concept du corps docile (Michel Foucault, *Surveiller et punir*, Gallimard, 1975) et de celui d'anorexie mentale (Franz Fanon, *Les Damnés de la terre*, Paris, Maspero, 1961). Son article s'intitule « Le corps victime : *Juletane* de Warner-Vieyra et *L'autre qui danse* de Suzanne Dracius-Pinalie », *Études Francophones* 12 n° 2, 1997, p. 81–91.

24 Ann Elizabeth Willey, « Madness and the Middle Passage. Warner-Vieyra's *Juletane* as a Paradigm for Writing Caribbean Women's Identities », *Studies in Twentieth Century Literature* 21, n° 2, Summer 1997, p. 449–67.

courte précision s'impose. Le récit linéaire choisi par Ramatoulaye, la protagoniste du roman épistolaire *Une si longue lettre* par Mariama Bâ, l'a pourtant aidée à sortir du trou de désespoir provoqué par l'infidélité de son mari. Mais à la différence de Juletane, une femme isolée dans le pays de son mari, Ramatoulaye, femme éduquée et bien ancrée dans le milieu où elle a grandi, est soutenue moralement et financièrement par ses nombreux enfants et par sa bonne amie Aïssatou. Les deux romans ont en commun le même refus du paradigme de la famille africaine polygame, mais ils proposent des solutions et des attitudes différentes par le biais du même type d'une écriture.

En revenant au roman de Warner-Vieyra, rappelons que la vision de la folie telle que représentée par cette auteure rejoint celle d'un rêve que Juletane a fait à l'hôpital, rêve d'« un autre monde où les fous ne sont pas fous, mais des sages aux regards de justice ». (141) Et en effet, vers la fin de sa réclusion au sein de sa famille polygame, la jeune femme aura du mal à distinguer entre rêve et réalité. Un matin, on découvre les cadavres des trois enfants d'Awa, la première épouse de Mamadou, sans que Juletane réussisse à voir clair dans cet événement tragique. Peu de temps après, elle défigure Ndèye, son autre co-épouse. Folie ou sagesse ?[25] Juletane doute de sa folie et confie ce doute à son journal. S'agirait-il d'un obscurcissement passager de la raison, attribué à un agent extérieur, semblable à l'*atê* grec ou à la folie antillaise mentionnée dans *Pluie et vent sur Télumée Miracle* de Simone Schwarz-Bart ?[26] Ou bien de la folie passionnelle, excusable il y a deux siècles ? Des questions qui interpellent certainement Hélène, la lectrice du journal de Juletane, qui tombera par hasard entre ses mains d'infirmière.

Hélène est une Antillaise émancipée et indépendante qui, après de nombreuses années où elle a refusé de se marier à cause d'une déception amoureuse, se trouve sur le point d'épouser un jeune Sénégalais

---

25 « C'est la certitude qui rend fou », notait Nietzsche dans *Ecce Homo* (1908), lui aussi sombré dans la folie. Il ne faut pas oublier que le fou détenteur de la vérité était une idée courante à l'époque du Moyen Âge.

26 « Lorsque, durant les longs jours bleus et chauds, la folie antillaise se met à tournoyer dans l'air au-dessus des bourgs, des mornes et des plateaux, une angoisse s'empare des hommes à l'idée de la fatalité qui plane au-dessus d'eux, s'apprêtant à fondre sur l'un ou l'autre, à la manière d'un oiseau de proie, sans qu'il puisse offrir la moindre résistance » (Simone Schwarz-Bart, *Pluie et vent sur Télumée Miracle, op. cit.*, 1972, p. 41.)

dans l'unique intention d'avoir un enfant. Un narrateur anonyme inscrit les réactions de la lectrice du journal dans un récit qui réfléchit
celui de Juletane, ce qui crée une structure en abyme intéressante,
marquée typographiquement pour guider le lecteur à travers ce récit
dédoublé.[27] L'histoire de Juletane fait revenir dans la mémoire d'Hélène un cas similaire, celui d'une femme qui était morte « *sans cause
apparente que le chagrin*[28] » (81), tout comme la tante de Gisèle Pineau,
dont la mort « douce » est racontée dans son récit autobiographique
Mes quatre femmes. L'impact du journal de Juletane est tellement fort
que la lectrice ressent le besoin de venger sa compatriote : « *Elle était
prête à la venger. Elle aurait voulu faire souffrir tous les hommes de la terre,
les humilier, les châtrer.* » (85)

Touchée profondément par la mort des trois enfants d'Awa, dont
elle avait lu un fait divers paru à Paris, Hélène semble fléchir sous le
poids de cette histoire tragique :

> *A-t-elle commencé la lecture de ce journal au moment opportun ?* se demande le
> narrateur. *Elle sent confusément que cette lecture changera sa vie* [...] *Lire sim-
> plement une histoire vraie. Réfléchir, regarder en arrière, remettre en question son
> attitude habituelle.* (102)

Cette histoire d'amour fou pour lequel on est prêt à mourir plutôt que
de le partager avec un(e) autre révèle à Hélène son vide intérieur qu'elle
essayait de cacher pour ne pas exposer sa vulnérabilité émotionnelle.
Elle « *vivait à côté de la vie* » (*Ibid.*) pour mieux se protéger, sans prendre
le temps de réfléchir au sens de son existence.

Après la lecture du texte de sa jeune compatriote aliénée dans un
pays africain où elle comptait retrouver ses racines, Hélène se rend
compte que son « retour » à l'Afrique n'avait représenté qu'un « détour »
(Glissant 1981) pendant lequel elle avait été sur le point d'oublier ses
racines antillaises. Les dernières lignes du roman montrent que l'effet

---

27 Pour plus de détails, voir Elisabeth Mudimbe-Boyi, « Narrative 'je(ux)' in *Kamouraska*
    by Anne Hébert and *Juletane* by Myriam Warner-Vieyra », *Postcolonial Subject. Franco-
    phone Women Writers*, Mary Jean Green (éd.), Minneapolis, University of Minnesota
    Press, 1996, p. 131.
28 Le récit d'Hélène est écrit en italique.

thérapeutique espéré par Juletane sera ressenti par la lectrice de son journal. De plus, l'écriture de sa compatriote aura aussi un effet cathartique inespéré sur cette femme qui se trouvait à un carrefour de sa vie : «*pour la première fois depuis près de vingt ans, elle pleura. Le journal avait brisé le bloc de glace qui enrobait son cœur*». (142) Entre l'écriture de la folie et la lecture d'un récit sur la folie se tisse un entre-deux dont la traversée pourrait sortir la lectrice du journal du vide dans lequel elle vivait. Et en effet, Hélène, qui «*fermait son cœur à l'amour, à la pitié, par peur de la souffrance morale*» et qui «*vivait à côté de la vie*» (102), semble prête à accepter les défis du mariage avec un jeune homme africain. Là où Juletane avait échoué, elle pourrait s'ancrer et fonder une famille grâce à l'influence de l'histoire qu'elle avait lue. Si l'écriture n'avait pas sauvé une femme de la folie, la lecture de cette écriture a aidé une autre à oser s'engager dans une relation de couple qui pourrait ne pas avoir le même dénouement.

Sauvées par l'écriture

Si pour *Juletane* l'écriture n'est qu'une possibilité de s'échapper à un trouble menaçant l'existence d'un être pris dans le tourbillon d'émotions plus fortes que la raison, dans d'autres récits français et francophones l'écriture aura un rôle thérapeutique incontestable. C'est le cas, entre autres, du roman épistolaire *Une si longue lettre* de l'écrivaine sénégalaise Mariama Bâ, de *Garçon manqué* de Nina Bouraoui et de plusieurs récits de Gisèle Pineau.

Pour Ramatoulaye, la protagoniste du roman de Mariama Bâ, l'écriture d'une longue lettre adressée à sa meilleure amie la sortira des tourments créés par le deuxième mariage et la mort de son époux Modou. Cependant, à la différence de Juletane, cette lettre rédigée pendant la réclusion de quarante jours imposée par les exigences de la religion islamique aura un rôle transformatif pour Ramatoulaye.

Pour la narratrice du roman de Nina Bouraoui, l'écriture s'avère également le seul moyen de voir clair, de sortir de la confusion identitaire qui a gâché son enfance et son adolescence. Le rôle thérapeutique de la lecture et de l'écriture à venir est indéniable. Celle-ci l'a protégée tout au long de sa difficile construction identitaire jusqu'au moment où elle réussira à prendre possession de son corps.

Quant à Gisèle Pineau, elle raconte dans *L'Exil selon Julia* et *Folie, aller simple* comment sa passion pour l'écriture l'a aidée à supporter les souffrances éprouvées en famille et à l'école. De son propre aveu, grâce à l'écriture, véritable bouée de sauvetage, elle s'est soustraite à l'aliénation de l'*ici-là* parisien, a réussi à tenir à distance ses fantômes, à se réapproprier l'espace antillais et à se maintenir dans un état d'équilibre fragile mais propice à la création.

L'écriture libératrice dans *Une si longue lettre* de Mariama Bâ

Dans son premier roman, *Une si longue lettre* (1979), l'écrivaine sénégalaise Mariama Bâ se sert du genre épistolaire pour faire réfléchir sa protagoniste au dilemme éthique de la polygamie auquel elle sera confrontée après vingt-cinq ans de vie conjugale heureuse. Le récit rétrospectif de Ramatoulaye, une femme d'une cinquantaine d'années et mère de douze enfants, se développe à la croisée du regard intime et personnel qu'elle jette sur sa vie et de l'observation objective d'une société en train de changer après l'indépendance du Sénégal.

Ramatoulaye commence à écrire cette lettre pendant la période de deuil suivant la mort de son mari, survenue cinq ans après le mariage de celui-ci avec la copine d'une de leurs filles. Elle l'adresse à son amie d'enfance, Aïssatou, qui avait refusé d'être co-épouse du docteur Mawdo. À la différence d'Aïssatou, qui avait quitté son mari et s'était établie à New York avec ses quatre garçons, Ramatoulaye décide d'affronter courageusement la nouvelle réalité pour des raisons qu'elle exposera dans sa lettre.

Les quarante jours de réclusion imposée par la religion islamique représente un entre-deux que toute femme musulmane doit traverser en isolement. Pendant cette période de deuil, la narratrice remonte le temps et passe en revue sa jeunesse, ainsi que celle de son amie Aïssatou, réfléchissant longuement aux choix qu'elles avaient faits et au comportement non conformiste de la nouvelle génération. Son récit a comme toile de fond les nombreux changements survenus au Sénégal après l'indépendance, avec une insistance particulière sur l'enthousiasme des jeunes Africains éduqués, désireux de contribuer à la modernisation de leur société :

> Privilège de notre génération, charnière entre deux périodes historiques, l'une de domination, l'autre d'indépendance. Nous étions restés jeunes et efficaces, car nous étions porteurs de projets. L'indépendance acquise, nous assistions à l'éclosion d'une République, à la naissance d'un hymne et à l'implantation d'un drapeau. (40)

Le texte suggère une certaine ressemblance entre cette traversée difficile d'un entre-deux politique et social et celle, encore plus difficile, d'un entre-deux identitaire, surtout lorsqu'il s'agit de femmes d'un certain âge.[29] Le flot des paroles de Ramatoulaye, où se fondent également plusieurs voix de ses consœurs, donne naissance à un texte polyphonique riche en suggestions multiples, particulièrement au sujet de la vie des femmes dans une société qui commence à peine à leur assigner une place dans l'espace public.

Tout comme Juletane, Ramatoulaye se sert d'un ami muet pour exprimer le trop-plein d'émotions qu'elle ressent pendant sa réclusion qui n'est pas volontaire, comme dans le cas de la protagoniste de Warner-Vieyra, mais imposée par les exigences de la religion islamique[30] : « j'ouvre ce cahier, point d'appui dans mon désarroi : notre longue pratique m'a enseigné que la confidence noie la douleur. » (7) Mais à la différence de Juletane, qui n'avait personne à qui confier sa souffrance dans un endroit où elle n'était qu'une étrangère, Ramatoulaye est bien ancrée dans son pays, dont les traditions lui sont familières. Si Juletane écrivait dans son journal pour que son mari apprenne ses tourments de femme blessée par la pratique de la polygamie, la protagoniste de Bâ confesse sa douleur à sa meilleure amie, qui avait déjà fait

---

29 Voir à ce sujet l'article de Keith L. Walker, « Mariama Bâ, Epistolarity, Menopause, and Postcoloniality », *Postcolonial Subject. Francophone Women Writers*, Mary Jean Green (dir.), Minneapolis, University of Minnesota Press, 1996.

30 En bonne musulmane, Ramatoulaye ne questionne pas cette exigence particulière :
    Je vis seule dans une monotonie que ne coupent que les bains purificateurs et les changements de vêtements de deuil, tous les lundis et vendredis.
    J'espère bien remplir mes charges. Mon cœur s'accorde aux exigences religieuses. Nourrie, dès l'enfance, à leurs sources rigides, je crois que je ne faillirai pas. Les murs qui limitent mon horizon pendant quatre mois et dix jours ne me gênent guère. (18)

l'expérience de cette coutume inacceptable pour les femmes africaines émancipées. Elle profite de son isolement pour rédiger sa lettre tout en craignant ses effets sur son esprit : «J'ai en moi assez de souvenirs à ruminer, dit-elle à Aïssatou. Et ce sont eux que je crains, car ils ont le goût de l'amertume. » (18)

Il est évident que Mariama Bâ n'écrit pas uniquement pour un lectorat africain, qui n'a pas besoin d'explications détaillées sur les croyances et les coutumes locales. Aïssatou n'a pas besoin non plus qu'on lui raconte son parcours et les moments partagés avec la famille de son amie. Mais pour un lecteur peu familiarisé avec la culture sénégalaise, cette longue lettre se lit comme un court roman ayant des personnages qui évoluent dans un milieu très bien décrit par Ramatoulaye. D'ailleurs, celle-ci suggère discrètement qu'une partie de ce qu'elle raconte est déjà connue de sa destinatrice. L'auteure de cette lettre qui s'apparente à un journal intime, d'autant plus qu'elle ne parviendra jamais à sa destination,[31] se remarque comme une fine observatrice de son milieu familial et social, faisant preuve de beaucoup de maturité dans ses jugements. Consciente du fait que sa perspective est celle d'une femme éduquée, privilégiée même dans une société qui avait encore un long chemin à parcourir afin d'arriver à une certaine stabilité, Ramatoulaye n'arrive pas à s'expliquer le coup reçu à un moment de sa vie où elle se considérait épanouie sur le plan personnel et professionnel. Elle répète les questions auxquelles elle voudrait une réponse de la part d'Aïssatou, tout en sachant que ce sont des questions plutôt rhétoriques : «Folie ou veulerie ? Manque de cœur ou amour irrésistible ? Quel bouleversement intérieur a égaré la conduite de Modou Fall pour épouser Binetou ? » (22, 23)

À la différence d'autres couples polygames qui continuaient à vivre sous le même toit, Modou quitte la maison familiale pour s'installer ailleurs avec sa jeune épouse. Restée seule, Ramatoulaye s'efforce de traverser cette situation difficile, aidée par ses enfants, mais l'angoisse ne l'épargne pas : «J'étais abandonnée : une feuille qui voltige mais qu'aucune main n'ose ramasser, aurait dit ma grand-mère. » (77, 79) Toutefois, elle ne sombre pas dans la folie comme Jacqueline, une Ivoirienne protestante mariée à un médecin sénégalais. Noire et Africaine, on se serait

---

31 À la fin du livre, on apprend que Ramatoulaye se prépare à accueillir son amie.

attendu à ce que cette femme s'adapte assez facilement à un pays qui, comme dit la narratrice, a connu le même colonisateur. Et pourtant, Jacqueline ne réussit pas à «se sénégaliser». Les nombreuses infidélités de son mari la rendent malade. Cependant, après une longue souffrance dont les médecins consultés ne trouvent pas la source, Jacqueline sort de son agonie grâce aux conseils d'un bon psychiatre : «Il faut réagir, sortir, vous trouver des raisons de vivre. Prenez courage. Lentement, vous triompherez.» (68)

Ce court récit de Jacqueline inséré par Ramatoulay dans sa lettre constitue une mise en abyme qui réfléchit le récit de la narratrice en entier :

> Pourquoi ai-je évoqué l'épreuve de cette amie ?, se demande-t-elle. À cause de son issue heureuse ? Ou seulement pour retarder la formulation du choix que j'ai fait, choix que ma raison refusait mais qui s'accordait à l'immense tendresse que je vouais à Modou Fall ? (68–9)

Le choix dont elle parle, suggère-t-il l'acceptation de la polygamie ? Tous ses enfants s'y opposent. Aïssatou la prévient gentiment, étant donné l'expérience similaire qu'elle avait eue avec son mari. Même Mamadou en est surpris. Mais Ramatoulaye sait lire dans les lignes alourdies de son corps et ne se fait plus d'illusions. La folie qui aurait pu aveugler son esprit n'y trouve pas de terrain propice, elle recule devant la force de caractère de cette femme qui réussit à trouver d'autres raisons d'être dans le tourbillon de cet entre-deux inattendu.

La mise en mots de son histoire a permis à Ramatoulaye de réfléchir sur son identité, de s'autoévaluer d'une façon critique et d'évaluer les choix qui lui restent à faire. Même si sa voix s'entend uniquement à travers la page écrite, l'acte de prendre la plume n'est pas moins transgressif, vu que la femme a rompu le tabou du silence imposé à toute veuve musulmane. Pour Ramatoulaye, l'écriture constitue un acte transformatif qui l'aide à comprendre que la perte définitive du mari ne signifie pas la fin de son cheminement personnel.

À la dernière page de sa longue confession, la narratrice fait la réflexion suivante : «Le mot bonheur recouvre bien quelque chose, n'est-ce pas ? J'irai à sa recherche. Tant pis pour moi, si j'ai encore à t'écrire une si longue lettre … » (131) Sujet d'énonciation aussi bien que sujet de l'énoncé, Ramatoulaye, riche de l'expérience de son journal, n'hésiterait pas à ouvrir un nouvel espace textuel où elle espère re-naître à travers le verbe libéré des contraintes imposées par le mariage polygame.

L'écriture thérapeutique dans *Garçon manqué* de Nina Bouraoui

Dans la première partie de ce chapitre, j'ai essayé de mettre en évidence comment l'Algérie a contribué à l'éveil du corps de la narratrice du roman *Garçon manqué* de Nina Bouraoui. Celle-ci n'entrera en complète possession de ce corps grandi dans une pluralité d'entre-deux que des années plus tard, à Tivoli. Comblée par un bonheur inattendu, sortie de l'entre deux mondes qui lui avait procuré tant de souffrances, la narratrice s'y réjouit pour la première fois de son corps enfin libéré : « Je sortais de moi. Et je me possédais. Mon corps se détachait de tout. Il n'avait plus rien de la France. Plus rien de l'Algérie. Il avait cette joie simple d'être en vie. » (185)

C'est toujours en Algérie que l'écriture lui est apparue pour la première fois comme l'unique moyen capable de la protéger des dangers du monde réel (20) et de lui ouvrir les portes vers un monde d'invention, où la peur disparaissait comme par miracle. Rappelons également que dans la lettre qui clôt ce récit autobiographique, la narratrice s'adresse à son ami d'enfance Amine, lui exprimant sa gratitude pour le rôle qu'il a eu, sans s'en rendre compte, dans sa venue à l'écriture : « Sans le savoir, tu m'as donné parfois la force d'écrire. Par ton souvenir, si plein, si constant. Par ce vide à combler. À raconter. » (188)

Et en effet, à la lecture de ce récit bouleversant, on constate l'immensité du vide existentiel d'où la narratrice en train de se raconter ne peut sortir qu'en annulant la distance temporelle entre le sujet de l'énoncé et le sujet de l'énonciation qui essaie d'éclaircir l'origine de l'état d'étrangeté éprouvé au cours de sa jeunesse. Le danger de vivre dans le secret et la peur constante de la mort, augmentée par les actes de violence perpétrés dans l'Algérie des années 1970, l'indifférence blessante ou la haine affichée par les Français, la difficulté de déchiffrer les mystères de son corps et d'accepter le jugement des autres, constituent autant d'expériences éprouvantes qui ne pouvaient se révéler que sur la page écrite. Dès la naissance de son désir d'écriture, Nina pressent la capacité des mots de la protéger des maux de la vie, de la tenir à distance du tourbillon menaçant du monde et de lui donner la force de cacher ses impulsions secrètes : «Seule l'écriture protégera du monde» (20) ; «C'est à cause de lui [du vertige de la vie] que je me suis cachée derrière les autres. Puis derrière mes livres.» (121)

L'écriture deviendra par la suite un moyen de voir clair, de sortir de la confusion identitaire et des visions cauchemardesques de ses rêves dominés par le sang et la violence. La violence de l'origine, mais aussi du pays qui plongera dans la guerre et dont elle pressent la perte. «Ce sera facile de l'écrire» (86), dit-elle, s'adressant à Amine sur le ton d'une confession porteuse de l'espoir d'être sauvée du monde par le biais de l'écriture à venir. (87)

Au fur et à mesure que la narratrice raconte des expériences de vie parfois inavouables, son ton devient de plus en plus virulent, puisqu'elle ne peut passer sous silence la haine des autres et sa propre haine contre ceux qui essaient de cacher la vérité sur certains événements historiques. La mise en question de la façon dont on présente ces faits ayant eu de graves conséquences sur sa génération se traduit par une écriture chargée d'émotions fortes, exprimées par des phrases courtes et sur un ton virulent. À plusieurs reprises la narratrice met en accusation l'attitude des Français à l'égard de la génération beure, «ni vraiment française ni vraiment algérienne» (129), et dont l'état d'entre-deux est révélé par le biais d'une écriture soucieuse de sauvegarder la mémoire mutilée ou étouffée par la grande Histoire. (Ricœur 2000) Elle se sert de l'écriture de la haine et du racisme comme d'un miroir qu'elle tend à tous ceux qui refusent d'accepter la vérité sur des faits historiques qu'on préfère passer sous silence.

Ce récit autobiographique suit donc la construction d'un Moi qui se cherche et qui questionne ses actes, aussi bien que les actes des autres, connus ou inconnus. Et cela, dans un va-et-vient incessant entre le vécu et les réflexions sur l'écriture de ce vécu, écriture placée au futur par rapport au temps du récit pour lequel, paradoxalement, la narratrice choisit d'utiliser le présent de narration. L'omniprésence de ce temps, comme l'affirme Philippe Lejeune, donne l'impression que «[t]out se passe comme si l'histoire devenait contemporaine de sa narration ».[32] Mais, chose intéressante, les réflexions ne portent pas sur l'écriture du récit en train de se faire, mais sur l'écriture à venir, dont la force est pressentie dès l'enfance de la narratrice, et qui se confirmera par la suite.

À l'intérieur du discours narratif s'insèrent plusieurs commentaires au sujet du rôle thérapeutique de cette écriture à venir. On l'annonce pendant qu'on raconte les expériences de vie qui ont marqué son parcours d'enfant et d'adolescente, et qui seront intégrées ultérieurement dans un récit de vie pas encore écrit. Elle savait déjà que son écriture, qui la protégeait au début, allait témoigner de faits difficiles à accepter : racisme, intolérance, peur de l'autre, camouflage de la vérité historique. Cette écriture alimentée par une multiplicité d'entre-deux s'accorde avec la violence de ses émotions, dont certaines ne s'expriment que sur papier.

Les maux de la vie révélés dans ce récit rendu plus vivant grâce à l'emploi du présent de narration sont suspendus par moments, faisant place aux réflexions sur les raisons de ces maux et sur sa difficulté d'expliquer son comportement d'autrefois et les réactions des autres. Les mots choisis doivent s'accorder aux faits et aux émotions ressenties par le sujet de l'énoncé. Il n'est donc pas surprenant que sa fragmentation se traduise par des phrases fragmentées, par un vocabulaire parfois explosif et par le brouillage de la chronologie. Se référant à la haine insupportable des autres, la narratrice passe rapidement de « Je l'écrirai » à « J'écris » (132), du futur contenant le passé du « je » de l'énoncé au présent où le « je » d'énonciation revit et écrit ce passé : « C'est mieux, ça, la haine de l'autre écrite et révélée dans un livre. J'écris. Et quelqu'un se reconnaîtra. Se trouvera minable. Restera sans voix. Se noiera dans le silence. Terrassé par la douleur. » (132) Consciente de la réaction de certains de ses lecteurs, la narratrice prend en dérision leurs avertissements au sujet du danger de son écriture :

> Mais attention à la dernière. Celle qui raconte des histoires à dormir debout.
> Des histoires qui font peur. Un vrai talent. Celle qui écrira plus tard. Des

32 Philippe Lejeune, *Je est un autre. L'autobiographie de la littérature aux médias*, Paris, Seuil, 1980, p. 16–17.

livres effrayants. C'est dangereux, un écrivain. C'est obsédé par la vérité. Par sa vérité. C'est enfantin, un écrivain. (136)

La présence d'événements passés dans le présent de l'énonciation constitue une caractéristique de ce récit qui semble se situer dans un hors-temps où le raconté et le racontant se rapprochent d'une façon parfois inquiétante. À la peur ressentie devant l'horreur de l'Histoire correspond l'espoir de vaincre cette peur en racontant son histoire. La traversée de nombreux entre-deux qui ont contribué à la difficile construction identitaire du sujet d'énonciation a permis également l'émergence du sujet d'écriture dont le corps, enfin libéré des contraintes imposées par le corps social, s'inscrira dans le corps de l'écriture à venir.

Gisèle Pineau et ses fantômes

Gisèle Pineau est une autre écrivaine qui a vécu la peur et le regard impitoyable des autres pendant son enfance. Contrairement à Nina Bouraoui, elle n'a pas passé ses premières années dans un pays ensoleillé, mais dans l'atmosphère grise d'une cité parisienne peu accueillante. Pourtant, sa passion pour l'écriture, qui va de pair avec celle de raconter des histoires, remonte à cette époque-là. Dans son récit autobiographique *L'Exil selon Julia*, elle raconte, par l'intermède de la jeune narratrice Marie (l'autre prénom de l'auteure), comment les histoires de sa grand-mère (surnommée Man Ya) et le recours à l'écriture l'ont aidée à s'éloigner des souffrances éprouvées en famille et à l'école. Après le retour de Man Ya en Guadeloupe, Marie se réfugie davantage dans l'écriture, seule consolation de l'exil qu'elle ressent avec de plus en plus d'acuité :

> Quand je suis dans mes écritures, que personne n'a le droit de lire, on me laisse tranquille. Les élèves de ma classe me trouvent soudain intéressante. Ils n'en reviennent pas que la seule négresse-bamboula d'Afrique de la classe les surpasse dans leur belle langue de France. (159)

Des lettres informatives qu'elle adresse à sa grand-mère, la jeune fille passe au journal intime, témoin de sa passion grandissante pour l'écriture, mais aussi de ses troubles profonds, qu'elle ne peut exprimer que par écrit. Affligée à cause du racisme dont elle est la cible à l'école, la narratrice se sent de plus en plus attirée par Anne Franck, dont le *Journal* constitue un des intertextes privilégiés de Pineau. «Finalement, écrit-elle à sa grand-mère, je me rends compte que je ne t'envoie plus du tout de courrier. Je suis une copieuse. J'imite Anne Franck et j'écris à un cahier.» (156) Les bruits des événements tumultueux de mai 1968 se font aussi entendre à travers les lignes de son journal où elle réfléchit à l'impact de la destinée de Charles de Gaulle sur les décisions de vie de ses parents :

> Si papa n'était pas entré en dissidence pour le rejoindre, où serions-nous à l'heure qu'il est ? Si papa n'avait pas porté l'uniforme de l'armée française, ma maman Daisy lui aurait-elle dit oui pour la vie ? Voilà comment des Antillais naissent en France. (161)

Aussi la narratrice se forge-t-elle un nouvel espace tissé entre l'*ici-là* parisien et le *là-bas* insulaire, entre le réel et l'imaginaire, un espace scriptural qui facilite la construction identitaire de l'enfant à partir des expériences douloureuses vécues à l'école, mais aussi à partir des histoires de sa grand-mère. Au moment où l'on décide la date du départ définitif de France, la narratrice, qui vient d'avoir treize ans, s'exclame : «Je me ferai papier, encre et porte-plume pour entrer dans la chair du Pays.» (168) Cependant, elle ne peut s'empêcher de s'inquiéter sur l'accueil que la terre de ses parents fera à des enfants nés en métropole : «Ce Pays qui bat et saute comme un cœur, *là-bas*. Est-ce qu'il nous reconnaîtra comme ses enfants ?» (169–70)

Cette période de tourments et d'épanouissement créatif l'aidera à mieux se comprendre, tout en la préparant pour le voyage de retour. Cette fois-ci, c'est elle qui s'identifiera au petit Poucet des contes de son enfance : «J'ai perdu les cailloux de mon Pays, mais j'y retourne. Man Ya a marqué le chemin. Et je suis comme Poucet». (173–4) Et en effet, au moment du débarquement à la Martinique,[33] la jeune fille constate avec surprise que «[l]es lieux ne sont pas étrangers. Tout *ici-là* est inconnu et pourtant reconnu [...] Tout *ici-là* est ami et ennemi [...] Tout *ici-là* est

---

33 Avant de s'établir en Guadeloupe, la famille doit faire un séjour à la Martinique, lieu de transition et d'adaptation décrit avec sensibilité et humour par la jeune narratrice.

étonnement, tant misère et grandeur, beauté et laideur s'entrecroisent, s'imbriquent et se chevauchent.» (177) La parole de la grand-mère et la souffrance de l'exil ont fait pousser des fleurs que la narratrice sera prête à cueillir.

Il s'ensuit que cet entre-deux insaisissable, espace configuré à la croisée de contradictions baudelairiennes, n'en reste pas moins un espace qui facilite la construction de l'identité relationnelle, telle que rêvée par la nouvelle génération d'écrivains de la Caraïbe. C'est juste-ment ce lieu difficile à appréhender dans toute sa complexité que la narratrice de *L'Exil selon Julia* se propose de figer par l'écriture. À la différence de sa grand-mère qui ne fait plus confiance à l'écriture men-teuse, sans mémoire et sans vie, la jeune fille s'y adonne avec plaisir. Le seul défi qu'elle entrevoit dans son entreprise scripturale, c'est de ne pas trahir l'héritage culturel légué oralement par Man Ya :

> Comment démêler les rêves de la réalité ? L'invention du véritable ? Le réel du conte ? [...] Craindre que ces îles modelées au lointain ne soient que construc-tion de carton-pâte, décor de Cinémascope, mornes peints à la gouache pour colorer l'exil. Craindre et imaginer que tout n'ait été inventé par Man Ya. Se figurer que l'esclavage, Schœlcher, les Nègres marron n'aient été que des acteurs mis en scène par Man Ya, juste pour nous donner une fierté, une his-toire, une existence, un pays à aimer. (169)

La réappropriation de l'espace antillais par la jeune narratrice de *L'exil selon Julia* se fera donc, dans un premier temps, par le biais de l'écriture poursuivie dans un *ici-là* aliénant, auquel elle se soustrait en rêvant d'un *là-bas* porteur de l'espoir de délivrance. Dans un deu-xième temps, après son arrivée à la Martinique, la narratrice partira à la conquête de ce *là-bas* qui se métamorphose peu à peu en un *ici-là* exploré dans tous les sens, jusqu'à ce qu'elle en prenne complète pos-session. Son seul regret, c'est qu'elle grandit trop vite, ce qui lui laisse peu de temps pour jouir d'une enfance antillaise. Pourtant, les lectures et les expériences de son enfance parisienne, greffées sur les histoires vraies et imaginaires de sa grand-mère antillaise, lui faciliteront la prise de conscience de sa double appartenance culturelle.

Bien des années plus tard, lorsqu'elle écrira le récit *Folie, aller simple*, Gisèle Pineau se souviendra de sa passion folle pour l'écriture. Si le délire de l'insensé remonte, comme l'affirme Foucault dans son *Histoire de la folie*, jusqu'à l'origine des multiples possibilités du langage, le récit «délirant» de Pineau remonte jusqu'à l'origine de son écriture, exhibant ses possibilités latentes. Les questions que la narratrice de ce journal s'était posées comme enfant au sujet de la normalité de son urgence d'écrire continuent à la hanter :

> Je ne veux rien d'autre qu'écrire, assise bien droite au fond de ma tanière, et raconter des histoires. Elles débordent en moi en chaque instant du jour. Oui, des vies grouillent littéralement en moi. Elles exigent que je les raconte avec des mots, des phrases, des paragraphes. Est-ce que ces phénomènes sont vécus aussi par les gens ordinaires? Est-ce que c'est normal, docteur? (38)

Les conditions de production de ce discours, révélées dans la dernière phrase, en disent long au sujet de la peur constante de l'écrivaine d'être aspirée par la folie de l'écriture, d'autant plus que la folie est un thème récurrent dans la littérature antillaise en général, et dans ses récits en particulier. Le sujet d'énonciation y est presque toujours une femme animée par le désir d'écrire et de s'écrire, de se chercher à travers son écriture, mais aussi de chercher la vérité sur sa famille et la relation avec son milieu.

Plusieurs commentaires métatextuels insérés dans le journal de l'infirmière Pineau sont révélateurs du rôle thérapeutique de l'écriture et du travail pour cette écrivaine qui déclare avoir senti à plusieurs reprises la folie rôder autour d'elle à des moments éprouvants de sa vie. Si la maladie mentale constitue pour certains la dernière sortie de secours d'une vie devenue invivable, l'écriture «délirante» représente pour Pineau son «petit jardin hors du sillon» (174) où elle se réfugie afin d'échapper aux menaces du réel et aux fantômes du passé. Mais ce jardin n'est pas «clos» (164), comme celui de ses patients embarqués dans un voyage sans retour. De l'aveu de l'auteure, sa plongée dans l'imaginaire représentait aussi sa bouée de sauvetage qui l'aidait à revenir au réel, tout comme ses responsabilités d'infirmière qui l'obligeaient à s'y accrocher afin de s'occuper de ceux qui s'en détachent. Il n'est donc pas étonnant qu'elle exprime sa gratitude envers l'écriture. En sortant de sa mémoire des personnages qui ne cessaient de la hanter, l'acte d'écrire a empêché l'écrivaine-infirmière de glisser dans la déraison :

L'écriture a été comme une branche qui m'a accrochée à la rive. Écrire m'a longtemps permis de mater mes fantômes. En les jetant sur le papier, j'en ai démasqué plus d'un qui pensait me dévorer de l'intérieur [...] J'ai parfois écrit la vie intime de quelques-uns de mes fantômes. (171)

En attendant l'enquête sur le décès de sa patiente Sophie, la narratrice se souvient de plusieurs de ces fantômes qui rôdaient autour d'elle. C'étaient des êtres qui auraient pu échouer dans un hôpital comme celui où elle travaille, tels les coquillages vides qu'elle ramassait pendant l'enfance sur les plages de la Guadeloupe, et auxquels elle inventait des histoires. Plus tard, elle conclut qu'un même comportement peut être perçu différemment selon l'endroit où l'on vit. Comme elle a exercé sa profession d'infirmière à Paris et en Guadeloupe, Pineau a eu l'occasion de constater que la ligne de séparation entre raison et déraison était fluctuante, et qu'un comportement déviant à Paris ne l'était pas nécessairement en Guadeloupe. Les « fantômes » de son enfance n'étaient pas confinés dans un hôpital psychiatrique comme ses patients parisiens dont certains s'y trouvaient pour ne pas troubler la tranquillité de leurs familles.[34]

Elle se souvient, par exemple, de la cruauté excessive de son grand-père paternel qui, revenu de la guerre, terrorisait sa grand-mère Julia : « Dans la famille, on le disait fou. Tous les voisins étaient du même avis. Cependant, ajoute la narratrice, personne ne songea jamais à le faire enfermer ni à l'asile des aliénés ni à la geôle de Basse-Terre. » (75) Elle se souvient aussi de sa peur de devenir folle à l'époque de son enfance malheureuse, sans que personne ne s'en rende compte, de ses brusques accès de violence, du désir de faire disparaître son père. (107–8)

Cependant, lorsqu'elle se remémore l'histoire de Lila, ancienne danseuse de cabaret devenue protagoniste du récit L'Âme prêtée aux oiseaux (1998), la narratrice semble manifester plus de tolérance envers cette vieille femme, la considérant à la fois bourreau et victime. Quant

---

34 À ce sujet, Gisèle Pineau rejoint la pensée de Michel Foucault, qui présente la psychopathologie comme un « fait de civilisation », autrement dit comme un produit de certaines conditions historiques et culturelles déterminées. (*Maladie mentale et psychologie*, Paris, Presse Universitaire de France [1954], 2005, p. 17.)

à sa grand-mère Julia, elle sera doublement victime. Emmenée à Paris afin d'être sauvée de la violence de son mari, elle ne pourra supporter le poids de l'exil. La narratrice-enfant de *L'Exil selon Julia* voit que sa grand-mère «est là, sans être là» (123), mais ne comprend pas les causes de cet état douloureux d'entre-deux qui faisait oublier à la vieille femme la réalité de l'exil.[35]

Une autre figure tutélaire évoquée au cours de ce récit mémoriel de Pineau est sa tante Gisèle, dont l'histoire tragique est racontée dans *Mes quatre femmes.* Selon la légende familiale tissée autour de cette jeune femme rêveuse qui n'a pu accepter d'être délaissée par son époux bienaimé, elle se serait laissé mourir de chagrin après la mort de celui-ci. «Mais cette version de l'histoire s'était effacée, précise la narratrice-infirmière, et les nouvelles générations évoquaient maintenant un renoncement pathologique à la vie, une sorte de suicide.» (*FAS*, 76)

En dernière analyse, pour les protagonistes de Gisèle Pineau, la remémoration et l'écriture se présentent comme des espaces privilégiés, témoignant du difficile processus de construction identitaire de la femme antillaise qui a fait l'expérience du malheur, et parfois celle de l'errance. Cette auteure n'aurait pu surmonter les obstacles d'une existence vécue dans l'entre-deux sans l'aide précieuse de l'écriture qui l'a accompagnée à chaque étape de sa vie. Grâce au potentiel de l'écriture de transcender les polarités sociales, culturelles et historiques, Gisèle Pineau a réussi à se placer au-delà des différences afin d'apprivoiser les fantômes de la haine, du racisme et de l'intolérance.

Entre l'écriture du corps et le corps de l'écriture : *Passion simple* et *Se perdre* d'Annie Ernaux

À partir de son premier roman, *Les Armoires vides* (1974), jusqu'à son dernier récit, *Le jeune homme* (2022), Annie Ernaux explore la façon dont

---

35 Des années plus tard, la narratrice-infirmière résumera la maladie de sa grand-mère comme suit : «Un jour, durant son exil en France, Julia refusa de se lever de sa couche et entama une grève de la faim. Elle déclara qu'elle voulait retourner en Guadeloupe […] le médecin de l'époque diagnostiqua une dépression et prescrivit des cachets de trois couleurs.» (*FAS*, 77)

la sexualité est vécue et perçue par ses *alter ego* textuels. D'un récit à l'autre, cette écrivaine ne cesse de s'interroger sur la problématique de la condition féminine, particulièrement celle du drame de la déchirure vécue par les femmes conditionnées par un certain milieu social. La prise de conscience des différences de classe vécue par ses doubles narratifs constitue le début de la chute du paradis de l'enfance, chute rendue encore plus douloureuse par l'éveil à une sexualité qu'il fallait constamment réprimer.

En effet, les innombrables contraintes familiales, culturelles et religieuses imposées à une jeune fille élevée dans un milieu populaire de la Normandie des années 1950 ne font qu'attiser sa curiosité pour le mystère de la sexualité. Plus tard, l'adolescente désireuse de franchir le seuil de la classe de sa famille dont elle commence à avoir honte deviendra une « femme gelée » dans un mariage bourgeois insatisfaisant. Parler de la sexualité, affirme cette narratrice adulte des années 1980, qui fera l'expérience décevante du *Deuxième sexe*, est déjà perçu comme le « début du vice. » (*FG*, 40)

Dix ans plus tard, cette femme aura déjà connu sa véritable libération sexuelle facilitée par son divorce et par la mort de sa mère. Elle en fait la preuve dans *Passion simple* (1991), récit témoignant d'une intense expérience amoureuse qu'elle décide de partager avec ses lecteurs sans se soucier de leur jugement moral. Ce récit sublimé de l'attente d'un homme par une femme mûre qui s'observe et observe l'évolution de sa passion semble inaugurer une nouvelle étape dans l'écriture d'Ernaux. Après la publication de *Passion simple*, elle choque davantage ses lecteurs lorsqu'elle publie une partie de son journal intime, intitulé *Se perdre* (2001), dans lequel elle avait consigné les détails de cette passion vécue avec son jeune amant soviétique.

Faut-il tout publier d'un écrivain ? se demandaient les signataires de plusieurs articles de journaux portant sur ces deux textes jugés par certains comme trop révélateurs d'expériences intimes « irreprésentables », passant sous silence la présence d'un entre-deux de l'écriture qui se superpose sur l'entre-deux passionnel traversé par un corps désirant. Et pourtant, quinze ans plus tard paraît *Mémoire de fille*,[36] le récit troublant

---

36 Annie Ernaux, *Mémoire de fille*, Paris, Gallimard, 2016, p. 144.

des premières expériences sexuelles d'Ernaux, récit «d'une traversée périlleuse, jusqu'au port de l'écriture.» (144) Ce récit, avoue-t-elle, lui permet d'«expérimenter les limites de l'écriture» (56), plus particulièrement de l'écriture de soi, qui fait d'un sujet réel «un être littéraire». (115) Aussi l'écriture devient-elle le lieu de la «perte de soi» (Ernaux 2003, 120), lieu où se produit la métamorphose des souvenirs personnels en vérités qui facilitent la compréhension de certaines réalités vécues en solitude ou plongée dans l'anonymat de la foule.

La fascination d'une écriture perçue comme un danger mal défini est exprimée dans la dernière phrase de *Se perdre* : «Ce besoin que j'ai d'écrire quelque chose de dangereux pour moi, comme une porte de cave qui s'ouvre, où il faut entrer coûte que coûte.» (377) Précisons que ce n'est pas la première fois qu'Annie Ernaux mentionne la cave comme un lieu associé au danger, à l'interdit intimement lié à une expérience personnelle ou familiale. Dans son premier roman, *Les Armoires vides* (1974), la jeune narratrice Denise Lesur se rappelle «les jeux sournois [...] dans les caves de la rue Clopart» (75), jeux apparemment innocents au cours desquels les enfants de son milieu populaire transgressaient constamment l'interdit familial d'explorer leurs différences sexuelles. Ces activités se déroulaient à l'ombre des caves, à l'abri des yeux des adultes, et surtout loin du corps asexué de l'école. Quelques années plus tard, une scène tout à fait irreprésentable aura lieu dans la cave de la maison familiale de la narratrice : il s'agit de la scène de violence du 15 juin 1952, tirée à la lumière trente-cinq ans plus tard dans le récit autobiographique *La Honte* (1997). Cette scène d'une importance capitale pour l'évolution ultérieure de la narratrice dépeint la colère déchaînée de son père qui avait tenté de tuer sa mère. La narratrice a gravé dans sa mémoire la voix de sa mère venant de «la cave mal éclairée» (14) de leur maison. Du fait de se trouver à l'origine de la honte ressentie durant de longues années envers ses parents et leur milieu social, cette scène n'aurait pu être consignée, nous dit-elle, ni «même dans un journal intime». (16) Et la narratrice d'ajouter : «Comme une action interdite devant entraîner un châtiment. Peut-être celui de ne plus pouvoir écrire quoi que ce soit ensuite.» (*Ibid.*) L'écriture du vécu le plus intime n'est donc pas sans danger, suggère-t-elle, mais son désir de révéler la vérité ultime de ses expériences sera plus fort que sa superstition, ce qui expliquerait son courage d'ouvrir la porte de « la cave » de son histoire familiale.

De l'avis de la narratrice de *Passion simple*, elle avait hésité entre plusieurs voies à suivre pour l'écriture de ce récit : « je ne sais pas, maintenant, sur quel mode je l'écris, si c'est celui du témoignage, voire de la confidence telle qu'elle se pratique dans les journaux féminins, celui du manifeste ou du procès-verbal, ou même du commentaire de texte. » (30–1) Comme on peut le constater, le modèle du roman n'y figure pas. Finalement, elle a choisi d'extraire la quintessence de son histoire d'amour passionnel afin de créer un récit à caractère universel.

La scène d'ouverture[37] du récit minimaliste de cette expérience amoureuse vécue de septembre 1988 à novembre 1989 a eu de quoi surprendre certains lecteurs d'Annie Ernaux : « Cet été, j'ai regardé pour la première fois un film classé X à la télévision, sur Canal +. Mon poste n'a pas de décodeur, les images sur l'écran étaient floues, les paroles remplacées par un bruitage étrange … » (11) Cette scène irreprésentable à l'époque de sa jeunesse se termine sur l'observation suivante : « Il m'a semblé que l'écriture devrait tendre à cela, cette impression que provoque la scène de l'acte sexuel, cette angoisse et cette stupeur, une suspension du jugement moral. » (12) À l'instar de la narratrice qui, faute de décodeur, ne peut voir que des images « floues » du film pornographique mentionné dans l'incipit, le lecteur ne peut qu'approximer l'expérience vécue par cette femme, vu la brièveté de ce récit qui tourne principalement autour des détails liés à l'attente de son amant et à sa souffrance après le départ de celui-ci dans son pays d'origine.

Par contre, à la lecture de *Se perdre*, on risque de s'égarer dans le labyrinthe des notations répétitives concernant la même expérience consignée au jour le jour, et qui n'était pas censée être rendue publique. De plus, le lecteur se voit complètement exclu du long texte qu'il parcourt non sans un certain malaise. Cependant, à travers le témoignage cru d'une femme qui vit dans la souffrance de l'attente de l'homme

---

37 Cette scène inédite a provoqué plusieurs réactions critiques défavorables, comme celle de Pierre Marc de Biasi qui parle d'« une nouvelle esthétique d'Ernaux : celle de la série X non décodée» (« Les petites Emma 1992 », *Le Magazine Littéraire*, July/August 1992, p. 60.)

aimé, on trouve des observations intéressantes sur la nature de l'écriture, et surtout sur le rapport particulier qu'elle entretient avec le corps désirant et la mort : «... depuis toujours, le désir, l'écriture et la mort[38] ne font que s'échanger pour moi.» (*SP*, 37)

En relisant les cahiers contenant les détails de son affaire avec S., un jeune diplomate soviétique, l'écrivaine guérie depuis longtemps de sa passion observe qu'«il y avait dans ces pages une "vérité" autre que celle contenue dans *Passion simple*». (*SP*, 15) Aussi décide-t-elle qu'il est de son devoir d'aller jusqu'au bout de son aveu.[39]

Commençons par l'épigraphe de *Se perdre* : « *Voglio vivere una favola* »[40] (Je veux vivre une histoire). Grande lectrice de Proust, il n'est pas étonnant de constater la récurrence de cette idée chère à l'auteure : «... cette certitude, j'*écris* mes histoires d'amour et je *vis* mes livres.» (*SP* 269) Quarante ans plus tôt, la jeune femme qui aspirait à se faire publier écrivait dans un autre journal intime : «Une autre vie que celle d'écrire existerait-elle pour moi ?»[41] Il devient évident que ce qui n'était qu'une interrogation sur la possibilité de vivre sa vie à travers l'écriture se transforme plus tard en certitude.

Dans une autre entrée de *Se perdre,* la diariste note que «la vraie vie exclut l'écriture, car elle est dans la passion». (368) L'amour vécu en temps réel a donc une temporalité différente de celle de l'écriture, qui, selon l'auteure, doit attendre la mort de la passion afin de combler le vide laissé dans la vie de celle qui l'a éprouvée. La séparation de l'écriture et du vécu qui n'est complet que s'il est consigné dans un livre est une idée réitérée par Ernaux à toutes les étapes de sa vie d'écrivaine. L'écriture, dit-elle, fait revivre autrement non seulement les joies, mais aussi les souffrances ressenties au cours de l'existence : «L'écriture n'a

---

38 Les similarités thématiques avec *L'Amant* de Duras sont évidentes : amant étranger avec qui la narratrice entretient une relation interdite rendue publique après la mort de la mère, désir d'écriture intimement lié au désir amoureux, l'association entre l'amour et la mort («mourir d'amour»), dédoublement (plus évident chez Duras) de la narratrice – tantôt objet du désir de son amant, tantôt observatrice attentive de ses propres réactions.

39 L'idée de la nécessité de l'aveu se retrouve également chez Michel Foucault dans *L'Histoire de la sexualité,* vol. 4, *Les aveux de la chair*, Paris, Gallimard, 2018 (posthume).

40 Ernaux avait lu ces mots gravés sur les marches de l'église Santa Croce à Florence.

41 Annie Ernaux, *Écrire la vie*, Quarto Gallimard, 2011, p. 50.

été que pour remplir le vide, permettre de dire et de supporter le souvenir de 1958, de l'avortement, de l'amour des parents, de tout ce qui a été une histoire de chair et d'amour. » (*SP*, 65–6)

On peut donc se demander à juste titre : est-ce cela la « vérité » qui lui est apparue à la relecture de son journal ? La nature autre de cette vérité résiderait-elle dans le « cru » du témoignage du journal intime, qui serait plus vrai que le « cuit » de l'écriture de *Passion simple*, où la même expérience amoureuse est revécue après coup ? « Ce n'est que mon désir qui me perd » (221), lit-on dans *Se perdre*. Mais, qu'elle le veuille ou non, elle se perd également dans les notations quotidiennes de ce désir auquel elle s'accroche désespérément en l'absence de l'objet de sa passion : « Écrire ainsi me remplit à nouveau d'attente, d'envie de lui. Entretient le désir. » (119) On a l'impression que l'existence du corps désirant ne peut être prouvée que dans les entrées du journal intime, car elle voit dans l'écriture un moyen « de redoubler la jouissance des rencontres en consignant les paroles et les gestes érotiques ». (13) Mais l'écriture de l'intime, dont le temps coïncide avec celui de la passion, n'est pas à confondre avec l'écriture dépouillée de *Passion simple*, où la narratrice choisit de faire seulement un inventaire des « signes d'une passion ». (31)

C'est justement cette dimension de son écriture que le lecteur du journal trouve parfois problématique, car il ne détient pas la clé de certains segments textuels récurrents qui tissent un réseau de passions réactivées pour le seul plaisir de la diariste. Une observation de Roland Barthes dans la Préface au livre *Tricks* (1979) de Renaud Camus pourrait éclairer le rôle de ces reprises textuelles dans le journal d'Ernaux. Le critique remarque, au sujet des récits de Camus, la disproportion entre la banalité, la répétitivité des descriptions des pratiques sexuelles et « l'émerveillement du plaisir qu'elles procurent »[42] au scripteur. Il n'est donc pas surprenant, note-t-il, que « l'écrit véridique paraît fabulateur ; pour qu'il paraisse vrai, il faut qu'il devienne texte. »[43] Et Barthes

---

42 Renaud Camus, *Tricks,* https://ec56229aec51f1baff1d-185c3068e22352c56024573e929788ff.ssl.cf1.rackcdn.com/attachments/original/2/5/8/002620258.pdf. (Page consultée le 17 oct. 2022)
43 *Ibid.*

de conclure : «La réalité est fiction, l'écriture est vérité»,[44] phrase qui pourrait très bien trouver sa place dans le journal d'Annie Ernaux, qui affirme que «L'ordre de la vérité ne peut être que dans l'écriture non dans la vie.» (*SP*, 44)

> Vivre maintenant [dit-elle après le départ définitif de son amant], c'est écrire, et je ne sais pas quoi, par quoi commencer [...] C'est donc *aujourd'hui*. [...] Ce jour est la charnière du passé et de l'avenir. C'est comme la mort. (Même sentiment à la mort de mon père et de ma mère, plus tard : écrire pour joindre le jour où je l'avais vue vivante à celui où elle est morte.) (306–7)

En écrivant au sujet de la perte (au sens propre ou figuré) d'une personne aimée, Ernaux jette un pont entre le trop-plein du déjà vécu et le vide du présent qui lui donne le vertige de la mort, vide que seulement l'écriture peut remplir : «conjonction du livre à écrire et de la perte». (314) Dans cet entre-deux se tisse le lien entre le temps de la passion/souffrance et le temps de l'écriture, qui permet au sujet écrivant de se placer à la croisée de l'intime et de l'extime, afin de réaliser la conjonction de ses expériences avec celles des autres : «Cette nuit, certitude de devoir écrire sur l'histoire d 'une femme' dans le temps et dans l'Histoire.» (246)

À la lumière de ces observations, les notations du journal portant sur l'écriture comme version sans espoir de la vie, mais plus vraie que ce qui paraissait vrai avant l'écriture acquièrent tout leur sens : «impression de continuer d'écrire-vivre ma *belle* histoire». (311) Du fait d'être une histoire dont la fin est connue d'avance, ce «écrire-vivre» devrait se lire plutôt comme un «écrire-mourir», comme le mourir d'attente de Cixous. Cette non-vie vécue à travers l'écriture s'exprime paradoxalement dans le récit d'un rêve[45] où le désir de l'écrivaine de se faire aimer n'apparaît qu'au moment où elle aura cessé d'aimer :

> Rêve d'une pièce où il y a S. et d'autres gens. La factrice a un colis pour moi, que *personne* ne veut aller chercher, c'est à *moi seule* d'y aller : il s'agit d'un très beau stylo, vert et noir. Aucune ambiguïté sur le sens : seule l'écriture

---

44 *Ibid.*
45 Le journal d'Ernaux contient environ 90 rêves qui vont d'une simple notation d'une ligne à des récits de longueurs variables.

… Atroce. En même temps, sans doute, l'écriture comme moyen de me faire
aimer — qui est pour moi cesser d'aimer. (225)

En effet, en lisant certaines pages du journal d'Ernaux, on ne peut
s'empêcher de penser à l'essai *La venue à l'écriture*[46] d'Hélène Cixous,
pour qui le «moi» dépossédé vit également sa perte dans l'écriture de
cette perte et du deuil qui s'ensuit. Chez les deux écrivaines, la vie se
fait écriture à partir du corps, après avoir vaincu la peur d'explorer leur
propre économie libidinale qui leur permet de se soustraire temporairement au symbolique. Pour les deux, l'écriture devient leur «vrai
lieu»,[47] suspension temporaire de la vie et de ses souffrances.

Dans le cas d'Annie Ernaux, son journal intime montre que vivre
une passion, c'est aussi descendre dans «le gouffre du désir» (*SP*, 107),
là où l'amour et la mort se côtoient, et que seule l'écriture serait capable
de figer dans un rêve inassouvi de perfection formelle : «Je veux la perfection dans l'amour comme j'ai cru atteindre en écrivant *Une femme* la
perfection de l'écriture.» (22) Si dans l'amour elle cherche la meilleure
façon de se perdre dans l'autre, dans l'écriture elle est à la recherche des
mots capables d'exprimer le mieux «l'expérience du vide comblé» (371),
le sens de la perte et celui de sa propre existence traversée par l'existence des autres. C'est la prise de conscience douloureuse de la mort de
l'amour qui déclenche l'écriture :

Cette souffrance […] est due à la conjonction de deux faits : la nécessité
d'écrire et la lucidité de l'absence d'amour de S. Les deux sont liés. Il fallait
que la *vérité* se fasse pour que j'écrive […] Mais le passage de l'un à l'autre est
atroce, très ambigu aussi … (*SP*, 212)

La femme amoureuse essaie de prolonger cette traversée douloureuse
de l'entre-deux créé entre le temps de la passion et le temps de l'écriture,
car elle sait bien que «*commencer* [à écrire] signifie [s]e perdre durant
des mois.» (213)

Mais l'écriture entretient aussi une relation particulière avec le désir
du corps féminin qui se perd dans le don. À la différence de la narratrice

---

46 Hélène Cixous, «La venue à l'écriture», dans *Entre l'écriture*, Paris, Éditions des
   Femmes, [1976] 1986, p. 9–69.
47 Annie Ernaux, *Le vrai lieu. Entretiens avec Michelle Porte*, Paris, Gallimard, 2014.

de *La femme gelée*, celle de *Passion simple*, et surtout l'auteure du journal intime, semble entrer volontairement dans les pièges dénoncés par Simone de Beauvoir dans *Le Deuxième sexe* lorsqu'elle avoue son incapacité de donner un sens à son existence en l'absence de l'amant : « On en vient toujours là, à vingt ans ou à quarante-huit ans. Mais que faire sans homme, sans *vie* ? » (*SP*, 223) Dans le journal, tout comme dans le récit qu'elle en tire, la femme amoureuse expose sans aucune réticence toute sa dépendance physique de l'homme autour duquel elle a organisé sa vie au temps de sa passion incontrôlable.

Cependant, elle n'est pas une variante moderne d'Emma Bovary, car le sujet écrivant du journal d'Ernaux est parfaitement conscient de la différence entre littérature et vie réelle, ce qui rend sa souffrance encore plus poignante. Certains signes extérieurs autrefois ignorés, mais qu'elle observe dans son propre comportement de femme amoureuse, la font réfléchir au jugement sévère adressé aux romans sentimentaux et aux représentations obscènes. L'épigraphe choisie pour *Passion simple*, tirée de Roland Barthes (« *Nous deux* — le magazine — est plus obscène que Sade »[48]) suggère le code de lecture qu'il faudrait adopter pour ce récit doublement transgressif, où la femme représentée « agit en même temps comme une héroïne de la presse du cœur, qui censure la sexualité, et comme une femme moderne, qui ne recule pas devant la description de sa passion sexuelle ».[49]

Par ailleurs, l'affirmation du désir de la narratrice de vivre sa passion « sur le mode romanesque » (*PS* 30), reprise dans l'épigraphe de *Se perdre*, semble réhabiliter l'excès de passion manifestée par des héroïnes comme Phèdre, Anna Karénine ou Scarlett O'Hara, mais aussi par Édith Piaf, dont les chansons la troublent profondément pendant cette période d'intense souffrance.

C'est justement dans la mise en mots du désir et du plaisir de la narratrice adulte que réside la différence entre la femme de quarante-huit ans et « la femme gelée » qu'elle avait été une vingtaine d'années plus

---

48 Roland Barthes, « L'obscène de l'amour », dans *Fragments d'un discours amoureux*, Paris, Seuil, 1977, p. 207–11.
49 Pour plus de détails, voir Sylvie Romanowski, « *Passion simple* d'Annie Ernaux : le trajet d'une féministe », *French Forum*, Vol. 27, No 3, Fall 2002, p. 99–114.

tôt. L'auteure du journal, divorcée, libérée des lourdes obligations familiales d'Annecy, apparaît sous les traits d'une femme soucieuse de son apparence vestimentaire, encore désirable, arrivée au moment de sa vie où elle a les moyens de se permettre le luxe[50] d'une passion dont elle n'attend que la beauté du plaisir, beauté intouchable autrement que par les sens ou par l'écriture : « Je fais l'amour avec ce même désir de perfection que dans l'écriture » (*SP*, 37). Même rapprochement dans *Passion simple* : « Souvent, j'avais l'impression de vivre cette passion comme j'aurais écrit un livre : la même nécessité de réussir chaque scène, le même souci de tous les détails. » (23)

Si l'amour est intimement lié à l'écriture, les deux entretiennent une relation spéciale avec le désir de mort : « La *vraie* vie est dans la passion, avec le désir de mort. Et cette vie-là n'est pas créatrice. » (*SP*, 368) Comment ne pas penser au célèbre « aimer et mourir » baudelairien, ou à la jouissance « à en mourir » dont parle Marguerite Duras dans plusieurs de ses livres ? La nature de ce désir de mort présent dans l'intense passion vécue par la femme amoureuse ne semble pas différente de celle du désir de mort éprouvé au moment de la mise en mots de cette passion : « J'ai toujours fait l'amour et j'ai toujours écrit comme si je devais mourir après … » (*SP* 29) Une affirmation similaire, présente dans le récit *L'occupation*, où la narratrice raconte sa jalousie incontrôlable, jette plus de lumière sur la notation de son journal intime : « J'ai toujours voulu écrire comme si je devais être absente à la parution du texte. Écrire comme si je devais mourir, qu'il n'y ait plus de juges ».[51] La mort hypothétique, vue comme solution pour éviter le jugement moral de ses lecteurs confirme l'appréhension exprimée par l'écrivaine au sujet du danger d'écrire sur des sujets tabous ou trop personnels.

Quant au passage du désir à l'écriture, il ne se produira qu'après la mort de tout espoir d'assouvir le désir charnel. Cet état d'entre-deux s'exprime à travers sa douleur atroce de se contenter de vivre uniquement dans le texte, seul porteur de la promesse d'une vie plus vraie que la vie réelle : « … la *nécessité absolue d'écrire*, que je distingue mal de la

50 Voir à ce sujet Alice Blackhurst, « Le luxe de l'écriture : Writing Luxury in Annie Ernaux's *Passion simple* et *Les Années* », *French Studies*, Vol. 75, No 2, 2021, p. 221–36.
51 Annie Ernaux, *L'Occupation*, Paris, Gallimard, 2002, p. 11.

douleur de vivre [...] je suis dans le creux où fusionnent mort, écriture, sexe, voyant leur relation mais ne pouvant la surmonter. La dévider en *un livre*.» (*SP*, 211) Un livre focalisé sur les mots et moins sur les protagonistes d'une histoire d'amour. Un livre sur les traces laissées par une passion. «Une sorte de don renversé.»[52]

Quatre ans plus tôt, Ernaux avouait la même impuissance de définir le lien insaisissable entre amour et écriture dans le texte «Fragments autour de Philippe V.».[53] Ce court récit autobiographique d'une étreinte passionnelle suggère dans le même langage cru du journal intime la façon dont le corps désirant se transmue en écriture, en y laissant ses traces encore humides. Même suggestion dans *Passion simple* : «De ce texte vivant, celui-ci n'est que le résidu, la petite trace.» (69) Le corps du texte se métamorphose chez Annie Ernaux en texte du corps, seul capable de dire le désir féminin et de capter la forme du corps érotisé après avoir traversé l'entre-deux menant de la passion à l'écriture.

L'écriture de l'entre-deux/l'entre-deux de l'écriture dans *Thelma, Louise et moi* de Martine Delvaux

Martine Delvaux est romancière, essayiste, militante féministe et professeure de littérature à l'Université du Québec à Montréal. Dans la plupart de ses écrits, elle témoigne de l'urgence de sortir du silence, de mettre des mots sur les maux non-dits ayant perpétué les structures patriarcales peu favorables à l'épanouissement des femmes et des minorités.

Ainsi, dans *Les filles en série : des Barbies aux Pussy Riot* (2013), essai au titre accrocheur, l'auteure insiste sur l'importance de la résistance à la chosification, seule capable d'empêcher la reproduction de ce type de «marchandise» et de faire sortir les femmes du cercle de l'aliénation. Six ans plus tard, un autre essai percutant : *Le boys club* (2019). Finaliste pour trois prix prestigieux et lauréate du Grand prix du livre de Montréal, Martine Delvaux s'y remarque par son regard critique sur le

---

52 Voir Philippe Vilain, «Annie Ernaux : l'écriture du "don reversé" », *LittéRéalité* 10.2, 1998, p. 61–72.

53 Annie Ernaux, «Fragments autour de Philippe V.», *L'Infini*, 56, Hiver 1996, p. 25–6,

comportement masculin protégé par des structures qui, en raison de leur caractère clos, facilitent et encouragent l'exercice du pouvoir des hommes sur les femmes. Un an après, paraît *Je n'en ai jamais parlé à personne* (2020), documentaire composé d'une centaine de témoignages de femmes provenant de divers milieux, qui avaient osé sortir du silence pendant la première vague du mouvement #MoiAussi. Enfin, inquiétée par l'état actuel du climat et inspirée par la génération de sa fille, à laquelle elle avait déjà adressé une lettre intitulée *Le monde est à toi* (2017), Martine Delvaux fait paraître *Pompières et pyromanes* (2021), livre-collage contenant des réflexions écoféministes qui invitent les jeunes à poser un geste pour la protection de l'environnement.

Quant à ses cinq romans, elle les a tous publiés à Montréal, chez Les Éditions Héliotrope : *C'est quand le bonheur ?* (2007), *Rose amer* (2009), *Les cascadeurs de l'amour n'ont pas droit au doublage* (2012), *Blanc dehors*[54] (2015) et *Thelma, Louise et moi*[55] (2018). La romancière y reprend certains thèmes traités dans ses essais, parmi lesquels la violence faite aux femmes, l'urgence de la prise de parole par les femmes, le rôle de la filiation et l'importance de la transmission d'un héritage féministe. S'ajoutent la fragilité du bonheur et la souffrance causée par l'amour, le poids de l'absence et la fascination du blanc, le rôle de l'amitié et de la sororité dans la construction identitaire d'une femme. Les clichés de l'amour ne sont pas épargnés, tout comme les non-dits entourant le secret de l'origine d'un mal ou de l'origine tout court.

Thelma, Louise et moi se présente comme un récit hybride construit principalement autour du film préféré de l'auteure, à partir duquel se tisse une histoire cachée pendant longtemps dans sa mémoire.

> Je me dis qu'il y a au moins deux histoires. Il y a celle de deux amies, Thelma Yvonne Dickinson et Louise Elizabeth Sawyer. Elles sont prisonnières de leur vie de femme, une vie morne et stérile. Déçues des hommes qui la partagent avec elles, elles décident de partir, deux jours à la montagne. Sur la route, elles s'arrêtent pour manger dans un bar. C'est là que tout va basculer. Et puis, il y a l'histoire d'une femme qui a vu le film *Thelma & Louise* une

---

54 Avec ce roman, Martine Delvaux figure parmi les finalistes des Prix des libraires du Québec, Prix du Gouverneur général et du Grand prix du livre de Montréal en 2016.
55 Sélectionné au Prix des libraires en 2019.

> vingtaine de fois au fil des ans, et qui, chaque fois comme si c'était la pre-
> mière, quand arrive la fin du film, se met à sangloter. (11)

La mise en récit d'expériences intimes racontées avec beaucoup d'hésitations et de discrétion se fera donc en alternance avec des commentaires sur le film de Ridley Scott (1991) et de nombreux fragments du
scénario[56] de Callie Khouri.

Ce livre est le résultat de l'exploration de plusieurs entre-deux qui
s'entrecroisent ou se superposent continuellement : (1) un entre-deux
générique alimenté par le théorique et l'intime, par le cinéma et la littérature ; (2) un entre-deux spatio-temporel ayant comme marqueurs
le voyage fictif de deux amies en cavale à travers l'Amérique des
années 1990 et le voyage réel que la narratrice avait entrepris en Europe
à l'âge de vingt ans ; (3) un entre-deux mémoriel que cette narratrice
a refusé d'explorer pendant une trentaine d'années, jusqu'à ce que les
protagonistes de son film préféré l'aient finalement obligée à y plonger ;
(4) un entre-deux scriptural révélant les méandres de l'écriture poursuivie par cette femme qui avance dans le sillage des protagonistes du
film, devenues ses chères compagnes de voyage.

À première vue, le roman de Martine Delvaux ressemble à un journal intime à la chronologie éclatée, mais il fait de nombreuses incur-
sions sur le terrain de l'essai. En effet, ce livre difficile à classer dans un
genre particulier est parsemé de références et commentaires littéraires,
politiques et culturels qui enrichissent la toile de fond sur laquelle se
projettent les deux histoires poursuivies simultanément. S'ajoutent
aussi des observations plus ou moins détaillées sur l'écriture du scénario de *Thelma & Louise*, sur la genèse du film, sur les moments clés du
tournage, sur la vie de la scénariste et des deux actrices ayant contribué
à son succès, sans compter les résumés ou les listes de films mémorables qui servent à ralentir le cheminement de l'écriture de soi :

> … plus j'avance, moins je veux raconter. Plutôt attendre, en silence. Repous-
> ser. Tuer le temps. Oublier. Digresser. Formuler des questions et refuser d'y
> répondre. Garder l'histoire pour moi. Refuser la règle des trois actes et celle

---

56 Ces fragments sont écrits en italique, en français pour la plupart, mais aussi en
anglais.

des conflits dramatiques. Refuser de décrire, de montrer. Me rabattre, encore et toujours, sur les images du film. (186–7)

De plus, entre le récit de l'intime et le récit filmique l'ayant déclenché sont insérés de nombreux récits de rêves obsédants de cette femme profondément touchée par l'histoire des deux protagonistes avec qui elle partage un secret inavouable : «L'écriture de ce livre est responsable de mes nuits» (32), avoue la narratrice. «La nuit aussi, je voyage entre ma vie et le film. Et souvent je pleure.» (48)

Il n'est donc pas surprenant que sur la route prise par Thelma et Louise, route parsemée de nombreuses embûches, se superpose la route empruntée par l'écriture plus personnelle d'une écrivaine qui, longtemps après le premier visionnement du film, continue à verser des larmes à la vue de la *Thunderbird* suspendue au-dessus du Grand Canyon. Mais, à la différence de la jeune femme de vingt-deux ans qui avait éclaté en larmes dans une salle de cinéma, la femme adulte qui n'a jamais cessé de réfléchir à l'impact de ce film revu une vingtaine de fois, a tout à coup la révélation de ce que le film peut lui offrir en termes de modalité d'observer autrement «cet objet banal et étrange qu'est [s]a vie». (10) Au début, la solution lui semble très simple :

L'autopsier en suivant de nouvelles lignes : le récit que [lui] propose le film […] Refaire le chemin depuis les larmes jusqu'à aujourd'hui. Remonter le cours du temps et du film en suivant les indices : deux femmes, une voiture, un voyageur, un viol, un revolver. (10–11)

Cependant, ce projet d'écriture s'avère plus difficile qu'elle ne l'avait pensé à cause des fortes émotions qu'elle éprouve chaque fois qu'elle essaie de mettre en relation le film avec le film de sa vie :

Je fais des allers-retours entre le passé et le présent […] Je fais des allers-retours entre Thelma, Louise et moi. Je décortique les scènes et je découpe ma vie. Rien d'autre n'existe que cette valse entre leurs mots et ceux que j'essaie de trouver de mon côté. Entre leurs larmes, celles de la jeune femme, et celles d'aujourd'hui, les larmes de celle qui se demande comment sortir du silence. Comment faire avec ce qui lui est arrivé et qu'elle n'a jamais raconté ? Je suis devant les mots comme la jeune femme devant l'écran … (19)

En dépit de l'urgence qu'elle ressent à donner des mots à une expérience classée comme irreprésentable, elle abandonne plusieurs fois son entreprise scripturale sans révéler les détails concernant les raisons de cet abandon : « Après avoir fui par peur de trouver, affirme-t-elle, j'ai mis mon désir en veilleuse de peur d'être avalée. » (29) Ce danger qu'elle voit dans le dévoilement de certaines expériences de femmes qui, habituellement, sont censées rester cachées, explique pourquoi l'auteure a du mal à faire avancer son écriture, et pourquoi elle essaie de retarder le plus longtemps possible la révélation du secret qui lui pèse depuis des années.

Mais, une fois plongée dans l'écriture, celle-ci devient un véritable va-et-vient entre le récit filmique et le récit autobiographique, entre la tentation de la fuite et celle de rester, entre l'avant et l'après du saut dans le vide des protagonistes du film et du « saut » de la narratrice dans l'inconnu des années à venir : « Je suis avec elles, et, sans le savoir, je suis figée entre ce que j'ai déjà vécu et ce qui m'attend. » (13)

L'analyse de l'espace filmique où s'inscrit le voyage palpitant de Thelma et Louise s'ouvre lentement à celle de l'espace autobiographique : « Écrire sur le film, suivre le chemin du film pour trouver le chemin de l'écriture. » (88) Autrement dit, déconstruire le film afin de refaire son histoire à elle, car un événement traumatique survenu dans les deux espaces lie les trois femmes, dont deux décident de le garder enfoui dans leur mémoire. « Ce livre est comme un rêve, et, devant lui, je suis comme Louise avec son secret » (86), affirme la narratrice qui, à plusieurs reprises, avoue s'être sentie perdue entre les deux histoires. Elle revient d'une façon obsessive sur le besoin d'écrire la vie à partir de la réécriture d'une fiction qu'on peut parcourir dans tous les sens, sans jamais les épuiser :

> J'écris sur la vie et sur l'écriture, en même temps que je raconte le film, me demandant dans quelle mesure on peut réécrire un film, comment on peut lire un film, comment on peut lire un film comme si on l'écrivait, et l'écrire comme si on le filmer à nouveau. (83)

Précisons d'emblée que l'intention de la narratrice n'est pas d'écrire « une belle histoire » (102), mais de comprendre la raison pour laquelle elle cherche à s'approcher du secret d'un personnage fictif qui semble lui donner le courage d'affronter «le démon de [s]a mémoire» (103). Et pour ce faire, la narratrice recourt au dédoublement, choisissant de parler d'elle à la troisième personne. C'est «elle» qui accompagnera les deux fugitives sur la route qu'elles espèrent les mener au Texas, à travers un espace tout à fait différent de celui qu'elle avait parcouru en compagnie d'autres voyageuses de passage.

Dans cet «écart entre perception et mémoire» (Sibony 2016, 118) s'installe un entre-deux dans lequel puise l'imaginaire d'une narratrice qui évite de se remémorer son expérience indicible. La traversée de l'espace filmique sur les traces ou à côté de Thelma et Louise alterne ou se croise avec celle des lieux de l'espace autobiographique, tissant un entre-deux-espaces chargé de la tension du non-dit. Cet entre-deux devient un lieu de questionnement et de réflexion où se joue la transmission d'expériences féminines dont certaines sont inénarrables. Il s'agit, selon Daniel Sibony, d'une «*transmission symbolique*» (*Ibid.*, 116), rendue possible par la coupure-lien qui constitue, dit-il, la nature de tout entre-deux. Les expériences des protagonistes du film de Ridley Scott, qui, au début, semblent coupées de celles de la narratrice écrivaine, finissent par révéler des liens insoupçonnés avec son vécu à elle, qu'on devine au fur et à mesure que son récit progresse dans les traces du récit filmique : «Ce livre s'écrit avec Thelma et Louise, mais aussi quelque part entre elles, à l'endroit où elles sont liées [...] j'écris entre la jeune femme que j'étais et la femme que je suis aujourd'hui.» (98) Dans cet entre-deux-femmes, concept qui revient souvent sous la plume de Sibony, surgit une question récurrente que se pose la narratrice : «Je me demande comment faire pour que le passé trouve sa place dans le livre, qu'il la trouve sans monopoliser toute l'attention, qu'il garde sa place de secret.» (200) Autrement dit, comment rompre le silence tout en gardant l'essentiel de son secret.

L'hésitation du sujet écrivant face au dévoilement d'une expérience intime difficile à partager est doublée du questionnement sur la forme que devrait prendre le récit de cette expérience.[57] Sa seule certitude, c'est que l'homme qui est à l'origine de cet événement traumatique n'a pas

---

57 Ce questionnement est également présent dans *La Honte* (1997) d'Annie Ernaux, où l'écrivaine avoue son hésitation à révéler une scène traumatisante qui s'est passée entre ses parents. La honte d'en parler, et surtout la difficile quête de l'écriture la

de place dans son récit. Si Louise reste muette sur ce qui lui est arrivé au Texas, la narratrice décide, aidée par le film, de suggérer la nature de son secret, tout en refusant de nommer ou de représenter son agresseur dans son livre. Toutefois, elle laisse entendre sa voix de féministe lorsqu'elle affirme qu'elle ne peut s'empêcher d'exprimer la frustration de ne pas l'avoir incriminé : « Je voulais l'entendre avouer. Je voulais mettre sous sa gorge le couteau de mon écriture, mais je n'y arrivais pas. » (192)

Cette image de « l'écriture comme un couteau » renvoie au langage qu'Annie Ernaux avait adopté dans ses premiers livres, où elle creusait le réel sans pitié afin de donner un sens aux expériences vécues dans son milieu familial et social. En dépit de la tentation de se servir du même type d'écriture dans la description d'un agresseur similaire à celui vu dans le film, Martine Delvaux préfère lui barrer tout simplement l'entrée dans l'économie de son livre. Et de nouveau, au bout d'un long tâtonnement de l'écriture de soi, elle revient sur la question qui la tourmentait depuis le début de son entreprise scripturale : comment bricoler un récit de vie sans tomber dans la fiction proposée par un film dans lequel on se reconnaît jusqu'à s'identifier avec les protagonistes ?

Dans un premier temps, on constate que la narratrice s'appuie sur les possibilités infinies de l'écriture à partir d'un film qui contient les éléments clés d'une partie de son histoire. La déconstruction des scènes les plus importantes du film lui suggère comment refaire son histoire à elle, et surtout comment la glisser dans les interstices des plans visuels pour qu'elle fonde dans le *road trip* de Thelma et Louise :

> Il n'y a pas de trame, pas de *storyboard*, sinon celui du film que je découds et recouds pour insérer mon histoire dans cet espace infiniment petit qui relie et sépare les plans. Vingt-quatre images par seconde. Refaire le montage de ma vie. (102)

La lecture des séquences majeures du film de Ridley Scott s'effectue en même temps que celle du scénario qui a servi à sa réalisation. Mécontente de la traduction de certains termes présents dans le scénario de Callie Khouri, la narratrice se met à explorer l'entre-deux-langues,

---

plus adéquate à ce genre de récit, montre la tendance des femmes à refouler des expériences dont la mise en récit pourrait avoir un effet boomerang.

s'arrêtant sur les mots ou les syntagmes dont la traduction lui semble problématique. Son approche herméneutique est presque toujours doublée d'une approche féministe. À titre d'exemple, son commentaire sur la traduction de la réplique donnée par Louise à son amie Thelma lorsque celle-ci se plaint des restrictions imposées par son mari : « *Well ... you get what you settle for* ». (44) La narratrice n'est contente ni du soustitrage (« *Chacun son lot* ») ni du doublage en français (« *tu n'as que ce que tu mérites* »), précisant que l'intention de Louise n'était pas de suggérer « un partage égalitaire du malheur ». (*Ibid.*) Aussi propose-t-elle son interprétation à elle : « *Tu restes aux prises avec ce que tu as accepté dès le départ. Quand on se contente de quelque chose, on en subit les conséquences. On n'obtient pas autre chose que ce dont on s'est contenté* ». (*Ibid.*) Elle constate également qu'une des phrases prononcées par le détective Slocum,[58] qui a essayé jusqu'au dernier moment de sauver les deux femmes, ne figurait pas dans le scénario qu'elle avait consulté. C'est une phrase qui ne l'a pas quittée pendant des années, et qu'elle entend même dans ses rêves.

La position féministe de Martine Delvaux[59] est évidente également dans le choix des films qu'elle tient à commenter, comme celui de Kathryn Bigelow, *Strange Days* (1995). À partir du fantasme du branchement présenté dans ce film où le thème de la violence contre les femmes et celui du racisme sont au premier plan, l'auteure entrevoit la possibilité d'attirer une fois de plus l'attention sur les agressions sexuelles par le biais du rapprochement entre écriture et image. L'écriture, dit son *alter ego* narratif, est « le désir d'amener l'autre derrière mes paupières, de lui faire voir ce que moi je vois. C'est sans doute ce que je tente de faire ici, pourquoi je pleure, pourquoi j'écris. » (138) L'insistance sur la scène du viol de Thelma, les renvois implicites à celui de Louise et les larmes de la narratrice qui ne cessent de couler à la vue de la scène finale du film, permettent au lecteur d'inférer que la narratrice a vécu une expérience similaire, et qu'elle ne trouve la force d'en parler qu'à l'aide du commentaire d'un film. L'exploration et l'errance présentes

---

58 « *How many times, Max ? How many times do these women have to be fucked over ?* » (48, 50)

59 Pour plus de détails à ce sujet, lire l'article de Léonore Brassard, « Filiation féministe dans *Thelma, Louise et moi* de Martine Delavaux ». *French Cultural Studies*, Vol. 31.4 (2020) : 275–83.

dans un roman comme *On the Road* (1957) de Jack Kerouac et dans le film éponyme de Walter Salles (2012) ont été remplacés, constate la narratrice, par la fuite et le viol. « La scène classique » (155), conclut-elle. Et quelques pages plus loin, une liste de films portant sur le viol et la vengeance, suivie d'une présentation plus détaillée de Farrah Fawcett, qui se termine comme suit : « Elle était devenue une icône et elle l'est toujours restée, réduite à sa beauté. Sa mort, le même jour que Michael Jackson, est presque passée inaperçue. » (183)

Même arrivée presque à la fin de son livre, l'auteure exprime avec force sa frustration de ne pas avoir appris le secret de Louise, ce qui est confirmé par l'avalanche de questions à ce sujet. Plusieurs hypothèses sont formulées, autant de possibles scénarios pour un nouveau film (194–5). De plus, on est surpris d'apprendre que la narratrice a encore du mal à envisager la fin de son récit parce que, avoue-t-elle à une amie, elle est toujours à la recherche de « [s]a *totalité* ». (211) L'explication qui suit aide le lecteur à mieux comprendre la nature du livre qu'elle est en train d'écrire :

> Ce livre est à l'image d'un métier à tisser, des dizaines de fils tendus, rendus indémaillables par le geste infiniment répété qui consiste à les rassembler. Chacun des fils participe au motif, aucun d'entre eux ne respire seul, à la manière de ce qui se passe ici lorsque je tire les fils de mon imaginaire pour les relier, et qu'à la fin surgit une forme dont le dessin permet de retracer un chemin, de l'inventer à rebours. Ce livre est aussi à l'image d'une carte, bien sûr, topographie du monde réel mise à plat par un ensemble de lignes qui s'entrecroisent et proposent des directions. Des lignes que mon corps anime en circulant dans l'espace, sans que coïncident vraiment mon mouvement et les marques sur le papier. L'image et la vie ne s'épouseront jamais parfaitement. Il leur reste, au moins, de pouvoir s'embrasser. (*Ibid.*)

Comme on peut le constater, devant le projet d'écrire un livre tellement fragmenté, avec un contenu si hétérogène, le « je » écrivant se voit plutôt comme un tisserand attentif au choix des fils, tout en sachant que le motif de son produit ne se révélera qu'à la fin. Ou bien, comme un voyageur qui doit choisir la bonne direction d'après les lignes marquées sur une carte, mais dont le corps pourrait le conduire vers une autre destination. C'est un livre où la multitude des fils de l'imaginaire et les lignes entrecroisées de l'espace réel se tissent d'une manière indémêlable, mais dont la fin se dérobe constamment.

Ajoutons que la cavale de Thelma et Louise, suivies de près par une narratrice profondément troublée par leur drame, fait place à la cavale des mots qu'elle essaie de capter afin de donner un sens à son histoire réelle par le biais d'un film de fiction :

> Ce sont les mots qui fuient, les mots que je poursuis et qui s'éloignent au rythme de mon avancée, qui disparaissent au moment où je pense enfin les attraper et qui m'incitent à continuer. J'avance sans savoir où ça va s'arrêter, je roule en ligne droite puis je bifurque en prenant des chemins de traverse, des chemins que j'invente à travers les champs, le long des fossés, dans les forêts, autour des moulins à vent. (200)

Dans ce roman hybride, qui, de l'avis de l'auteure, est loin d'avoir épuisé toutes les pièces dont elle disposait, l'écriture de l'entre-deux (espaces, femmes, langues) alterne avec l'entre-deux de l'écriture qui ne cesse de se chercher dans unespace dynamique où l'on peut être à la fois ici et ailleurs.

Conclusion

Eu égard à la complexité du concept de l'entre-deux, qui semble échapper à toute définition basée sur des oppositions binaires, sa mise en relation avec différents systèmes de pensée le rend plus opératoire. Tout en reconnaissant l'avantage de le mettre en réseau avec d'autres concepts qui apportent des éclaircissements sur différentes problématiques présentes dans les romans retenus pour ce livre, il faut rappeler que l'entre-deux, tel qu'utilisé dans cette étude, garde les traits identifiés par Daniel Sibony (1991), à savoir sa mobilité à travers un espace qui ne coupe ni ne lie deux termes, sa capacité d'accueillir les différences et de se renouveler constamment, et surtout son association à l'origine et, par extension, à la mémoire, aux lieux et à l'Histoire. Quelque insaisissable que puisse paraître la description de ce concept, il a le potentiel de mieux saisir les significations inscrites dans les récits des écrivains pour qui l'origine, la quête identitaire, la perception et la mémoire constituent des pierres angulaires dans leur écriture.

L'idée de coupure-lien, par exemple, qui permet de dépasser la différence, elle aussi vue par Sibony comme un «entre-deux minimal» (1991, 16), renforce le caractère dynamique de cet important outil herméneutique. Dans un roman comme *Le pays du fromage* de Felicia Mihali, on constate que le concept de l'origine ne révèle toutes ses significations qu'à la lumière de « l'entre-deux-places » (*Ibid.*) et de « l'entre-deux-femmes » (Sibony 1991, 142), saisis à travers l'écriture palimpseste pratiquée par cette écrivaine. Le sujet d'énonciation plonge dans ces entre-deux dont les termes ne sont ni liés ni coupés, ce qui rend son questionnement ontologique d'autant plus poignant. Dans le cas du roman-collage *Histoire de la femme cannibale* de Maryse Condé, l'origine de sa protagoniste ne s'associe pas seulement à sa Guadeloupe natale, où elle a fait pour la première fois l'expérience de l'entre-deux. Cette origine que Rosélie traîne au cours de ses nombreux déplacements à travers le monde se modifie à tel point qu'elle ne sait plus d'où elle est. Qu'on le veuille ou non, « l'origine nous suit » (Sibony 1991, 16) semblent dire Mihali et Condé ; on ne peut échapper à sa malédiction. Quant à Marie Darrieussecq, elle met en question l'association de l'origine et de l'identité avec l'appartenance à un lieu unique, surtout lorsque ce lieu « était petit en taille mais aussi en aura ». (*LP* 132) « Il fallait sans cesse expliquer, situer, introduire du jeu dans le déterminant "française", explique-t-elle. Les nuances sur l'origine impatientaient. » (133)

Par contre, chez Antonine Maillet, l'origine qui suit les Acadiens dispersés par un événement brutal de l'Histoire donne un sens à leur quête identitaire. Leur déplacement forcé ne fait que renforcer l'idée d'une appartenance commune, racontée et colportée par les « menteux » acadiens. Si bien que l'Histoire s'alimente, paradoxalement, à la source de leurs histoires. Du fait d'être « exilé dans son origine » (Sibony 1991, 33), la mise en espace se fait, dans ce cas, dans l'imaginaire, faute d'un *pays* identifiable sur la carte. En outre, il est très probable que le concept deleuzien de « déterritorialisation » entre également en jeu, car, d'une façon paradoxale, à chaque déplacement on emporte, métaphoriquement parlant, une partie de sa terre avec soi (1980, 389). C'est le cas des Acadiens de Maillet, mais aussi des Vietnamiens auxquels Kim Thúy a dédié son premier livre, *Ru*. Antonine Maillet puise également dans le conte et la légende pour raconter son Acadie telle que gardée dans la mémoire collective, pendant que l'écrivaine québécoise d'origine vietnamienne fait entendre la voix des oubliés de l'Histoire, tout en mettant en question l'absence de représentation historique de l'événement tellement bouleversant subi par les *boat people*. Chez les deux écrivaines, la traversée des lieux joue un rôle important, mais elle se fait non seulement dans l'espace, mais aussi dans le temps ravivé par la mémoire individuelle et collective qui, somme toute, se réduit à la traversée de l'origine.

Il est indéniable qu'un des traits les plus frappants de la littérature contemporaine est son hybridité textuelle et langagière qui se reflète, comme le remarque Lise Gauvin, dans l'importance accordée aux modalités d'écriture appropriées à la complexité du monde :

> Penser le monde, pour les romanciers francophones contemporains, c'est aussi penser le roman et penser les formes adoptées pour le réfléchir. Pour les uns et les autres, il s'agit moins de décrire que de donner à voir et à méditer, de faire vivre la complexité d'un réel qui se joue des codes convenus.[1]

Les quatre romancières retenues pour le premier chapitre de ce livre illustrent la tendance de transgresser et de subvertir les normes génériques, tout en réfléchissant constamment sur le rapport entre individualité et collectivité. Dans l'« espace trans-générique »[2] tissé dans les récits de ces auteures, le biographique se nourrit de l'imaginaire (Condé, Mihali) ou du fait divers (Ernaux), la fiction et la réflexion se côtoient (Condé, Mihali), le réel bascule dans le fantastique (Lazar) ou le merveilleux (Mihali).

Dans l'ensemble, on peut dire que l'entre-deux spatio-temporel présenté dans le deuxième chapitre est rarement dissocié de l'entre-deux mémoriel qui fait l'objet du chapitre suivant. Le pont jeté entre l'*ici-là* et *là-bas* mis en récit par Gisèle Pineau ne peut être traversé que grâce à l'activation de la mémoire. Qu'il s'agisse de sa grand-mère Julia ou d'autres figures tutélaires qui lui ont laissé leurs histoires en héritage, cette écrivaine ne cesse de questionner son rapport au monde et la place qu'elle s'y est faite. D'ailleurs, la transmission d'une histoire par écrit ou de vive voix constitue un motif récurrent dans les récits de bien des

---

1 *L'Imaginaire des langues*, Entretiens avec Lise Gauvin, Paris, Gallimard, 2010, p. 91.
2 Dominique Viart, « L'imagination biographique dans la littérature française des années 1980–90 », dans *French Prose in 2000*, Michael Bishop et Christopher (éds.), Elson, Rodopi 2002, p. 22.

auteures francophones. Il suffit de penser aux romans *C'est le soleil qui m'a brûlée* de Calixthe Beyala, *Le livre d'Emma* de Marie-Célie Agnant, *Madame Perfecta* d'Antonine Maillet ou *La femme sans sépulture* d'Assia Djebar, pour n'en citer que quelques-uns. La question de la transmission est souvent doublée de celle du devoir de mémoire, autrement dit du « devoir de rendre justice, par le souvenir, à un autre que soi » (Ricœur 2000, 108), comme le souligne Paul Ricœur, dont la pensée sur le lien entre mémoire et Histoire a servi à l'analyse de l'entre-deux mémoriel. Les romans qui font l'objet du troisième chapitre mettent en lumière le brouillage entre l'historique, le biographique et le fictionnel, le potentiel créateur de l'entre-dire et le devoir de combler les trous de l'Histoire en faisant entendre ceux et celles dont les voix ont été étouffées ou ignorées.

Quant à l'entre-deux gastronomique, lui aussi se place à l'intersection de plusieurs entre-deux : spatial, mémoriel et, quelquefois, scriptural. Maryse Condé, par exemple, montre comment les saveurs voyagent d'un espace à l'autre, facilitant l'échange et donnant libre cours à la créativité. Cela se reflète dans son écriture qui trahit parfois une jouissance similaire à celle décrite par Roland Barthes dans *L'empire des signes* (1970). Mais, bien que fascinée elle aussi par la cuisine japonaise, l'écrivaine est moins intéressée au travail du signe culinaire. Elle préfère observer l'espace diasporique transnational qui la fait réfléchir au métissage des saveurs d'ici et d'ailleurs. Le long périple décrit dans cette autobiographie culinaire est ponctué par les étapes de la traversée d'un riche entre-deux spatial et culturel qui confirme l'universalité du langage culinaire, mais aussi la justesse d'une affirmation de Daniel Sibony au sujet du voyage : « Aller ailleurs pour mieux revoir ici d'ailleurs. » (1991, 305)

Tout autre est le traitement de la nourriture dans les romans de Calixthe Beyala. L'entre-deux culinaire y est représenté par le biais d'une écriture fortement érotisée, qui (d)énonce l'espace exilique parisien, sans toutefois le rejeter. Mais le discours culinaire, ingénieusement inséré sous forme de recettes ou de descriptions de repas, joue aussi un rôle diégétique dans l'économie du roman *Comment cuisiner son mari à l'africaine* (2000), pendant que dans *Amours sauvages* (1999) il transforme la cuisine d'Ève-Marie en un espace mémoriel d'où surgit une Afrique idéalisée lors des repas partagés. Dans cet espace exigu où les saveurs du «pays» rendent nostalgiques les marginaux de Belleville,[3] la parole circule librement. Ève-Marie passe graduellement des mets aux mots, de l'entre-deux culinaire à l'entre-deux scriptural, seul capable de capter les paroles de ceux qui n'ont pas de voix.

Rappelons également l'importance de la transmission des pratiques culinaires dans les cultures traditionnelles. Dans les romans *Comment cuisiner son mari à l'africaine* de Beyala et *Mãn* de Kim Thúy, les recettes se transmettent de mère en fille, en secret, car elles sont un héritage précieux pour le bien-être des femmes. Cependant, dans son livre *Le secret des Vietnamiennes*,[4] Kim Thúy partage quelques recettes que les femmes de sa famille conservaient précieusement pour leurs descendantes : « Les recettes étaient chuchotées entre les femmes d'une famille comme s'il s'agissait de secrets hautement sensibles et jalousement précieux. Elles se transmettaient d'une génération à l'autre au rythme d'un temps lent et dans la discrétion d'un espace intime. » (4e de couverture)

Bien que différent des romans mentionnés ci-dessus, *Une gourmandise* de Muriel Barbery saisit la jouissance provoquée par l'acte culinaire à la suite de la traversée d'un entre-deux mémoriel intimement lié à un entre-deux spatio-temporel. Entre la vie et la mort, le personnage imaginé par cette auteure se remémore des moments qui ont jalonné son parcours de critique gastronomique ayant vécu «entre le dire et le manger» (90), au prix du sacrifice de la vie de famille.

En ce qui a trait à l'entre-deux scriptural, il convient de souligner son lien avec l'entre-deux générique. Comme on l'a déjà vu dans le dernier chapitre, la mise en récits d'expériences souvent irreprésentables constitue un acte qui, pour un nombre considérable de femmes d'ici et d'ailleurs, constitue la première prise de parole partagée à travers la page écrite. L'hétérogénéité thématique et textuelle de leurs écrits fragmentés facilite l'insertion de textes appartenant à des genres variés, dont le lien et les significations sont mis en évidence par le biais de

---

3   Il faut préciser que les fidèles du restaurant d'Ève-Marie ne sont pas tous africains, mais ils partagent le même sentiment d'aliénation provoquée par des circonstances particulières à chacun.

4   Kim Thúy, *Le secret des Vietnamiennes*, Montréal, Trécarré, 2017.

la pensée de l'entre-deux. Qu'il s'agisse de la représentation littéraire d'un entre deux cultures, entre deux langues, entre deux identités ou entre deux mondes, ce concept devient un outil épistémologique à l'aide duquel on peut identifier les jonctions possibles entre cultures, langues, identités ou espaces. Le potentiel créateur de l'entre-deux s'explique, tout d'abord, par le fait qu'il se présente comme «un lieu d'accueil des différences qui se rejouent» (Sibony 1991, 13), contribuant au renouvellement des significations suggérées par les textes littéraires qui se prêtent à une multiplicité d'interprétations.

Pour des raisons méthodologiques, j'ai choisi de présenter cinq types d'entre-deux, chacun illustré par des récits qui les reflètent bien. Cependant, les romans sélectionnés pour une certaine catégorie de cette typologie pourraient servir d'illustrations à d'autres types d'entre-deux. Ainsi, les deux docu-romans de Felicia Mihali, qui se remarquent par leur hybridité générique, pourraient très bien mettre en valeur la complexité de l'entre-deux spatio-temporel. *Sweet, Sweet China* nous transporte du Québec à Beijing, de la Chine moderne vers la Chine impériale, sans compter les retours en arrière vers le village natal de la protagoniste. *Le tarot de Cheffersville* nous fait traverser l'espace séparant Montréal du Grand Nord québécois. Sur cet entre-deux spatial réel se greffe la traversée onirique de l'espace séparant le Québec du pays natal de l'auteure. L'entre-deux spatio-temporel où se déroulent les actions de ces romans s'enrichit d'un entre-deux mémoriel mythique et historique, personnel et collectif. La question identitaire poursuivie sur le plan du vécu est mise en mots dans le journal où Augusta consigne non seulement les perceptions du monde extérieur, mais aussi la complexité de ses émotions provoquées par les enjeux de son nouveau milieu.

Terre des affranchis de Liliana Lazar illustre un entre-deux générique soigneusement tissé entre la représentation réaliste d'un village roumain et les faits de mystères liés à une série de meurtres inhabituels. Mais le roman suit également la progression de la folie du protagoniste dans un entre-deux spatial créé entre la vallée et la forêt. Enfin, le cas intéressant de l'écriture de Daniel qui sauve la vie du meurtrier afin d'obtenir sa rédemption après la mort aurait une bonne place dans le chapitre sur l'entre-deux scriptural.

Un roman comme *Le Huitième Jour* d'Antonie Maillet, construit sur le paradoxe de l'Histoire qui s'alimente aux sources des histoires, est un parfait exemple de texte «génériquement indécidable». (Viart 2001, 331) Conte merveilleux et roman historique tiraillé entre l'oral et l'écrit, ce récit pourrait être mis en relation avec *Ti Jean L'horizon* de Simone Schwarz-Bart. Des romans comme *Mes quatre femmes* de Gisèle Pineau, *Ru* de Kim Thúy, *La femme sans sépulture* d'Assia Djebar, *Juletane* de Myriam Warner-Vieyra, *Thelma, Louise et moi* de Martine Delvaux pourraient tous figurer au premier chapitre en raison de leur riche entre-deux générique.

Il s'ensuit que chacun des textes analysés dans ce livre contient des représentations de plusieurs entre-deux. À l'exception de l'entre-deux culinaire, *Thelma, Louise et moi* de Martine Delvaux pourrait faire l'objet de chacun des autres chapitres, tout comme *Le pays* de Marie Darrieussecq. Dans ces deux romans, l'entre-deux de l'écriture se présente comme un espace hétérogène qui donne du sens à la création, aussi bien qu'à la procréation, comme dans le cas du roman de Darrieussecq. Entre création et procréation, cette romancière réussit à tisser des fils qui unissent le réel et l'imaginaire, le monde de la raison et celui des sensations. Cet entre-deux essentiellement féminin mériterait une attention spéciale, car la perception de la maternité qui serait un obstacle à la création commence à changer.[5] Certaines femmes d'ici et d'ailleurs refusent l'étiquette d'écrivaines ou prennent leur distance vis-à-vis de l'écriture *féminine* ou *féministe*; d'autres n'hésitent pas à affirmer leur souhait de faire avancer la cause des femmes par le biais d'une écriture qui porte les traces du corps féminin et de ses désirs, mais aussi celles des marques douloureuses laissées sur ce corps. Chacune essaie de trouver un langage qui puisse traduire d'une façon originale des expériences vécues ou imaginées, sachant bien qu'elles s'adressent

---

5   Cet entre-deux est illustré dans l'essai biographique *Être ici est une splendeur*, publié par Marie Darrieussecq en 2016 (Paris, P.O.L éditeur). Il est consacré à Paula Modersohn-Becker (1876–1907), figure majeure de l'art moderne allemand du début du XXe siècle. Faut-il être libre pour créer, comme soutenait Simone de Beauvoir, ou bien la maternité, loin de nuire à la création artistique, pourrait même la favoriser, comme soutient Julia Kristeva? C'est la question discutée par Catherine Rogers dans l'article «Création ou procréation? Mise en perspective de la réponse de Marie Darrieussecq dans *Le Bébé* », *Dalhousie French Studies* 98, Spring 2012, p. 89–99.

à un lectorat de plus en plus diversifié. Leurs écrits portant les traces de la traversée d'une pluralité d'entre-deux essaient de concilier la vie et l'écriture, articulant, autant que possible, l'individuel et le collectif.

Bibliographie

Bâ, Mariama. *Une si longue lettre*. Dakar : Les Nouvelles éditions africaines, 1979.

Barbery, Muriel. *Une gourmandise*. Paris : Gallimard, 2000.

Barthes, Roland. *L'Empire des signes*. Genève : Skira, 1970.

Barthes, Roland. *Sade, Fourier, Loyola*. Paris : Seuil, « Tel Quel », 1971.

Barthes, Roland. « Structure du fait divers ». Essais critiques. Paris : Seuil, 1981 [1964] : 188–97.

Bégout, Bruce. *La Découverte du quotidien*. Paris : Allia, 2005.

Beyala, Calixthe. *Amours sauvages*, Paris : Albin Michel, 1999.

Beyala, Calixthe. *Comment cuisiner son mari à l'africaine*. Paris : Albin Michel, 2000.

Césaire, Aimé. *Cahier d'un retour au pays natal*. Paris : Présence Africaine, 1956.

Condé, Maryse. *Histoire de la femme cannibale*. Paris : Mercure de France, 2003a.

Condé, Maryse. « J'ai quitté mon île », dans *Voir*, 2 avril 2003b. https://voir.ca/liv res/2003/04/02/maryse-conde-jai-quitte-mon-ile/ (Page consultée le 5 mai 2004).

Condé, Maryse. *Victoire, les saveurs et les mots*. Paris : Mercure de France, 2006.

Condé, Maryse. *Les belles ténébreuses*. Paris : Mercure de France, 2008.

Condé, Maryse. *La vie sans fards*. Paris : JC Lattès, 2012.

Condé, Maryse. *Mets et merveilles*. Paris : JC Lattès, 2015.

Cottenet-Hage, Madeleine et Lydie Moudileno, dir. *Maryse Condé : Une nomade inconvenante*. Matoury, French Guyana : Ibis Rouge, 2002.

Crosta, Suzanne, dir. *Récits de vie de l'Afrique et des Antilles*. Québec : Université Laval, GRELCA, 1998.

Darrieussecq, Marie. *Le Pays*. Paris : P.O.L. éditeur, 2005.

Deleuze, Gillles et Felix Guattari. *Mille plateaux. Capitalisme et schizophrénie 2.* Paris : Minuit, 1980.

Delvaux, Martine. *Thelma, Louise et moi. Thelma, Louise et moi.* Montréal : Héliotrope, 2018.

Derrida, Jacques. « La parole soufflée ». *L'écriture et la différence.* Paris : Seuil, 1967.

Djebar, Assia. *La femme sans sépulture.* Paris : Albin Michel, 2002.

Ernaux, Annie. *Les armoires vides.* Paris : Gallimard, 1974.

Ernaux, Annie. *Ce qu'ils disent ou rien.* Paris : Gallimard, 1977.

Ernaux, Annie. *La Place.* Paris : Gallimard, 1984.

Ernaux, Annie. *Une femme.* Paris : Gallimard, 1987.

Ernaux, Annie. *Passion simple.* Paris : Gallimard, 1991.

Ernaux, Annie. *Journal du dehors.* Paris : Gallimard, 1993.

Ernaux, Annie. *La Honte.* Paris : Paris : Gallimard, 1997.

Ernaux, Annie. *La vie extérieure.* Paris : Gallimard, 2000.

Ernaux, Annie. *Se perdre.* Paris : Gallimard, 2001.

Ernaux, Annie. *L'écriture comme un couteau. Entretien avec Frédéric-Yves Jeannet.* Paris : Stock, 2003.

Ernaux, Annie. *L'atelier noir,* Éditions des Busclats, 2011.

Finné, Jacques. *La littérature fantastique.* Bruxelles : Éditions de l'Université de Bruxelles, 1980.

Foucault, Michel. *L'ordre du discours.* Paris : Gallimard, 1971.

Foucault, Michel. *L'Histoire de la folie à l'âge classique.* Paris : Gallimard, 1972.

Gallagher, Mary, dir. *Ici-Là : Place and Displacement in Caribbean Writing in French.* Amsterdam : Rodopi, 2003.

Gauvin, Lise, Romuald Fonkua et Florian Alix. (dir.). *Penser le roman francophone contemporain.* Collection « Espaces littéraires ». Les Presses de l'Université de Montréal, 2020

Gauvin, Lise, Romuald Fonkua et Florian Alix. (dir.). *Fiction et diction.* Paris : Seuil, 1991.

Glissant, Édouard. *Le Discours antillais.* Paris : Seuil, 1981.

Glissant, Édouard. *Introduction à une poétique du divers.* Paris : Gallimard, 1996.

Glissant, Édouard. *Traité du tout-monde.* Paris : Gallimard, 1997.

Laronde, Michel. *Introduction de l'écriture décentrée. La langue de l'autre dans le roman contemporain.* Paris : l'Harmattan, 1993.

Lazar, Liliana. *Terre des Affranchis.* Montfort-en-Chalossse : Gaïa Éditions, 2009.

Loichot, Valérie. « Reconstruire dans l'exil : la nourriture créatrice chez Gisèle Pineau ». *Études Francophones* 17.2 (Automne 2002) : 25–44.

Maillet, Antonine. *Par-derrière chez mon père.* Montréal : Leméac, [1972], 1978.

Maillet, Antonine. *Mariaagélas.* Montréal : Leméac, 1973.

Maillet, Antonine. *Les Cordes-de-bois.* Paris : Grasset, 1977.

Maillet, Antonine. *Pélagie-la-Charrette.* Montréal : [Leméac, 1979], Bibliothèque québécoise, 1990.

Maillet, Antonine. *Cent ans dans les bois.* Montréal : Leméac, 1981.

Maillet, Antonine. *La Gribouille.* Paris : Grasset, 1982.

Maillet, Antonine. *Crache à pic.* Montréal : Leméac, 1984.

Maillet, Antonine. *Le Huitième Jour*. Montréal : Leméac, 1986.

Maillet, Antonine. *Madame Perfecta*. Montréal : Guy Saint-Jean éditeur, 2001.

Mihali, Felicia. *Le Pays du fromage*. Montréal : XYZ éditeur, 2002.

Mihali, Felicia. *Luc, le Chinois et moi*. Montréal : XYZ éditeur, 2004.

Mihali, Felicia. *La Reine et le soldat*. Montréal : XYZ éditeur, 2005.

Mihali, Felicia. *Sweet, Sweet China*. Montréal : XYZ éditeur, 2007.

Mihali, Felicia. *Dina*. Montréal : XYZ éditeur, 2008.

Mihali, Felicia. *Confessions pour un ordinateur*. Montréal : XYZ éditeur, 2009.

Mihali, Felicia. *Le tarot de Cheffersville*. Montréal : Hashtag, 2019.

Pierssens, Michael. *Savoirs à l'œuvre. Essais d'épistémocritique*. Presses Universitaires de Lille, 1990.

Pineau, Gisèle. *Un Papillon dans la cité*. Paris : Éditions Sépia, 1992.

Pineau, Gisèle. *L'Exil selon Julia*. Paris : Éditions Stock, 1996.

Pineau, Gisèle. *L'Âme prêtée aux oiseaux*, Paris, Stock, 1998.

Pineau, Gisèle. *Chair Piment*. Paris : Mercure de France, 2002.

Pineau, Gisèle. *Mes quatre femmes*. Paris : Philippe Rey, 2007.

Pineau, Gisèle. *Folie, aller simple. Journée ordinaire d'une infirmière*. Paris : Philippe Rey, 2009.

Pineau, Gisèle. « Écrire en tant que Noire ». Dans *Penser la créolité*. Sous la direction de Maryse Condé et Madeleine Cottenet-Hage. Paris : Karthala, 1995, p. 289–95.

Pineau, Gisèle. *La mémoire, l'histoire, l'oubli*. Paris : Seuil, 2000.

Rosello, Mireille. *Littératures et identités créoles aux Antilles*. Paris : Karthala, 1992.

Sibony, Daniel. *Entre-deux. L'origine en partage*. Paris : Seuil, 1991.

Sibony, Daniel. « Fécondité de l'entre deux ». Dans *Iris 37, L'entre-deux et l'imaginaire*, (2016) : 109–20.

Thúy, Kim. *Ru*. Montréal : Libre Expression, 2009.

Thúy, Kim. *Mãn*. Montréal : Libre Expression, 2013.

Thúy, Kim. « La mémoire devant l'histoire ». *Terrain* 25 (1995) : 101–12.

Viart, Dominique et Bruno Vercier. *La littérature française au présent*. Paris : Bordas, 2008.

Viart, Dominique. « Essais-fictions : les biographies (ré)inventées », dans *L'Éclatement des genres*, Marc Dambre et Monique Gosselin-Noat (dir.). Paris : Presses Sorbonne nouvelle, 2001, 331–45.

Warner-Vieyra, Myriam. *Juletane*. Paris : Présence Africaine, 1982

FRANCOPHONE CULTURES & LITERATURES

Michael G. Paulson & Tamara Alvarez-Detrell
General Editors

The Francophone Cultures and Literatures series encompasses studies about the literature, culture, and civilization of the Francophone areas of Africa, Asia, Europe, the Americas, the French-speaking islands in the Caribbean, as well as French Canada. Cross-cultural studies between and among these geographic areas are encouraged. The book-length manuscripts may be written in either English or French.

For further information about the Francophone Cultures and Literatures series and for the submission of manuscripts, contact:

editorial@peterlang.com

To order other books in this series, please contact our Customer Service Department:

peterlang@presswarehouse.com (within the U.S.)
orders@peterlang.com (outside the U.S.)

or browse online by series at:

WWW.PETERLANG.COM